레드 퀸 : 전쟁 폭풍 I

RED QUEEN #4:
WAR STORM

by Victoria Aveyard

레드 퀸: 전쟁 폭풍 I

빅토리아 애비야드 | 김은숙 옮김

WAR
STORM

황금가지

부모님께,

친구들에게,

나에게,

그리고 당신에게

차례

제1장

메어

모두가 오랜 시간 침묵에 잠긴다.

코르비움은 사람으로 가득 차 있지만, 텅 비어 있는 듯하다.

분열시키고, 정복하라.

그 말이 주는 암시는 명확하다. 선을 분명하게 긋는 말이다. 팔리와 데이비슨이 힘주어 나를 쏘아본다. 나도 그들을 마주 쏘아본다.

칼이 어떤 왕좌를 얻어 내든 진홍의 군대와 몬트포트는 그것을 내버려 둘 생각이 전혀 없다. 칼은 그 사실을 생각지도 못할 것이며 심지어 눈치채지도 못할 것이다. 칼이야 적혈들이 어찌 생각하든 왕관을 더 신경 쓸 테니까 말이다. 더 이상은 그를 칼이라고 불러서도 안 될 것이다.

티베리아스 캘로어. 티베리아스 왕. 티베리아스 7세.

그것이 그가 태어났을 때 받은 이름이며, 내가 그를 처음 만났을 때에 그가 갖고 있던 이름이다.

도둑. 그때 그는 날 그렇게 불렀다. 그게 내 이름이었다.

지난 시간을 잊을 수만 있다면 좋겠다. 그저 조금이라도 좋으니 물러나자. 머뭇거리면서. 비틀대면서. 지친 근육과 막 아문 뼈에서 오는 통증이 내가 느낄 수 있는 전부였던, 저 이상할 정도로 더없이 행복하던 장소에서 1초라도 더 즐거울 수 있도록. 전투 때문에 치솟은 아드레날린이 식은 후 찾아오는 공허감. 칼의 사랑과 지지에 대한 확신. 지금 느끼는 마음의 고통에도 불구하고, 그가 한 선택 때문에 칼을 증오하진 않는다. 분노는 좀 더 뒤에야 찾아올 것이다.

팔리의 얼굴에 걱정이 스친다. 그런 감정을 그녀에게서 보게 되니 낯설다. 다이애나 팔리에게서는 차가운 결심이나 뜨거운 분노를 보는 쪽이 좀 더 익숙한데 말이다. 흉터가 있는 팔리의 입술이 움찔하는 걸 보니 내 시선을 눈치챈 모양이다.

"사령부의 사람들에게 칼의 결정에 대해 전달할게."

긴장 속의 침묵을 깨트리며, 팔리는 신중하게 고른 말을 나직하게 뱉는다.

"딱 사령부에게만. 에이다가 메시지를 전해 줄 거야."

몬트포트의 프리미어, 데이비슨은 팔리의 그 말에 동의한다는 뜻으로 턱을 끄덕인다.

"좋아요. 드러머 장군과 스완 장군이 벌써 이 새로운 국면에 대한 의견을 내고 있을 것도 같군요. 그들은 르롤란 왕비가 활동을 시작한 이래, 그녀를 계속 주시하고 있었으니까요."

"아나벨 르롤란은 메이븐의 궁중에 꽤 오래 있었어요. 지난 몇 주간은 머물렀죠. 내가 줬던 것보다 더 많은 정보를 가지고 있을 수 있어요."

내가 대꾸한다. 적어도 목소리가 떨리지는 않는다. 단어에 힘을 실은 채 침착하게 뱉어 낸다. 지금 당장은 전혀 기운이 나지 않는다고 해도 그렇게 보여야만 한다. 거짓말이지만, 좋은 거짓말이다.

"그럴지도요."

데이비슨은 신중하게 머리를 끄덕이며 말한다. 그는 눈을 가늘게 뜨고 바닥을 쳐다본다. 무언가를 찾기 위해서가 아니라 집중하기 위해서다. 계획이 그의 앞에서 소용돌이친다. 이제부터 가야 할 길이 쉽지만은 않으리라. 어린아이라도 알 만한 사실이다.

"아무래도 제가 저 위로 돌아가 봐야 할 것 같군요."

데이비슨은 사과하는 듯한 어조로 덧붙인다. 그가 반드시 해야 하는 일을 두고 내가 화를 내기라도 할 거라는 듯이 말이다.

"눈과 귀를 열고, 그치?"

"눈과 귀를 열고."

팔리와 나는 동시에 대답하다가 깜짝 놀란다.

데이비슨은 걸음을 돌려서 골목길을 따라 돌아간다. 태양이 그의 윤기 나는 회색 머리 위에서 반짝인다. 데이비슨은 청결에 신경을 쓰는 듯하다. 그는 전투가 끝나자 몸에서 땀과 재를 씻어 내고, 피가 얼룩진 군복을 새로운 것으로 갈아입었다. 차분하고, 침착하며, 신기할 정도로 일상적인 태도를 드러내기 위함이다. 현명한 결정이다. 은혈들은 힘과 권력을 소유하고 있다는 허세 가득한 자부심을 드러내기 위해 외모에 지나치게 많은 신경을 쓰곤 한다. 그 부분에 있어

11

서라면 누구도 저 탑에 있는 사모스 왕과 그의 가족들을 따라갈 수 없다. 볼로, 에반젤린, 프톨레무스, 그리고 저 헛헛 대는 바이퍼 왕비의 옆에 서면 데이비슨은 눈에 띄지 않을 테다. 원한다면 벽과 한 몸처럼 보일 수도 있을 것이다. *저들은 그가 다가가는 것을 알아차리지 못할 거야. 우리가 다가가는 줄도 모르겠지.*

떨리는 숨을 쉬고 힘겹게 침을 삼키며, 억지로 다음 생각을 잇는다. *그리고 칼도 우리를 알아차리지 못할 거고.*

티베리아스. 나는 스스로에게 쏘아붙인다. 한쪽 주먹을 움켜쥐자, 손톱이 만족스러울 정도로 아프게 살을 파고든다. *그를 티베리아스라고 불러야 해.*

포위 작전이 풀린 후 코르비움의 검은색 벽들은 이상할 정도로 조용하고 마치 노출된 느낌이다. 나는 멀어지는 데이비슨의 모습에서 몸을 돌려 성채 도시의 안쪽을 둘러싸고 있는 난간으로 시선을 옮긴다. 쉬버가 조종하던 눈 폭풍은 오래전에 사라지고 어둠이 내렸다. 지금은 이곳의 모든 것들이 더 작게 보인다. 적혈 군인들이 이 도시로 떼 지어 몰려와서, 참호 속에서 피할 수 없는 죽음을 맞기 위해 진군했다. 하지만 이제 적혈들은 성벽, 거리, 문을 순찰하고, 은혈 왕들 옆에 앉아서 전쟁을 논한다. 선홍색 손수건을 맨 군인들 몇몇이 길이 잘 든 총을 언제든 쏠 수 있도록 준비시켜 둔 채 앞뒤로 왔다 갔다 하며 눈을 크게 뜨고 순찰을 하고 있다. 현재로선 그렇게까지 경계를 할 이유가 없긴 하지만 일단 기습을 허용하진 않을 것이다. 어쨌든, 메이븐의 군대는 후퇴했다. 볼로 사모스도 코르비움의 안쪽에서 공격을 시도할 정도로 대담하지는 않다. 그에게 진홍의 군대가, 몬트포트가, 우리가 필요한 순간에는 말이다. 특히 칼(티베리아스라고, 이 멍청아.)이 평등에 관한 공허한 이야기를 떠드는 상황에서는 말이다. 우리처럼 볼로도 칼을 필요로 한다. 칼의 이름이, 칼의 왕관이, 그리고 자기의 그 빌어먹을 딸과의 그 빌어먹을 결혼을 완성해 줄 칼의 빌어먹을 협조가 필요하다.

얼굴이 뜨겁게 불타오른다. 내 안에서 질투의 기둥이 솟아오르다니 당황스럽다. 그를 잃는 것은 내 걱정거리 중에서는 가장 대수롭지 않은 것이어야 한다. 그를 잃는 일이, 죽음이나 패배의 가능성, 우리가 그간 해 온 모든 것이 허사로 돌아갈 수 있다는 이야기만큼 마음이 아파서는 안 된다. 그렇지만 마음이 아프다. 그저 참으려고 애를 쓰는 것 외에 내가 할 수 있는 일이 없다.

왜 칼을 택하겠다고 대답하지 않았지?

나는 칼의 제안을 외면하고 떠나 버렸다. 칼에게서 도망쳤다. 또 다른 배신으로 가슴이 미어진다. 칼의 배신은 나의 배신이기도 하다. *'사랑해.'*는 우리가 함께 만든 약속인데, 우리 두 사람 모두가 깨트렸다. 그 말은 *'다른 무엇보다도 너를 선택할 거야.'*라는 의미여야 했는데. *너를 더 원해. 항상 네가 필요해. 너 없이는 살 수 없어. 우리가 다시는 헤어지지 않도록 무엇이든 할 거야.*

하지만 칼은 그러지 않았다. 그리고 나도 그러지 않을 것이다.

나는 칼의 왕관보다는 못한 것이며, 칼도 내가 추구하고자 하는 대의보다는 못하다.

그리고 내게는 또 다른 감옥에 대한 두려움이 훨씬 더하다. *배우자라고 했던가.* 그는 불가능한 왕관을 씌우듯 말했다. 에반젤린을 또다시 밀어낼 수 있다면, 그는 정말로 나를 왕비로 만들었을 테다. 왕의 오른편에 앉아서 보는 세상이 어떤 모양인지 나는 이미 잘 알고 있다. 다시는 그런 삶을 살고 싶지 않다. 칼은 메이븐이 아니기는 하지만 왕좌는 똑같다. 왕좌는 사람들을 변하게 한다. 오염시킨다.

그렇게 되었더라면 얼마나 이상한 운명이었을까. 왕관을 차지한 칼, 그의 사모스 왕비, 그리고 나. 마음 아주 한구석에서는 그래도 칼을 선택한다고 대답했다면 좋았을 것이라는 생각이 나도 모르게 든다. 어쩌면 매우 쉬웠을 것이다. 흘려보내고, 뒤로 물러나, 이기고…… 내가 꿈꿔 보지도 못했던 세상을 즐길 기회. 가족들에게 최고의 삶을 선물할 기회. 우리 모두를 안전하게 지킬 기회. 그리고 그와 함께할 기회. 칼의 옆에 설, 품 안에 은혈 왕을 안은 적혈 소녀로서 그의 옆에 설 기회. 세계를 바꿀 힘을 얻은 채로. 메이븐을 죽이고, 악몽을 꾸지 않고 잠들고, 두려움 없이 살 수 있는.

그 소망들을 떠내려 보내기 위해 나는 입술을 날카롭게 깨문다. 유혹적인 소망들. 칼의 선택을 이해할 수 있을 지경이다. 산산조각난 지금 상황에서조차 우리는 서로에게 꼭 맞는다.

팔리가 시끄러운 소리를 내며 움직여서 내 주의를 끈다. 그녀는 등을 골목의 벽에 기대고는 팔짱을 끼며 한숨을 쉰다. 데이비슨과는 달리, 팔리는 군복에는 신경 쓰지 않았다. 그녀의 옷은 진흙과 먼지 범벅이었던 내 것만큼 끔찍하지는 않지만 검게 마른 은색 피가 묻어 있다. 클라라가 태어난 것이 고작 몇 달 전이었던 터라, 팔리의 엉덩이에는 살집이 여전히 두둑하다. 그녀가 보였던 동정심 비슷한 어떤 감정은 진작 사라지고, 파란 눈 속에는 분노가 반짝이며 자리하고

14

있다. 그 분노는 나를 향한 것이 아니다. 팔리는 우리 위에 솟은 탑을 향해, 하늘 쪽으로 시선을 준다. 은혈과 적혈의 야릇한 의회가 지금 우리의 운명을 결정하려 하는 바로 그곳을 향해.

"그놈이 저기 있었지."

팔리는 그놈이 누구인지 되물을 틈도 주지 않고 계속 말한다.

"은색 머리카락에, 목은 두껍고, 우스꽝스러운 갑옷을 입었어. 그놈이 쉐이드의 심장에 칼날을 꽂았는데도 여전히 숨을 쉬고 있다 이 말이지."

프톨레무스 사모스에 대해 생각하자, 손톱이 살을 깊이 파고든다. 리프트 왕국의 왕자. 오빠를 죽인 살인자. 팔리처럼 나 역시 갑작스럽게 치솟는 분노를 느낀다. 동시에 수치심 또한 터져 나온다.

"맞아."

"네가 그놈 동생이랑 협상했기 때문이지. 네 자유와 그놈의 목숨으로."

"목숨이 아니라 복수와 바꾼 거야. 그리고 맞아, 에반젤린이랑 약속했어."

나는 인정하며 웅얼거린다.

팔리는 눈에 띄게 혐오감을 표현하며 이를 드러낸다.

"은혈이랑 약속을 했다니. 그런 약속은 잿더미만도 못해."

"하지만 그래도 약속인걸."

팔리는 목 깊은 곳을 울리며 소리를 낸다. 신음처럼 들린다. 그녀는 몸을 돌려 떡 벌어진 어깨로 탑을 마주한다. 저 위로 곧장 행진해 프톨레무스의 눈알을 뜯어내지 않기 위해서 팔리가 얼마나 많은 자

15

제력을 발휘하고 있는지 궁금하다. 팔리가 그렇게 한들 나는 그녀를 말릴 수 없을 것이다. 오히려 의자에 올라가서 구경할지도 모른다.

주먹에 들어간 힘을 조금 풀자 고통이 아주 살짝 가신다. 조용하게 나는 앞으로 한 걸음을 내딛으며 우리 사이의 간격을 좁힌다. 짧게 망설인 뒤, 나는 한 손을 팔리의 팔에 올린다.

"*내가* 한 약속이지. 너나 다른 사람이 한 약속이 아니잖아."

팔리는 아주 잠깐 가만히 있는다. 이내 그녀의 으르렁거림은 히죽대는 웃음으로 바뀐다. 팔리는 나를 정면으로 보기 위해서 몸을 돌린다. 그녀의 눈은 한 줄기 햇살을 잡은 것처럼 선명한 푸른색이다.

"전쟁보다는 정치 쪽을 좀 더 잘하게 된 것 같은데, 메어 배로우."

나는 고통에 찬 미소를 짓는다.

"둘 다 똑같은 거지, 뭐."

마침내 아주 어려운 교훈을 배운 셈이다.

"팔리, 할 수 있을 거 같아? 놈을 죽이는 일 말이야."

예전 같았으면, 그녀가 해낼 수 없을 것이라는 뜻이 담긴 내 말에 팔리가 코웃음 치며 조롱했으리라고 생각했을 것이다. 팔리는 강인한 여성이고, 아주 단단한 껍질에 싸여 있다. 팔리는 자신이 되어야 했던 모습이 되었다. 하지만 우리가 공유하고 있는 연결 고리, 클라라, 그리고 어쩌면 쉐이드 오빠 덕분에 나는 팔리의 단단하고 자신감 넘치는 외면 너머를 흘깃 들여다볼 수 있다. 팔리는 머뭇거린다. 히죽대는 웃음이 아주 조금 지워진다.

팔리가 중얼거린다.

"모르겠어. 하지만 시도해 보지도 않는다면 결코 나 자신과 클라라를 똑바로 볼 수도 없을 거야."

"그리고 네가 그러다가 죽는다면 내가 클라라를 볼 면목이 없어. 제발 어리석게 굴지 마."

나는 그녀의 팔을 잡은 손에 단단히 힘을 준다.

스위치를 누른 것처럼 팔리의 웃음이 순식간에 돌아온다. 심지어 윙크를 하기까지 한다.

"언제 내가 바보처럼 굴든, 메어 배로우?"

팔리를 올려다보려니 거의 잊어버리고 있던 목 뒤쪽의 흉터가 찌르르하게 아파 온다. 지금 상황에 비교하자니 그 흉터가 주는 고통은 정말 아무것도 아닌 것 같다.

"이게 대체 언제 끝날지 궁금해."

나는 팔리를 이해시킬 수 있길 바라며 중얼거린다.

그녀는 고개를 흔든다.

"너무 많은 답이 있는 질문인데."

"내 말은…… 쉐이드 오빠 말이야. 네가 프톨레무스를 죽이면, 그다음에는? 에반젤린이 너를 죽여? 클라라도 죽이고? 그럼 내가 에반젤린을 죽이고? 계속 끝도 없이?"

죽음은 낯설지 않지만, 이 일은 기이하게도 다르게 느껴진다. 계획된 결말들. 우리가 아니라 메이븐이 벌일 법한 일 같다. 아주 한참 전, 내가 메리어나 타이타노스로 가장했던 때부터 팔리가 진홍의 군대를 위해서 프톨레무스를 제거할 대상으로 점찍어 놓았다고 해도 말이다. 대의를 위해서. 눈먼 피의 복수 이상의 것을 위해서.

난감한 듯 팔리의 눈이 흔들리며 커다래진다.

17

"넌 내가 그놈을 살려 뒀으면 하는 거야?"

"당연히 아니지."

나는 쏘아붙이듯 말한다.

"나도 내가 뭘 바라는지 모르겠어. 내가 무슨 말을 하는 중인지도 모르겠는걸."

말이 다른 말 위로 더듬거리며 굴러떨어진다.

"하지만 그래도 여전히 궁금하기는 해. 복수와 분노가 사람에게 어떻게 작용하는지, 너를 둘러싼 사람들에게 어떻게 작용하는지 알거든. 클라라가 엄마 없이 크는 것도 당연히 싫고."

팔리는 몸을 휙 돌려 얼굴을 감춘다. 하지만 갑작스럽게 솟아오르는 눈물을 숨길 정도로 재빠르진 않다. 눈물은 흘러내리진 않는다. 어깨를 으쓱이며 팔리는 나를 뿌리친다.

나는 밀어붙인다. 그래야 한다. 팔리는 이 이야기를 들어야 한다.

"클라라는 이미 쉐이드 오빠를 잃었어. 아버지 복수와 살아 있는 어머니 중 하나를 골라야 한다면…… 그 애가 뭘 선택할지는 뻔하잖아."

그녀는 여전히 나를 보지 않은 채 이를 갈듯이 말한다.

"그 이야기가 나와서 말인데, 나는 네가 한 선택이 자랑스러워."

"팔리, 주제 바꾸지 말고……."

"내 말 들었어, 번개 소녀?"

팔리는 코웃음을 치더니 억지로 미소를 짓고는 몸을 돌려 매우 빨갛고 얼룩덜룩해진 얼굴을 드러낸다.

"내가 널 자랑스러워한다고 말했잖아. 받아 적어. 마음에 새기도록 해. 아마도 다시는 듣지 못할 테니까."

나도 모르게 음울하게 웃고 만다.

"좋아. 정확히 뭐가 자랑스러운데?"

"뭐, 네 패션 감각뿐만 아니라······."

팔리가 내 어깨를 툭툭 털어서 피비린내 나는 먼지를 조금 쓸어 낸다.

"당연히 네 상냥하고 차분한 성격······."

또 한 번 웃음을 흘린다.

"······사랑하는 사람을 잃는다는 게 어떤 것인지 나도 알고 있기 때문에, 네가 자랑스러워."

팔리는 내 팔을 붙든다. 나는 아직 이 주제로 대화를 나눌 준비가 되어 있지 않은데도, 내가 달아나지 못하게 하려는 모양이다.

메어, 날 선택해. 그 대화는 고작 한 시간밖에 안 된 일이다. 그 목소리는 너무나 쉽게 나를 사로잡는다.

"꼭 배신당한 기분이었어."

나는 속삭인다.

팔리의 눈을 똑바로 보지 않아도 되도록 턱에 초점을 맞춘다. 그녀의 입술 왼쪽 구석에 난 흉터는 깊다. 입술을 한쪽으로 잡아 당기는 듯하다. 깨끗하게 그였다. 아마도 자상이었을 것이다. 내가 월 휘슬의 오래된 마차 안 푸른 촛불 아래에서 그녀를 처음 만났던 때에는 저런 흉터가 없었다.

"그가? 그야 당연······."

"아니. 그게 아니야."

하늘을 구름이 가로지르자, 우리 위로 그늘이 생겨난다. 여름의 미풍이 이상하리만치 차갑다. 나는 몸을 떤다. 칼을, 그의 따뜻한 존재감을 본능처럼 바라고 만다. 그는 결코 내가 추워하도록 내버려두지 않았을 것이다. 속이 울렁거린다. 우리 두 사람이 버리고 돌아선 것에 생각이 미치자 토할 것 같다.

나는 계속 이야기한다.

"칼은 내게 약속했어. 하지만 나도 칼에게 약속한 게 있어. 나는 그 약속을 깼어. 칼에게는 나와 한 것 말고도 다른 약속들이 있거든. 자신과 한 약속, 죽은 아버지와 한 약속. 칼은 나를 사랑하기 전부터 자신의 왕관을 사랑했어. 스스로 그 사실을 알았든 모르든 간에 말이야. 칼은 우리 두 사람에게, 모두에게 옳다고 생각하는 일을 하고 있어. 그런데 어떻게 칼을 탓할 수 있겠어?"

나는 팔리를 애써 마주하고 그녀의 눈을 들여다본다. 팔리는 나에게 알맞은 대답, 내가 듣고 싶은 대답 같은 건 갖고 있지 않다. 그녀는 하고 싶은 말을 참기 위해 입술을 깨물고 있다. 잘되지는 않는다.

그래도 팔리는 자기 딴에는 부드럽게 굴려고 애를 쓰면서 코웃음을 친다. 보통 때와 똑같이 발끈하는 정도지만.

"그놈 대신 사과하지 마. 그놈이 어떤 놈인가를 두고 사과하지도 말고."

"그러려는 거 아니야."

"꼭 그러려는 것처럼 들려."

팔리는 과장스럽게 한숨을 쉰다.

"좀 다른 왕이라고 해도 여전히 왕이지. 뭐, 좀 더 믿을 만했을지도 모르지만. 칼도 그 점을 알고 있을걸."

"나에게도 그쪽이 더 괜찮았을지도 몰라. 적혈들을 위해서 말이야. 적혈 왕비가 어떤 일들을 할 수 있었을지 누가 알겠어?"

팔리는 차갑고 확고한 어조로 대꾸한다.

"거의 없었을걸, 메어. 아주 없지는 않았겠지만 말이야. 네 머리에 있는 왕관 덕분에 변화가 일어났을 수는 있어도, 그건 매우 느리고 작았을 거야."

팔리의 목소리가 부드러워진다.

"그리고 매우 쉽게 전으로 되돌아갔겠지. 결코 지속될 수 없었을 거야. 우리가 성취한 것들이 무엇이든, 네가 죽으면 함께 죽어 버렸겠지. 이 일을 잘못된 길로 끌고 가지 마, 우리가 만들길 바라는 세계는 우리보다 더 오래 살아남아야만 해."

우리 뒤에 올 이들을 위해서.

팔리의 눈은 인간 같지 않은 집중력을 보이며 강렬하게 나를 꿰뚫는다. 클라라는 팔리의 눈이 아니라, 쉐이드 오빠의 눈을 물려받았다. 바다가 아니라 꿀 같은 색이다. 그 애의 어떤 부분들이 팔리를, 그리고 쉐이드 오빠를 닮게 될지 궁금해진다.

팔리의 갓 자른, 구름 아래 어두운 금빛으로 빛나는 머리카락 위로 미풍이 바스락대며 지나간다. 흉터 아래를 들여다보면 팔리는 여전히 어리다. 그저 전쟁과 폐허가 낳은 또 하나의 아이일 뿐이다. 그녀는 나보다 더 끔찍한 것을 보아 왔고, 내가 해 왔던 일보다 더 끔찍한 일들을 행해 왔다. 나보다 더 많은 희생을 치렀으며 더 많은 고통을 겪어 왔다. 어머니, 여동생, 내 오빠와 그의 사랑. 어린 소녀였을 적 팔리가 꿈꾸었던 사람들이 누구든, 그들은 모두 죽었다. 팔리가 계속 앞으로 나아갈 수 있다면, 우리가 하는 일을 믿어 의심치 않는다면, 나 또한 그럴 수 있으리라. 우리 사이에 의견 충돌이 생길수록 팔리를 더 신뢰하게 된다. 팔리의 말들은 낯설지만 내가 필요로 하는 위안을 준다. 이미 너무 오랫동안 혼자 고민하며 스스로와 논쟁을 벌이느라 시간을 쓴 탓에 그런 일이라면 신물이 나는 참이다.

"네 말이 맞아."

내 안의 무언가를 내려놓고, 칼의 제안이 주었던 낯선 꿈들이 어둠 속으로 소용돌이치며 사라지게 둔다. 결코 돌아오지 않도록.

나는 적혈 왕비가 되지 않을 것이다.

팔리는 내 어깨를 아플 정도로 꽉 쥔다. 힐러들의 치료를 받았어도 여전히 통증이 남아 있건만, 팔리는 심술궂을 정도로 세게 힘을 주며 덧붙인다.

"게다가 넌 왕좌에 앉을 수도 없었을 거야. 르롤란 왕비랑 리프트 왕의 의도가 매우 뻔했잖아. 왕좌에 앉는 쪽은 개가 됐겠지, 그 사모스 계집애."

그 생각에 코웃음이 난다. 에반젤린 사모스는 아까 대회의실에서 명확하게 속마음을 드러냈다. 팔리가 그 점을 알아차리지 못했다니 놀랍다.

"글쎄, 그럴까."

"흠?"

팔리의 시선이 날카로워지자 나는 어깨를 으쓱거린다.

"에반젤린이 거기서 어떻게 널 도발했는지 봤지."

기억이 생생하게 번뜩인다. 에반젤린은 적혈 하녀를 모두의 앞에서 호출해 술잔을 내동댕이치고, 그 불쌍한 하녀가 그걸 치우도록 시켰다. 그저 재미로. 그 방 안에 있는 적혈들을 화나게 만들기 위해서. 왜 그녀가 그런 행동을 했는지, 그 행동으로 이루려고 한 것이 무엇인지 이해하는 것은 어렵지 않다.

"에반젤린은 이 동맹을 전혀 원치 않아, 그러니까…… 그게 자신이 티베리아스와 결혼해야 한다는 의미라면 말이야."

팔리는 의표를 찔린 것처럼 보인다. 이해가 안 가는지 당황한 얼굴로 눈을 깜빡이는 동시에 몹시 흥미로워한다.

"하지만 걘 자기가 시작했던 지점으로 돌아간 셈인데. 내 생각에…… 내 말은, 내가 뭐 은혈들 행동을 조금이라도 이해할 수 있는 척하려는 건 아닌데, 하지만 그렇지만……."

"에반젤린은 이제 공주잖아. 원했던 모든 걸 가진 셈이야. 그녀가 다른 누군가의 옆자리로 후퇴하고 싶어 할 거라고는 생각 안 돼. 그들의 약혼 관계가 에반젤린에게 갖는 의미는 항상 그게 전부였거든. 그는……."

나는 격렬한 마음의 고통을 느끼며 덧붙인다.

"권력으로 향하기 위한 수단이었을 뿐이지. 지금 에반젤린은 이미 그 권력을 가지고 있으며……."

조금 말을 더듬는다.

"……그 권력을 더 원하지도 않아."

내 생각은 에반젤린에게로, 화이트파이어에서 그녀와 마주쳤던 순간들로 돌아간다. 그녀는 메이븐이 자기 대신 아이리스 시그넛과 결혼했을 때 안도했다. 메이븐이 괴물이었기 때문만은 아니었다. 내 생각에는…… 아마도 에반젤린이 더 신경 쓰는 누군가가 있기 때문이었을 것이다. 자기 자신이나 메이븐의 왕관보다도 중요한.

일레인 헤이븐. 헤이븐 가문이 메이븐에게 반역을 저지른 뒤에, 메이븐이 그녀를 두고 에반젤린의 창부라고 불렀던 것이 기억난다. 메이븐의 자문 중에서 일레인을 본 적은 없지만, 헤이븐 사람들 중 상당수가 사모스 가문에 협력했다. 모두가 새도우들이다. 마음대로 사라질 수 있는 사람들. 일레인이 항상 근처에 있었다고 한들 나는 알아차리지 못했을 것이다.

"넌 걔가 자기 아버지가 한 일을 *되돌리려* 할 거라 생각해? 그러니까 그 일이 가능하다면?"

팔리는 저녁 식사를 위해 특히 뚱뚱한 생쥐를 막 잡은 고양이처럼 보인다.

"만약에 누군가…… 걔를 돕기만 한다면?"

칼은 사랑을 위해 왕관을 거부하지는 않았다. 하지만 에반젤린은 어떨까?

에반젤린이라면 그럴 수도 있을 것 같다는 예감이 든다. 그 교묘한 책략들을 사용하며, 조용히 저항하면서도 아슬아슬하게.

"가능하겠지. 에반젤린에게는 동기가 있어. 그리고 그게 우리에게 어느 정도 이점으로 작용할 거라고 생각해."

우리 두 사람 모두 그 말에서 새로운 의미를 발견한다. 새로운 무게감을.

팔리의 입술이 구부러지며 진짜 미소 비슷한 모양을 그려 낸다. 내가 겪어 온 일들에도 불구하고, 갑작스럽게 희망이 폭발하는 것 같다. 팔리는 더 크게 미소를 지으며 내 팔을 툭툭 친다.

"뭐, 배로우, 다시 받아 적어라. 빌어먹게도 네가 자랑스럽다."

"나도 가끔은 쓸모 있거든."

팔리는 소리 내어 웃더니 따라오라는 시늉을 하며 걷는다. 골목 밖의 거리가 유혹의 손짓을 하고, 바닥에 깔린 판석들 위에 남은 마지막 눈이 여름 태양에 녹으며 번들대고 있다. 어두운 구석에 안전하게 남아 있고 싶은 마음에 망설인다. 이 좁은 공간 너머의 세계는 너무 크게만 보인다. 코르비움의 안쪽 구역이 어렴풋이 보이고, 중앙 탑은 그 한가운데에 우뚝 서 있다. 나는 숨을 헐떡이면서 억지로 몸을 움직인다. 첫걸음은 아프다. 두 번째 것도 마찬가지다.

"저 위로 꼭 가진 않아도 돼. 어떻게 일이 돌아가는지는 내가 나중에 알려 줄게. 데이비슨과 내가 충분히 알아서 할 수 있어."

팔리가 내 옆에 주저앉으며 중얼거린다. 그녀는 탑을 응시한다.

대회의실로 돌아간다는 생각, 티베리아스가 우리가 그동안 해 왔던 모든 것들을 내 면전에서 내던지는 동안 침묵 속에 앉아 있어야 한다는 생각을 하니…… 그것을 견뎌 낼 수 있을지 모르겠다. 하지만 해야만 한다. 나는 다른 이들은 알아차릴 수 없는 것들을 알아차린다. 다른 이들이 보지 못하는 것들을 본다. 돌아가야만 한다, 대의를 위해.

그리고 그를 위해서.

그를 위해서, 얼마나 돌아가고 싶은지를 부인할 수가 없다.

나는 팔리에게 속삭인다.

"네가 아는 모든 것을 알고 싶어, 데이비슨이 계획했던 모든 것을.

아무것도 모르는 채로는 일에 뛰어들진 않을 거야."

그녀는 지나친 감이 들 정도로 재빨리 동의한다.

"당연하지."

"네 마음대로 날 이용해도 돼. 어떤 식으로든 괜찮아. 단 한 가지 조건만 지켜 준다면."

"말해 봐."

내 발걸음이 느려진다. 팔리는 내 속도에 맞춰 준다.

"그는 살아야 해. 이 모든 일이 끝나고 나서도."

혼란에 빠진 개처럼 그녀는 머리를 기울인다.

"그의 왕관을 부러뜨리고, 왕좌를 부수고, 그의 나라를 찢어 버리더라도 괜찮아."

내 모든 힘을 끌어모아 팔리를 똑바로 바라본다. 핏속을 흐르는 번개가 그 염원에 응답하여 자신을 풀어 달라고 애원한다.

"하지만 티베리아스는 살아야 해."

팔리는 힘겹게 숨을 삼키더니 어마어마하게 길쭉한 전신을 쭉 펴며 일어난다. 팔리가 나를 꿰뚫어 보는 기분이다. 내 불완전한 심장까지도. 나는 한 걸음도 물러나지 않는다. 내게는 그럴 권리가 있다.

팔리의 목소리가 흔들린다.

"그건 약속할 수 없어. 하지만 노력은 할게. 확실히 노력은 할게, 메어."

적어도 팔리는 거짓말을 하지는 않는다.

반으로 찢기는 기분이다. 마음속에는 명백한 질문이, 반드시 해야만 하는 또 하나의 선택이 남아 있다. *그의 목숨과 우리의 승리 중*

골라야 한다면? 그것을 결정해야 하는 순간이 온다면 어느 쪽을 고를지 모르겠다. 어느 쪽을 배신하게 될지. 그 깨달음에 깊숙하게 베이는 것만 같다. 내 안 아무도 볼 수 없을 곳에서 피가 흐른다.

이게 그 예언자가 이야기했던 것이 아닌가 싶다. 존은 극히 일부만을 이야기해 주었으나, 그가 했던 모든 말들은 매우 잘 계산되어 있었다. 인정하고 싶지는 않지만, 존이 내게 예언했던 그 운명을 받아들여야만 할 것 같다.

일어나라.

홀로 일어나라.

걸음을 내딛을 때마다 발아래로 판석들이 빙글빙글 돌다가 사라진다. 서쪽에서 산들바람이 다시 일어난다. 바람은 도저히 착각이라고 하기 어려운, 톡 쏘는 피 냄새를 실어 나른다. 황급히 떠오르는 기억에 올라오는 헛구역질을 애써 누른다. 포위 작전. 시체들. 양쪽 색으로 된 피. 스톤스킨이 움켜쥐는 바람에 내 손목이 깨끗하게 부러졌었다. 부러진 목, 폭발해 버리는 바람에 살점이 너덜너덜한 흉곽, 번들거리는 내장들, 튀어나온 뼈. 전투를 치르는 중에는 그런 공포로부터 정신을 분리하는 것이 쉬웠다. 필수적인 일이기도 했다. 공포는 나 자신을 죽음으로 몰아넣을 뿐이므로. 더 이상은 아니다. 심장이 세 배는 빠르게 뛰고 식은땀이 몸을 타고 흐른다. 살아남고 *이겼음에도* 불구하고, 잃는 것에 대한 두려움이 내 안에서 협곡처럼 입을 벌리고 있다.

여전히 느낄 수 있다. 그 신경들을, 내가 뿌린 번개가 타고 흐르며 사람들을 죽이던 그 모든 길을. 가느다랗고 빛이 나는 가지 같던,

각각 다르지만 동시에 똑같던 그 길을. 셀 수 없을 정도로 수많은 길을. 붉은색과 푸른색으로 된 제복을 입은, 노르타와 레이크랜즈의 사람들. 모두 은혈이었다.

그랬기를 바란다.

그 가능성이 배를 주먹으로 때리듯 나를 강타한다. 메이븐은 전에도 적혈들을 총알받이나 인간 장벽으로 써 먹고는 했다. 그 점에 대해서는 생각해 보지도 않았다. 우리 중 누구도 생각해 보지 않았을 거다. 알고도 신경 쓰지 않았을 수도 있다. 데이비슨, 칼, 어쩌면 팔리조차 그랬을 수도 있다. 대가를 치를 만한 가치가 있다고 생각했다면 말이다.

"저기."

팔리가 내 손목을 잡으며 중얼거린다. 팔리의 손가락이 족쇄처럼 맴돌며 피부에 닿는 느낌에 나는 펄쩍 뛴다. 힘을 줘 그녀의 손길을 뿌리치고, 거의 으르렁거리면서 몸을 비틀어 뺀다. 여전히 이런 식으로 반응한다는 사실에 나 스스로도 당황해서 얼굴이 빨개진다.

팔리는 손바닥을 들고 눈을 크게 뜬 채 물러난다. 하지만 어떤 공포심이나 판단은 보이지 않는다. 심지어 동정조차 보이지 않는다. 지금 그녀에게서 보이는 감정이 *이해심*일까?

"미안해. 손목에 대한 걸 깜빡했네."

팔리가 재빨리 말한다.

나는 가까스로 고개를 끄덕이고는 손가락 끝에서 파지직거리는 보라색 스파크를 감추기 위해 주머니에 손을 쑤셔 넣는다.

"괜찮아. 그건 심지어……."

"나도 알아, 메어. 우리가 속도를 늦출 때면 일어나는 일이야. 몸이 좀 더 적응하기 시작할 때 말이야. 때때로 좀 과할 때가 있지만, 부끄러운 일이 아니야."

팔리는 머리를 기울이고는 탑 쪽을 가리켜 보인다.

"약간 버벅대는 시간이 좀 있다고 해도 마찬가지로 부끄러워할 일이 아니고. 병영에서……."

"전투 때에 적혈들이 있었어? 메이븐이랑 레이크랜즈 놈들이 적혈 군인들을 함께 보냈었어?"

나는 우두커니 선 채 전투가 벌어졌던 곳들과 부서진 코르비움의 벽들을 가리키며 말한다.

팔리는 진심으로 놀란 얼굴로 눈을 깜빡인다.

"내가 알기로는 없었어."

팔리가 마침내 대꾸하지만, 나는 그녀가 불편해하고 있다는 사실을 알아차린다. 팔리도 마찬가지로 모르는 것이다. 그녀는 알고 싶지 않아 한다. 나 또한 그렇다. 진실을 견딜 수 없을 것이다.

휙 돌아서서 이번에는 팔리가 억지로 내 속도에 맞추게 걷는다. 침묵이 우리 사이로 떨어진다. 분노와 수치가 비슷한 수준으로 넘실거린다. 나는 그 속으로 몸을 숙인 채, 스스로를 고문한다. 이 끔찍한 기분과 고통을 기억하기 위해서. 앞으로 더 많은 전투가 있을 것이다. 피의 색과 상관없이, 더 많은 사람이 죽을 것이다. 그것이 전쟁이다. 그것이 혁명이다. 다른 이들이 휘말릴 것이다. 잊는다면 그렇게 된 이들에게 또 한 번 불행을 선사하는 것이며, 앞으로 그렇게 될 다른 이들을 불행으로 밀어 넣는 것이다.

탑으로 향하는 계단을 오르는 동안, 주머니 속에서 주먹을 단단하게 쥔다. 귀걸이의 뾰족한 침이 살을 찌르고, 붉은 돌이 내 체온에 따뜻해진다. 그걸 창문 밖으로 던져 버려야 한다. 내가 잊어버려야 할 것이 단 하나 있다면 바로 그일 테니까.

하지만 귀걸이는 거기 그대로 남는다.

우리는 다시 대회의실로 나란히 들어선다. 시야 가장자리가 흐릿해진다. 나는 익숙한 풍경 속으로 미끄러져 들어가기 위해 애를 쓴다. 관찰하고. 기억하고. 내뱉는 말들 사이의 빈틈을 찾아 저들이 말하지 않는 비밀과 거짓말을 발견하고. 그것은 머리를 식히게 해 줄 뿐만 아니라 중요한 목표다. 그리고 달아나도 될 권리를 갖고 있었음에도 왜 내가 그토록 이곳으로 돌아오고 싶었는지 그 이유를 깨닫는다.

이 일이 중요하기 때문은 아니다. 내가 유용할 수 있기 때문도 아니다.

내가 이기적이며, 약하고, 두려워하고 있기 때문이다. 도무지 지금은, 아직까지는, 홀로 있을 수 없기 때문이다.

그래서 나는 앉아서 귀를 기울이고 지켜본다.

그리고 그 모든 일을 하는 동안 그의 시선이 느껴진다.

제2장

에반젤린

그녀를 죽이는 일은 너무나 쉬울 것이다.

아나벨 르롤란의 목에는 로즈 골드로 만든 줄에 붉은색, 검은색, 그리고 주황색 보석들을 엮어 낸 목걸이가 걸려 있다. 한 번 비틀기만 하면 저 오블리비언의 경정맥을 썰어 낼 수 있을 것이다. 아나벨의 시체와 그녀가 세운 계획들을 피와 함께 쓸어 버리는 것이다. 그녀의 삶도, 이 방에 있는 사람들 앞에서 그녀가 제안한 저 약혼도 끝낼 수 있다. 어머니, 아버지, 칼……. 우리가 손잡은 저 적혈 범죄자들이랑 외국인 괴물들은 언급할 필요도 없다. 그래도 여기 배로우가 없기는 하다. 아직 돌아오지 않았다. 아마도 잃어버린 왕자 때문에 계속 울부짖고 있는 거겠지.

실제로 그 일을 벌였다가는 당연히 또 다른 전쟁을 야기할 테다. 이미 거미줄처럼 금이 가 있는 동맹을 산산조각 내게 될 것이다. 그런 일을 벌일 수 있을까? 내 충성심과 행복을 맞바꾸면서? 그 질문을 던지는 것만으로도, 심지어 생각만 한 것인데도 수치심이 든다.

아나벨은 분명 내 시선을 느꼈을 것이다. 그녀의 눈이 깜빡이며 잠시 내 쪽으로 향한다. 아나벨이 붉은색, 검은색, 그리고 주황색으로 휘황찬란하게 장식된 자기 의자에 자리하는 동안 그녀의 입술 위로 도저히 착각할 수가 없는 비웃음이 떠오른다.

저 의자의 색들은 르롤란뿐만이 아니라, 캘로어 가문의 색이기도 하다. 그녀의 충성심이 어디로 향하는지는 불쾌할 정도로 명확하다.

나는 몸을 떨면서 시선을 떨어뜨려 손에 집중한다. 손톱 하나에 끔찍하게 금이 가 있는 상태다. 전투 중 부러진 것이다. 한 번 숨을 들이쉬고, 내 티타늄 반지 중 하나를 맹금류의 발톱처럼 만들어 손가락에 씌운다. 그러고는 그 발톱을 왕좌에 대고 탁탁 두드린다. 이 행동에 어머니께서 짜증이라도 나면 좋을 텐데. 어머니는 내게 곁눈질하신다. 어머니가 나를 무시하고 계시다는 유일한 증거다.

아나벨을 죽이는 일에 대해서 조금 길게 공상을 하는 바람에 사람들이 형편없는 회의를 통해 짜낸 이런저런 계획을 놓치고 만다. 회의의 참석자 수는 확연히 줄어든 상태다. 성급히 영합한 파벌의 지도부만이 남아 있다. 장군들, 가문의 수장들, 대장들, 그리고 왕족. 몬트포트의 지도자가 말을 하면 다음에는 아버지가, 그러고 나면 아나벨이 말한다. 이런 과정이 되풀이된다. 모두가 거짓 미소를 짓고 절제된 음성으로 공허한 약속을 남발한다.

일레인이 여기 있었으면 싶다. 그녀를 데리고 왔어야 했다. 일레인도 오고 싶어 했다. 사실, 자신을 데려가 달라고 거의 애걸했다. 일레인은 항상 나와 가까이 있기를 원했다. 치명적인 위험에 직면해 있을 때조차 그랬다. 우리가 함께했던 마지막 순간을 생각하지 않으려, 내 품에 있던 일레인의 육체를 떠올리지 않으려 애를 쓴다. 일레인은 나보다 더 말랐지만, 더 부드럽다. 우리가 방해받지 않을 수 있도록 프톨레무스 오빠가 방문 앞을 지키고 있었다.

"나도 너랑 같이 가게 해 줘."

일레인이 내 귓가에, 십수 번도 더, 백 번도 더 속삭였다. 하지만 일레인의 아버지와 나의 아버지가 그것을 막았다.

그만, 에반젤린.

나는 자신에게 욕설을 퍼붓는다. 이런 혼란에서라면 다들 전혀 알아차리지 못했을 텐데. 일레인은 섀도우니까, 보이지 않는 여자애 하나쯤 몰래 들어오는 건 아주 간단한 일인데. 톨리 오빠가 분명 도와줬을 것이다. 오빠는 자기 아내가 함께 오는 것을 굳이 막지 않았을 텐데. 오빠에게 도움을 요청했더라면 외면하지 않았을 거다. 하지만 그럴 수가 없었다. 전투에서 이겨야만 했는데, 승리를 장담할 수 없었다. 나로서는 일레인을 걸고 위험을 무릅쓸 생각이 없었다. 일레인 헤이븐은 재능이 넘치지만 전혀 전사 같지는 않다. 위태로운 상황이 오면 일레인은 내 주의를 흩트리고 내 걱정을 샀을 것이다. 당시의 나로서는 그것을 감당할 여유가 없었다. 하지만 지금……

거기까지.

손가락을 왕좌의 팔걸이 위로 구부린다. 철을 저며 내어 너덜너덜한 조각들로 만들어 버리고 싶다. 고향인 릿지 하우스의 수많은 금속으로 된 화랑들이 바로 그 간단한 기분 전환을 위한 것이었다. 나는 그것들을 안심하고 파괴할 수 있었다. 다른 누가 어떻게 생각하는지 걱정하지 않고, 치솟는 분노를 끝도 없이 변하는 동상들에 쏟아 낼 수 있었다. 그런 일을 똑같이 할 수 있을 만한 개인적인 공간을 이곳 코르비움에서 찾을 수 있을지 궁금하다. 다가올 해방에 대한 기대감으로 나는 제정신을 유지한다. 의자에 발톱 모양의 반지를 대고 금속 위로 금속을 긁는다. 오직 어머니만이 들으실 수 있을 정도로 부드럽게. 어머니는 이 이상한 의회를 구성하고 있는 사람들 앞에서는 그런 나를 질책하실 수 없다. 내가 전시품이 될 수밖에 없다면, 이런 사소한 이득이라도 즐기는 편이 낫겠지.

마침내, 나는 아나벨의 연약한 목과 일레인의 부재에 대한 생각을 억지로 떨쳐 낸다. 아버지의 계획에서 벗어날 길을 찾으려면, 지금의 일에 주의라도 기울여야 할 것이다.

"저쪽 군대는 후퇴 중입니다. 메이븐 왕의 군대가 다시 집결하도록 시간을 주어서는 안 됩니다."

아버지께서 차갑게 말씀하신다. 그 뒤로, 탑의 길쭉한 창들을 통해 구름 사이로 지기 시작하는 해가 서쪽 지평선에 매달려 있는 것이 보인다. 폐허가 된 풍경에서는 여전히 연기가 피어오르고 있다.

"그자는 자기 상처를 핥는 중일 겁니다."

"그 꼬마는 이미 초크로 들어섰소."

아나벨 왕비가 재빨리 대꾸한다. 그 꼬마. 메이븐을 언급하는 그녀의 어투는 마치 메이븐이 자신의 손자가 아니라는 듯하다. 추측건대 더 이상 그를 손자로 인정할 생각도 없지 않을까 싶다. 메이븐이 아나벨이 낳은 아들을 죽이는 일을 도왔는데 그럴 수 없겠지. 티베리아스 왕. 메이븐은 그녀의 핏줄이 아니다, 그저 엘라라의 핏줄이며 엘라라만의 핏줄일 뿐.

아나벨은 팔꿈치를 대고 몸을 숙이더니, 주름진 양손을 맞잡는다. 그녀의 오래된 결혼반지, 낡았지만 빛을 잃지 않은 반지가 손가락에서 반짝거린다. 릿지 하우스에서 자신의 손자를 복권시키겠다는 의지를 밝히면서 우리 모두를 놀래켰을 때, 아나벨은 어떤 금속도 걸치고 있지 않았다. 마그네트론으로부터 숨기 위해서였다. 이제 아나벨은 이용해 보라는 듯이 대놓고 자기 왕관이나 보석들을 걸치고 있다. 아나벨의 모든 부분이 계산된 것이다. 무기도 없이 그러는 것은 아니다. 그녀는 왕비 이전에 전사였으며, 레이크랜즈와의 전선에 배치된 장교였다. 아나벨은 오블리비언이다. 그녀의 손길은 치명적이고 무엇이든…… 아니, 누구든 폭발시켜서 없애 버릴 수 있다.

아나벨이 나를 강제로 이 상황으로 밀어 넣었다는 사실이 이토록 끔찍하지만 않았어도, 그녀의 헌신만큼은 존경스러웠을 것 같다.

아나벨이 덧붙인다.

"그리고 지금 이 시간쯤이면, 그의 군대 대부분이 메이든 폭포를 넘어 국경을 통과했을 거요. 그들은 이제 레이크랜즈에 있소."

"레이크랜즈 군대도 부상을 당했고, 취약한 상태입니다. 공격을 가해야 합니다, 적어도 뒤로 처진 놈들이라도 제거합시다."

아버지께서는 우리 쪽 은혈 중 하나에게로 시선을 돌린다.

"라리스 비행대가 시간 내로 준비할 수 있을 겁니다, 안 그렇소?"

아버지의 시선에 라리스 장군이 태도를 똑바로 한다. 그의 술병은 비어 있다. 승리의 여운을 즐기고 있던 참이다. 라리스 장군이 헛

기침을 하며 목소리를 가다듬는다. 방 건너편에 있지만 그의 숨에서 나는 알코올 냄새를 맡을 수 있다.

"가능합니다, 전하. 명령만 내리시면 됩니다."

낮은 목소리가 라리스 장군의 말을 자른다.

"나는 반대하겠습니다."

메어 배로우와의 입씨름에서 돌아온 후 칼이 뱉은 첫마디다. 확실히 무시하기 어렵다. 그는 전투를 위해 빌려 입었던 군복을 일찌감치 내버리고, 자기 할머니처럼 붉은색으로 끝부분이 장식된 검은색 옷을 입고 있다. 그는 아나벨의 목적과 자신에게 부여된 왕이라는 지위를 받아들이고, 아나벨 르롤란의 옆자리에 앉아 있다. 그의 삼촌, 제이코스 하우스의 줄리언이 칼의 왼쪽에, 르롤란 왕비가 오른쪽에 자리한 식이다. 고귀하고 강력한 피를 지닌 은혈 두 사람을 양옆에 낀 칼은 통일 전선을 대표한다. 우리가 목숨을 바칠 가치가 있는 왕.

저래서 칼이 미운 것이다.

칼은 우리의 약혼 관계를 깨트리고 아버지의 제안을 거절하여 내 비참함을 끝낼 수도 있었다. 하지만 왕관을 위해, 그는 메어를 내버렸다. 왕관을 위해, 그는 나를 함정에 빠뜨렸다.

"그게 무슨 말이오?"

그것이 아버지가 하신 말씀의 전부다. 아버지는 평소 거의 말을 하시지 않으며 질문은 더 적게 던지신다. 아버지가 무언가를 질문하셨다는 것만으로도 불안해져서, 나도 모르게 긴장한다.

칼은 어깨를 바로하며 건장한 몸을 조용하게 편다. 그러더니 손가락 관절 위로 턱을 올린 채 생각에 잠겨 눈썹을 찌푸린다. 칼은 더 크고, 더 나이 들고, 더 현명한 사람처럼 보인다. 리프트 왕국의 왕과 똑같은 전장에 올라선 셈이다.

"비행대를 비롯한, 우리 연합의 추격대를 적군의 영토로 보내는 일에 반대한다고 말했습니다."

칼은 흔들림 없이 대꾸한다. 왕관을 쓰고 있지 않음에도, 칼이 왕족으로서 자신만의 방식을 갖고 있다는 점만큼은 인정해야겠다. 존경까지는 끌어내지 못해도 자신에게 이목을 모으는 분위기 같은 것. 놀랄 일은 아니다. 칼은 이런 일을 쭉 훈련받았다. 게다가 그는 대단히 순종적인 학생이었다. 그의 할머니는 딱딱하지만 자연스러운 미소를 짓는다. 칼이 자랑스러운 것이다.

"초크는 여전히 말 그대로 지뢰밭입니다. 폭포 반대편으로 우리를 안내해 줄 만한 정보 요원들도 거의 없는 상황입니다. 덫이 될 수도 있어요. 나는 병사들을 그런 위험으로 내몰지 않을 겁니다."

"이 전쟁의 모든 부분에는 위험이 있습니다."

프톨레무스 오빠가 아버지의 반대편에서 말하는 목소리가 들린다. 오빠는 자기 왕좌에서 몸을 일으키며 칼이 그런 것처럼 몸을 편다. 지는 태양이 톨리 오빠의 머리를 붉게 물들인다. 오빠의 윤기 흐르는 은색 머리 타래가 왕자의 관 아래로 빛을 발한다. 같은 빛이 칼을 감싸, 그는 자신의 가문 색에 푹 잠긴다. 검은 그림자를 뒤에 늘어뜨린 칼의 눈동자가 붉게 빛난다. 두 사람은 남자들이나 하는 이상한 방식으로 서로 눈싸움을 벌인다. *모든 게 다 경쟁이지.* 속으로 코웃음을 친다.

"훌륭한 통찰이오, 프톨레무스 왕자. 하지만 노르타의 왕이신 국왕 전하는 전쟁이 무엇인지 매우 잘 깨닫고 있소. 그리고 나도 전하의 의견에 동의하는 바이오."

아나벨이 건조한 어조로 말한다.

벌써 저 여자는 그를 왕이라고 부르잖아. 아나벨의 단어 선택을 눈치챈 사람이 나 혼자만은 아닐 것이다.

칼은 경직된 채로 시선을 떨어뜨린다. 하지만 재빨리 회복하고 단호하게 턱에 힘을 준다. *칼은 이미 선택했다. 이제 와서 돌이킬 수야 없겠지, 캘로어.*

몬트포트의 프리미어, 데이비슨이 자기 자리에 앉은 채 고개를 끄덕인다. 진홍의 군대 사령관과 메어 배로우가 없으니, 그를 자꾸만 무시하게 된다. 나는 데이비슨을 완전히 잊고 있다시피 했다.

"나도 동의합니다."

그는 목소리조차 단조롭다. 특별한 억양이 없다.

"우리의 군대에게도 회복할 시간이 필요합니다. 그리고 이 연합으로서도 시간이 필요합니다. 그러니까……."

데이비슨은 생각하느라 말을 멈춘다. 여전히 표정을 읽을 수가 없어 공연히 짜증난다. 위스퍼가 그의 정신적인 방어막 뒤쪽으로 슬쩍 들어갈 수 없을까 문득 궁금하다.

"균형을 찾을 시간이요."

어머니는 아버지만큼 자제심이 강한 분은 아니다. 어머니는 이글대는 검은색 눈동자를 그 신혈 지도자에게 고정하신다. 어머니의 뱀이 그 동작을 따라 하며 프리미어를 향해 눈을 깜빡거린다.

"정보 요원이 전혀 없다니요. 국경 너머에 어떤 첩자도 없다는 겁니까? 용서하시죠, 하지만 나는 분명히 진홍의 군대가(어머니는 거의 그 말을 뱉어 내다시피 하신다.) 노르타와 레이크랜즈 양쪽 모두에 아주 복잡한 정보망을 갖고 있다는 인상을 받았습니다. 만약 적혈들이 그들 자신과 그들의 힘에 대해서 거짓말을 하는 게 아닌 이상 확실히 그 정보망은 유용할 텐데."

어머니의 모든 말씀에서 혐오감이 송곳니의 독처럼 뚝뚝 떨어진다.

"우리 쪽 정보원들은 문제없습니다, 전하."

적혈 장군, 사라지지 않을 것 같은 비웃음을 단 금발의 여성이 메어를 뒤에 달고 방으로 밀고 들어온다. 둘은 회의실의 끝에 있는 문간에서부터 성큼성큼 걸어와 방을 가로질러 데이비슨과 함께 앉는다. 둘은 재빠르고 조용하게 움직인다. 그렇게 하면 방 전체가 자기들을 지켜보는 시선을 피할 수라도 있다는 듯한 태도다.

의자에 앉는 동안, 메어는 시선을 똑바로 들어 나만을 바라본다. 놀랍게도 그녀의 시선을 받자 기이한 감정이 느껴진다. *이건 수치심일까? 아니, 말도 안 된다.* 그럼에도 불구하고 열기가 뺨을 타고 오른다. 분노해서든 당황해서든 간에, 제발 지금 얼굴에 그 사실이 티가 나지 않기를 바란다. 양쪽 감정이 모두 내 안에서 출렁인다. 거기에는 모두 그럴듯한 이유가 있다. 나는 메어에게서 시선을 떼어 칼을 바라본다. 나보다 더 비참할 단 한 사람에게로 주의를 돌리기 위함이다.

메어의 등장에 흔들리지 않은 것처럼 보이기 위해서 확실히 애를 쓰고는 있지만, 칼은 자기 동생이 아니다. 메이븐과는 달리 칼에게는 감정을 숨기는 기술이 거의 없다. 그의 피부가 은빛으로 물든다. 뺨, 목, 그리고 심지어는 양쪽 귀의 끝까지도. 그가 싸우고 있는 감정으로 인해 방의 온도가 조금 오르며 요동을 친다. 나는 머릿속으로 그를 조롱한다. *정말 바보라니까. 네가 선택했잖아, 캘로어. 우리 두 사람을 다 불행하게 만들었어. 적어도 침착한 척이라도 할 수 있었을 텐데. 여기서 비통해서 미쳐야 할 사람이 있다면, 그건 내가 되어야 마땅하단 말이다.*

칼이 길 잃은 고양이처럼 가냘프게 우는 게 아닐까 싶을 정도다. 하지만 칼은 그렇게 하는 대신에 맹렬하게 눈을 깜빡이며 억지로 번개 소녀에게서 눈을 떼어 낸다. 팔걸이에 놓인, 주먹을 꼭 쥔 손목에서 플레임메이커 팔찌가 죽어 가는 태양처럼 붉게 빛난다. 칼은 스스로를 억누른다. 그의 손목에서도, 그에게서도 불이 붙지 않는다.

칼과 비교하면 메어는 돌이나 다름없다. 엄격하고, 꼿꼿하고, 무표정하다. 스파크 하나 일지 않는다. 메어는 그저 계속 나만 바라보고 있다. 그 때문에 불안하지만, 그녀의 시선은 도전적이지는 않다. 메어의 눈에서는 평상시 보이던 분노가 이상할 정도로 사라진 상태다. 그 시선은 당연하게도 친절하지는 않지만, 그렇다고 해서 혐오감이 그득하지도 않다. 지금 당장은 나를 증오할 이유가 거의 없는 모양이다. 가슴이 조인다……. 이것이 내 선택이 아니라는 것을 메어가 아는 것일까? *아는 게 틀림없다.*

"돌아와 줘서 고마운걸, 배로우 양."

나는 그녀에게 그렇게 말한다. 진심이다. 메어 배로우는 언제나 캘로어 왕자들의 정신을 확실히 흩트리는 존재이니까.

메어는 팔짱만 끼면서 아무 대꾸도 하지 않는다.

메어와 함께 들어온 진홍의 군대 장군은 그렇게까지 침묵을 지킬 생각은 없는 듯하다. 운도 없지. 그녀는 자기 운명을 시험이라도 하려는 것인지 어머니를 노려본다.

"우리 정보원들은 현재 번갈아서 후퇴하고 있는 메이븐의 군대를 쫓고 있다. 그의 군대는 데트라온을 향해 속도를 내어 강행군 중이라더군. 메이븐 본인과 그의 장군들 몇 명이 에리스 호수에서 배에 탔다고 해. 아마도 그 배도 데트라온행이겠지. 레이크랜즈 왕의 장례식에 대한 말도 나오고 있어. 그리고 그들이 우리보다 더 많은 힐러를 보유하고 있어. 그 전투에서 누가 살아남았건 우리보다 빨리 다시 싸울 수 있는 상태로 회복할 수 있을 거다."

아나벨은 아버지를 거의 노려보다시피 한다.

"그래, 우리를 따르는 스코노스는 극소수에 불과하오, 대부분은 찬탈자에게 충성을 바치고 있으니. 레이크랜즈 역시 그쪽에 스킨 힐러 혈통을 가지고 있다는 건 언급할 필요도 없겠소이다."

마치 그것이 우리 잘못이라도 된다는 듯한 어투다. 우리는 할 수 있는 것들을 했고, 가능한 모든 사람들을 설득했는데.

아나벨의 말에 데이비슨이 딱딱한 미소를 짓고 한 손을 쓸며 머리를 기울인다. 눈가에 진 주름으로 나이가 드러난다. 아마도 40대 정도가 아닐까 싶은데, 확실하게 말하기는 어렵다.

그는 손가락을 눈썹에 댄다. 무슨 야릇한 경례나 약속 같이 보인다.

"그 점에 있어서라면 몬트포트가 도울 수 있습니다. 은혈과 아든 트로 구성된 힐러들을 더 보내 달라고 청원할 계획입니다."

"청원?"

아버지가 냉소하신다. 다른 은혈들 역시 아버지만큼이나 혼란스러워한다. 나는 시선을 흘끔 돌려 톨리 오빠의 눈을 마주 본다. 오빠는 눈썹을 찌푸린다. 오빠도 데이비슨이 한 말의 의미를 이해하지 못하고 있다. 속이 울렁거려 살짝 입술을 깨문다. 보통 우리 둘 중 하나가 무언가 부족하면, 다른 사람이 그 부분을 채워 준다. 하지만 이 문제에 있어서는, 오빠와 내가 모두 망망대해를 떠도는 형상이다. *아버지 또한 마찬가지다.* 아버지에게 화가 난 만큼이나, 다른 어떤 것보다도 이 사실이 나를 두렵게 한다. 당신께서 이해할 수 없는 것으로부터는 아버지도 우리를 보호하실 수 없다.

메어도 이해하지 못한 듯 혼란에 빠진 채 코를 찡그린다. *이 인간들.* 나는 속으로 욕을 한다. 계속 노려보고 있는 저 흉터 진 여자도 데이비슨의 말을 이해하긴 했는지 궁금하다.

몬트포트의 프리미어만이 홀로 작게 미소 짓는다. *저 늙은이는 이 일을 즐기고 있어.* 데이비드가 눈을 내리깔자 어두운 속눈썹이 뺨을 쓴다. 원한다면 잘생겨 보일 수도 있었을 것이다. 그렇게 하지 않는 이유는 저 남자가 가진 정치 노선이 무엇이든 잘생겨 보이는 것이 그에 하등 도움이 되지 않기 때문일 테다.

"여러분 모두가 아시다시피, 저는 왕이 아닙니다."

데이비드의 시선이 잠시 과거를 헤매더니 아버지에게서 칼에게로, 그리고 아나벨에게로 움직인다.

"저는 우리 국민들의 의지에 따라 봉사하며, 국민들은 자신들의 관심사를 대표하는 여러 정치인들을 선거를 통해 뽑습니다. 국민들 모두가 합의해야만 합니다. 제가 몬트포트로 돌아가서 더 많은 군대를 요청하면…….”

“돌아간다고?”

칼이 놀란 어조로 따라 말하자 데이비슨은 말을 멈춘다.

“언제 이 이야기를 할 계획이었습니까?”

데이비슨이 어깨를 으쓱한다.

“지금요.”

메어의 입술이 비틀린다. 쏘아보려는 건지 히죽 웃으려는 건지 잘 모르겠다. 아마도 후자 같다.

나만 그 사실을 알아챈 건 아니다. 의심이 점차 커진다. 칼의 눈동자가 메어와 프리미어 사이를 스친다. 그가 따지고 든다.

“그러면 우리는 당신이 없는 중에는 무엇을 해야 합니까, 프리미어? 기다립니까? 아니면 등 뒤에 한 손이 묶인 채로 싸워야 하나요?”

데이비슨은 미소를 지으며 말한다.

“전하, 전하의 대의에 몬트포트가 그토록 필수적이라고 생각해 주신다니 어깨가 으쓱해지는군요. 죄송합니다만 그래도 우리 나라의 법을 어길 수는 없습니다. 전시라고 해도 말입니다. 저는 몬트포트의 원칙을 저버리지 않을 것이며, 국민들의 권리를 지킬 겁니다. 결국 그들 중 일부가 전하께서 나라를 되찾는 일을 돕게 될 거고요.”

그 말 속에 든 경고는 그의 얼굴에 여전히 붙어 있는 편안한 미소만큼이나 분명하다.

아버지께서는 이런 일에 칼보다 능하시다. 아버지께서는 바로 당신 식의 공허한 미소를 걸치신다.

"우리도 결코 지배자에게 자신의 나라를 배신하라고 하진 않을 것이오, 프리미어."

"물론 그러시겠지."

상처가 있는 적혈 여성이 건조하게 대꾸한다. 아버지께서는 그녀의 무례를 당연하다는 듯 넘어가시지만 연합을 유지시키기 위해서다. 동맹이 아니었다면 아버지께서는 모두에게 예의범절에 대한 교훈을 주려는 차원에서 그녀를 죽이지 않았을까 싶다.

칼은 잠시 침묵하며, 침착함을 유지하기 위해서 최선을 다한다.

"얼마나 오랫동안 떠나 있을 예정입니까, 프리미어?"

"우리 정부에게 달려 있습니다만, 논쟁이 그렇게 오래 이어지지는 않을 겁니다."

아나벨 왕비가 즐거워하며 손뼉을 친다. 그녀는 얼굴 주름이 깊어지도록 웃음을 터뜨린다.

"얼마나 흥미로운지 모르겠소, 프리미어. 그래, 당신네 정부는 어느 정도는 되어야 논쟁이 오래되었다고 여기오?"

이 시점이 되자, 썩 훌륭하지 않은 배우들이 공연하는 연극 하나를 관람하고 있는 기분마저 든다. 아버지, 아나벨, 데이비슨 중 어느 누구도 다른 사람 입에서 나온 말은 한숨 하나도 믿지 않고 있으니.

아나벨의 억지 농담에 맞추듯 데이비슨이 한숨을 쉰다.

"아, 몇 년은 되어야죠. 민주주의란 우스운 거랍니다. 여러분들 누구도 민주주의에 대해 아직 잘 모르실 겁니다."

마지막 말은 공격하려는 의도가 다분한데, 실제로 먹힌다. 아나벨의 미소가 즉각 얼어붙는다. 그녀는 또 다른 경고의 의미로 테이블을 가볍게 친다. 아나벨은 간단히 그것을 파괴할 수 있다. 나머지도 마찬가지다. 치명적인 능력을 가진 모두가 각자의 목적을 가진 채 어울리는 중이다. 얼마나 더 이 상황을 참을 수 있을지 모르겠다.

"민주주의를 직접 볼 수 있다니 기대되네요."

그 말이 메어의 입에서 다 빠져나오기도 전에, 방의 온도가 올라간다. 그럼에도 메어만은 칼을 잠시라도 쳐다보지 않는다. 칼은 입술을 잘근잘근 씹으며 불타는 눈동자로 메어를 응시한다. 메어는 단호한 태도를 유지한 채, 쾌활하지만 텅 빈 표정을 짓는다. 데이비슨을 따라 하는 중인 것 같다.

놀라 키득거리는 소리가 새어 나오는 것을 막기 위해 재빨리 손으로 입을 가린다. 메어 배로우는 캘로어 남자들을 당황시키는 분야에 있어서만은 신기할 정도로 재능이 있다. 상황이 이 지경까지 오니 메어 배로우가 그것을 계획한 건 아닌지 궁금할 정도다. 밤을 지새우면서 메이븐을 혼란스럽게 하고 칼의 정신을 흩트리는 최상의 방법이 뭔지 연구하기라도 하나 보다.

하지만 정말 그런가? 그럴 수 있을까?

본능적으로 가슴속에서 피어오르는 희망의 불꽃을 꺼뜨리려고 애를 쓰다, 문득 나는 그것이 꽃피우게 둔다.

메어는 메이븐을 상대로도 성공했어. 그를 계속 차지했지. 메이븐을 흔들어 놓고 네게서 떨어뜨려 주었잖아. 칼에게 똑같이 하지 못할 이유가 뭐야?

"그렇다면 너는 썩 괜찮은 노르타 특사가 되겠어."

나는 흥미 없는 듯, 지루한 듯 들리도록 노력한다. 어떤 열망도 느껴지지 않도록. 누구도 내가 강아지가 따라갈 거라는 걸 알면서도 뼈다귀를 멀리 던지는 중이라는 것을 깨닫지 않았으면 한다. 메어의 눈이 내게로 빠르게 이동한다. 그녀의 눈썹이 약간 솟는다. *자, 메어.* 이곳의 누구도 내 마음을 읽을 수 없다니 다행스럽다.

"아니, 그녀는 가지 않습니다, 에반젤린."

칼이 재빨리 이를 악문 채로 말을 내뱉는다.

"당신을 모욕하려는 의미는 전혀 아니지만, 프리미어, 우리는 당신 나라에 대해서 충분히 알지 못하고……."

나는 머리를 기울이며 약혼자를 향해 눈을 깜빡인다. 은색 머리카락이 미늘 갑옷을 가로질러 쇄골 위로 흘러내린다. 내가 지닌 보잘것없는 권력이 지금 이 순간 혈관을 따라 폭발한다.

"그렇다면 잘 알 수 있는 더 나은 방법이라도 있나요? 메어 배로우라면 환영을 받을 겁니다, 영웅으로요. 몬트포트는 신혈들의 나라이니까. 그녀의 존재가 우리에게도 도움이 될 거예요. 그렇지 않나요, 프리미어?"

데이비슨이 무감한 눈길을 내게로 고정한다. *원하는 모든 걸 보도록 해, 적혈.*

"의심의 여지가 없죠."

프리미어의 대답에 아나벨이 불신으로 코웃음을 친다.

"공주는 메어 배로우가 자신이 거기서 본 것들을 그대로 보고할 것이라 믿소? 어떤 윤색이나 생략 없이? 실수하지 마시오, 에반젤린 공주. 저 소녀는 은혈의 피를 가진 누구에게도 충성심 따위 없으니."

칼과 메어 두 사람이 동시에 시선을 떨어뜨린다. 마치 서로를 쳐다보지 않는 싸움이라도 하는 것처럼.

나는 어깨를 으쓱한다.

"그렇다면, 그녀와 함께 은혈을 하나 보내시죠. 제이코스 경은 어떠신가요?"

자기 가문 색인 노란색 망토를 걸친, 여위고 나이 든 남자는 자신의 이름이 불리자 깜짝 놀란 것처럼 보인다. 그는 옷감의 낡은 조각처럼 후줄근하게 보인다.

"제 기억이 맞다면 당신은 학자이지요, 그렇지 않나요?"

"그렇습니다."

제이코스가 웅얼웅얼 대답한다.

메어가 머리를 획 든다. 뺨이 붉지만 그 외 나머지 부분은 차분해 보인다.

"누구든 함께 보내고 싶은 사람을 보내세요. 난 몬트포트로 갈 겁니다. 어떤 왕에게도 나를 막을 권리는 없습니다. 원한다면 시도는 해 볼 수 있겠지만."

훌륭하다. 캘로어가 의자에 앉은 채 몸에 힘을 준다. 그의 할머니가 칼에게로 가까이 몸을 붙인다. 그녀는 칼과 대조되어 더 작게 보인다. 하지만 그들의 유사성은 아주 분명하다. 황동색 눈동자, 넓은 어깨, 쭉 뻗은 콧날, 군인의 심장. 그리고, 근본적으로, 똑같은 야망의 소유자. 아나벨은 칼의 반응을 걱정이라도 하듯 그를 쳐다보며 말한다.

"그러면 제이코스 경과 메어 배로우가 노르타의 진정한 왕을 대표해 저들을 따라……."

칼의 팔찌에서 스파크가 일더니, 붉은색 화염이 작게 피어오른다. 그것은 느릿하게 칼의 손가락 관절을 따라 올라간다.

"진정한 왕은 자기 자신을 직접 대표할 겁니다."

칼은 불꽃에 시선을 둔 채 말한다.

맞은편에서 메어가 이를 악문다. 나는 자리에 조용히 그대로 앉아 있기 위해서 모든 자제력을 동원하고 있지만 속으로는 환호성을 지르며 춤을 춘다. *너무 쉽잖아.*

"티베리아스."

아나벨이 낮게 말한다. 칼은 신경 쓰지도 않는다. 아나벨은 칼을 압박할 수가 없다. *당신이 일을 이렇게 만들었잖아, 멍청한 늙은 여자 같으니. 자기 입으로 그를 왕이라고 불렀으니까. 이제 복종하시지.*

"인정해야겠군요, 내가 줄리언 삼촌의, 그리고 어머니의 호기심을 물려받았다는 것을요."

어머니를 언급할 때 칼의 태도가 부드러워진다. 나는 칼의 어머니에 대해서 별로 아는 게 없다. 코리앤 제이코스는 엘라라 왕비가 참아 주던 주제가 아니었다.

"이 자유 공화국을 방문해서, 모든 이야기가 사실인지 아닌지 확인해 보고 싶군요."

다음 순간 그의 목소리가 낮아진다. 메어를 향한 칼의 시선이 어찌나 강렬한지, 마치 시선만으로 메어를 돌아오게 할 수 있다는 듯하다. 메어는 마주 보지 않는다.

"난 직접 보는 걸 좋아합니다."

데이비슨은 눈을 깜빡이면서 고개를 끄덕인다. 아주 잠깐이지만,

그의 텅 빈 가면이 조금 미끄러진다.

"직접 오신다니 환영입니다, 전하."

칼은 불을 끄고는 손가락으로 테이블을 두드린다.

"좋아요. 그럼 확정이군요."

아나벨이 입술을 오므리는데, 꼭 뭔가 신 것을 먹은 표정이다.

그녀가 코웃음을 친다.

"확정? 어떤 것도 확정되지 않았습니다. 전하께서는 델피에 깃발을 세우셔야죠. 새 수도를 선포하셔야 합니다. 영토를 지배하시고, 자원을 얻으시고, *사람들*을 다스리시며, 더 많은 하이 하우스들을 전하의 편으로 끌어들여야……."

칼은 그 말에 전혀 구애받지 않는다.

"저는 자원을 얻어야 합니다, 할머님. 군인들 말입니다. 그 군사력을 가진 곳이 바로 몬트포트고요."

"전하 말씀이 정말로 옳습니다."

아버지가 말씀하신다. 아버지의 음성은 오래된 공포를 내 가슴속에 불러일으키며 깊게 우르릉거린다.

이 일을 밀어붙인 걸로 아버지께서 화가 나신 걸까? 아니면 기쁘신 걸까? 어렸을 적, 볼로 사모스를 거역하면 어떤 일이 벌어지는지 나는 분명히 배웠다. 아버지를 거역한 자는 유령이 되었다. 무시받는다. 아무도 그를 원치 않는다. 성취와 총명함으로 그분의 사랑을 되찾는 방법을 배우기 전까지는.

곁눈질로 아버지를 살핀다. 왕좌에 당당하게 앉아 있는 리프트 왕국의 왕은 창백하고 완벽한 모습이다. 꼼꼼하고 세심하게 손질된 턱수염 아래로, 아버지의 비웃음 한 자락을 포착한다. 그제야 나는 작고 소리 없이 안도의 한숨을 내쉰다.

아버지는 이어 말씀하신다.

"노르타의 적법한 왕이 직접 간청한다면 프리미어의 정부에게도 호소력이 있을 것입니다. 또한 이 연합을 더욱 굳건하게 만들어 줄 것입니다. 그러니 리프트 왕국을 대표하기 위한 우리 쪽 사절단을 함께 보내는 것이 제게는 유일한 답처럼 느껴집니다."

톨리 오빠는 안 돼요……. 제발 그러지 마세요! 마음속으로 나는 비명을 지른다. 메어 배로우는 오빠를 죽이지 않겠다고 약속했지만, 그 약속은 사실상 신뢰할 수 없다. 특히나 그런 말을 할 수밖에 없었던 환경에서 이뤄진 약속이라면. 벌써 훤히 보인다. 그 일은 어리석은 사고 그 이상 아무것도 아닐 것이다. 일레인 또한 충실한 아내로서 오빠와 동행하게 될 것이다. *아버지께서 톨리 오빠를 보낸다면, 우리는 시체 한 구를 돌려받게 될 것이다.*

"에반젤린이 그대들과 함께 갈 것입니다."

메스꺼움이 치밀며 가슴속 안도감을 몽땅 쓸어 낸다.

와인 한 잔을 더 달라고 할 것인지, 아니면 발아래에 몽땅 토할 것인지를 두고 갈팡질팡한다. 머릿속에서 여러 목소리가 고함을 지르는데, 모두 똑같은 말만 외치고 있다.

네가 스스로 일을 이렇게 만들었잖아, 멍청한 어린 계집 같으니.

제3장

메어

내 웃음소리가 동쪽의 벽들을 *따라* 메아리치며 어두운 마당 너머로 퍼져 나간다. 웃느라 몸을 숙이고 매끄러운 난간을 양손으로 꽉 누른 채 숨을 헐떡인다. 자제할 수가 없다. 진정한 웃음이, 내장 저 아래 구멍에서부터 올라온 깊은 종류의 뭔가가 나를 사로잡는다. 그 시끄러운 소리는 써 본 적 없는 탓에 공허하고 날카로우며 칙칙하다. 상처가 물어뜯는다. 내 목과 척추를 찌르고 있다. 하지만 도무지 멈출 수가 없다. 입술을 깨무는데도 간간이 웃음이 새어 나온다.

경비들을 제외하면 딱히 내 웃음소리를 들을 사람이 없고, 경비들이라고 해서 어둠 속에서 혼자 웃고 있는 여자애 하나를 신경이나 쓸까 싶다. 나는 내가 괜찮다고 생각되는 때에 웃거나 울거나 비명을 지를 권리를 얻어 냈다. 내 안의 아주 작은 조각들은 그 세 가지를 다 하고 싶어 한다. 하지만 웃음이 나머지를 제압하고 튀어나온다.

내 웃음소리는 좀 정상이 아닌 것처럼 들리는데, 어쩌면 내가 미친 걸 수도 있다는 생각이 든다. 오늘 겪은 일들을 생각하면 나에게는 확실한 핑계가 존재하는 셈이다. 코르비움의 다른 쪽에서는 사람들이 여전히 시체들을 치우고 있다. 칼은, 우리가 함께 싸운 이유라고 내가 생각했던 모든 것을 버리고 왕관을 선택했다. 우리 둘 다 어떤 힐러도 고쳐 줄 수 없는 상처들로 계속 피를 흘리고 있다. 온전한 정신을 유지하기 위해서 지금까지 내가 외면할 수밖에 없었던 상처들이다. 내가 할 수 있는 일이라고는 손에 얼굴을 묻고 이를 악문 채, 지긋지긋한 멍청한 웃음소리를 멈춰 보려고 애쓰는 것뿐이다.

이건 완전히 정말로 미친 짓이다.

에반젤린, 칼, 그리고 *내가,* 모두 몬트포트로 향하다니. 이 얼마나 끔찍한 농담이란 말인가.

피에드몬트에 안전하게 남아 있는 킬런에게 보낸 메시지에도 똑같이 썼다. 킬런이라면 모든 일을 알고 싶어할 테니까. 내가 그에게 뒤에 남으라고 설득했으니 일어난 일을 알려 주어야 공평할 것이다. 그리고 당연히 나도 킬런에게 알리고 *싶다.* 나와 함께 웃음을 터뜨리고, 앞으로 닥쳐올 일에 욕설을 퍼부어 줄 누군가를 갖고 싶다.

나는 다시 어둡게 키득거리며 건물의 석조에 뒤통수를 기댄다. 머리 위 별들은 촘촘히 뚫린 작은 구멍처럼 보이고, 코르비움의 불빛과 비교하자니 서서히 떠오르는 달과 마찬가지로 흐릿하다. 별들은 이 성채 도시를 내려다보고 있는 것처럼 보인다. 아이리스 시그넷의 신들이 나와 함께 소리 내어 웃고 있을지 궁금하다. 그들이 존재하는지도 모르겠지만.

존 또한 웃고 있을지 궁금하다.

존에 대한 생각에 피가 차갑게 식는다. 내 안에 남아 있던 미친 듯한 키득거림도 사그라든다. 우리를 피해 달아난 그 진절머리 나는 신혈 예언가는 저 밖 어딘가에서 잡히지 않고 있다. 대체 뭘 하고 있을까? 언덕 위에 앉아서 지켜보려나? 우리가 서로를 죽이는 동안 그 붉은 눈을 굴리면서? 그는 자기가 선택한, 뭔지 모를 미래를 연기하도록 우리를 각자의 위치로 몰아넣는 일종의 경기 전문가 같은 걸까? 아주 조금의 가능성이라도 있다면, 그를 찾으려고 했을 것이다. 치명적인 운명으로부터 우리를 보호하도록 시켰을 것이다. 하지만 그건 불가능한 일이다. 존은 내가 오는 것을 볼 수 있을 테다. 우리는 존이 발견되기를 원할 때에만 그를 찾을 수 있다.

절망에 빠진 채 얼굴과 두개골을 마구 문지른다. 손톱에 피부가 긁힌다. 날카로운 감각에 현실이 조금씩 조금씩 돌아온다. 차츰 추위도 느껴진다. 밤이 느릿느릿 다가오는 사이 몸 아래의 돌이 온기를 잃는다. 내가 입은 얇은 제복은 추위를 거의 막아 주지 못하고, 벽의 날카롭고 단단한 모서리는 도무지 편안하다고 할 수가 없다. 그럼에도 불구하고, 나는 움직이지 않는다.

움직이면 자러 가야 한다는 뜻이고, 저 아래로 돌아가야 한다는 뜻이다. 다른 사람들에게로, 병영으로. 아무리 최선을 다해 무서운 표정을 지으며 달아난다고 해도, 적혈들, 신혈들 그리고 은혈들을 마주칠 수밖에 없을 것이다. 당연히 줄리언도. 침대 옆에서 강의를 펼칠 준비를 한 채 나를 기다리고 있을 줄리언의 모습이 눈앞에 그려진다. 그가 어떤 말을 준비했을지까지는 모르겠지만.

줄리언은 칼의 편을 들 것이다. 이 모든 일이 끝나면. 우리가 칼이 자신의 왕좌를 지킬 수 있도록 두지 않을 것이 분명해지는 순간이 오면. 은혈들은 혈통에 대단히 헌신한다. 그리고 줄리안은 자신의 누이에 모든 충심을 바친다. 그것을 빼면 그에게는 거의 아무것도 남지 않는다. 칼은 그녀가 남긴 마지막 조각이다. 혁명과 역사에 관해 자신이 떠벌린 모든 이야기에도 불구하고, 줄리언은 칼에게서 등을 돌릴 수 없을 것이다. 그는 칼을 홀로 내버려 두지 않을 것이다.

티베리아스라고. 불러야지. 그를. 티베리아스라고.

그 이름을 떠올리는 것만으로도 고통스럽다. 그의 진짜 이름. 그의 미래. 티베리아스 캘로어 7세, 노르타의 왕, 북쪽의 화염. 자기 동생의 왕좌에, 침묵하는 돌로 만든 감옥 속에 안전하게 앉아 있는 그의 모습을 그려 본다. 아니, 어쩌면 그라면 자기 아버지가 앉았던, 다이아몬드유리로 만든 불꽃의 왕좌를 다시 꺼낼지도 모른다. 그는 아버지의 왕궁을 재건할 테니까. 노르타 왕국은 예전으로 되돌아갈 것이다. 리프트에 있는 사모스 왕만 뺀다면, 모든 것이 내가 경기장 위로 떨어졌던 그날에 그래야만 했던 것처럼 돌아가게 될 것이다.

그날 이후로 벌어졌던 모든 일이 아무것도 아니게 된다니.

그렇게 두지는 않을 것이다.

그리고, 다행스럽게도, 그런 일을 막으려는 사람이 나 혼자만은 아니다. 달빛이 검은 돌을 비추자 모든 탑이 금색 음영을 띠고 난간들은 은색으로 번뜩인다. 내게는 긴장을 풀고 있지만, 붉은색과 녹색의 군복을 입은 경비들은 계속해서 주변을 경계 중이다. 진홍의 군대와 몬트포트 군인들이다. 그들의 반대인, 여러 가문 색의 옷들을 입은 은혈들이 보이는 빈도는 더 적으며 저들끼리 서로 뭉쳐 있다. 노란색 라리스, 검은색 헤이븐, 붉은색과 푸른색의 아이럴, 붉은색과 주황색의 르롤란. 사모스 색은 안 보인다. 볼로 사모스의 야망 덕에 기회를 잡은 사모스는 이제 왕족이니 심야 순찰 같은 평범한 업무 따위에 시간을 낭비할 필요야 없겠지.

메이븐이 이 점을 어떻게 생각할지 궁금하다. 티베리아스에 그토록 집착해 왔던 메이븐에게 볼로 같은 또 다른 경쟁자 왕의 존재감이 어떻게 다가갈지 상상도 안 된다. 메이븐의 삶은 형 중심으로 돌아갔다. 심지어 메이븐 본인이 원할 수 있는 모든 것을 가진 듯 보일 때조차도 그랬다. 왕관, 왕좌, *나*. 메이븐은 여전히 그림자처럼 느껴졌다. 엘라라가 만든 것. 엘라라는 자신이 필요한 대로 메이븐을 휘감고 구부리고 잘라 내고 쌓아 올렸다. 메이븐의 강박은 권력욕을 부추겼고 그 덕에 엘라라도 자신이 원하는 권력을 쥘 수 있었다. 그 점이 볼로 왕에게도 똑같이 적용될까? 아니면 메이븐의 어둡고 가장 위험한 욕망들은 우리에게만 한정된 것일까? 티베리아스를 죽이고, 나를 가두는 것에만?

오직 시간만이 답을 줄 것이다. 메이븐이 다시 공격해 오면, 그때 알게 될 것이다. 그리고 그는 공격해 올 것이다.

그저 그때 우리가 준비된 상태이기만 바란다.

데이비슨의 군대, 진홍의 군대, 점점 넓어지는 우리의 잠입 범위…… 충분할 것이다. 충분해야만 한다.

하지만 그렇다고 해서 내가 대책을 세울 수 없다는 건 아니다.

＊ ＊ ＊

"언제 떠나죠?"

좀 두려운 사회적 상호 작용이 수반되기는 했지만, 데이비슨의 구
역으로 가는 길을 물어서 알아냈다. 그는 몬트포트 간부들로 지휘부
를 구성해서 행정 구역 내의 큰 사무실 몇 곳을 사용하고 있다. 진홍
의 군대도 있는데, 팔리는 이곳에 없다. 장교들은 내가 들어서는 것
을 당연하게 여기며 자기들이 아직도 번개 소녀라고 부르는 사람에
게 길을 내어 준다. 그들 대부분은 뭔가를 챙기느라 바쁘다. 서류, 파
일, 도표, 뭐 그런 것들이다. 여기 있는 사람 중 누구도 실제 저 물건
들의 소유자는 아니다. 나보다 더 똑똑한 사람들이 걸신들린 듯 읽
어 댈 기밀들. 아마도 이 공간을 마지막으로 썼던 은혈 장교들이 남
긴 것일 테다.

내가 찾아낸 신혈 중 하나인 에이다가 그 모든 일의 중심에 있다.
다른 누가 챙기기 전에 에이다의 눈이 모든 종이 뭉치를 훑어 내린
다. 자신의 완벽한 기억 능력을 이용하여 그 모든 것을 외우는 것이
다. 옆을 지나는 순간 그녀와 눈이 마주친다. 우리는 서로 고개를 끄
덕여 인사한다. 몬트포트에 가면 에이다는 팔리의 명령에 따라 사령
부로 발령받을 것이다. 얼마나 오랜 시간이 흐른 뒤에야 그녀를 다
시 볼 수 있을지 모르겠다.

기본적인 것만 갖춰진 책상에 앉아 있던 데이비슨이 나를 올려다
본다. 기울어진 눈매 한구석이 주름진 것이 유일한 미소의 흔적이
다. 사무실의 지독하게 눈에 거슬리는 조명 아래에서도 그는 변함없

이 잘생겨 보인다. 기품이 있다. 상대를 위축시킬 만큼. 아무 작위 따위 없이도 권력을 가진 왕. 데이비슨이 손을 흔들어 나를 부른다. 힘겹게 침을 삼키며 포위 작전 때 그가 어떤 모습이었는지 기억해 본다. 피에 젖고 기진맥진했으며 겁에 질렸다. 그리고 단호했다. 마치 우리 나머지처럼. 그 사실에 나는 조금 침착해진다.

"아까 위에서 잘하던데요, 배로우 양."

머리를 들어 올린 데이비슨이 모호하게 중앙 탑을 가리켜 보인다. 나는 코웃음을 치며 눈을 깜빡인다.

"입을 잘 닥치고 있었다는 말씀이신가요."

창문 근처에서 누군가가 웃음을 터뜨린다. 시선을 돌리자 유리창에 기댄 채 팔짱을 끼고, 늘 그렇듯 하얀 머리카락으로 한쪽 눈을 가린 타이톤이 보인다. 팔다리 소매가 좀 짧기는 하지만 깨끗한 짙은 황록색 군복을 입고 있다. 그가 어떤 존재인지를 알려 주는 번개 휘장은 보이지 않는다. 나와 같은 일렉트리콘이라는 장식이. 아마도 그건 저 옷이 그의 군복이 아니기 때문일 것이다. 마지막으로 타이톤을 보았을 때, 그는 눈썹부터 발목까지 온통 은색 피로 칠갑을 하고 있었다. 타이톤은 팔에 대고 손가락을 톡톡 두드리더니 그것들이 무기라도 되는 것처럼 휘두른다.

"그게 가능하긴 해요?"

타이톤은 나를 보지도 않고 낮은 목소리로 말한다.

데이비슨은 나를 살피더니 머리를 조금 젓는다.

"사실 난 당신이 다른 사람들에게 그렇게 말해서 기쁩니다, 메어. 나와 우리 고향까지 동행한다는 것 말입니다."

"말했다시피, 난 호기심에……."

프리미어는 고개를 들고 손바닥을 내밀어 내 말을 막는다.

"관둬요. 여기서 그저 호기심 때문에 뭘 하는 사람은 제이코스 경이 유일할 테니까요."

뭐, 틀린 말은 아니네.

"정말로 몬트포트에 원하는 게 뭐죠?"

창문 쪽에서는 격에 떨어지지만 마침내 나를 보기로 했다는 듯이 타이톤이 빛 속에서 눈을 깜빡거린다.

나는 턱을 치켜든다.

"당신이 약속한 것들요."

처음으로 데이비슨이 정말로 놀라 보인다.

"재정착 말입니까? 당신이 원하는 게 정말……."

"난 우리 가족이 안전했으면 해요."

내 목소리는 전혀 흔들리지 않는다. 예전에 죽은 한 은혈과 그녀의 예의에 관한 규칙 중 조금이라도 기억나는 것들을 내 자세에 반영해 본다. *척추는 쭉 펴고, 어깨는 똑바로. 눈을 맞춰.*

"우리 모두 엄밀히 전쟁 한복판에 떨어진 셈이죠. 노르타, 피에드몬트, 레이크랜즈 그리고 당신의 공화국도요. 어떤 곳도 안전하지 않습니다. 하지만 당신의 나라는 가장 먼 곳에 떨어져 있으며, 또 가장 강해 보여요. 아니, 적어도 가장 방어가 잘 되어 있어 보여요. 내가 직접 우리 가족을 그곳으로 데리고 갈 수 있다면 최선일 거라고 생각해요. 내가 더 나은 사람들이 시작한 일을 마무리하기 전에 말이죠."

"그 약속은 신혈들을 향한 거였어요, 배로우 양."

데이비슨이 조용히 대꾸한다. 우리를 둘러싼 넘치는 활기에 그의 소리는 거의 묻힌다.

속이 울렁거리지만, 나는 더 단호하게 대꾸한다.

"내 생각은 다릅니다, 프리미어."

그는 특유의 단조로운 미소를 뒤집어쓰며 평상시의 가면 뒤로 후퇴한다.

"와, 정말. 당신은 내가 그렇게까지 무정한 인간이라고 여겼어요?"

참 이상한 농담이지만, 데이비슨은 누구보다도 이상한 남자이긴 하다. 그는 이까지 드러내며 웃는다.

"당연히 당신 가족이라면 환영이죠. 그분들을 시민으로 받아들이게 되다니 몬트포트로서는 영광입니다. 이바렘, 한마디 좀?"

그가 내 어깨 너머로 크게 외친다.

연결된 방들 중 한 곳에서 남자 하나가 부산스럽게 들어오는 바람에 나는 펄쩍 뛰고 만다. 그 남자는 신혈 쌍둥이 래시와 타히르의 닮은 꼴이다. 필요한 정보를 전달하기 위해 타히르는 피에드몬트에 머무르고 래시가 아케온에 파견되어 있다는 것을 몰랐다면, 이 사람이 그 쌍둥이 중 하나일 거라고 틀림없이 생각했을 것 같다. *세쌍둥이구나.* 그 재빠른 깨달음에 입안이 쓰다. 깜짝 놀라는 건 정말 싫은데.

자기 형제들처럼, 이바렘은 어두운 갈색 피부, 검은색 머리카락에 잘 손질된 수염을 갖고 있다. 수염 아래로 그의 턱에 난 흉터 하나가, 새로 돋아난 살이 차오른 하얀색 선 하나가 눈에 들어온다. 은혈 귀족 하나가 오래전에 이 남자를 그의 일란성 쌍둥이들과 구별하기 위해서 벤 흔적이 남은 것이다.

"만나서 반가워요."

나는 데이비슨을 향해 눈을 가늘게 뜨며 웅얼거린다.

그는 내 불편함을 알아차린다.

"아, 맞아요, 이 친구는 래시와 타히르의 형제입니다."

"전혀 몰랐네요."

나는 건조하게 받아친다.

인사하며 고개를 숙이는 이바렘의 입가가 작은 미소로 구부러진다.

"마침내 만나 뵙게 되어 참으로 기쁩니다, 배로우 양."

그다음에 그는 기대감에 차 있는 프리미어 쪽으로 몸을 돌린다.

"뭐가 필요하신가요, 프리미어?"

데이비슨이 그를 바라본다.

"타히르에게 말을 전해 줘요. 배로우 가족에게 따님이 그분들을 내일 데리러 갈 거라고 알리라고. 몬트포트로 재정착하기 위해서."

"알겠습니다."

이바렘이 대꾸한다. 프리미어의 메시지가 그의 뇌에서 형제의 것으로 이동하는 한순간 이바렘의 눈이 게슴츠레해진다. 두 사람 사이의 거리는 수백 킬로미터가 넘는데도 불구하고 메시지를 주고받는데는 고작 1초 남짓 걸린다. 이바렘이 다시 고개를 끄덕인다.

"전달했습니다, 프리미어. 타히르가 축하하고 환영한다는군요, 배로우 양."

그저 부모님이 그 제안을 받아들이시기만을 바랄 뿐이다. 그분들이 안 받아들이실 것 같다는 건 아니다. 지사가 가고 싶어 하면, 엄마는 지사의 뜻에 따르실 테니까. 브리 오빠와 트래미 오빠는 엄마

의견을 따를 테고. 다만 아빠는 잘 모르겠다. 더구나 내가 가족들이 랑 함께 머무르지 않을 거라는 걸 알게 되신다면. *제발 다들 가. 내가 이런 기회를 가족들에게 주게 해 줘.*

"타히르에게 고맙다고 전해 줘요."

여전히 이바렘의 존재에 당황한 채, 나는 웅얼거린다.

"전달했습니다. 타히르가 괜찮다고 하는군요."

"두 사람 모두에게 고맙군."

데이비슨이 끼어들며 말을 자르는데, 거기엔 적절한 이유가 있다. 이 형제들은 광포한 속도로 말을 주거니 받거니 할 수 있지만, 그들의 연결된 뇌가 나란히 붙어 있을 때보다야 편하지는 않은 것이다. 이바렘은 고개를 끄덕이고 떠나라는 뜻을 받아들인 뒤, 저쪽에서 하고 있던 일을 마저 하기 위해 발을 질질 끌며 사라진다.

"저한테 더 소개해 줄 또 다른 형제가 남아 있나요?"

프리미어를 향해 몸을 숙이며 야유하듯 묻는다.

그는 내 짜증을 차분하게 받아넘긴다. 데이비슨이 한숨을 쉬며 대답한다.

"아뇨, 휘하에 저들 같은 이들이 더 있기를 바라고 있지만요. 저 형제들은 흥미로워요. 보통 아든트들은 대응 관계에 있는 은혈 능력이 있기 마련이지만 저런 능력은 신혈들 말고는 본 적도 없어요."

"그의 두뇌는 다른 사람들과는 다르게 느껴져요."

나는 중얼거리는 타이톤을 날카롭게 바라본다.

"꼭 그렇게 말해야겠어요?"

타이톤은 그저 어깨만 으쓱할 뿐이다.

나는 데이비슨에게 몸을 돌린다. 여전히 속은 쓰리지만, 그가 내게 막 제공한 선물은 무시할 만한 것이 아니다.

"이 일을 받아들여 줘서 고마워요. 당신은 나라를 다스리는 사람이고, 이 일이 크게 느껴지지 않을지도 모르지만, 이건 내게는 정말로 중요한 의미거든요."

"당연히 내게도 중요한 일입니다. 그리고 가능하다면 곧 당신 가족과 같은 처지의 다른 가족들에게도 같은 일을 해 줄 수 있기를 바랍니다. 우리 정부는 빠르게 난민 문제화되고 있는 이 일을 어떻게 맞이할 것인지와 이미 쫓겨난 적혈과 신혈들을 옮기는 문제를 두고 한참 토론 중입니다. 하지만 당신에 대해서라면, 당신이 해낸 것들과 계속하려는 일에 대해서라면, 예외를 적용해야겠죠."

"내가 해낸 일이 뭔가요? 정말로요?"

그 말이 입술 사이로 툭 새어 나간다. 열기가 뺨을 타고 흐른다.

"당신은 도저히 관통할 수 없는 것에 금을 냈죠. 갑옷에 흠집을 냈고, 병뚜껑을 느슨하게 돌렸죠. 우리가 그걸 열고 쳐들어갈 수 있게."

데이비슨이 명백한 사실을 지적하듯 말한다.

진심을 담은 그의 미소는 커다랗고 하얗다. 그리고 점점 더 커진다. 그걸 보고 있자니 고양이가 생각난다.

"정말 작은 일이 아닌 것이, 당신 덕분에 노르타 왕좌를 돌려받겠다는 사람이 공화국으로 오게 되었지 않습니까."

그 말에 정신이 번쩍 든다. *위협인가?* 나는 재빨리 책상 위로 몸을 숙인다. 손바닥으로 나무를 꾹 누른 채 경고의 의미를 담아 목소리를 낮춘다.

"칼이 다치지 않을 거라고 약속해요."

망설이지도 않고 데이비슨이 나와 어조를 맞추고 말한다.

"약속하죠. 그의 머리카락 하나 건드리지 않겠습니다. 캘로어가 우리 나라에 있는 동안에는 어떤 누구도 그럴 수 없을 겁니다. 단단히 약속드립니다. 그건 결코 내가 계획하고 있는 바가 아니에요."

"다행이네요. 우리 쪽 동맹과 메이븐 캘로어 사이의 완충제를 제거해 버린다면 얼마나 우스꽝스럽고 어리석은 일이겠어요."

내 대답에 고양이의 미소는 더 커진다. 고개를 끄덕인 데이비슨은 깔끔하게 손질된 회색 눈썹 한쪽을 들어 올린다.

"뭔가 다른 걸 보게 된다는 게 꼬마 왕자님께 좋지만은 않겠죠? 왕이 없는 나라라든가?"

그런 나라가 가능하다는 것을 본다. 왕관이, 왕좌가, 그것들이 그의 의무가 아닐 수 있다는 것도. 그는 왕이나 왕자가 될 필요가 없다. 만약 스스로 원하는 것이 아니라면.

하지만 그는 왕이 되길 원하겠지.

"네."

그게 내가 말할 수 있는 전부다. 그리고 내가 희망할 수 있는 전부다. 처음 티베리아스를 마주쳤던 어두운 술집에서 그가 다른 사람인 척했던 것도 세상이 정말로는 어떤 모습을 하고 있는지 보기 위해서가 아니었던가? 무엇이 바뀌어야만 하는지를 보기 위해서?

데이비슨은 뒤로 몸을 기댄다. 나와 할 말이 끝난 게 분명하다. 나 역시 그렇다.

"당신 요청이 받아들여졌다는 걸 잘 생각해 봐요. 그리고 어쨌든 우리가 피에드몬트로 먼저 돌아가야 한다는 게 얼마나 운이 좋은 일인지도 생각해 보고요. 그렇지 않았다면 1톤은 될 배로우 사람들을 수습하는 게 나한테도 그렇게 쉬운 일은 아니었을 거거든요."

그는 거의 윙크를 한다.

나도 미소 비슷한 걸 짓는다.

＊ ＊ ＊

병영으로 반쯤 갔을 때쯤, 이 군사 도시를 통과하는 내내 누군가가 나를 미행하고 있었다는 걸 깨닫는다. 뒤에 바싹 따라붙은 발자국 소리는 구불구불한 골목을 걷는 동안에도 재빠르고 규칙적이다. 야광등 아래로 두 그림자가 드리운다, 내 것과 다른 누군가의 것. 긴장되고 불안하긴 하지만 두렵지는 않다. 코르비움에는 연합군이 바글바글댄다. 그들 중 누가 내게 해를 끼치고 싶어 할 정도로 어리석은지는 모르겠지만 어디 시도해 보라지. 나로선 환영이다. 나는 스스로를 지킬 수 있다. 전류가 피부 아래에서 맥동하며, 자길 불러내는 건 쉽다고 속삭인다. 풀려날 준비가 되었다고.

누구인지는 모르겠으나 방심한 상대를 맞닥뜨리게 되리라 예상하며, 부츠 굽을 축으로 빙글 돈다. 내 예상은 어긋난다.

에반젤린은 매끄럽게 멈추어 선다. 기대에 찬 얼굴로 팔짱을 낀 채, 어둡고 완벽한 눈썹을 치켜올린다. 여전히 그 호화롭기 그지없는 갑옷을 입고 있는데, 전장보다는 왕의 궁정에 훨씬 더 어울릴 법하다. 그럼에도 왕관을 쓰고 있지는 않다. 에반젤린은 시간이 났다 하면 자신이 조종할 수 있는 온갖 종류의 금속들로 작고 큰 왕관들을 만들고는 했다. 하지만 정작 그녀가 정말로 왕관을 쓸 수 있는 권리를 다 얻은 지금, 그녀의 머리 위에 아무것도 없다니.

고개를 새침하게 돌리며 에반젤린이 말한다.

"난 도시 구역 두 개를 지나는 내내 너를 따라왔어, 배로우. 네가 도둑 비슷한 뭐였던 걸로 아는데."

전처럼 멈출 수 없는 웃음이 또 강하게 터져 나온다. 도무지 히죽대는 웃음을 참을 수가 없어서 숨을 한번 크게 뱉는다. 에반젤린의 공격은 너무나 익숙하다. 지금은 그게 무엇이든 익숙한 것이라면 편하게 느껴진다.

"정말 변하질 않는구나, 에반젤린."

그녀의 미소가 칼날처럼 재빨리 번뜩인다.

"당연히 변할 리가. 완벽한데 무엇 하러 변하겠어?"

"음, 부디 제가 그 완벽한 삶을 막지 않도록 하시지요, 공주 저하."

나는 여전히 히죽대며 옆으로 한 발 물러나 그녀에게 길을 터 준다. 어디 해 볼 테면 해 보라지. 에반젤린 사모스가 모욕이나 주고받자고 나를 찾은 것은 아닐 테니. 대회의실에서의 행동으로 볼 때 에반젤린의 동기는 매우 분명하다.

에반젤린은 눈을 깜빡이더니 자신만만한 태도를 조금 무너뜨린다.

"메어."

그렇게 말하는 목소리는 조금 부드럽다. 탄원하는 듯하다. 하지만 그렇게 애원하는 이상의 무언가를 하기에는 에반젤린의 자존심이 허락하지 않는 모양이다. 저 빌어먹을 은혈의 목. 아마 숙이는 법도 모를 것이다. 누가 에반젤린에게 그런 걸 가르친 적이나 있겠는가. 그녀가 그런 일을 해 보도록 허락하지도 않았을 것이다.

우리 사이에 있었던 일들에도 불구하고, 동정심 한 조각이 내 마음을 관통한다. 에반젤린은 은혈 궁중에서 자랐다. 책략을 꾸미며 더 위로 올라가도록 태어났으며, 자신의 마음을 방어하고 맹렬하게 싸우도록 만들어졌다. 하지만 그녀의 가면은 결코 완벽하지 않다. 메이븐의 가면과 비교하자면 더욱 그렇다. 메이븐의 눈에 서린 그림자들을 읽어 내며 몇 달을 보낸 후라, 에반젤린의 눈에 비치는 그녀의 생각들이 한낮의 빛처럼 명확하게 읽힌다. 고통이 뿜어져 나온다. 갈망도. 그녀는 우리에 갇힌 채 탈출할 기회라고는 전혀 없는 포식자와 같은 상태다. 덫에 걸린 에반젤린을 내버려 두고 싶은 마음도 든다. 그녀가 원해 왔던 삶이 정확히 어떤 것인지 깨닫게 두자고. 나 자신이 그렇게까지 잔인하지는 않다고 믿고 싶다. 그리고 나는 어리석지도 않다. 에반젤린 사모스는 강력한 동맹이 될 것이 틀림없다. 에반젤린이 원하는 것이 무엇이든 그녀를 얻을 수 있다면 내어 주어야 할 것이다.

"동정을 받고 싶은 거라면, 그냥 가."

나는 텅 빈 거리를 가리켜 보이며 나지막이 말한다. 거의 무용지물인 위협이었는데도 에반젤린은 발끈한다. 원래도 검은 눈동자가 더 어두워진다. 조롱에 그녀가 구석으로 몰려 입을 연다.

"동정 같은 거 너에게 조금도 원하지 않아. 그리고 내가 그런 걸 받을 자격도 없다는 것도 알고."

에반젤린이 쏘아붙인다. 갑옷의 끝부분에 붙어 있는 바늘이 그녀의 분노에 반응해 뾰족해진다.

나는 코웃음 친다.

"분명히 그렇긴 하지. 그럼 도움을 바라? 행복한 나머지 사람들과 함께 몬트포트에 가지 않아도 될 변명이라든가?"

에반젤린의 얼굴이 통렬한 미소로 일그러진다.

"너한테 빚을 질 정도로 내가 멍청하지는 않아서. 아니, 난 지금 거래를 하려고 온 거야."

나는 표정을 유지한 채 시선을 그녀에게 고정한다. 데이비슨의 고요함을, 그 심중을 알 수 없는 무표정을 조금이라도 따라 해 본다.

"그럴 거라고 생각했어."

"네가 사람들이 생각하는 것처럼 멍청한 건 아니라니 다행이네."

"그래서, 네가 내놓을 건 뭐지?"

이 일을 빨리 해치우고 싶은 마음에 에반젤린에게 묻는다. 우리는 *내일*이면 피에드몬트로, 그다음에는 몬트포트로 떠날 것이다. 평소처럼 가시 돋친 말들을 주고받을 사치 같은 건 없다.

"네가 *원하는* 건?"

말들이 에반젤린의 목에 딱 달라붙은 모양이다. 그녀가 입술을 깨무는 바람에 보라색 화장이 긁혀 나온다. 코르비움 거리의 지독한 불빛 아래에서 그녀의 화장은 너무 짙어 전투 화장에 더 가까워 보인다. 내 생각에는 그렇다. 날카롭게 보일 의도로 발랐을, 광대뼈 아래의 보라색 그림자가 어둠 속에서는 아파 보인다. 달빛 같은 안색을 매끄럽게 해 주던 반짝거리는 하얀 가루들조차 결점이 되어 버렸다. 눈물 *자국*. 가려 보려고 노력한 모양이지만 흔적이 그대로 있다.

아마 에반젤린의 속눈썹에서 묻어 나온 듯한 검은 화장품 자국이 고르지 못하게 남아 있다. 아름다움과 치명적인 화려함으로 세운 그녀의 벽에 깊은 금이 가 있다.

"하지만 쉬운 거잖아, 안 그래?"

가까이 한 발 내딛으며, 내 질문에 스스로 답을 한다. 에반젤린은 움찔한다.

"지금까지 줄곧 네가 세운 모든 계획 말이야. 티베리아스를 가지고, 캘로어 왕과 결혼할 *세 번째* 기회를 잡고, 노르타의 왕비가 되고, 그동안 준비해 온 모든 것을 성취하고."

무례한 대꾸를 삼키는 모양인지, 그녀의 몸이 까딱인다. 우리가 서로에게 예의 바르게 구는 연습을 그다지 하지 못하기는 했지.

나는 속삭인다.

"그런데 넌 거기서 빠져나오고 싶은 거잖아. 네가 태어날 때부터 되기로 정해져 있던 존재가 되고 싶지 않은 거잖아. 갑작스럽게 왜 이러는 거지? 왜 네가 그토록 원해 왔던 것들을 내던지려는 거야?"

에반젤린의 자제심이 무너진다.

"너한테 내가 어떤 사람인지 설명하거나 내가 움직이는 이유를 밝힐 필요는 없지."

"그 이유라는 게 붉은 머리를 가진 일레인 헤이븐이잖아."

에반젤린이 주먹을 꽉 쥐며 몸을 굳힌다. 그녀의 갑작스러운 감정에 반응하여 갑옷의 비늘들이 단단해진다.

"그 얘기는 꺼내지 마."

그녀는 자신의 약한 부분, 우리가 손쉽게 이용해 먹을 수 있는 지렛대를 드러내며 톡 쏘아붙인다.

에반젤린이 거리를 좁힌다. 그녀가 나보다 몇 센티미터는 키가 크기에, 미약한 우위를 점한다. 도시의 불빛 아래로 허리춤에 양손을 올린 채 어깨를 쭉 펴고 나를 쏘아보는 에반젤린의 그림자 아래에 나는 완전히 가려진다.

나는 머리를 기울이며 에반젤린을 향해 눈을 깜빡인다.

"그러니까 넌 개한테 돌아가고 싶다는 거지. 그리고 뭐, 티베리아스가 너랑 결혼하는 걸 내가 막아 줄 수 있다고 생각하기라도 하는 건가?"

그녀가 눈을 치켜뜨며 받아친다.

"착각하지 마. 네가 캘로어 왕가 사람들에게 써먹기 좋은 존재는 맞아, 정말 그래. 하지만 난 망상에 빠지지는 않았어. 칼은 약혼을 깨지는 않을 거야. 메이븐이라면, 어쩌면 모르겠다. 나를 버리겠다던 메이븐의 결정에 네가 확실히 영향을 미치기는 했지."

"마치 네가 정말로 메이븐이랑 결혼하려고 했던 것처럼 말한다?"

나는 에반젤린에게 느릿하게 대꾸한다. 메이븐의 궁정에 있을 적에, 난 에반젤린이 생각하는 것 이상으로 많은 것을 보았다. 그녀의 가족은 엄청난 모욕을 받았다. 내가 메이븐을 어느 쪽으로든 유도하기 훨씬 전부터 리프트 왕국은 계획되었다.

에반젤린은 어깨를 으쓱한다.

"엘라라 왕비가 죽은 뒤로는 결코 그의 왕비가 될 생각은 없었지. 이런, 사과할게. 네가 엘라라 왕비를 죽인 뒤로는 말이야."

그녀는 재빨리 덧붙인다.

"적어도 엘라라 왕비는 메이븐의 고삐를 쥐고 있었거든. 그를 억제할 수 있었어. 이제는 살아 있는 그 어떤 사람도 그럴 수 있을 것 같지는 않아, 심지어 너라고 해도."

동의의 뜻으로 그 말에 고개를 끄덕인다. 메이븐 캘로어를 제어할 방법은 없다.

확실히 내가 그러려고 시도는 했지만 말이다. 내가 그의 약점이라는 점을 이용해 그 소년 왕을 다뤄 보려고 했던 기억들이 떠올라서 담즙이 왈칵 목구멍에 치솟는다. 메이븐은 평화를 위해 사모스를, 레이크랜즈와, 말 그대로 치명적이고 아마 에반젤린의 두 배는 교활한 공주님과 거래했다. 그 조용하고 계산적인 님프, 아이리스 시그넛이 메이븐에게 호적수가 되었을지 궁금하다.

코르비움을 탈출해 레이크랜즈로 향하고 있을 메이븐의 현재 모습을 그려 본다. 검은색과 붉은색이 어우러진 제복 위로 창백하게 떠오른 하얀 얼굴과 조용한 격노로 번뜩이고 있을 푸른 눈동자를. 침묵하는 돌이라는 보호막도 없이 낯선 왕국과 낯선 궁궐로 후퇴하고 있을 모습을. 레이크랜즈 왕의 시체를 빼면 내세울 것도 없이. 그가 그토록 극적으로 실패했다는 것을 알기에 나는 조금 안심하고 만다. 아마도 레이크랜즈의 여왕은 포위 작전에서 자기 남편의 목숨을 낭비한 죄로 즉각 그를 처형할 것이다.

기회가 왔을 때에 나는 메이븐을 익사시키지 못했다. 아마도 그녀는 해낼 것이다.

"그리고 넌 칼 또한 뜻대로 휘두를 수 없어. 내가 원하는 것들을 얻을 수 있을 그 어떤 쪽으로도 말이지."

에반젤린이 말을 잇는다. 칼을 꽂아 비트는 것만 같다.

"칼은 널 위해 나를 거절하지도 않을 거야, 왕관이 어느 쪽으로 굴러갈지 모르는 상황에서는 절대 안 그럴걸. 미안, 배로우. 칼은 왕위를 포기할 사람은 아니지."

"그가 어떤 사람인지는 나도 알아."

내 공격이 에반젤린에게 효과적이었던 만큼 그녀의 공격도 내게 먹힌다. 내 삶이 계속 이런 식으로 흘러간다면, 내가 저지른 일들이 이 상처를 쑤시기만 한다면, 과연 이 상처가 나을 시간이 오기는 할지 의심스럽다.

"칼은 선택을 했지."

에반젤린이 말한다. 나를 책하는 동시에 요지를 짚는 말이다.

"그가 노르타로 돌아가 승리하는 순간이 오면, 난 그와 결혼하게 돼. 그리고 아마 칼은 승리할 테지. 동맹을 굳히고, 리프트 왕국의 생존을 보장받는 거야. 볼로 사모스와 강철 왕들의 유산을 이어가면서."

에반젤린이 내 뒤쪽, 어두운 거리를 내다본다. 순찰대가 10미터 정도 떨어진 인접한 거리를 걸어온다. 그들의 목소리는 낮다. 심지어 발걸음 소리조차 그렇다. 녹슨 색상의 군복으로 판단하건대 진홍의 군대다. 대부분은 노르타군의 붉은 제복에서 부대 마크만 떼어내고 수선했다. 에반젤린이 그 점을 알아챈 것 같지는 않다. 그녀는 그쪽으로 시선을 고정하고 있지만 생각은 하염없이 먼 곳을 떠돌고 있다. 턱에 힘이 잔뜩 들어간 것으로 봐서는 뭔가 전혀 자기 맘에 들지 않는 것을 생각 중인 모양이다.

"그런데 넌 칼이랑 결혼하기 싫다?"

나는 다시 그녀의 주의를 끌어오며 재촉한다. 매우 쉽고 명백한 질문이었는데도 에반젤린은 당황한 듯 얼굴이 핼쑥해져, 충격으로 눈은 크게 뜨고 입을 벌린다.

"불가능해."

그녀는 비웃는다.

"다른 방법이 없어. 타이랙스나 시론처럼 아버지께서 침공하실 수 없을 후미진 곳 어디로 달아난다면 모를까."

그렇게 덧붙인 에반젤린은 어두운 웃음을 터뜨린다.

"그 방법도 먹히지 않을걸. 아버지께서는 내가 어디를 가든 나를 찾아내서 도로 끌고 오신 후에 나를 계획하셨던 대로 사용하시겠지. 내게 보이는 유일한 길, 내가 가진 유일한 선택지는 매우 간단해."

당연히 그렇겠지, 에반젤린.

우리 두 사람의 동기는 전혀 다르지만 목표는 똑같다. 나는 그녀가 내가 듣고 싶은 말을 계속 떠들게 내버려 둔다. 에반젤린이 이게 모두 자기 뜻이라고 생각하는 편이 일을 해치우기 더 쉬울 것이다.

"칼이 실패한다면, 결혼식은 없을 거야."

에반젤린이 나를 똑바로 응시하며 억지로 말을 뱉는다. 그것은 그녀의 가문에 대한, 그녀의 색에 대한, 그녀의 아버지에 대한, 그리고 그녀의 피에 대한 배신이다. 그 말은 그녀를 뼛속 깊이 상처 낸다.

"칼이 노르타의 왕이 아니라면, 아버지께서는 그에게 나를 *낭비*하지 않으실 테지. 칼이 왕관을 건 전쟁에서 패배한다면, *우리가* 패배한다면, 아버지께서는 자신의 왕좌를 지키는 일만으로도 바빠서 나를 다른 누군가에게 팔 만한 정신이 없으실 거야. 아니면 적어도 나를 어딘가 아주 먼 곳으로 팔아 버리시든가."

일레인에게서 먼 곳으로. 그 말의 의미는 분명하다.

"그러니까 넌 내가 칼이 자기 왕국을 되찾는 걸 막아 줬으면 한다는 건가?"

에반젤린은 한 발 뒤로 물러나면서 코웃음을 친다.

"너도 은혈 궁중에서 많은 것들을 배웠잖아, 메어 배로우. 넌 보이는 것보다는 영리하지. 난 너를 결코 다시는 과소평가하지 않을 거야. 그러니 너도 날 과소평가하지 않는 게 좋을걸."

에반젤린이 말을 하는 동안 그녀의 갑옷이 빠르게 움직이면서 팔다리를 따라 재조합되며 비틀린다. 갑옷의 비늘은 움츠러들며 느릿느릿 기어간다. 에반젤린의 어머니가 부리는 벌레들처럼, 각각의 점이 검은색과 은색으로 번뜩인다. 그녀는 자신의 옷을 더 단단하고 좀 덜 화려해 보이게 변형시킨다. 전쟁을 제외한 어떤 것에도 쓸모가 없을, 진짜 갑옷으로.

"*네가* 칼을 멈춰 세웠으면 한다는 말은, 네 그 작은 모임을 의미한 거야. 몬트포트와 진홍의 군대를 얼마나 '작다'고 생각해도 될지 내가 전혀 모르긴 하지만 말이야. 어쨌든 그 양쪽 모두 또 다른 은혈 왕국을 받쳐 줄 생각은 없을 거 아냐. 괜찮은 조건 없이는 말이지."

"아."

심장이 조금 떨어져 내린다. 내가 감추고 싶었던 카드 한 장이 드러났다.

"그래, 좋아. 정치의 천재가 아니어도 적혈과 은혈의 연합이라는 게 배신으로 가득 찰 거라는 걸 알아차릴 수 있겠지. 모든 지도자들이 서로를 믿지 말아야 한다는 건 안다고 확신해."

그녀는 나를 두고 가겠다는 의미로 몸을 돌리며 눈을 번뜩인다.

"왕이 되기를 열망하는 이를 제외하면 말이야."

에반젤린이 어깨 너머로 덧붙인다.

나도 잘 알고 있는 사실이다. 티베리아스는 그가 사랑하는 사람에게 쉽게 휘둘리는 덕에, 새로 온 강아지처럼 신뢰받고 있다. 나, 그의 할머니, 그리고 대부분은 그의 죽은 아버지. 티베리아스는 아직 깨지지 않은 어떤 결합을 지키기 위해, 그 죽은 남자를 위해 왕관을 얻으려 한다. 티베리아스의 자신감, 티베리아스의 용기, 그리고 티베리아스의 끈덕진 집중력은 그를 강하게 만들지만, 전장을 제외한 곳에서는 그런 강점들이 오히려 그의 눈을 멀게 한다. 티베리아스는 적들이 밀려오는 것은 예견할 수 있지만, 사람들을 상대로 책략을 꾸미지는 못한다. 티베리아스는 자신을 둘러싼 음모들을 보지 않을 것이고, 볼 수도 없을 것이다. 전에도 그랬고, 앞으로도 그럴 것이다.

"칼은 메이븐이 아니지."

나는 혼잣말로 중얼거린다.

코르비움의 돌벽에 에반젤린의 목소리가 동시에 메아리친다.

"분명 아니긴 해."

그녀의 목소리에서, 내가 느끼는 것과 똑같은 것을 들을 수 있다.

안도. 그리고 후회.

제4장

아이리스

만(灣)의 물이 맨 발목에 찰랑댄다. 원기를 북돋아 주는 듯, 새로 태어나는 듯. 해가 뜨기 전이라서 바닷물은 차갑지만, 한기는 거의 느껴지지 않는다. 그 단순한 감각 속에서 안식을 얻는다. 스스로의 얼굴을 아는 것만큼이나 나는 이 물을 잘 알고 있다. 발아래의 물을 느낄 수 있다. 가장 부드러운 물살의 파동, 만에 닿는 강의 가장 미약한 잔물결, 그리고 호수에 이르는 만을. 점차 밝아지는 새벽빛이 매끄러운 수면을 가로지르며 번진다. 물그림자가 창백한 푸른색과 장밋빛 분홍색의 기다란 줄들로 일그러진다. 그 고요함에 나는 나 자신이 누구인지조차 잊어버리지만, 그리 오래는 아니다. 나는 아이리스 시그넛, 공주로 태어나 왕비로 자란 사람이다. 내게는 어떤 것을 잊을 수 있는 사치가 허용되지 않는다, 내가 얼마나 그런 일을 원하는지와는 상관없이.

어머니, 언니 그리고 나는 함께 기다리는 중이다. 우리는 모든 관심을 남쪽 지평선에 쏟고 있다. 클리어 만의 작은 입구를 따라 안개가 짙게 깔리며 점점이 감시탑이 서 있는 반도와 그 너머의 에리스 호수를 가린다. 탑으로부터 흘러나온 몇 안 되는 불빛들이 안개를 뚫고 반짝거리는 모습이 낮게 떠 있는 별들 같다. 호수에 부는 바람을 타고 안개가 움직이면서 점점 더 많은 탑들이 시야에 들어온다. 키가 큰 석조 건축물들, 수백 년 동안 일백 번은 고쳐지고 다시 세운 건물들. 탑들은 역사에 기록된 것 이상의 전쟁과 파멸을 목격해 왔다. 탑의 불빛들이 타오른다. 이렇게 새벽에 가까운 무렵에는 지나칠 정도로 이글거린다. 하지만 봉화는 하루 종일 이어질 것이다. 횃불은 불타고 전등은 빛날 것이다. 미풍에 나부끼는 깃발들은 평상시 레이크랜즈의 깃발과는 다르다. 각각의 탑 위로 검은색이 그어진 코발트블루 깃발이 날린다. 코르비움에서 일어난 너무 많은 죽음을 기리고 애도하기 위해.

우리의 왕에게 작별을 고하기 위해.

나는 지난밤 몇 시간을 울었다. 눈물이라면 이미 다 흘려 더 이상 흘릴 게 없을 텐데도 눈물이 난다. 티오라 언니는 나보다 훨씬 잘 자신을 추스르고 있다. 턱을 치켜들고 있는 언니의 눈썹을 가로지른 왕관이 반짝거린다. 어두운 사파이어와 흑옥(黑玉)이 엮인 왕관이 이마에 낮게 걸려 있다. 이제 나는 왕비가 되었지만, 내 왕관이 더 간단한 모양새다. 내 것은 그저 푸른색 다이아몬드 한 줄에 간간이 붉은 보석이 박힌 모양인데, 노르타를 상징한다.

우리 자매는 똑같이 차가운 구릿빛 피부에 높은 광대와 날카롭게 구부러진 눈썹을 가졌지만, 언니는 어머니의 깊은 마호가니 색 눈동자를 물려받고 나는 아버지의 회색 눈을 물려받았다. 티오라 언니는 나보다 4살 많은 23살이고, 레이크랜즈 왕좌의 후계자다. 나는 그동안 언니가 너무 엄숙하고 말수가 적어서 울 줄도 모르고 소리 내어 웃는 것도 불가능할 거라고 말하고는 했다. 언니의 진지한 성격은 후계자로서 어울린다. 나 또한 호수처럼 침착하려고 최선을 다하고 있기는 하지만 언니는 훨씬 더 능숙하게 감정을 제어하고 있다. 티오라 언니는 시선을 앞에 고정하고, 장례식조차 꺾을 수 없는 자부심으로 허리를 곧게 펴고 있다. 하나 극도로 냉정한 성미를 지닌 언니조차 아버지를 잃은 슬픔에 울고 있다. 언니의 눈물은 거의 눈에 띄지 않고, 재빠르게 우리의 발을 휘감은 물로 떨어진다. 다른 가족들처럼 님프인 언니는, 눈물을 날려 버리고 아무것도 남기지 않는 데에 능력을 쓴다. 힘이 남아 있었더라면 나 역시 똑같이 했겠지만, 지금으로서는 끌어낼 힘이 전혀 없다.

우리의 어머니, 레이크랜즈를 다스리는 센라 여왕은 또 다르다.

어머니의 눈물은 공기 중을 맴돌며, 퍼져 나가는 새벽빛을 붙들고 반짝이는 작은 방울로 만들어진 구름이 된다. 하나씩 하나씩, 구름이 점점 커지고 눈물이 계속 변한다. 그때마다 빛이 반짝거리고 어머니의 갈색 피부 위로 희미한 무지개가 피어난다. 어머니의 부서진 심장에서 태어난 다이아몬드다.

어머니는 우리 앞에 서 계신다. 무릎까지 물에 잠긴 상복의 옷자락이 뒤로 하늘거리고 있다. 티오라 언니와 나처럼, 어머니는 검은색 천 위로 우리 왕실의 푸른색이 그어진 옷을 입고 계신다. 드레스는 얇은 비단이 복잡한 층을 이루도록 정교하게 제작된 것이지만 지금은 모양을 잃어버린 채 나중에 덧붙인 것처럼 늘어지고 있다. 티오라 언니가 주의 깊게 상황에 적절한 보석과 의상을 고르며 우리 두 사람 모두가 장례식을 치를 수 있도록 준비를 확실히 했던 반면, 어머니는 전혀 그러지 못하셨다. 어머니는 밋밋해 보이신다. 까마귀와 폭풍이 스쳐 지나간 듯 머리는 풀렸고 팔찌도, 귀걸이도, 왕관도 없다. 어머니의 자태만이 여왕답다. 그리고 그것만으로도 충분하다. 어렸을 때처럼 어머니의 치맛자락에 매달리고 싶다. 어머니를 꽉 붙들고 결코 놓지 않을 수도 있다. 다시는 집을 떠나지 않고. 이미 망가진 왕의 곁에서 조각조각 부서지고 있는 궁정으로 돌아가지 않고.

남편에 대한 생각에 정신이 번쩍 든다. 마음이 단단해진다.

눈물이 뺨 위에서 말라붙는다.

메이븐 캘로어는 장전된 총으로 장난을 치는 어린아이다. 그가 총을 쏘는 법을 아는지 모르는지는 두고 볼 일이다. 하지만 내 마음속에는 명확한 목표물들, 그를 겨냥할 사람들이 떠오른다. 당연하지만, 내 아버지를 죽인 은혈이다. 어떤 아이럴 가문의 귀족. 그가 아버지의 목을 베었다. 명예라고는 모르는 개처럼 아버지를 뒤에서 공격했다. 아이럴은 또 다른 왕을 따르고 있었다. 사모스. 볼로. 명예나 자긍심이라고는 찾아볼 수 없는 또 다른 자들이다. 별것도 아닌 왕관을 위해, 세계의 하찮은 구석 자리의 주인으로 스스로를 칭할 수 있는 별것도 아닌 권리를 위해 반역을 저질렀다. 혼자는 아니었다. 메이븐을 쫓아내고 그 자리에 추방당한 다른 쪽 캘로어를 올릴 준비를 한 노르타의 가문들이 그와 함께한다. 아버지가 돌아가시기 전이었다면 메이븐이 갑자기 폐위되든가 죽은 채 발견됐다고 해도 신경도 안 썼을 것이다. 노르타와 레이크랜즈 간의 평화만 군건하다면, 내게 무슨 차이가 있었겠는가? 하지만 이제는 아니다. 오렉 시그넛이 죽었다. 아버지가 볼로 사모스와 티베리아스 캘로어 같은 이들 때문에 돌아가셨다. 그들을 줄 세워 나의 격노 속에 수장시키기 위해서 앞으로 어떻게 해야 할 것인가.

무엇을 해야 할까.

배들은 안개를 파헤치며 조용하게 움직인다. 세 척의 배는 익숙한 모양으로, 노에는 은색과 푸른색이 칠해져 있다. 각각의 배마다 갑판은 오직 하나씩이다. 던보트(Dawnboat)는 전투용이 아니다. 속도, 조용함, 그리고 강력한 님프들의 의지를 구현하기 위해 만들어진 것이다. 던보트의 선체에는 지금처럼 능력으로 제어된 물살을 탈 수 있도록 특별한 홈이 파여 있다.

배를 보내자는 것은 나의 의견이었다. 아버지의 유해가 무어로부터, 노르타인들이 초크라고 부르는 그 땅으로부터의 긴 행군 내내 끌려올 것이라는 생각에 참을 수가 없었다. 아버지의 시신은 그 과정에서 수많은 도시들을 지나쳤을 테고, 아버지의 죽음에 관한 소식이 그 참혹한 행진에 앞서 내달렸을 터이다. 아니, 난 아버지께서 집으로 돌아오시기를 바랐다. 그리하여 우리가 제일 먼저 작별 인사를 할 수 있도록 말이다.

그리하여 내가 겁내지 않을 수 있도록 말이다.

레이크랜즈의 푸른색을 입은 님프들, 시그넛 혈통의 사촌들이 선두에 있는 던보트의 갑판에 모여 있다. 그들의 어두운 얼굴에 깊은 슬픔이 그림자를 드리운다. 모두가 애도하고 있다. 아버지께서는 시 그넛 혈통의 작은 분가 출신임에도 많은 사랑을 받으셨다. 어머니께 서는 왕족으로, 오래도록 이어진 견고한 군주의 혈통을 이어받으셨 다. 어머니는 정말로 중차대한 일이 아니고서는 국경을 넘는 것이 금지되어 있다. 티오라 언니는 전시라고 해도 자리를 비우는 일이 절대 허락되지 않는다. 혈통을 보존하기 위해서다.

두 사람은 결코 아버지처럼 전투에서 죽는 마지막을 맞지 않을 것이다. 나처럼 고향에서 멀리 떨어진 곳에서 일생을 살아가지도 않 을 것이다.

어두운 푸른 제복 속에서 남편을 찾는 것은 어렵지 않다. 불꽃 망 토를 전투복으로 갈아입은 4명의 감시병들이 그를 호위하고 있다. 그들은 여전히 그 어두운 보석이 박힌, 아름다운 동시에 소름 끼치 는 가면을 쓰고 있다. 메이븐은 평소처럼 검은색 옷을 입고 있는데 훈장이나, 휘장, 왕관을 하나도 걸치고 있지 않음에도 눈에 확 들어 온다. 어떤 군주도 전장 한복판으로 행군할 때에 그런 표적물로 온 몸을 휘감을 정도로 어리석진 않을 것이다. 그가 잠깐이라도 전투에 직접 참여했다는 말은 아니지만. 메이븐은 전사가 아니다, 적어도 전장에서라면 그렇다. 나란히 선 양측의 병사들에 비하면 그는 너무 나 작다. 약하다. 지뢰밭 한가운데에 지은 건물에서 우리가 처음 서 로를 보았을 때도 똑같이 생각했다. 메이븐은 이제 막 어린 티를 벗 은 십 대로, 나보다 1살 어리다. 그럼에도 불구하고, 메이븐은 자신 의 외모를 이용할 줄 안다. 메이븐은 자신을 둘러싼 추측을 이용하 여 공연을 펼친다. 그 공연은 그의 나라에서는 잘 먹혔다. 사람들은 메이븐이 떠먹이는 거짓말을 받아먹고 그에게 결백함을 덧씌운다. 궁정 밖의 적혈과 은혈들은 메이븐의 형인 황금의 왕자님이 첩자에게 유혹당해서 살인까지 저질렀다는 이야기도 덥석 받아들이고 있다. 사람들 마음에 쏙 드는 흥미진진한 이야기이자 사랑스러운 수다 소재이기는 하다. 우리 두 나라 사이의 전쟁을 끝내겠다는 메이븐의 말과 어울리기도 한다. 그 이야기 덕에 메이븐은 더욱 매력적인 존재가 되긴 했지만, 그만큼 이상한 입장에 놓이기도 했다. 그는 국민들에게 지지받지만, 가장 가까운 이들에게는 전혀 지지받지 못한다. 메이븐의 발꿈치에 꼭 달라붙어 있는 귀족들에게도 그렇다. 귀족들은 그저 현재의 허약한 왕국을 유지하기 위해서는 메이븐이 필요하기에 남아 있는 것이다.

인정하기는 꺼려지지만 메이븐이 매우 대단한 궁중의 책략가이기 때문이기도 하다. 메이븐은 귀족들의 균형을 맞추고, 가문들끼리 싸움을 붙이는 일에 능하다. 나라의 나머지 부분에 대한 통솔권을 유지하면서도 그 모든 걸 해낸다.

노르타의 궁중은 원래도 뱀의 궁중이지만, 이제는 그 이상이다.

그렇다고 하더라도 나에게까지 메이븐의 교묘한 책략이 먹히지는 않을 것이다. 나는 그를 잘 알고 있는 만큼 메이븐을 얕잡아 보지 않는다. 집착이 메이븐을 지배하는 지금은 특히 더 그렇다. 메이븐의 정신은 그의 나라만큼이나 분열되어 있다. 그 점이 메이븐을 더욱 위험하게 만든다.

첫 번째 배가 해변으로 미끄러져 온다. 어머니에게서 몇 미터 떨어지지 않은 곳까지 물결이 일렁인다. 님프들이 먼저 물에 뛰어든다. 호수가 발치에서 물러나면서 마른 바닥을 드러낸다. 님프들을 위해서가 아니라 메이븐을 위해서이다.

메이븐이 바로 뒤를 따라 가능한 빨리 마른 땅에 올라선다. 메이븐 같은 버너들에게는 물에 대한 사랑이라고는 일절 없다. 그는 양옆의 물벽을 의심의 눈초리로 바라본다. 메이븐과 그 뒤를 흔적처럼 따르는 감시병들이 내게 어떤 연민을 비출 거라고는 전혀 기대되지 않는다. 아니나 다를까 그 생각은 어긋나지 않는다. 심지어 메이븐은 나를 보지도 않는다. 북쪽의 화염이라고 불리지만, 그의 심장은 잔혹할 정도로 차갑다.

아직 배 근처에 남아 있는 시그넷 혈통의 사촌들이 만의 물을 잡고 있던 힘을 푼다. 머리를 쳐드는 짐승처럼 물이 부풀어 오르며 빠르게 수위가 올라간다. 아이에게 닿기 위해 팔을 뻗는 부모 같기도 하다.

군인들이 갑판에서 나무 판자를 들어 올리자, 익숙한 광경이 드러난다.

나는 꼬마가 아니다. 전에도 시체를 본 적이 있다. 나의 조국은 한 세기도 넘게 전쟁을 벌였으며 둘째 딸인 나는 자유롭게 전장으로 걸어갈 수 있었다. 나는 다스리는 법 대신 싸우는 법을 배웠다. 아버지가 어머니께 그랬듯 언니를 옆에서 돕는 것이 나의 의무이다. 언니가 필요한 어떤 방식으로든.

티오라 언니가 드물게 흐느끼지만, 그것을 억누른다. 나는 언니의 손을 잡으며 속삭인다.

"호수처럼 고요하게, 티 언니."

언니는 대답 대신 내 손을 꼭 잡는다. 언니의 표정은 공허한 가면 뒤로 숨는다.

시그넛 님프들이 팔을 들자 물이 그 동작에 따라 툭 튀어나온다. 느릿하게, 군인들이 나무 판과 하얀 천 한 장으로 싼 시신을 내려 둔다. 시신이 천천히 떠내려온다.

어머니께서는 좀 더 깊은 곳으로 향하시다가 손목이 잠길 즈음에 멈추신다. 어머니의 손가락은 미세하게 움직이고 있다. 아버지의 시신이 보이지 않는 줄에 연결된 듯 수면 위를 미끄러진다. 사촌들은 아버지의 옆을 따라 움직인다. 그들 중 둘은 이미 울고 있다.

어머니께서 천에 손을 대신다. 눈을 감고 싶다. 아버지와의 추억을 지키고 싶다. 시신을 보아서 그 추억을 훼손하고 싶지 않다. 하지만 그랬다가는 후회할 것이다. 천천히 숨을 쉬면서, 침착함을 유지하기 위해 집중한다. 명치에 욕지기가 치밀자 물이 내 발목 주변에 부드럽게 휘감긴다. 내 안의 가장 끔찍한 슬픔이 쏟아져 나오지 않도록 물이 그리는 느릿한 원을 마음속으로 덧그린다. 이를 악물고 고개를 높게 든다. 눈물은 더 흐르지 않는다.

생명과 함께 모든 색이 빠져나간 아버지의 얼굴이 낯설다. 나이에 비해 주름이 거의 없어 매끄러운 갈색 얼굴은 환자처럼 창백하다. 아버지가 돌아가신 게 아니라 그저 아프신 거라면 좋겠다. 어머니께서는 아버지의 양 뺨에 손을 올리시고 시신을 내려다보신다. 나로서는 가늠할 수도 없는 힘이다. 어머니의 눈물은 반딧불이처럼 주위를 부유하고 있다. 오랜 시간이 흐른 후에, 어머니는 아버지의 감은 눈꺼풀에 입술을 맞추고, 긴 회색 머리카락을 어루만지신다. 그러고는 아버지의 얼굴 위로 양손을 그릇처럼 구부리신다. 눈물이 어머니의 손가락 안으로 흘러든다. 마침내 어머니는 눈물을 놓아주신다.

아버지께서 금방이라도 움찔하실 것만 같다. 하지만 미동도 없다. 더 이상은 그럴 수 없다.

티오라 언니가 그 뒤를 따라, 양손으로 물을 떠내어 아버지의 얼굴에 흘려보낸다. 언니는 아버지를 탐구하듯 오랫동안 들여다본다. 왕위 계승자인 언니는 아버지보다는 어머니와 가까웠다. 그렇다 하여 언니의 고통이 덜한 것은 아니다. 자세가 흔들린다. 몸을 돌리는 언니는 얼굴을 가리느라 한 손을 올리고 있다.

물을 헤치고 아버지께 다가간다. 세계가 침몰하는 것만 같고 팔다리가 진흙처럼 흐물거리고 멀게만 느껴진다. 어머니는 시신을 싼 천에 한 손을 올린 채 주변을 맴돌고 계신다. 나와 눈을 맞추는 어머니의 표정은 고요하고 공허하다. 저 얼굴을 안다. 요동치는 감정의 폭풍을 억눌러야 할 때 쓰곤 하는 가면이다. 나 역시 결혼식 날 저 가면을 썼다. 그때 내가 감추어야 했던 것은 고통이 아니라 공포였다.

지금과는 달랐다.

나는 티오라 언니처럼 아버지의 시신 위로 물을 붓는다. 물방울이 아버지의 매부리코 위를 구르고 광대뼈를 따라 흘러서 머리카락을 적신다. 아버지의 회색 머리카락을 얼굴에서 떼어 낸다. 갑자기 나를 위해서 한 뭉치만 잘라 낼 수 있다면 하는 소망이 든다. 아케온으로 돌아가면 촛불과 여러 이름 없는 신들의 낡은 상징으로 꽉 찬 작은 사원이 있다. 비좁지만 궁전의 그 작은 구석이 내가 온전히 자신으로 있을 수 있는 유일한 장소이다. 아버지의 일부를 그곳에 나와 함께 두고 싶다.

불가능하다.

내가 물러서자 어머니께서 다가오신다. 어머니는 나무 판 위에 손을 올리고 쭉 펴신다. 티오라 언니와 나는 어머니의 지휘에 따른다. 이런 일을 해 본 적은 지금껏 단 한 번도 없다. 앞으로도 결코 할 일이 없다면 좋겠다. 하지만 이것이 신들께서 바라시는 바이다. 돌아오라. 신들께서는 말씀하셨다. 너의 존재로, 너의 능력으로. 그린워든은 땅에 묻어라. 스톤스킨은 대리석과 화강암으로 덮어라. 님프는 물로 돌려보내라.

메이븐이 죽고 내가 살아남는다면, 그의 시체를 불태울 수 있을까?

우리는 손과 능력으로 나무 판을 밀어 보낸다. 근육과 물살로 시신을 가라앉힌다. 아직 물이 얕건만 벌써 아버지의 얼굴이 왜곡된다. 왼쪽에서 동이 터오며 낮은 봉우리 너머로 태양이 떠오른다. 수면에 반사된 빛에 잠시 눈이 먼다.

나는 눈을 감고 아버지의 예전 모습을 추억한다.

아버지께서 물의 축복 속으로 되돌아가신다.

* * *

데트라온은 님프들이 클리어 만의 서쪽 경계에 있는 기반암을 잘라 만든 운하의 도시다. 이곳에 자리했던 고대 도시는 1000년도 넘는 시간 동안 일어난 홍수에 의해 쓸려 나가 더 이상 존재하지 않는다. 다른 시대의 부식된 유적들로 막혀 버린 강 하류에는 여전히 잔해들이 쌓여 있는 큰 들판이 있다. 녹슨 철에서 생긴 먼지들이 오늘날까지 대지를 붉게 물들이고 있어서, 마그네트론들이 농부들이 밀을 수확하듯 그것들을 모아들인다. 물살이 약해지기는 했지만 이 땅은 여전히 우리의 수도로 완벽하다. 에리스 호수 옆에 자리 잡은 이곳에는 짧은 해협이 있어 네론 호수를 비롯해 그 너머의 다른 호수들에 접근하기 쉽다. 이 물길들 중에는 자연스럽게 생겨난 것도 있고, 님프들이 인공적으로 만든 것들도 있다. 데트라온에서 우리는 왕국 구석구석에 빠르게 도달할 수 있다. 북쪽의 허드(Hud)에서부터 서쪽 그레이트 리버 강의 분쟁 지역들을 거쳐 남쪽의 오하이어스(Ohius)까지. 어떤 님프 군주도 이를 거부할 수는 없었다. 물에서 강하고 안전한 우리가 이곳에 정착한 이유다.

중앙에 위치한 사원들을 둘러싼 네 개의 구역으로 운하가 도시를 가르고 있어 구별은 간단하다. 대부분의 적혈들은 축복받은 물가에서 가장 먼 남동쪽에 살지만, 왕궁과 귀족 구역은 만 위에 위치해서 우리가 사랑해 마지않는 물을 굽어볼 수 있다. 북동쪽의 월풀(Whirlpool) 구역은 좀 더 부유한 적혈들과 덜 중요한 은혈들이 가까이 사는 곳으로 알려졌다. 대부분은 상인이고, 장사꾼, 직책이 좀 낮은 장교나 군인, 귀족 구역의 대학에 다니는 가난한 학생 등도 있다. 자격과 필요성을 갖춘 적혈들도 그곳에 산다. 숙련된 일꾼들로 대부분은 독립한 이들이지만, 부유하거나 은혈의 집에 살아야 할 정도로 중요한 하인들도 있다. 도시의 운영은 내 전문 분야가 아니라 티오라 언니가 담당하는 영역이지만, 나 역시 그런 부분들을 숙지하기 위해서 할 수 있는 건 한다. 지루하기는 하지만 최소한의 수준으로라도 알아 두어야만 한다. 무지는 내가 지고 갈 생각이 없는 짐이다.

우리는 오늘 운하를 이용하지 않는다. 궁전이 호숫가에서 가깝기 때문이다. 좋구나. 익숙한 길을 따라 하는 산책이 즐겁다. 귀족 구역의 푸른색과 금색 벽을 따라 아치 장식이 이어지는데, 은혈들의 작품일 수밖에 없는 매끄럽고 부드러운 모양을 이루고 있다. 나도 익히 알고 있는 혈통의 집이 벽 너머로 얼굴을 보인다. 아침이라 창들이 활짝 열려 있고 왕가의 색상이 바람에 자랑스럽게 펄럭인다. 레나드(Renarde) 혈통의 피처럼 붉은 깃발, 아주 오래된 혈통인, 두려움을 모르는 스톰들인 시엘르(Sielle)의 비취색. 머릿속으로 각각의 이름을 대어 본다. 저들의 자식들이 새로운 동맹을 위해 싸움에 나섰다. *얼마나 많은 이들이 아버지와 함께 죽음을 맞이했을까? 내가 아는 이들이 얼마나 많이?*

아름다운 날이다. 구름이 별로 없는 하늘을 뚫고 해가 비춘다. 에리스 호수 위를 불어온 바람이 가볍게 머리카락 사이를 훑는다. 동쪽에서 흘러나온 부패와 파괴와 패배의 냄새가 나지 않을까 하는 생각이 든다. 하지만 그저 호수의 물, 여름의 젖은 풀 냄새만 날 뿐이다. 우리를 향해 느릿느릿 다가오던 군대나 코르비움의 벽 위에 흘린 피의 흔적은 없다.

우리의 호위대가 쭉 펼쳐진다. 눈에 불을 켠 레이크랜즈의 군인들과 메이븐이 끌고 온 이들이 쌍을 이룬다. 메이븐을 따르는 귀족들 대부분은 군대를 잃지 않았고, 가능한 빠른 속도로 이동 중이다. 하지만 메이븐은 여전히 자신의 감시병들을 데리고 다닌다. 그들은 메이븐에게 바싹 붙어 있다. 메이븐의 고위 장교 2명도 마찬가지로 부관과 호위대를 거느리고 있다. 그레코 가문의 가주인 장군은 회색 머리에 스트롱암이라고는 생각되지 않을 정도로 말랐지만, 그녀의 어깨 위에서 번쩍대는 노랗고 파란 휘장에는 착각의 여지가 없다. 티오라 언니는 내가 노르타의 주요 혈통들을, 그러니까 그들의 *가문*을, 우리 나라의 것들만큼이나 잘 알게 될 때까지 외우도록 시켰다. 다른 한쪽인 매칸토스 장군(파랑과 회색)은 모래색 머리카락에 신경질적인 눈을 가진 젊은 사람이다. 직위에 비해 지나치게 젊다. 최근에 죽은 친척 자리를 물려받아 새로 승진한 것은 아닐지 의심스럽다.

메이븐은 어머니의 국가에서는 어머니를 다르게 대접할 정도로는 영리한 사람이다. 그는 어머니의 몇 걸음 뒤에서 걷는다. 나도 메이븐의 옆에서 속도를 맞추어 걷는다. 우리는 서로를 건드리지 않는다. 심지어 무해할 손이나 팔조차도. 그것은 메이븐의 규칙으로, 내 생각은 아니다. 메이븐은 나를 만지지 않는다. 메어 배로우를 옭아매던 손을 놓쳐 버린 날 이래로 그렇다. 우리 사이의 마지막 접촉은 모여들던 태풍 아래에서 나누었던 차가운 입맞춤이었다.

나는 조용히 그 점을 기뻐하고 있다. 은혈로서, 왕비로서, 두 나라 사이의 다리로서 나 자신의 의무가 무엇인지는 잘 알고 있다. 그것은 메이븐의 의무이기도 하다. 우리가 함께 견뎌 내야 할 짐이다. 하지만 후계자 이야기를 메이븐이 굳이 꺼내 들지 않겠다면, 나 역시 그럴 생각이 전혀 없다. 우선 나는 고작 19살이다. 나이가 차기는 했지만, 앞으로도 충분한 시간이 남았다. 또 다른 이유도 있다. 메이븐이 실패한다면, 메이븐의 형이 다시 왕관을 차지한다면, 내게는 노르타에 남을 이유가 없다. 아이가 없다면 나는 자유롭게 모국으로 돌아올 수 있다. 굳이 필요하지도 않는데 노르타에 뿌리내릴 닻이 생기는 일은 사양이다.

드레스가 뒤로 끌리며 물가 근처의 넓은 길을 따라서 젖은 자국을 남긴다. 햇빛이 하얀색 돌 위로 번뜩인다. 눈을 이리저리로 굴리며 오랜 수도의 여름 풍경을 마음껏 담는다. 예전처럼 아무 데서나 멈출 수 있다면 좋겠다. 만과 거리를 나누는 낮은 담에 걸터앉고. 느긋한 관심을 받으며 능력을 연습하고. 어쩌면 티오라 언니를 조금은 우호적인 경쟁으로 끌어들일 수도 있겠다. 그러나 그럴 시간도 기회도 없다. 얼마나 오래 이곳에 머무를 수 있을지, 얼마나 오래 가족들과 시간을 보낼 수 있을지 모르겠다. 내가 할 수 있는 것이라고는 그저 순간을 늘리는 것뿐이다. 이 순간들을 열심히 외운다. 등에 새긴 휘감기는 물결 문신처럼 마음속에 이 순간들을 남긴다.

"내가 지난 한 세기 동안 처음으로 이곳에 발을 들인 노르타 왕이겠군요."

메이븐의 목소리는 낮고, 냉정하며, 봄에 갑자기 들이닥쳐 위협하는 겨울 같다. 노르타의 궁정에서 보낸 많은 시간 동안 나는 메이븐의 왕국에 대해 공부했던 것처럼 그를 탐구했으며, 메이븐의 기분이 어떤지 파악하기 시작한 참이다. 노르타의 왕은 친절한 생명체가 아니다. 내 생존은 우리의 동맹에 있어서 필수불가결하지만, 나의 평안은 아마도 중요한 문제가 아닐 것이다. 나는 최대한 메이븐의 잘 꾸며진 우아함 속에 머무르려 노력하고 있다. 아직까지는 쉬워 보인다. 메이븐은 나를 학대하지 않는다. 사실, 메이븐이 나를 상대하는 일조차 거의 없다. 아무렇게나 뻗어 있는 화이트파이어 팰리스에서 메이븐을 피해 다니는 일은 그다지 어렵지도 않았다.

"제가 기억하는 한, 한 세기도 넘는 기간이지요."

메이븐이 입을 열었다는 사실에 대한 놀라움을 감춘 채, 내가 대꾸한다.

"티베리아스 2세가 이곳을 공식 방문한 마지막 캘로어 왕이었습니다. 전하와 제 조상들이 전쟁을 시작하기 전에요."

메이븐이 그 이름에 조소를 보낸다. *티베리아스*. 형제 간의 억울한 감정 같은 건 생소하다. 나는 티오라 언니가 가진 많은 것들을 부러워한다. 하지만 결코 메이븐이 자신의 추방당한 형제에게 느끼는 것 같은, 그토록 깊고 모든 것을 아우르는 질투를 느껴 본 적은 없다. 메이븐의 감정은 뼛속 깊다. 공식 석상에 있을 때조차, 메이븐은 형 이야기를 들으면 칼에 찔리기라도 한 것처럼 화를 낸다. 지금 보니 메이븐은 형이 지닌 조상의 이름도 탐나는가 보다. 메이븐이 가질 수 없는, 진정한 왕이라는 또 하나의 증거.

아마도 그래서 메이븐이 메어 배로우를 끈질기게 추적하는 것이 아닐까. 신빙성 있다. 여러 가지 증거들을 직접 목격했다. 메어 배로우는 그저 강력한 신혈(우리처럼 능력을 지닌 낯선 적혈) 하나가 아니다. 추방당한 왕자가 그를 사랑한다. 적혈 소녀를 말이다. 메어를 만났을 때, 나는 그 이유를 이해할 수 있었다. 감옥에 갇혀서도 그 애는 계속 싸웠다. 저항했다. 메어 배로우는 내가 즐겁게 맞출 수도 있었던 퍼즐 같은 존재였다. 캘로어 형제들에게는 서로 가지고 싶은 트로피처럼 보이는 모양이다. 왕관에 비할 수야 없겠지만, 뼈다귀 하나를 가지고 싸우는 개들처럼 서로 엎치락뒤치락 중인 질투심 많은 앙숙 형제들에게는 어떤 의미가 있는 존재인 것이다.

"전하께서 원하신다면, 수도를 관광할 수 있도록 자리를 마련해 보겠습니다."

나는 계속 말한다. 그럴 필요가 없는데도 메이븐과 함께하는 일이 달갑지는 않지만 그래도 이 도시에서 더 많은 시간을 보낼 방법이다.

"이곳 사원들은 장려(壯麗)하기로 이름이 높답니다. 전하께서 찾아 주신다면 신들께서도 분명 기꺼워하실 것입니다."

자부심에 먹이를 주는 전략은 귀족이나 조신들에게처럼은 메이븐에게 잘 먹히지 않는다. 그가 입술을 비튼다.

"실존하는 문제에 집중하고 싶군요, 아이리스. 우리 두 사람 모두가 이기려고 노력 중인 전쟁 같은 것 말입니다."

마음대로 하세요. 나는 차갑고 무심하게 마음속으로만 대답한다. 불신자들은 내 알 바 아니다. 나는 그들의 눈을 뜨게 할 수도 없다. 그건 내 일도 아니다. 메이븐은 죽은 다음에 신들을 만나서 스스로 만든 지옥을 열고 들어가기 전에야 자기가 얼마나 틀렸는지 알게 될 것이다. 신들께서는 아마 그를 영원히 익사시킬 것이다. 그것이 사후 세계에서 버너들을 기다리고 있는 형벌이다. 내가 지옥에 간다면 불꽃이 기다리고 있는 것과 마찬가지다.

나는 이마에 닿는 차가운 보석의 감촉을 느끼며 고개를 숙인다.

"맞는 말씀입니다. 군대가 레이크랜즈의 시타델로 향할 것입니다, 치료와 재정비를 위해서요. 우리도 곧 그리로 합류할 것입니다."

메이븐이 고개를 끄덕인다.

"그래야죠."

"피에드몬트도 고려해 봐야 합니다."

나는 덧붙인다. 브라켄 왕자가 메이븐의 도움을 구하러 왕가의 사람들을 노르타로 보냈을 때는 나는 그곳에 없었다. 그때는 아직 우리 두 나라가 전쟁 중이었다. 하지만 첩보 보고서들의 내용은 분명했다.

메이븐의 뺨이 경련한다.

"브라켄 왕자는 저 개자식들이 아이들을 인질로 잡고 있는 동안은 결코 몬트포트에 맞서 싸우지 못할 겁니다."

메이븐은 내가 무슨 얼간이라도 된다는 것처럼 말한다.

나는 감정을 드러내지 않기 위해 고개를 숙이고 대꾸한다.

"맞는 말씀입니다. 하지만 비밀리에 동맹을 맺을 수 있다면요? 몬트포트는 남쪽 기지와 브라켄이 제공하던 자원을 잃게 될 것이고, 동시에 매우 강력한 적을 얻게 되겠죠. 그들에게 맞설 또 다른 은혈 왕국을 말입니다."

산책로에 메이븐의 발걸음 소리가 커다랗고 침착하게 울린다. 그를 기다리는 동안 메이븐이 낮고 힘찬 한숨을 내쉬는 소리가 고스란히 들린다. 우리는 키도 몸무게도 거의 비슷할 터이지만(만약 메이븐보다 내가 더 나가지 않는다면 말이다.) 그럼에도 불구하고 메이븐의 옆에서는 작아지는 기분이다. 작고 연약한 느낌이다. 고양이와 동맹을 맺은 새가 된 것 같다. 이런 감각이 싫다.

"브라켄의 아이들을 되찾는 작전은 헛수고가 될 가능성이 큽니다. 우리는 그들이 어디에 있는지도 모르고, 얼마나 경비가 삼엄한지도 몰라요. 그들은 대륙 반대편에 있을 수도 있습니다. 어쩌면 이미 죽었을 수도 있지요. 내 형제에게 집중해야만 합니다. 그가 죽고 나면, 그들은 뒷배가 없게 될 테니까요."

메이븐이 툴툴거린다.

실망한 티를 내지 않기 위해서 노력해 보지만, 어깨가 처진다. 우리에게는 피에드몬트가 필요하다. 그들을 몬트포트의 손아귀에 그대로 두는 것은 실수다. 그 실수로 우리는 죽음과 파괴라는 막다른 길에 도달할 수도 있다. 나는 다시 도전한다.

"브라켄 왕자는 양손이 묶인 상태지요. 아이들이 어디에 있는지 안다고 한들, 구출 시도조차 하지 못할 수도 있어요."

나는 목소리를 낮추며 속삭인다.

"실패할 경우의 위험이 너무나 크니까요. 하지만 다른 누군가가 대신할 수도 있지 않을까요?"

"지금 직접 그 일을 하겠다는 겁니까, 아이리스?"

메이븐이 나를 깔보며 딱 잘라 말한다.

그 멍청한 발상에 몸이 경직된다.

"나는 왕비이자 공주이지, 장난감을 쫓으며 노는 개가 아닙니다."

메이븐이 속도를 줄이지 않고 걸으며 경멸을 드러낸다.

"당연히 그대는 개가 아니지요, 나의 비. 개들은 복종하거든."

나는 그 노골적인 모욕에 발끈하지 않고 한숨으로 받아친다.

"전하 말씀이 옳겠지요, 나의 왕이시여."

내가 낼 마지막 패는 괜찮다.

"이러니저러니 해도, 인질이라면 전하께서 익히 알고 계신 분아니까요."

열기가 옆에서 확 치솟는다. 바로 땀이 날 정도다. 메어에 대해서 (그리고 그가 어떻게 그녀를 잃었는지에 대해서) 언급하는 것은 메이븐의 성질을 돋우는 아주 간단한 방법이다.

메이븐이 으르렁대듯 대꾸한다.

"아이들을 찾을 수 있다면, 뭔가를 해 볼 수는 있겠죠."

그것이 캘로어 왕에게서 얻어 낸 전부다. 나는 이것을 성공적인 대화였다고 치기로 한다.

세련된 금박과 푸른색 벽이 번쩍이는 대리석으로 바뀌면서 귀족 구역이 끝나고 왕궁이 시작되었음을 알려 준다. 여전히 길을 따라 아치가 드리웠지만, 금욕적인 푸른색 군복을 입은 레이크랜즈 군인들이 경비를 서고 있다. 더 많은 이들이 벽을 따라 순찰하며, 그들의 여왕이 지나가는 길을 내려다본다. 어머니의 걸음이 미세하게 빨라진다. 엿보는 눈들을 피해서 한시라도 빨리 안으로 들어가고 싶으신 것이다. *우리끼리만.* 티오라 언니가 메이븐과의 거리를 유지하며 너무 가깝지 않게 어머니의 뒤를 따른다. 메이븐은 다른 사람들에게 그러듯 티오라 언니를 불편하게 하고 있다. 메이븐의 열광적인 눈동자에는 강렬한 무언가가 있다. 이토록 젊은 사람에게서 보기에는 이상한 무언가가. 인공적인 어떤 것. 심어진 것.

그의 모친을 생각한다면, 분명히 그랬을 것이다.

엘라라가 살아 있었다면, 왕가 가까운 곳에 있기는커녕 데트라온에도 들어오지 못했을 것이다. 레이크랜즈에서는 그녀처럼 정신을 지배하는 위스퍼들은 신뢰받지 못한다. 그들은 존재하지도 않는다. 서본(Servon) 혈통은 오래전에 맥이 끊겼다. 그럴 만한 이유가 있다.

노르타의 경우를 생각하면, 메란더스 가문 역시 곧 똑같은 운명을 맞지 않을까 하는 예감이 든다. 화이트파이어로 간 이래로 나는 아직까지 어떤 위스퍼와도 말을 나눠 보지 못했다. 하지만 우리의 결혼식에서 죽은 메이븐의 사촌 외에도 전 왕비의 가족들이 살아 있다면, 이참에 메이븐은 거리를 유지해야만 한다.

우리 궁 로옐르(Royelle)는 광대한 땅을 가로지르며 나선형으로 솟아 있다. 궁전에 있는 운하와 송수로를 따라 물이 분수와 폭포로 쏟아져 나온다. 일부는 길을 따라 구부러지며 만으로 흘러들지만, 나머지는 산책로 아래로 흐른다. 겨울에는 대부분 얼어붙어 사람의 손으로는 도저히 창조할 수 없는 얼음 구조물들이 길을 장식한다. 축제나 기념일이면 사제들이 얼음을 읽고 신의 의지를 해석한다. 신들께서는 수수께끼로 이야기하시고, 땅이나 호수 위에 그분들의 말씀을 쓴다. 오직 축복받은 이들만이 그 말씀을 읽을 수 있고 아주 적은 수만이 이해할 수 있다.

레이크랜즈의 성채로 들어가기 위해서는 버너 왕으로서는 대단한 용기가 필요했을 것이다. 두 국가는 최근까지도 적대적인 사이였다. 그러나 메이븐은 조금도 주저하지 않고 그 일을 해낸다. 누군가는 메이븐이 공포를 느끼지 못한다고 생각할지도 모른다. 그의 어머니가 약한 부분을 제거했으므로. 하지만 사실이 아니다. 나는 메이븐이 하는 모든 일에서 공포를 본다. 대부분은 그의 형에 대한 공포다. 배로우가 자기 손에서 달아나 버렸다는 것에서 오는 공포도 있다. 그리고 이 세계에 사는 다른 사람들처럼, 메이븐은 권력을 잃는 것을 죽을 만큼 두려워한다. 그것이 메이븐이 여기 있는 이유다. 나와 결혼한 이유이기도 하다. 메이븐은 왕관을 지키기 위해서라면 무엇이든 할 것이다.

엄청난 헌신이다. 메이븐의 가장 큰 강점이자 가장 큰 약점이다.

우리는 만 위로 열려 있는 거대한 문들로 다가간다. 문들은 경비와 폭포에 의해 보호받고 있다. 어머니께서 문을 지나시자 경비들이 절을 한다. 어머니의 거대한 힘에 이끌린 물마저 조금 파문을 일으킨다. 문 안쪽으로는 내가 가장 좋아하는 정원이 있다. 원래라면 넓은 정원에는 깔끔하게 관리된 온갖 종류의 푸른색 꽃들이 만발해 있을 것이다. 장미, 백합, 수국, 튤립, 히비스커스……. 붉은색을 띤 청색부터 깊은 남색의 꽃잎들. 최소한 푸른빛이어야 한다. 하지만 깃발들처럼, 내 가족들처럼, 꽃들도 애도한다.

꽃잎들은 모두 검은색이다.

"전하, 내 딸이 사원에 갈 수 있도록 허락해 주실 수 있겠소? 우리 전통대로?"

오늘 아침 어머니께서 하시는 말씀을 처음 들었다. 어머니께서는 노르타의 언어뿐만 아니라 궁중에서 사용하는 말투를 쓰셔 메이븐이 요청을 잘못 이해했다는 핑계조차 댈 수 없게 하신다. 알아차리기 힘들긴 하지만, 어머니의 억양이 내 것보다 훌륭하다. 센라 시그넛은 언어를 위한 귀와 외교를 위한 눈을 타고난, 현명한 여인이다.

어머니께서는 통상적인 예절을 지키며 걸음을 멈추고 몸을 돌려 메이븐을 살피신다. 왕에게 무언가를 요청하면서 등을 보일 수는 없는 법이다. *심지어 그 요청의 대상이 나, 어머니의 딸, 자신의 의지를 갖고 있는 살아 있는 사람일지라도 말이지.* 입안에서 쓴맛이 난다.

96

하지만 사실은 아니야. 그는 너보다 높아. 너는 이제 그의 소유물이야, 어머니가 아니라. 너는 그가 원하는 대로 해야 해.

적어도 대외적으로는.

끈에 매인 왕비가 되고 싶은 생각은 추호도 없다.

다행스럽게도 메이븐은 어머니의 앞에서는 종교를 덜 무시한다. 메이븐은 딱딱한 미소를 지으며 가볍게 절을 한다. 회색 머리칼에 눈가에 잔주름이 진 어머니의 옆에 서니 메이븐은 더욱 어려 보인다. 경험도 없고 미숙하게. 그는 결코 그런 존재가 아니지만.

"전통은 존중되어야 하지요. 지금 같은 혼란스러운 시대라고 해도 말입니다. 노르타도 레이크랜즈도 우리 자신이 누구인지를 잊을 수는 없는 법이지요. 그 점이 종국에 우리를 구할 수도 있으니까요, *레이크랜즈의 여왕 전하.*"

메이븐은 말을 잘한다. 그가 고르는 단어들은 시럽처럼 매끄럽다.

어머니는 입으로는 미소를 보이지만, 그 웃음이 눈에는 미치지 못한다.

"정말로 그렇소. 이리 오렴, 아이리스."

어머니께서 내게 손짓하신다.

내게 자제심이 없었더라면 어머니의 손을 잡고 달렸을 것이다. 하지만 나는 침착하게 속도를 유지한다. 어머니와 언니의 뒤를 따라서 검은 꽃들을 지나, 푸른 복도들을 통과하여 로옐르에 있는 여왕의 개인 사원인 신성한 땅에 이르는 속도는 너무 느리게 느껴진다.

군주의 방에 붙어 있는 그 한적한 사원은 소박하며 응접실이나 침실들과는 멀찍이 떨어져 있다. 전통이 일반적인 장식품들을 대신

한다. 콸콸 흐르는 분수는 허리 높이까지 올라오며 물방울들을 중앙의 작은 방으로 튀긴다. 밋밋한 이목구비의 닳은 얼굴들이 천장과 벽에서 우리를 내려다보고 있다. 낯설면서도 친숙하다. 신들에게는 이름도, 계급도 없다. 그분들의 축복은 무작위로 떨어지고, 말씀은 드물며, 징벌은 예측할 수 없다. 하지만 신들은 반드시 계신다. 언제나 그분들이 느껴진다. 나는 내가 가장 좋아하는 신을 찾아낸다. 모호하게 여성적인 얼굴을 지녔는데, 돌 위로 남은 흠집 같은 입술의 유별난 부분으로 간신히 구별할 수 있다. 다 안다는 듯 미소를 짓고 있는 것 같다. 그녀를 보자 마음이 편안해진다. 지금처럼 아버지의 장례라는 그늘이 드리운 때조차 그렇다. *모든 게 다 괜찮을 거란다.* 그녀가 그렇게 말하는 것 같다.

이곳은 평소 궁정 예식 때 사용하는 사원들처럼 크지 않고, 데트라온 중앙의 거대한 사원들처럼 웅장하지도 않다. 금박을 두른 제단도, 천상의 법을 담은 보석 박힌 책도 없다. 우리의 신들은 그 존재를 알리기 위해 진실 그 이상을 필요로 하지 않는다.

나는 한 손을 익숙한 창문에 올린 채 기다린다. 떠오르는 해가 두꺼운 다이아몬드유리를 통과해 희미하게 들어오고, 판유리에 빛이 휘몰아치는 파도처럼 재배열된다. 성소의 문들이 닫힌다. 신들과 서로를 빼면 이제 아무도 없다. 그제야 나는 낮은 안도의 한숨을 내쉰다. 희미한 불빛에 눈이 적응하기도 전에 어머니께서 따뜻한 양손으로 내 얼굴을 잡으시는 바람에 나는 몸을 조금 떨고 만다.

"돌아가지 않아도 된다."

어머니께서 속삭이신다.

한 번도 어머니께서 애원하시는 것을 들어 본 적이 없다. 너무나 낯설다.

내 목소리는 찌르는 것 같다.

"네?"

"제발, 내 아가."

어머니께서는 재빨리 레이크랜즈의 말, 좀 더 편한 우리의 모국어를 쓰신다. 좁은 방의 그늘 아래에서 어머니의 눈이 더욱 날카롭고 어두워 보인다. 그 눈동자는 깊은 우물 같아 안으로 굴러떨어지면 결코 빠져나오지 못할 것 같다.

"동맹은 너 없이도 굳건히 살아남을 거다."

어머니는 내 얼굴을 놓아주지 않고 엄지로 광대를 쓸어내리신다. 오랫동안 우리는 그러고 있는다. 어머니의 눈동자 안에서 피어나는 희망을 보고, 나는 그만 눈을 감아 버린다. 느릿하게 어머니의 손을 떼어 낸다.

"전혀 사실이 아니라는 걸 우리 모두 알잖아요."

나는 어머니의 얼굴을 마주 보려고 애를 쓰며 대꾸한다.

어머니는 턱에 힘을 꽉 주신다. 여왕이란 거절에 익숙해지지 않는 법이다.

"내가 무엇을 알고 모르는지를 가르칠 생각 말거라."

하지만 나 또한 왕비다.

"신들께서 혹시 다른 길을 말씀하시던가요? 그분들을 대변하여 하시는 말씀이세요?"

내 질문은 신성 모독이다. 우리는 신들의 말씀을 가슴으로 느낀다. 사제들만이 그분들의 언어를 대신할 수 있다.

레이크랜즈의 여왕조차 그런 끈에 묶여 있다. 어머니는 부끄러우신 듯 티오라 언니에게로 몸을 돌리며 시선을 멀리 보내신다. 언니는 아무 말도 하지 않는다. 평소보다 더욱 엄숙해 보인다. 정말 대단한 재주다.

"왕가를 대변하여 말씀하신 건가요?"

어머니와 나 사이의 거리를 벌리며 계속 말한다. *어머니께서 이해하셔야만 해.*

"이것이 우리 나라에 도움이 될까요?"

침묵이 돌아온다. 어머니께서는 대답하지 않으시며, 단단한 강철을 두르고, 내 눈을 피해 왕족의 가면 아래로 숨어 버리신다. 어머니는 더 단단하고 커진 것처럼 보인다. 돌로 변해 버리신 건 아닐까 싶을 정도다. *어머니께서는 나를 속이지 않으실 거야.*

"아니면 혹시 스스로를 대변하시는 건가요, 어머니? 슬픔에 잠긴 한 여성으로서? 막 아버지를 잃으셨고, 저 또한 잃고 싶지 않으신 마음에……."

"네가 여기 있기를 바라는 마음을 부인하지는 않으마. 안전하게, 그 녀석 같은 괴물로부터 보호받으며."

어머니는 단호하게 말씀하신다. 통치자의 목소리다. 궁중을 다스릴 때에 내는.

"메이븐은 제가 알아서 할 수 있어요. 몇 달 동안 그래 왔고요. 아시잖아요."

어머니처럼, 나 또한 언니에게 도움을 구하는 눈빛을 보낸다. 언

100

니의 얼굴은 중립을 유지한 채 아무 변화가 없다. 관찰하는, 조용하고, 계산적인, 기다리는. 여왕이라면 익히 그래야 할 얼굴.

"아, 네 편지를 읽었다, 그래."

어머니께서 무시하는 듯한 몸짓으로 한 손을 흔드신다. 어머니의 손가락이 저렇게 마르고, 저토록 주름지고, 저렇게나 *나이* 든 느낌이었던가? 순간 놀란다. *너무 희끗희끗하잖아.* 나는 서성거리는 어머니를 관찰하며 골똘히 생각한다. 희미한 불빛 아래로 어머니의 머리카락이 어슴푸레 빛난다. *기억하는 것보다 훨씬 머리가 새셨네.*

"공식 서신과 비밀 보고서까지 네가 보낸 것들은 모두 받았다, 아이리스. 어느 쪽도 내게 확신을 주지 않았어. 그리고 지금 그를 보고나니……."

어머니는 생각에 잠긴 채 몹시 지친 듯한 한숨을 크게 내쉰다. 여왕은 방을 가로질러 반대편 창문으로 다가가, 다이아몬드유리의 소용돌이를 눈으로 좇으신다.

"저 꼬마는 모든 면이 날카롭고 텅 비었어. 영혼이라고는 없구나. 노르타의 왕은 친아버지를 죽였고, 이제 추방당한 형제를 죽이려고 하지. 사악한 그의 모친이 저지른 그 모든 일은 노르타의 왕이 고통뿐인 삶을 살도록 저주하고 있다. 너 또한 똑같은 저주를 받도록 할 수는 없지 않니. 나는 네가 노르타의 왕 곁에서 남은 삶을 낭비하도록 두지 않을 거다. 그의 궁정이 그를 삼키든, 그가 궁정을 삼키든 그저 시간 문제일 뿐이다."

나 또한 어머니와 같은 공포를 느끼고 있지만, 이미 선택을 해 버렸으니 후회해 보았자 아무 쓸모가 없다. 문을 열었다. 길을 골랐다.

나는 코웃음을 친다.

"이런 말씀을 이토록 금방 하실 줄 알았더라면, 결혼식 날에 적혈들이 공격해 왔을 때에 메이븐이 죽도록 내버려 둘 것을 그랬네요. 그랬다면 아버지께서도 아직 살아 계셨을 테고."

"그래."

어머니께서는 웅얼거리신다. 창문이 훌륭한 그림이라도 되는 양 들여다보고 계시며 딸들을 전혀 돌아보지를 않으신다.

"그리고 그렇게 해서, 그가 죽었다면······."

나는 강하게 들리도록 목소리를 낮춘다. 어머니처럼, 티오라 언니처럼. 여왕으로 태어난 사람처럼. 나는 어머니의 곁으로 다가가 양손을 어머니의 좁은 어깨에 천천히 올린다. 어머니는 항상 나보다 마르셨더랬다.

"그랬다면 우리는 두 개의 전선(戰線)에서 전투를 치러야만 했겠지요. 노르타의 새로운 왕과 전 세계에서 끓어오르는 적혈들의 반역 모두를 상대해야 했을 거예요."

내 모국에서도. 머릿속으로 저주를 퍼붓는다. 적혈 반역은 *우리의* 나라 안에서, *우리의* 코앞에서 시작되었다. 우리가 그들의 반역이 퍼져 나가게 놔 두었다.

어머니의 속눈썹이 흔들리며 갈색 뺨 위로 그늘이 진다. 어머니가 손을 덮는다.

"하지만 내게는 너희 둘이 있지 않으냐. 우리는 함께할 수 있단다."

"얼마나요?"

언니가 묻는다.

티오라 언니는 키가 크다. 자신의 구부러진 코 아래로 우리를 탐색하듯 본다. 언니가 팔짱을 끼자, 푸르고 검은 비단이 바스락댄다. 세상과 격리된 이 작은 사원 안에서 언니는 신들 바로 옆에 우뚝 서 있는 조각상 같다.

"그 길이 더 많은 죽음으로 끝나지 않을 거라고 누가 말하던가요? 저 만의 바다에 우리 모두의 시체가 묻히지 않을 거라고? 진홍의 군대가 왕국을 전복한다면 우리를 살려 둘 거라고 생각하시나요? 저는 아닙니다."

"저도요."

나는 이마를 어머니의 어깨에 기대며 웅얼거린다.

"어머니?"

내 손길에 어머니의 몸에 힘이 들어가며 굳는다.

"그럴 수도 있겠지."

어머니가 단조롭게 말씀하신다.

"이 매듭도 풀 수는 있어. 넌 우리와 함께 있어도 된단다. 하지만 그건 네가 선택할 문제이지, *모나모라.*"

내 사랑.

지금 어머니께 딱 하나를 부탁드릴 수 있다면, 나를 대신해 선택해 달라고 하고 싶다. 지난 세월 수천 번 그랬던 것처럼. *이걸 입어라, 저걸 먹어라, 내가 말하는 대로 해라.* 당시에는 그저 못마땅했다. 어머니나 아버지께서 책임을 빼앗아 가는 것이 분하기만 했다. 지금은 책임감을 내던질 수만 있다면 좋겠지만. 내 운명을 믿고 의지하는 이들의 손에 맡겨 버릴 수 있다면. 어린아이로 남아 있을 수 있다면, 이 모든 것이 전부 나쁜 꿈에 불과하다면.

어깨 너머로 언니를 돌아본다. 언니는 눈살을 찌푸리고, 몹시 상심한 얼굴을 한 채 달아날 곳이 없다고 알려 준다.

"그럴 수만 있다면 함께했을 거예요."

왕비처럼 들리도록 노력했지만, 목소리가 떨린다.

"아시잖아요. 그리고 어머니께서도 사실은 그런 일이 불가능하다는 것도 잘 아시고요. 어머니가 쓰고 계신 왕관에 대한 배반이라는 것도요. 항상 저희에게 뭐라고 말씀하셨죠?"

어머니께서 움찔하시는 사이, 티오라 언니가 대신 대답한다.

"의무가 첫 번째다. 항상 명예를 지켜라."

그 기억에 마음이 따듯해진다. 앞길이 순탄하지만은 않겠지만 해야만 하는 일이다. 적어도 내게는 목표가 있다.

"제 의무는 두 분처럼 레이크랜즈를 지키는 것입니다. 메이븐과의 결혼으로 전쟁을 이길 수는 없을지 몰라도, 적어도 그럴 기회를 주겠지요. 우리는 벽 뒤로 숨은 채 문가에 늑대들을 세울 수 있어요. 아버지의 복수를 마칠 때까지, 제게는 명예 같은 건 없을 겁니다."

"동의해."

티오라 언니가 사납게 대꾸한다.

"동의한다."

어머니께서 희미하게 속삭이신다.

어머니의 어깨 너머로 미소 짓고 있는 신의 얼굴을 바라본다. 그녀의 비죽한 웃음에서, 그 자신감 넘치는 표정에서 나는 힘을 끌어낸다. 그녀가 내게 확신을 준다.

"메이븐과 그의 왕국은 방패인 동시에 검입니다. 우리는 그를 이용해야만 해요. 메이븐이 위험한 존재라는 건 알지만요."

어머니께서 코웃음을 치신다.

"특히 너에게 그렇지."

"네, 특히 제게요."

"동의하지 말았어야 했다. 네 아버지의 생각이었지."

"알아요. 좋은 생각이기도 했고요. 아버지를 탓할 생각은 없어요."

아버지를 탓할 생각은 없어요. 화이트파이어 팰리스에서 얼마나 많은 밤을 홀로 지새우며 후회 같은 건 하지 않는다고 되뇌었던가? 애완동물이나 땅처럼 팔려 와야 했던 것에 어떤 분노도 느끼지 않는다고? 그 말은 그때도 지금도 거짓말이다. 하지만 그따위 것들에 대한 내 분노 같은 건 아버지와 함께 죽어 버렸다.

어머니가 입을 여신다.

"이 모든 일이 끝나서……."

티오라 언니가 끼어든다.

"만약 우리가 승리하면……."

"우리가 이긴 후에……."

어머니께서 몸을 돌리신다. 어머니의 눈동자 속에서 빛이 번뜩인다. 기도실의 중앙에 있는 분수의 구부러진 물줄기가 느려지며, 꾸준하게 낙하하던 물이 자신의 길을 천천히 따른다.

"너희 아버지가 살인자들의 피로 목욕하고, 진홍의 군대가 너무 많이 자라 버린 쥐 떼처럼 박멸되고 나면(어머니의 열의에 물이 움직임을 멈춘다.) 너를 노르타에 계속 둘 이유가 없겠지. 하물며 아케온의 왕좌에 걸맞지도 않는 불안정한 왕을 남겨 둘 이유는 더더욱 없을 것이다. 특히나 자신을 따르는 이들과 우리의 피를 손에 묻힌 어리석은 이라면 말이다."

"동의해요."

언니와 내가 동시에 속삭인다.

어머니께서는 얼어붙은 분수를 향해 침착하게 고개를 돌리고, 물의 모양을 원하시는 대로 바꾸신다. 물은 유리처럼 복잡하게 허공에서 호를 그린다. 빛이 물을 통과하며 온갖 색상의 프리즘들로 쪼개진다. 어머니는 움찔하지도, 태양의 반사광에 눈을 찡그리지도 않으신다.

"레이크랜즈는 신들을 믿지 않는 저 나라들을 깨끗하게 청소할 것이다. 노르타를 정복해라. 리프트도 마찬가지다. 그들은 이미 서로에게 발톱을 들이대고 있으니, 하찮은 경쟁을 부추겨 상잔하도록 해라. 힘이 소진될 때까지 얼마 걸리지도 않을 것이다. 시그넷 혈통의 격노로부터 달아날 곳 따위 없을 것이다."

나는 언제나 어머니가 자랑스러웠다. 어렸을 때부터 그랬다. 어머니는 위대한 여성이며, 의무와 명예의 화신 같은 분이다. 명민하고 타협을 모르신다. 왕국을 자신의 자녀처럼 돌보신다. 지금 나는 내가 어머니를 반도 모르고 있었음을 깨닫는다. 어머니의 고요한 표면 아래로 태풍만큼이나 강력한 의지가 자리하고 있다. 그리고 그 의지는 어떤 폭풍이 될 것인가.

"그들은 홍수를 맞이할지니."

나는 오래된 심판의 말을 되뇐다. 반역자들을 징벌할 때에 사용하는 말이다. 모든 적들에게도.

"적혈들은 어떻게 하나요? 능력을 지닌 자들, 저 산악 국가의 놈들은요? 그들은 한참 전부터 우리 왕국에 첩자들을 보내고 있습니다."

티오라 언니가 눈썹을 찌푸리자 깊은 골이 드리운다. 언니의 끝없는 걱정을 매끈하게 정리해 주고 싶지만 저 말이 옳다.

메어 배로우 같은 사람들도 처리해야 한다. 그들도 이 일의 일부분이다. 우리는 그들과도 싸워야만 한다.

"메이븐을 이용하면 돼. 그는 신혈에 집착해. 특히 그 번개 소녀에게. 필요하다면 지구 끝까지도 그들을 추적할 거야. 전력을 다하겠지."

어머니께서 내 말에 엄숙하게 찬성하시며 고개를 끄덕이신다.

"그럼 피에드몬트는?"

나는 천천히 허리를 펴며 자부심을 느낀다.

"어머님께서 말씀하신 대로 했어요. 씨앗을 심었습니다. 메이븐은 우리만큼이나 브라켄을 필요로 합니다. 아이들을 구하려고 할 거예요. 브라켄을 우리 편으로 끌어들여 그의 군대를 우리 군대 대신 이용할 수 있다면······."

티오라 언니가 내 말을 마무리한다.

"레이크랜즈의 힘을 보존할 수 있을 겁니다. 우리의 힘은 집결한 채로 대기 중일 테니까요. 브라켄이 메이븐에게 등을 돌리도록 유도할 수도 있을 겁니다."

"맞습니다. 운이 좋다면, 우리가 스스로를 드러내기도 전에 그들이 서로를 죽일 수도 있어요."

티오라 언니가 혀를 찬다.

"나는 인생이 어느 쪽으로 굴러갈지 모를 상황에서는 운 같은 건 신용하지 않아, *페타소레*."

어린 동생.

언니가 나를 깔보려는 의도 없이 사랑을 담아 말하기는 했지만 마음이 불편해진다. 언니가 후계자이며, 첫째이고, 또 땅을 다스릴 운명의 딸이기 때문이 아니다. 그 말이 언니가 얼마나 나를 염려하고 또 나를 위해 희생할 수 있는지를 보여 주기 때문이다. 언니나 어머니에게서 내가 전혀 원치 않는 감정. 가족들이 이미 내게 충분히 준 것들이다.

"브라켄의 아이들을 구하는 사람은 반드시 네가 되어야만 해."

어머니의 목소리는 침울하고 차갑다. 눈빛 역시 그렇다.

"시그넛의 딸. 메이븐도 자기 휘하의 은혈들을 보내겠지만 직접 가진 않을 거다. 그럴 능력도 담력도 없어. 네가 그의 병사들과 함께 간다면, 네가 네 손으로 브라켄 왕자의 품에 자식들을 돌려준다면……."

나는 침을 삼킨다. *장난감을 쫓으며 노는 개가 아닙니다.* 고작 몇 분 전에 메이븐에게 했던 말과 같은 말을 여왕이신 어머니에게도 뱉을 뻔한다.

"너무 위험해요."

티오라 언니가 나와 어머니 사이에 몸을 밀어 넣다시피 하면서 빠르게 말한다.

어머니는 전혀 물러나지 않으신다. 늘 그렇듯 미동조차 없다.

"너는 우리 나라를 벗어날 수 없지 않으냐, 티. 우리가, 우리만이 브라켄을 휘두를 수 있으려면 우리가 반드시 직접 그를 도와야만 한단다. 그것이 피에드몬트식이야."

어머니가 이를 악무신다.

"아니면 메이븐이 그 일을 해내고 충실한 동맹을 얻는 편이 낫겠니? 그 꼬마는 혼자서도 충분히 위험하다. 그에게 또 다른 무기를 쥐여 주어서는 안 돼."

내 자존심과 결심을 모두 상처 입히는 말이기는 해도 일리가 있다. 메이븐이 일을 직접 이끌거나 아이들을 구출하도록 명령한 당사자가 된다면, 그는 확실히 브라켄을 동맹으로 둘 수 있을 것이다. 그런 일은 일어나선 안 된다.

나는 느릿하게 대꾸한다.

"당연히 그래서는 안 되죠. 그 일은 반드시 제가 해야 되겠네요, 어떻게든."

티오라 언니도 마지못해 인정한다. 언니는 움츠러든 것처럼 보인다.

"외교관들에게 접촉해 보라고 할게, 최대한 신중하게. 또 더 필요한 게 있니?"

손가락이 무감각해지는 기분을 느끼며 고개를 젓는다. *브라켄의 아이들을 구해 내라.* 어디서부터 시작해야 될지도 모르겠다.

몇 초가 느릿하게 흐른다. 시간이 지나고 있다는 것을 무시하기가 점점 더 어렵다.

이곳에 오래 머무를수록 노르타 사람들이 의심스러워할 거야. 입술을 깨물며 생각한다. *특히나 메이븐은 더 그렇겠지. 이미 의심하는 중일 수도 있어.* 어머니에게서 떨어지며 돌아서는데, 어머니의

온기가 사라진 손이 갑자기 차갑게 느껴진다.

분수 옆을 지나면서 구부러진 물줄기에 손가락을 대자 손끝이 젖는다. 눈시울에 대고 적신 손을 문지르자, 속눈썹 위로 어두운 화장이 번진다. 가짜 눈물이 굴러떨어진다. 애도하는 꽃들처럼 검은색이다.

"기도해, 티 언니. 운을 믿지 않는다면 신의 뜻을 믿어 봐."

언니가 기계적이고 자동적으로 대꾸한다.

"신들의 향한 내 믿음은 굳건하지. 우리 모두를 위해 기도할게."

단순하게 생긴 손잡이에 한 손을 올린 채, 나는 문간에서 오래 머뭇거린다.

"나도 그럴게."

내가 손잡이를 잡아당기자 주변에서 물방울들이 터진다. 앞으로의 몇 년 동안 마지막으로 안전한 순간일 수도 있는 시간이 끝을 맞이한다. 나는 숨죽여 혼잣말을 한다.

"이게 될까?"

어머니께서 내 목소리를 들으셨나 보다. 내가 물러나는 동안, 어머니는 무시할 수 없는 눈동자로 위를 올려다보신다.

"신들만이 아시겠지."

제5장

메어

드랍젯(*Dropjet*)은 느리고 평소보다 무거운 것 같다. 나는 눈을 반쯤 감은 채, 안전 장비 안에서 이리저리 흔들리고 있다. 전기가 흐르며 지직거리는 소리가 내게 평안을 준다. 그 소리와 비행선의 움직임이 쌍을 이루자 반쯤 졸음이 쏟아진다. 짐을 추가로 실었지만 엔진은 조용하다. 그렇다, *더 많은 짐.* 화물칸은 코르비움에서 얻은 전리품으로 가득 차 있다. 탄약, 총, 폭발물, 온갖 무기들, 군복, 배급용 식량, 연료, 배터리, 심지어 신발끈까지. 절반은 지금 피에드몬트로, 나머지는 또 다른 비행기에 실린 채 데이비슨의 산 동네로 향하는 중이다.

몬트포트와 진홍의 군대의 노력에는 낭비라곤 없다. 그들은 화이트파이어를 공격한 후에도 똑같은 일을 해치웠다. 제한 시간 내에서 왕궁에서 벗겨 낼 수 있는 건 다 뜯어 왔다. 대부분은 돈이다. 메이븐이 우리로부터 달아난 것이 확실해진 다음에 트레저리(Treasury)에서 꺼내온 것들이다. 피에드몬트에서도 같은 일이 있었다. 그래서 그 남쪽 기지가 텅 비어 있는 듯, 임시 숙소나 관리 건물이 무슨 전시에 구성된 듯 보였던 것이다. 그림이나 동상은 물론 괜찮은 접시나 수저 세트조차 없었다. 대단하신 은혈들께서 과시하듯 걸어 둘 물건들은 아무것도 없었다, 꼭 필요한 것 외에는. 필수적이지 않은 것들은 분해하고, 팔고, 아니면 다른 목적에 맞게 다시 만들었다. 전쟁에는 돈이 든다. 우리는 유용한 것만 유지한다.

그것이 지금 우리 뒤로 코르비움이 무너지고 있는 이유다. 코르비움은 더 이상 유용하지 않다.

데이비슨은 주둔군을 남기는 것이 어리석은 낭비라고 따지고 들었다. 코르비움은 레이크랜즈와 싸우기 위해 초크로 군인을 보내는 전초 기지다. 그 전쟁이 끝난 만큼 코르비움에는 의미가 없다. 지켜야 할 강도 없고, 전략 자원으로서의 가치도 없다. 레이크랜즈로 향하는 수많은 길들 중 하나에 불과하다. 신경만 분산될 테다. 지켜 봤자 코르비움은 메이븐의 영토 깊숙이 위치해 있는 데다가 국경에 너무 가깝다. 레이크랜즈가 언제든 경고 없이 밀려올 수도 있고, 메이븐이 군대를 끌고 돌아올 수도 있다. 우리가 또 이길 수도 있지만, 더 많은 이들이 죽게 될 것이다. 아무것도 없는 땅 한가운데에 세워진, 그저 벽 몇 개에 불과한 건물을 위해서 말이다.

은혈들은 반대했다. 자연스러운 일이다. 그들에게는 붉은 피가 흐르는 사람이 하는 말이면 누가 뭘 말하든 간에 일단 반대하고 보는 게 명예로운 일임이 틀림없다. 아나벨이 여론을 주도했다.

"얼마나 많이 죽었소? 얼마나 많은 피가 이 벽 위에 흘렀는데 도시를 포기한다는 겁니까? 우린 바보처럼 보일게요!"

아나벨은 회의실 너머에서 노려보면서 조롱을 날렸다. 그녀는 데이비슨이 무슨 머리 둘 달린 괴물이라도 되는 양 바라보았다.

"칼의 첫 승리요. 그의 깃발을 꽂고……."

"난 어디서든 칼의 깃발이 날리는 꼴은 안 볼 건데."

팔리가 뼈만 남은 듯 삭막한 목소리로 끼어들었다.

아나벨은 그녀의 말을 무시하며 손 아래의 테이블을 없애 버릴 기세로 말을 이었다. 칼은 옆에 앉아 침묵하며, 그저 활활 타오르는 눈동자로 양손을 내려다보기만 했다.

"도시를 버리고 떠나면 약해 보일 거요."

늙은 왕비가 주장했다.

"저는 상황이 어떻게 보일지는 신경 쓰지 않는답니다. 그저 실제로 상황이 어떤지만 생각하지요, 전하. 전하께서 전하 자신의 군대를 주둔시켜 코르비움을 사수하시는 것은 얼마든지 환영입니다. 하지만 몬트포트나 진홍의 군대의 병사들은 이곳에 남지 않겠습니다."

데이비슨이 대답했다.

아나벨의 입술이 비틀렸으나 대꾸는 그녀의 목구멍 안에서 죽어 버렸다. 아나벨에게는 그런 식으로 병력을 낭비할 의도가 없었다. 아나벨은 의자에 깊이 몸을 물리고 재빨리 볼로 사모스에게로 눈길을 돌렸다. 하지만 볼로 사모스 역시 자원하지 않았다. 그는 침묵을 지켰다.

"도시를 떠날 거라면, 폐허로 만들고 떠나야 합니다."

티베리아스가 테이블 위로 주먹을 쥐었다. 피부가 뼈처럼 하얗게 보일 정도로 꽉. 분명하게 기억난다. 손톱 아래에는 여전히 흙먼지가 끼어 있었다. 아마도 피도 묻어 있었을 테다. 나는 칼의 얼굴을 보지 않고 손에 초점을 두었다. 칼의 감정은 너무나 읽기 쉽다. 나는 그 감정 중 아무것도 알고 싶지 않다.

"각 군대에서 특별 파견을 하죠. 르롤란 오블리비언, 신혈 그래비트론과 바머들, 파괴할 수 있는 능력을 지닌 사람들로요. 도시에서 쓸 만한 것들을 징발한 뒤, 남은 것들은 재로 만들고 쓸어 냅시다. 메이븐이나 레이크랜즈에게는 아무것도 남기지 맙시다."

칼은 말하는 내내 고개를 숙인 채 누구와도 시선을 마주하지 않았다. 자기가 다스리는 도시 하나를 파괴하라는 명령을 내리는 일이 매우 힘들었을 테다. 그가 아는 장소, 그의 아빠와 할아버지가 지켰을 장소. 티베리아스는 전통만큼이나 의무를 가치 있게 여긴다. 둘 다 그의 뼛속 깊이 새겨져 있다. 하지만 그때의 나는 그를 거의 동정하지 않았다. 우리가 피에드몬트로 돌진하고 있는 지금은 더욱 그렇다.

적혈에게 코르비움은 무덤으로 향하는 문에 불과했다. 이제 그곳이 사라졌다니 너무 기쁘다.

그래도 마음속 깊은 어딘가 불편하다. 눈을 감으면 여전히 불타오르는 코르비움이 보인다. 벽이 무너지며 폭발하는 불꽃 아래 갈갈이 찢어진다. 중력의 작용으로 건물은 뜯어지고, 금속 문은 꿈틀대며 매듭 모양으로 비틀린다. 나와 같은 일렉트리콘인 엘라는 폭풍을 만들어 중앙 탑을 때렸다. 맹렬한 푸른색 번개가 돌에 금을 냈다. 몬트포트 님프들, 거대한 힘을 지닌 신혈들은 인근의 개천은 물론 강까지 이용해서 돌무더기들을 저 멀리 있는 호수까지 쓸어 버렸다. 코르비움의 어떤 부분도 살아남지 못했다. 일부는 가라앉았다. 도시 아래의 터널 속으로 붕괴되었다. 일부는 경고의 의미로, 몇 시간이 아니라 천 년 이상 풍화된 고대의 거석들처럼 남겨졌다.

얼마나 많은 도시들이 똑같은 운명을 겪게 될까?

스틸츠 생각이 난다.

내가 자란 그곳에 1년 가까이 가 보지 못했다. 메리어나라는 이름을 지녔던 시절, 왕실 배의 갑판에서 옆에 선 유령과 함께 캐피탈 리버 강의 둑을 바라보았던 때가 마지막이었다. 엘라라와 왕이 아직 살아 있던 시절이었다. 그들은 고향을 지날 때에, 우리 마을 사람들이 채찍을 맞거나 감옥에 끌려가는 일을 피하기 위해 끌려 나와 물가에 모여 있는 모습을 보도록 했다. 가족이 그 사이에 있었다. 나는 장소가 아닌 가족의 얼굴에 초점을 맞추었다. 스틸츠는 내 고향인 적이 없었다. 내 가족이 내 고향이다.

만약 그 마을이 사라진다면 신경이 쓰일까? 아무도 다치지는 않고, 그 지주(stilt) 위에 세운 집들과, 시장과, 학교와 *경기장만이……* 모두 파괴된다면? 불타오르고, 물에 잠기고, 간단하게 사라진다면?

정말로 잘 모르겠다.

분명히 어딘가는 코르비움처럼 폐허가 될 것이다. 내가 파괴하고 싶은 도시들의 이름을 저주하며 나열해 본다.

그레이 타운, 메리 타운, 뉴 타운. 그 비슷한 종류의 도시들.

기술자들의 빈민가를 생각하니 카메론이 떠오른다. 카메론은 지금 맞은편에서 안전벨트에 낀 채 떠밀리는 중이다. 머리는 축 늘어져 있고, 코 고는 소리가 비행기 엔진의 소리와 구분이 가지 않는다. 목깃 아래로 문신이 살짝 보인다. 어두운 갈색 피부 위에 드러난 검은색 잉크. 카메론은 자신의 직업, 아니, 감옥이라는 표현이 좀 더 어울릴 것을 오래전에 표식으로 새겨야 했다. 테크 타운은 그저 먼 발치에서 한 번 바라보았을 뿐이지만, 그 기억에 여전히 욕지기가 난다. 그런 곳에서 자라나는 삶, 매연 속에 붙들린 인생이라니. 상상할 수도 없다.

적혈 빈민가는 사라져야만 한다.

동네를 막고 있는 벽도 불타 없어져야 한다.

＊＊＊

늦은 아침, 폭우가 쏟아지는 가운데 우리는 피에드몬트 기지에 착륙한다. 대기 중인 차로 향하느라 활주로로 세 걸음쯤 걸었을 뿐인데 몸이 흠뻑 젖는다. 클라라에게 빨리 돌아가고픈 팔리는 쉽게 나를 앞지른다. 다른 사람은 신경 쓰지 않는다. 팔리는 우리를 환영하기 위해 나와 있던 대령과 다른 군인들을 건너뛰어 버린다. 그녀의 속도에 맞추려다 보니 불안정한 속보로 걷게 된다. 은혈들이 타고 있는 다른 비행기를 돌아보지 않으려고 애를 쓴다. 빗줄기가 그들의 색상을 어둡게 흐린다. 르롤란의 주황색, 제이코스의 노란색, 캘로어의 붉은색과 사모스의 은색. 에반젤린은 영리하게도 금속 갑옷을 포기했다. 확실히 뇌우가 불고 있을 때 안전한 의상은 아니다.

볼로 왕과 그를 따르는 은혈 귀족들은 우리를 여기까지 따라오지는 않았다. 그들은 리프트 왕국으로 돌아가는 중이다. 이미 도착했을 수도 있다. 내일 몬트포트로 갈 은혈들만이 피에트몬트로의 여행을 선택했다. 아나벨, 줄리언, 그들의 다양한 호위 인력과 고문들, 그리고 에반젤린. 당연하지만, 티베리아스도.

기다리고 있던 차에 탑승하여 건조한 실내로 들어가면서 티베리아스를 일별한다. 그는 폭풍 속 구름만큼이나 음울하다. 홀로 떨어져 서 있는데, 그는 저 일행 중 유일하게 피에드몬트 기지에 익숙한 사람이다. 아나벨이 티베리아스를 위해 격식 있는 의상들을 챙겨 왔음이 틀림없다. 긴 망토와 번쩍이는 부츠, 그리고 보석 달린 화려한 옷들을 설명할 길은 그것뿐이다. 이 거리에서는 왕관까지 챙겼는지 안 보인다. 왕실 의상을 입었지만 아무도 그와 메이븐을 착각할 자는 없을 것이다. 티베리아스의 색상은 메이븐의 것의 반전이다. 망토는 피처럼 붉고, 그 아래 옷도 같은 색이다. 모두 검은색과 왕실의 은색으로 장식되어 있다. 빗속에서도 티베리아스에게서는 빛이 난다. 불꽃만큼이나 밝다. 그는 폭풍이 비를 쏟아 내는 와중에도 움직이지 않고 서서 어두운 눈썹을 찌푸린 채 시선을 보내고 있다.

나는 첫 번째 번개가 하늘을 가르지르기도 전에 그 움직임을 느낀다. 엘라가 비행기들이 안전하게 착륙할 수 있도록 번개를 붙들고 있었다. 이제는 놓아주었을 것이다.

차창에 기댄다. 차가 속도를 올리는 사이, 내 안의 무언가를 놓아주려고 애를 써 본다.

우리 가족의 것이 된 연립 주택은 매우 젖어 있다는 점만 빼면, 며칠 전 떠날 때와 똑같다. 비가 창문을 후려치며 화단에 자란 꽃들을 흠뻑 적시고 있다. 트래미 오빠가 좋아하지 않을 것 같다. 오빠는 저 꽃들을 하나하나 관리한다.

몬트포트에 가면 오빠도 실컷 꽃을 기를 수 있을 거야. 정원 하나를 통으로 가꾸고 거기서 꽃이 피는 것을 보면서 일생을 보낼 수도 있겠지.

차가 완전히 서기 전에 팔리가 뛰어내린다. 웅덩이를 지나며 그녀의 부츠가 물을 튀긴다. 여러 가지 이유로 나는 망설인다.

몬트포트에 대한 이야기를 해야만 한다. 부디 가족들이 거기 머무르는 것에 찬성했으면 좋겠다. 내가 다시 떠나야 한다고 해도 말이다. 우리 가족은 지금껏 그런 일을 여러 번 겪어 왔지만, 그 일에 결코 익숙해지는 법이 없다. 가족들이 내가 떠나는 걸 막을 수는 없지만, 나 또한 가족들을 막을 수 없다. 가족들이 몬트포트행을 거절한다면. 그 생각에 몸이 떨린다. 가족들이 안전하다는 사실을 아는 것이 내게 남은 유일한 안식처다.

하지만 저 불가피한 논쟁은 내가 인정해야 하는 또 다른 사실과 비교하면 차라리 낫다.

칼이 왕관을 선택했다. 내가 아니라. 우리가 아니라.

그것을 말로 뱉으니 더욱 현실감이 든다.

차 근처의 웅덩이는 생각보다 깊다. 짧은 부츠 안에 물이 튀어 들어오는 바람에 다리가 차가워진다. 신경이 그쪽으로 쏠리는 게 차라리 반갑다. 팔리를 따라서 계단을 올라 열린 문 안으로 뛰어든다.

배로우 가족의 흐릿한 형체가 나를 끌어들인다. 엄마, 지사, 트래미 오빠와 브리 오빠가 내 주변을 휘감는다. 오랜 친구 킬런도 그 모임에 합류하더니, 한 발짝 다가와 짧지만 거세게 포옹한다. 그를 보자 안도감이 치솟는다. 킬런은 코르비움에서 싸울 준비가 되어 있지 않았다. 킬런이 뒤에 남기로 동의했다는 점이 기쁘다.

아빠는 늘 그렇듯 뒤에서, 다른 누구도 끼어들지 않을 때에 제대로 나를 안아 주려고 기다리고 계신다. 아무래도 오래 기다리셔야만 할 것 같다. 엄마가 날 놓아주시지 않을 것처럼 보이기 때문이다. 엄마는 내 어깨에 팔을 감고는 바짝 끌어당기신다. 옷에서 이슬 맺힌 아침과 비누처럼 깨끗하고 상쾌한 냄새가 난다. 스틸츠 집과는 어떤 것도 같지 않다. 군대에서의 내 지위가 어떤지는 모르겠지만, 가족들은 결코 익숙하지 않은 호사를 누리고 있다. 이전 장교들의 구역에 있는 연립 주택은 옛 스틸츠의 집과 비교하면 호화롭기 짝이 없다. 집에 장식이라고는 거의 남아 있지 않지만, 기본적인 부분은 전부 훨씬 훌륭하게 만들어졌고 잘 관리되어 있다.

팔리는 클라라만 보고 있다. 내가 간신히 현관문을 통과할 동안, 팔리는 벌써 클라라를 안은 채 머리를 자기 가슴에 기대 쉬게 해 주고 있다. 클라라는 하품을 하더니 코를 비비고는 잠시 방해받았던 낮잠으로 다시 빠져든다. 아무도 보지 않는다고 생각할 때면, 팔리는 갈색 머리카락으로 뒤덮인 클라라의 조그만 머리통에 코를 묻는다. 그녀는 눈을 감고 숨을 깊이 들이마신다.

엄마는 커다란 미소를 지으며 내 관자놀이에 열 번도 더 되는 키스를 퍼부으시고는 중얼거리신다.

"다시 집에 왔구나."

"그러니까 정말로 해낸 거구나. 코르비움이 사라졌어."

아빠께서 말씀하신다. 나는 엄마의 품에서 빠져나와 아빠를 제대로 길게 안아 드린다. 아빠가 휠체어에 옹송그리고 계시지 않다는 점이나, 이런 식으로 서로에게 닿는 것이 아빠나 나나 아직 익숙하지가 않다. 사라 스코노스의 도움을 받은 이후 몇 달이 지났는데도, 몬트포트 군대의 힐러와 간호사의 도움도 받았는데도, 어떤 것도 우리가 기억하는 그 시간을 지울 수는 없다. 여전히 아빠의 뇌리에는 고통이 존재한다. 난 그래야만 한다고 생각한다. 그것을 잊어버리는 일은 옳지 않게 느껴진다.

아빠가 내게 몸을 전처럼 무겁지 않게 기대신다. 나는 아빠를 응접실로 모시고 간다. 우리는 쓴 미소를 주고받는다. 우리 둘 사이에만 통하는 뭔가가 있다. 아빠는 한때 군인이셨다. 우리 중 누구보다도 더 긴 시간을 군인으로 지냈다. 아빠는 죽음을 목격하고 그것으로부터 돌아오는 것이 어떤 일인지 이해하신다. 주름진 얼굴과 회색으로 바래 가는 듬성듬성한 수염 아래와 눈빛 뒤에 숨어 있는 아빠를 상상해 본다. 집에는 사진이 거의 없었다. 턱 섬에 있던 피난 시설과 레이크랜즈의 또 다른 기지를 거쳐 여기에 이르기까지 얼마나 많은 사진을 찍었을지는 모르겠다. 그래도 기억 속에 선명한 사진이 하나 있다. 아주 오래된 사진인데 바깥쪽이 많이 낡았고, 흐릿하고 바랬다. 브리 오빠가 태어나기 전, 아주 오래전의 엄마와 아빠가 찍힌 사진이다. 사진 속 부모님은 십 대로, 나처럼 스틸츠에 사는 청소년이었다. 아빠는 18살도 안 되셨을 것이다. 아빠는 아직 징병되기도 전이었고, 엄마는 견습생에 불과했다. 아빠는 첫째인 브리 오빠와 너무나 닮아 보인다. 똑같이 커다란 미소를 지었는데 입을 너무 크게 벌린 나머지 보조개까지 잡혀 있다. 두툼하고 쭉 뻗은 눈썹이 높은 이마를 가로지르고 있다. 귀는 좀 큰 편이다. 오빠들이 아빠처럼, 똑같은 고통과 걱정에 사로잡혀 나이 드는 모습을 생각하지 않으려고 애를 쓴다. 오빠들이 아빠나 쉐이드 오빠의 운명을 따라가지 않으리라고 확신할 수 있다.

안락의자에 브리 오빠가 털썩 주저앉더니, 소박한 카페트 위에 맨발을 올린다. 나는 코를 찡그린다. 남자들의 발은 사랑스러울 수가 없다.

"그 돌무더기를 안 봐도 된다니 속이 시원하다."

브리 오빠가 코르비움을 욕하며 말한다.

트래미 오빠가 동의의 뜻으로 머리를 까딱거린다. 오빠의 어두운 갈색 수염은 계속 숱이 늘고 있다.

"전혀 아쉽지도 않아."

트래미 오빠가 맞장구친다. 오빠들 모두 아빠처럼 징병되었다. 그 기억조차 싫을 만큼 코르비움에 대해 잘 알고 있다. 오빠들은 경기에서 이기기라도 한 것처럼 미소를 주고 받는다.

아빠는 덜 축하하는 듯하신다. 천천히 다른 의자에 앉으신 후 새롭게 자란 다리를 쭉 뻗으신다.

"은혈들은 다른 도시를 다시 세울 테지. 그게 그들 방식이니까. 결코 바뀌질 않아. 그렇지 않니?"

나와 시선을 마주치며 아빠께서 눈을 번뜩이신다. 하고 싶으신 말씀이 뭔지 깨닫자 속이 철렁 내려앉는다. 뺨이 달아오른다.

창피한 마음에 나는 재빨리 지사를 돌아본다. 어깨가 축 처진 지사가 한숨을 쉬더니 거의 보이지 않게 고개를 끄덕인다. 그 애는 내 눈을 피하며 자기 셔츠의 소매만 만지작거린다.

"그러니까 들으셨군요."

내 목소리는 생기가 없고 공허하다.

"전부는 아니고."

지사가 대꾸하며 킬런을 본다. 킬런이 지난밤에 내가 보낸 메시지의 덜 고통스러운 부분을 모두에게 줄줄 쏟아 내며 중계했으리라는 쪽에 기꺼이 돈을 걸겠다. 지사는 신경질적으로 머리 타래를 손가락에 꼰다. 어두운 붉은 머리가 희미하게 빛난다.

"그래도 무슨 일이 있었는지 알 수는 있었어. 또 다른 왕비라든가, 새로운 왕이라든가. 그리고 몬트포트에 대한 이야기들. 당연하지만. 항상 몬트포트지, 뭐."

킬런이 꼭 다문 입술을 삐죽이며 삐쭉삐쭉한 금발 머리를 한 손으로 쓸어내린다. 불편해하는 모양새가 지사랑 판박이다. 분노도 보인다. 그것은 그의 안에서 부글부글 끓으며, 녹색 눈동자에 불을 지핀다.

"칼이 수락했다니 믿을 수가 없어."

나는 그저 고개만 끄덕일 뿐이다.

"겁쟁이 같으니. 멍청한 겁쟁이야. 값어치 없는, 버릇없는 쥐새끼

자식. 그놈 턱을 깨 버렸어야 하는데."

킬런이 쏘아붙이며 한쪽 주먹을 쥔다.

"나도 도울게."

지사가 툴툴대며 덧붙인다.

아무도 두 사람을 나무라지 않는다. 나조차 그렇다. 킬런은 분명 내가 뭐라고 할 거라고 예상했을 테지만 말이다. 이쪽을 힐끗 보는 걸 보니 내 침묵에 놀란 모양이다. 나는 킬런과 시선을 맞추고 그 이름을 입 밖으로 내지 않고 이야기를 전달하려고 해 본다. *쉐이드 오빠가 대의를 위해서 자기 목숨을 바쳤는데도 티베리아스는 왕관을 포기할 수 없나 봐.*

킬런이라면 내 심장이 두 개로 부서져 버렸다는 걸 알아챌까. 틀림없이 알 것이다.

내가 킬런을 밀어냈을 때, 킬런도 이런 느낌이었을까? 내가 우리가 서로 다른 감정을 느끼고 있다고 대답했을 때? 킬런에게 그가 원하는 것을 되돌려 줄 수 없다고 했을 때?

킬런의 시선이 동정으로 부드러워진다. 킬런은 이게 무슨 기분인지 몰랐으면 싶다. 내가 그를 이런 고통 속으로 밀어 넣은 게 아니라면 좋겠다. *그냥 네게는 나를 사랑하는 선택지가 없었을 뿐이지.* 킬런이 그렇게 말했다. 이제 그 말이 틀렸으면 싶다. 내가 우리 두 사람 모두를 이 고통에서 구할 수 있다면 좋겠다.

감사하게도, 엄마께서 내 팔에 한 손을 가볍게 얹고는 나를 긴 소파로 안내하신다. 엄마께서는 캘로어 왕자에 대해서는 한마디도 꺼내지 않고 방을 둘러보며 자기 뜻을 명백하게 전달하신다. *충분해.*

"네 연락은 잘 받았단다. 그 또 다른 신혈로부터 말이지, 그, 턱수염을 한……."

억지로 주제를 바꾸려는 엄마의 목소리는 조금 지나칠 정도로 크고 밝다.

"타히르."

지사가 옆에 앉으면서 대신 말해 준다. 킬런은 우리 두 사람 뒤를 맴돈다.

"언니가 우리를 위해 정착하기로 결정했다면서."

어조가 날카로운데, 지사는 내가 그 점을 알아차리기를 바라는 듯하다. 여동생은 나를 향해 한쪽 눈썹을 치켜올린 채 눈을 깜빡인다.

나는 크게 한숨을 내쉰다.

"뭐, 가족들을 위해서만 내린 결정은 아니야. 하지만 그래도 다들 가고 싶다면, 모두 갈 수 있어. 프리미어가 모두 열린 마음으로 환영하겠다고 했어."

브리 오빠가 앉아 있는 의자의 팔걸이에 걸터앉으며 트래미 오빠가 눈썹을 찌푸린다.

"다른 사람들은? 여기 피난 와 있는 사람이 우리 가족만 있는 건 아니잖아."

옆구리에 팔꿈치를 얻어맞은 트래미 오빠가 몸을 구부리자, 브리 오빠가 낄낄댄다.

"그 점원을 생각하는 거야? 그 곱슬머리 아가씨 이름이 뭐더라."

"아니거든."

으르렁대며 받아치는 트래미 오빠의 금빛 뺨이 턱수염 아래로 붉타오른다. 브리 오빠는 그 달아오른 뺨을 찌르려고 하다가 트래미 오빠에게 철썩 얻어맞고 만다. 오빠들은 아이처럼 행동하는 데 끔찍한 재능을 가지고 있다. 저런 점이 항상 짜증 나고는 했는데, 지금은 전혀 그렇지 않다. 오빠들의 평범한 행동 덕에 마음을 달랠 수 있다.

"전부 가려면 시간이 필요할 거야. 하지만 우리는⋯⋯."

어깨를 으쓱할 뿐이다.

지사가 큰 소리로 코웃음을 치더니 몹시 화가 난 얼굴로 새침하게 고개를 돌린다.

"우리가 아니라 언니겠지. 공화국의 수장이 우리에게 부탁할 게 있을 거라고 생각할 정도로 다들 바보는 아니거든? 대가로 뭘 받는데? 그 사람이 언니에게 원하는 게 뭐야?"

그 애가 뻣뻣한 손가락으로 내 손을 단단히 쥔다.

"데이비슨은 은혈이 아니야. 그 사람이 뭘 원하든, 나는 기꺼이 내어 줄 거고."

지사가 쏘아붙인다.

"그럼 언니는 대체 언제까지 줄 건데? 언니가 죽으면? 쉐이드 오빠처럼?"

그 이름에 방 안에 침묵이 굴러떨어진다. 문가에서 팔리가 고개를 돌리고 어둠 속으로 몸을 감춘다.

지사의 예쁜 얼굴을 들여다보며 시선을 맞춘다. 이제 고작 15살, 막 자기 자신을 알기 시작할 때다. 예전에는 얼굴이 더 둥글었고 주근깨는 적었다. 지금 같은 걱정은 하지도 않았다. 좀 더 일반적인 걱정만 했다. 우리 가족이 의지하던 꼬마 지사. 이 애의 솜씨, 이 애의 재능. 우리 가족을 구원할 이 아이의 능력. 더 이상은 아니다. 지사는 그 무게를 덜어 달라고 애원하지 않았다. 하지만 지사가 무엇을 걱정하는지는 명확하다. 이 애는 그 무게가 내 어깨 위에 얹히는 것도 바라지 않는다.

너무 늦었다.

"지사."

엄마가 낮은 경고를 담아 말씀하신다.

힘을 최대한 끌어모아 손을 털어 낸다. 나는 다시 굽힐 줄 모르는, 단단한 사람이 된다.

"좀 더 많은 군대가 필요해. 프리미어 데이비슨은 그의 정부로부터 추가 파견에 대해 승인을 받아야 하고. 나는 연합 정부를 대표하여 우리가 어떤 사람인지 보여 줄 거야. 노르타와 레이크랜즈를 상대로 한 전쟁에 확신을 주려는 거지."

내 여동생에게는 확신이 없는 모양이다.

"언니가 논쟁을 잘하는 건 아는데, 그렇다고 그 정도로 잘하는 건 아니거든."

"아니긴 하지. 그래도 나는 일종의 교차로 같은 거라서. 진홍의 군대, 은혈의 궁중, 신혈, 그리고 적혈 사이에서 말이야. 나름 괜찮은 쇼를 보여 주는 연습도 많이 해 봤잖아."

나는 진실 언저리에서 춤을 추며 대답을 찾는다. 적어도 거짓말을 한 건 아니다.

팔리가 한 팔로는 아기를 안고 다른 한 손은 허리에 얹어 균형을 맞춘 뒤, 옆구리에 걸고 있는 권총집 위로 손가락을 북처럼 두드린다.

"메어는 자신이 다른 이들의 관심을 분산시킬 수 있다는 말을 하고 싶은 거예요. 얘가 어딜 가든 칼이 따라가거든요. 왕관을 되찾으려고 애쓰는 지금 같은 시기에도요. 칼이 우리랑 같이 몬트포트로 가겠다고 했다니까요. 그 덕에 개의 새 약혼녀까지 함께 가고요."

뒤에서 킬런이 숨을 들이켜는 소리가 난다.

지사가 혐오스럽다는 듯이 말한다.

"그들이 결혼식 준비를 못 하고 있는 건 전쟁 중이기 때문이겠지."

킬런도 비웃음을 짓는다.

"또 다른 동맹을 맺기 위해서지, 그렇지? 메이븐이 이미 그런 짓을 했잖아. 레이크랜즈를 묶어 두려고. 칼도 똑같이 해야겠지. 그래서 누군데? 피에드몬트에서 온 여자야? 우리가 여기서 했던 일들을 굳히기라도 할 건가?"

"그 여자가 누구인지는 중요하지 않아."

나는 무릎에 얹은 주먹을 꼭 쥔다. 순간 나는 칼의 결혼 상대가 에반젤린이라는 사실이 내게 얼마나 *행운인가* 깨닫는다. 칼과는 아무것도 함께하고 싶어 하지 않는 여자. 그의 타오르는 갑옷에 난 조그만 틈새.

"그래서 너는 이 모든 일이 일어나도록 그냥 뒀어?"

킬런이 소파 뒤에서 걸어나온다. 길쭉한 팔다리 때문에 성큼성큼 걷는 모양새다. 킬런이 나와 팔리에게 번갈아 시선을 던진다.

"아냐, 잠깐만. 설마 너도 도울 *거야?* 칼이 *아무도* 가져서는 안 될 왕관을 건 싸움에 나서도록? 우리가 함께 그런 일들을 겪은 후인데?"

킬런은 너무 화가 나서 바닥에 침이라도 뱉을 기세다. 내가 계속 침착하고 무표정한 표정을 유지하자 킬런은 더욱 씩씩댄다. 킬런이 이토록 실망한 얼굴을 내게 보이는 건 처음인 것 같다. 화난 모습도 그렇다, 이런 식으로는 처음이다. 설명을 기다리며 킬런의 가슴이 오르락내리락한다.

팔리가 나 대신 해명한다.

"몬트포트와 진홍의 군대는 두 개의 전쟁을 치를 수는 없어. 우리는 적들을 한 번에 하나씩 처리해야만 해. 이해하겠어?"

그녀는 차분하게 강조한다. 메시지를 전하는 것이다.

가족들은 하나같이 경직된 것처럼 보인다. 모두의 눈이 어둡다. 아빠는 특히 더 그렇다. 아빠는 엄지로 턱을 쓸며 깊은 생각에 잠겨 계신다. 꾹 다문 입술이 얇은 선을 그린다. 킬런은 화를 누르지 못한다. 그의 눈에서 녹색 불이 튄다.

"아, 알겠네."

킬런이 미소를 지으며 중얼거린다.

브리 오빠는 눈을 깜빡인다.

"어? 난 모르겠는데?"

"놀랍지도 않다."

트래미 오빠가 조용하게 받아친다.

모두를 설득하고 싶은 마음에 나는 몸을 앞으로 숙인다.

"또 다른 은혈 왕에게 왕좌를 넘기지는 않을 거예요. 적어도 오래는요. 캘로어 형제들은 전쟁 중이고, 서로 싸우느라 군사력을 소모하고 있어요. 먼지가 가라앉고 나면……."

"더 이상 왕들은 없을 거야. 왕국도 없겠지."

팔리가 나직하게 덧붙인다.

그런 세상이 대체 어떤 모습을 하고 있을지 전혀 모르겠다. 만약 몬트포트가 내가 약속받은 모습 그대로라면, 아마 곧 알 수 있을 것이다.

내가 그 약속들을 여전히 믿고 있다면 말이지만.

* * *

몰래 빠져나가기 위해서 애쓸 필요까지는 없다. 엄마와 아빠는 기차처럼 코를 고는 데다가 형제자매들은 나를 너무 잘 알기에 막을 생각도 안 한다. 비는 아직 그치지 않았지만 킬런과 나는 신경 쓰지 않는다. 우리는 연립 주택 사이로 난 길을 따라서 아무 말 없이 걷는다. 웅덩이를 밟을 때 나는 절벅거리는 소리와 먼 거리에서 폭풍이 우르릉대는 소리만 들린다. 폭풍이 거의 느껴지지 않는다. 번개와 천둥이 소용돌이치며 해안가로 물러가고 있다. 그렇게까지 춥지도 않고 불이 밝혀진 기지가 어둠을 쫓아 준다. 특별한 목적지는 없다. 그저 앞으로만 걷는 중이다.

"그놈은 겁쟁이야."

킬런이 중얼대며 아무렇게나 놓인 자갈을 걷어찬다. 그것은 잽싸게 날아가면서 젖은 거리에 동심원을 남긴다.

"그 말이라면 이미 했잖아. 다른 말도 몇 마디 더 붙여서."

"뭐, 다 진심이라고."

"그래, 그런 말을 들어도 싸지."

침묵이 무거운 커튼처럼 내려앉는다. 우리 둘 다에게 이건 너무나 낯선 주제의 대화다. 복잡하게 꼬인 내 연애사 같은 게 킬런이 좋아하는 대화 주제일 리 없다. 내 가장 가까운 친구에게 고통을 더 주고 싶지 않다.

"이 얘기라면 더 이상 하지 않아도……."

킬런이 내 팔에 한 손을 얹어서 말을 자른다. 그의 손길은 단단하고 우호적이다. 우리 사이에 그어진 선은 매우 분명하고, 그 선을 결코 넘지 않을 만큼 내게 킬런은 가치 있는 존재다. 킬런이 더 이상 예전의 감정을 갖고 있지 않을 수도 있다. 난 지난 몇 달간 너무 많이 변해 버렸다. 그가 사랑했던 소녀는 이미 사라졌을 수도 있다. 그게 어떤 건지 나 역시 잘 알고 있다. 실제로는 존재하지도 않는 누군가를 사랑하는 것.

킬런이 입을 연다.

"유감이야. 칼이 네게 어떤 의미인지 나도 잘 알아."

"*의미였는지.*"

그를 밀쳐 내려고 하며 내가 받아친다.

하지만 킬런의 손아귀 힘은 단단하다.

"아니, 내 표현은 틀리지 않았어. 그는 여전히 너한테 의미를 지녀. 네가 결코 그걸 인정하지 않는다고 해도 말이야."

논쟁할 가치도 없는 얘기다.

"좋아. 인정할게."

나는 이를 악물고 억지로 뱉는다. 주변이 어두워서 내 얼굴이 온통 선홍색으로 물들었다는 걸 킬런이 알아차리지 못할 수도 있다.

"프리미어에게 요구했어."

나는 웅얼거린다. *킬런은 이해할 거야. 킬런은 이해해 줘야만 해.*

"그를 죽이지 말라고. 때가 왔을 때, 우리가 등을 돌렸을 때. 약점인 걸까?"

킬런이 얼굴을 떨어뜨린다. 눈에 거슬리는 불빛이 거리 뒤쪽에서 그를 비추어 후광이 생긴다. 잘생긴 아이다. 이제는 사내 티가 난다. 내 마음을 킬런에게 줄 수만 있다면.

"그렇게 생각 안 해. 사랑은 사람을 조종하는 데 이용될 수도 있어. 지렛대처럼 말이야. 하지만 나는 다른 이를 사랑하는 마음을 결코 약점이라고 부르진 않을 거야. 그 어떤 사랑도 없이 사는 것이야말로 약점이라고 생각해. 최악의 어둠이지."

나는 침을 삼킨다. 당장이라도 눈물이 날 것 같던 기분이 가신다.

"너 언제 그렇게 똑똑해졌어?"

주머니에 양손을 쑤셔 넣으며 킬런이 씩 웃는다.

"요즘 책을 좀 읽거든."

"혹시 책이 그림으로 돼 있니?"

너털웃음을 한 번 터뜨리고는, 킬런이 다시 걷기 시작한다.

"너는 진짜 착한 애야."

나는 그의 속도에 맞춘다.

"자주 듣는 말이야."

멀쑥한 그를 흘깃 바라보며 대꾸한다. 흠뻑 젖어 있는 터라 머리카락이 더 어둡게 보인다. 거의 갈색이다. 눈을 가늘게 뜨고 보면 쉐이드 오빠처럼도 보인다. 갑자기 오빠가 너무 그립다. 숨이 잘 안 쉬어진다.

누구도 쉐이드 오빠처럼 잃지는 않을 거야. 공허한 약속이며 아무 보증도 없다. 하지만 그런 희망이라도 필요하다. 어떤 종류든, 아무리 작더라도 필요하다.

"몬트포트에 와 줄래?"

그 말이 입 밖으로 툭 튀어나와 버린다. 다시 주워 담을 수도 없다. 너무나 이기적인 요청이다. 내가 가는 모든 곳에 킬런이 따라와야만 하는 것은 아니다. 내가 킬런에게 무엇을 요구할 수 있는 입장도 아니다. 하지만 다시는 그를 뒤에 남긴 채 떠나고 싶지 않다.

대답처럼 퍼지는 그의 미소에 앞으로 나올 대답에 대한 두려움과 공포가 사라진다.

킬런이 입을 연다.

"나 지금 허락받는 거니? 무슨 작전 같은 건 줄 알았네."

"맞아. 그리고 내가 지금 허락해 주는 거지."

"왜냐하면 안전하니까."

킬런이 나를 곁눈질로 보면서 대답한다.

킬런이 받아들일 수 있을 대답을 찾으며 입술을 깨문다. 그래, 안전해. 적어도 안전이라는 말에 제일 부합해. 킬런이 위험에서 벗어났으면 하는 것이 잘못되지는 않았다.

킬런이 내 팔을 쓰다듬는다.

"이해했어. 나는 도시를 폭풍으로 날려 버릴 수도 없고 비행기를 쏴서 떨어트릴 수도 없지. 나는 내 한계를 잘 알고 있어. 내가 얼마나 많이 너희들이랑 나를 비교했는지 알아?"

"네가 손가락 한 번 튕겨서 사람을 죽일 수 없다고 해서, 네가 다른 누구보다 못하다는 뜻은 아니야."

나는 불같이 쏘아붙인다. 갑자기 분노가 치밀어 올라서 전기가 튀어나올 뻔한다. 킬런의 멋진 점들을 모두 나열해 주고 싶다. 그가 얼마나 중요한 존재인가도.

킬런의 어조는 시큰둥하다.

"굳이 상기시킬 것까지야."

킬런의 팔을 붙든다. 젖은 천으로 손톱이 파고든다. 그는 걸음을 멈추지 않는다.

"난 심각해, 킬런. 그래서 올 거야?"

"스케줄부터 확인해 보고."

킬런의 옆구리에 팔꿈치를 박아 넣는다. 킬런이 펄쩍 뛰더니 화가 난 표정을 꾸민다.

"그만해. 너 내가 복숭아만큼이나 멍이 잘 드는 거 몰라?"

나는 한 방 더 옆구리를 찍어 올린다. 우리는 둘 다 최대한 큰 소리로 웃음을 터뜨리고 만다.

우리는 다시 조용히 길을 걷는다. 편안한 침묵이 흐른다. 이번은 숨이 막히지 않는다. 평상시의 걱정이 사라진다. 적어도 당분간은 그런 생각이 들지 않을 것이다. 킬런은 가족만큼이나 나의 고향이 되는 존재다. 내가 편안하게 시간을 보낼 수 있는 상대다. 어떤 결과를 내야 한다는 생각도 없이, 그저 존재할 수 있는 좁은 장소이다. 이전에도 없었고, 이후에도 없을 존재.

길의 끝, 빗속에서 어떤 모습 하나가 드러난다. 어둠과 빛으로 된

방울들이 흘러내린다. 내 몸이 반응하기도 전에 그 익숙한 모습을 알아차리고 만다.

줄리언.

키가 크고 여윈 은혈은 우리를 보고 망설인다. 아주 잠깐이지만 그 사실을 알아차리기엔 충분하다. *자기 편을 정했구나, 내 편이 아니야.*

추위가 혈관을 따라 손가락부터 발가락까지 흐른다. *줄리언마저도.*

줄리언이 다가오자 킬런이 나를 슬쩍 찌른다.

"난 돌아가도 돼."

나는 잠시 킬런을 바라보며, 그에게서 힘을 얻는다.

"제발 가지 마."

걱정으로 이맛살을 찌푸리지만, 킬런은 무뚝뚝하게 고개를 끄덕인다.

나의 옛 스승은 이 빗속에서도 긴 로브를 입고 있다. 그가 빛바랜 노란 옷의 접힌 부분에서 물기를 털어 낸다. 아무 쓸모가 없는 행동이다. 비가 계속 억수같이 퍼붓는 탓이다. 줄리언의 가느다랗게 말린, 희끗희끗한 머리카락이 축 늘어진다.

줄리언이 외친다.

"당신이 집에 있기를 바랐지요. 아침에 갈 수도 있었겠지만, 당신이 날 반기지 않는다고 해도 너무나 만나고 싶었거든요. 대신에 이렇게 지독하게 젖어 버렸지만요."

줄리언이 강아지처럼 고개를 흔들어서 눈에서 머리카락을 떼어 낸다.

"무슨 말을 하러 온 건지나 말해요, 줄리언."

나는 팔짱을 낀다. 밤이 되면 기온도 떨어진다. 찌는 듯이 더운 피에드몬트라고 해도 감기에 걸릴지도 모른다.

줄리언은 대꾸하지 않는다. 그가 눈을 깜빡거리면서 킬런을 본다. 솟은 한쪽 눈썹이 말없이 질문을 던진다.

나는 그가 묻기 전에 대답한다.

"킬런은 괜찮아요. 우리 모두가 여기서 물에 빠져 죽기 전에 어서 할 말이나 하세요."

내 어조는 날카롭다. 줄리언 또한 그 사실을 알아차린다. 그는 바보가 아니다. 줄리언이 얼굴을 숙인다. 역력히 드러난 실망을 읽은 것이다.

"버림받은 기분인 거 알아요."

줄리언이 조심스럽게 단어를 고르며 입을 연다. 그 신중함에 화가 난다.

발끈하고 만다.

"역사나 계속 연구하세요. 내가 어떤 기분을 느껴야만 하는지 강의받고 싶지는 않아요."

줄리언은 이런 반응 정도는 예상했다는 듯 눈만 깜빡이며 말을 멈춘다. 그의 쭉 뻗은 코를 따라서 빗방울이 굴러떨어진다. 긴 시간이 흐른다. 그사이 줄리언은 내 기분을 판단하고, 평가하고, 탐구한다. 줄리언의 인내심 있는 태도에 어깨를 꽉 붙들고 탈탈 털어서 그의 입에서 충동적인 말들을 끄집어내고 싶은 기분이 난생처음으로 든다.

줄리언이 나지막하고 상처 입은 목소리로 입을 연다.

"좋습니다. 그렇다면, 역사적인 관점에서, 그러니까 매우 가까운 시일 내로 역사가 될 이야기를 하자면, 나는 서쪽으로 향하는 당신의 여정에 조카와 동행하는 중입니다. 자유 공화국을 직접 보고 싶기도 하고, 그곳에서 내가 칼에게 도움이 될 수도 있을 것 같아서지요."

줄리언은 내 쪽으로 한 걸음 내딛으려다가 마음을 고쳐 먹고 거리를 유지한다.

"내가 모르고 있는, 잘 알려져 있지 않은 역사에 티베리아스가 관심이라도 있다던가요?"

경멸을 쏟아 내는 내 언어들은 평소보다 더 날카롭게 튀어 나간다.

줄리언은 상처 입은 얼굴이 된다. 너무나 분명하게 드러난다. 나와 눈을 맞추지도 못한다. 비 때문에 머리카락이 이마에 거의 달라붙어 있다. 속눈썹에도 매달린 물방울들이 작은 손가락으로 그를 잡아당긴다. 그 빗물들은 줄리언의 주름을 펴고 지난 세월을 씻어 내리기라도 하는 것 같다. 줄리언은 처음 만났던 1년 전보다 더 어려 보인다. 그를 신뢰하지 못했던 시절. 걱정과 근심이 가득했던 때.

줄리언이 인정한다.

"아뇨. 보통 조카에게 최대한 많은 것을 배우라고 격려하는 편이지만, 그래도 가능하다면 조카를 떨어뜨려 놓고 싶은 지식들도 있습니다. 어떤 돌들은 뒤집으려고 하는 것조차 오히려 시간 낭비일 때가 있으니까요."

나는 한쪽 눈썹을 치켜올린다.

"무슨 뜻이죠?"

줄리언이 얼굴을 찌푸린다.

"메이븐에 대한 희망 사항을 칼이 말한 적 있을 거라고 생각되는데요, *예전에?*"

내가 아닌 왕관을 선택하기 전에.

"했어요."

나는 작게 속삭인다.

"칼은 동생을 고칠 방법이 있을 거라고 생각합니다. 엘라라 메란더스가 낸 상처들을 치료할 수 있을 거라고."

줄리언이 천천히 고개를 젓는다.

"하지만 사라진 조각이 있는 퍼즐을 완성할 수는 없는 법입니다. 산산조각 난 유리판을 다시 붙이는 것도요."

익히 알고 있는 내용이지만 긴장으로 속이 뒤틀린다. 내가 직접 체험한 것이다.

"불가능하죠."

줄리언이 고개를 끄덕인다.

"불가능합니다. 가망 없는 일입니다. 실패가 예정된 일에 매달려 봤자 마음만 아플 뿐이지요."

"어째서 내가 칼의 기분을 신경 쓸 거라고 생각하시는지 모르겠네요."

나는 씁쓸한 거짓말의 맛을 느끼며 비웃는다.

줄리언은 앞으로 조심스럽게 한 발 다가오며 중얼거린다.

"칼에게 관대함을 좀 발휘해 봐요."

나는 눈 하나 깜짝하지 않고 받아친다.

"어떻게 감히 내게 그런 말을 하죠?"

"메어, 예전에 책에서 어떤 이야기를 읽었는지 기억하나요? 거기 쓰인 말을 기억해요?"

줄리언이 로브를 단단하게 감싸며 묻는다. 그의 목소리는 간청하는 빛을 띤다.

"우리는 신의 선택이 아니라 신의 저주였다."

몸이 떨린다. 비 때문만은 아니다.

"그래요."

줄리언이 열렬하게 고개를 끄덕이며 대답한다. 그 태도 때문에 그가 나를 가르칠 때의 모습이 생각난다. 내키지는 않지만 강의를 들을 준비를 한다.

"이건 새로운 개념이 아니에요, 메어. 이 땅의 사람들은 어느 정도는 그런 식으로 생각해 왔지요, 수천 년 동안요. 신에게 선택받았거나 저주받았거나, 운명에 선택받았거나 버림받았거나. 제 생각에 지각의 여명 이래, 은혈과 적혈 내지는 또 다른 종류의 능력이 있기 훨씬 오래전부터 그랬던 것 같더군요. 왕이나 위정자들, 모든 지배자들은 언제나 자기들이 신에게 축복받았다고 생각했다는 거 알아요? 땅을 다스리도록 임명받았다고? 많은 이들이 자기들이 선택되었다고 믿었지만 아주 소수는 그 의무를 저주라고 보았지요."

내 옆에서 킬런이 낮은 비웃음을 흘린다. 나는 더 노골적으로 줄리언을 향해 눈을 치켜뜬다. 몸을 움직이자 셔츠의 깃도 따라 움직인다. 빗물이 꾸준히 척추에 흘러내린다. 주춤거리지 않기 위해 주먹을 쥐어야 한다.

"당신 조카가 왕관의 저주라도 받았다는 건가요?"

내가 조소한다.

줄리언이 몸을 굳힌다. 이렇게까지 냉담하게 군 것에 희미한 후회가 든다. 그는 내가 훈계해야 되는 아이라도 되는 듯 머리를 흔든다.

"사랑하는 여자와 옳다고 생각하는 일 중에서 하나를 선택하도록 강요받은 것 말입니까? 그렇게 되어야 한다고 배워 온 것들 때문에, 칼이 반드시 해야만 한다고 생각하고 있는 일이 뭐죠? 그걸 당신은 뭐라고 부를 겁니까?"

"나라면 쉬운 결정이라고 하겠어요."

킬런이 으르렁댄다.

수십 마디는 될 무례한 응답을 삼키며 뺨 안쪽 살을 짓씹는다.

"정말 그가 저지른 일들을 변호하려고 여기 온 건가요? 난 그런 말을 들을 기분이 아니거든요."

"아뇨, 당연히 아닙니다, 메어. 하지만 설명하고는 싶었어요."

자기 조카의 마음을 내게 설명해 줘야 한다는 줄리언의 대꾸에 속이 울렁거린다. 정밀하게 분석한 뒤 심사숙고한 다음 그 결론을 끓는 물에 졸이기라도 할 건가? 왕자의 눈에는 왕관과 내가 동등하게 보일 수 없다는 것을 알려 주는 방정식이라도 써서? 그런 생각은 참을 수 없다.

"말해 봤자 입만 아프실 거예요, 줄리언. 당신의 왕에게로 돌아가 그의 편에 서세요."

공격적으로 내뱉은 뒤 나는 무표정하게 그를 본다. 줄리언은 내가 거짓말을 하는 게 아니라는 사실을 알 것이다.

"그리고 그를 안전하게 지키세요."

줄리언은 내 제안이 무슨 의미인지 생각한다. 내가 할 수 있는 유일한 일.

줄리언 제이코스는 낮게 몸을 숙이고는 정중한 태도로 흠뻑 젖은 로브를 짜낸다. 아주 잠시, 서머튼으로 돌아간 것 같기도 하다. 책이 가득 쌓인 교실에 그와 나만 있던 그때로. 당시 나는 늘 공포에 떨었고, 다른 사람인 척해야만 했다. 그곳에서 줄리언은 내 몇 안 되는 도피처 중 하나였다. 칼과 메이븐과 함께. 내 피난처들. 캘로어 형제들은 이제 내게 그런 존재가 아니다. 줄리언도 그렇게 되어야만 할 것이다.

"그럴게요, 메어. 내 목숨을 걸어서라도."

"그렇게까지 되는 일은 없기를 바랄게요."

"나도요."

우리는 서로에 대한 경고를 주고받는다. 줄리언의 목소리는 꼭 작별 인사 같다.

✳ ✳ ✳

비행하는 내내 브리 오빠는 눈을 감고 있다. 자는 건 아니다. 오빠는 비행을 정말로 경멸한다. 어느 정도냐 하면 창문 밖을 쳐다보기는커녕, 자기 발도 바라보기 힘들어한다. 트래미 오빠나 지사가 거는 장난에도 반응하지 않는다. 지사와 트래미 오빠는 브리 오빠의 맞은편에 앉아서 서로 찔러 대며 다투는 중이다. 지사는 브리 오빠 쪽으로 몸을 기울이며, 트래미 오빠에게 속삭이는 척 일부러 크게 말한다. 비행기 사고나 엔진 고장에 관한 이야기다. 나는 동참하진 않는다. 진짜 비행기 사고가 뭔지, 적어도 그것에 가까운 일이 어떤 느낌인지 나는 잘 안다. 그렇다고 가족들의 장난을 망칠 생각은 없다. 요즘 우리에겐 이런 장난이 너무 부족했다. 브리 오빠는 자기 자리에 고요하게 앉아서 단단하게 팔짱을 낀 채 풀이라도 바른 듯 입술을 딱 다물고 있다. 갑자기 오빠의 머리가 앞으로 툭 굴러떨어지고 턱이 가슴에 닿더니, 그대로 남은 길 내내 잠을 잔다.

참 대단한 업적이다. 피에드몬트 기지에서부터 몬트포트 자유 공화국에 이르는 길은 내가 지금까지 해 본 비행 중 가장 길다. 적어도 여섯 시간은 날아야 한다. 드랍젯을 타기에는 너무 길어서 블랙런과 비슷한 커다란 비행기에 타고 있다. 하지만 고맙게도 똑같은 비행기는 아니다. 블랙런은 지난해, 사모스 전사들로 구성된 부대와 메이븐의 불같은 분노 아래에 갈가리 찢어지고 말았다.

기체를 내려다보던 시선을 조종사 둘에게로 옮긴다. 몬트포트 출신으로, 둘 다 모르는 사람이다. 킬런이 뒤쪽에 매달려서 그 사람들이 비행기를 조종하는 모습을 지켜보고 있다.

엄마도 브리 오빠처럼 비행을 그다지 좋아하지 않으시지만, 아빠는 유리창에 풀이라도 바른 듯 이마를 붙이시고는 아래 뻗은 땅에 시선을 고정하고 계신다. 몬트포트 사람들(데이비슨과 그의 고문들)은 자면서 시간을 보낸다. 고향에 도착하자마자 뛰쳐나가려는 생각이 틀림없다. 팔리도 자고 있는데 얼굴이 시트에 눌려 있다. 그녀는 창문이 없는 좌석을 골랐다. 여전히 비행이 불쾌한 모양이다.

팔리가 진홍의 군대를 대표하는 유일한 사람이다. 잠에 든 채로도 팔리는 팔을 둥글게 말아 클라라를 안고 있다. 비행기가 움직이며 자연스럽게 아기를 흔들어 주어 클라라는 매우 편안한 상태다. 대령은 기지에 남았다. 아마도 그 사실에 열광하고 있을 것이다. 팔리가 없으면 그는 거기 남은 진홍의 군대 중 가장 계급이 높다. 팔리는 조직에 가지고 올 정보를 알아내는 동안, 대령은 사랑해 마지않던 대장 놀이를 즐길 수 있을 것이다.

탁한 강과 완만한 구릉을 따라 자란 피에드몬트의 파릇파릇한 신록이 그레이트 리버 강의 범람원(汎濫原)에 꾸준하게 자리를 내어 주고 있다. 분쟁 지역들은 양쪽에서 쌓아 올린 제방들로 선을 이루고 있는데, 그 기이한 경계는 계속 바뀐다. 아주 분명한 것들을 제외하고는 거의 모르는 곳들이다. 레이크랜즈, 피에드몬트, 프레이리, 더 먼 남쪽의 타이랙스까지 진흙, 늪, 언덕, 그리고 나무로 이루어진 이 긴 강을 두고 다투고 있다. 그렇기를 희망한다. 은혈들이란 아무것도 아닌 것을 위해 오랜 시간 다투며, 붉은 피를 먼지만도 못하게 쏟아 버린다. 그들은 이 땅도 지배하고 있지만, 노르타에서나 레이크랜즈에서처럼 빡빡하게 관리하지는 않는다.

우리는 계속 왼쪽으로 비행하며 프레이리의 평평한 초원과 나지막한 산을 지난다. 일부는 농장이다. 밀이 황금빛 물결을 이루며 자라고, 사이사이 옥수수들이 끝도 없이 이어진다. 어쩌다가 나타나는 숲이나 호수를 제외하면 경계 없는 풍경화 같다. 내가 아는 한 프레이리에는 왕도, 왕비도, 공주도 없다. 그곳의 군주들은 핏줄이 아니라 힘의 논리로 땅을 지배한다. 아들이 언제나 아버지의 자리를 계승하는 것은 아니다. 내가 볼 수 있을 거라고는 한 번도 생각해 보지 못한 나라이건만, 지금 이 광경을 내려다보고 있다.

과거의 나와 현재의 나 사이의 간극에서 거품처럼 솟는 이 기이한 느낌은 결코 사라지지 않는다. 진흙탕이 익숙하고, 징병이라는 불행한 운명이 올 때까지 작은 공간에서 탈출할 수 없었던 스틸츠의 소녀. 그때의 내 미래는 더없이 공허했지만, 어쩌면 지금의 삶보다는 쉬웠을지도 모른다. 그때의 삶과는 이제 완전히 분리된 기분이다. 100만 킬로미터쯤 멀고, 1000년도 더 이전의 일처럼 느껴진다.

줄리언은 다른 비행기에 타고 있다. 그가 여기 있다면 아래에 있는 나라들에 대해서 물어보고 싶었을 것이다. 그는 다른 에어젯, 노란색이 칠해진 라리스 비행기에 캘로어와 사모스 대표단을 비롯하여 경호원들과 함께 타고 있다. 그들의 짐은 말할 필요도 없다. 곧 왕이 되실 분과 공주님께서는 엄청난 양의 옷들이 필요하시다고 한다. 그들의 비행기는 우리 바로 뒤에 따라오는 중인데, 왼쪽 창을 통해서 태양을 향해 달리느라 빛을 받아 번쩍이는 비행기의 금속 날개가 보인다.

엘라는 몬트포트에 오기 전, 프레이리 땅 출신이었다고 했다. 샌드힐스(Sandhills). 레이더(습격자, Raider)들의 땅. 이해가 안 가는 용어들이다. 여기에는 설명해 줄 엘라가 없다. 엘라는 레이프와 피에드몬트 기지에 남았다. 타이톤이 우리와 함께 가는 유일한 일렉트리콘이다. 나를 제외하면 말이다. 그는 몬트포트 태생이다. 그렇다고 해서 고향에 가서 만날 가족이나 친구가 있을진 의문이지만. 타이톤은 비행기 뒤쪽에 있는 좌석 두 개에 걸쳐 앉아 팔다리를 아무렇게나 뻗은 채 낡을 대로 낡은 책에 코를 파묻고 있다. 내가 그를 바라보자, 시선을 느낀 타이톤이 아주 짧은 순간 눈을 맞춘다. 그가 회색 구슬 같은 두 눈을 계산하듯이 깜빡인다. 타이톤이 내 뇌 속을 달리는 작은 전기 맥박들을 느낄 수 있는지 궁금하다. *그것 각각이 무슨 의미인지도 알까? 그는 공포의 분출과 흥분감을 구별할 수 있을까?*

나도 언젠가는 할 수 있을까?

나는 내 능력의 한계를 잘 모른다. 내가 만나고 훈련을 도왔던 모든 신혈들도 마찬가지였다. 하지만 몬트포트는 다를 것이다. 그들은 우리가 어떤 존재인지 이해하고, 우리가 어디까지 할 수 있는지도 알 것이다.

다음 기억은 누군가 내 팔을 건드려서 불편한 잠에서 화들짝 깬 것이다. 아빠가 우리 좌석 사이에 자리한 구부러진 벽 위에 난 둥근 창을 가리키시더니 그 두꺼운 유리를 두드리신다.

"이런 걸 볼 수 있을 거라고는 생각해 보지도 못했다."

"네?"

정신을 차리려 하며 대꾸한다. 아빠는 내 벨트의 버클을 푸시더니 밖을 보라는 듯 몸짓하신다.

산이라면 본 적이 있다. 노치의 그레이트우즈(Greatwoods). 녹색은 서서히 가을의 불길로 물들다가 황량한 겨울로, 앙상한 나뭇가지만 남는 추위로 바뀌었다. 리프트에서는 굽은 산등성이들이 물결을 이루고 무성한 나뭇잎이 파도처럼 오르락내리락하며 지평선까지 이어졌다. 비행기의 창으로 흘깃 보았을 뿐이지만, 피에드몬트의 산들은 깊은 시골의 산비탈이 푸른색으로 물들어 먼 거리에서는 보랏빛으로 보였다. 그 모든 것들은 알라시아스(Allacias), 노르타부터 피에드몬트까지 이어지는 아주 오래된 산맥의 일부였다. 하지만 지금 우리 앞에 있는 산 같은 건 한 번도 본 적이 없다. 이런 것들을 산이라고 부를 수 있는지조차 모르겠다.

비행기가 북쪽을 향해 부드럽게 호를 그린다. 지평선을 보고 있던 내 턱이 벌어진다. 프레이리의 평평한 땅은 갑작스럽게 끝나고, 서쪽 경계에서 거대하고 깎아지른 듯한 산맥이 불쑥 튀어 오른다. 전에 봤던 어떤 것보다 크다. 경사면은 칼에 베인 듯이 솟아 있다. 너무 날카롭고 너무 높다. 들쭉날쭉한 선들이 마치 거인의 이빨 같다. 몇몇 봉우리들은 나무도 없이 헐벗고 있다. 그곳에서는 나무도 자랄 수 없다는 듯하다. 저 멀리에 있는 몇몇 산봉우리는 흰색으로 덮여 있다. 눈. 여름인데도 말이다.

나는 불안한 숨을 뱉는다. *우리가 도대체 어떤 나라에 온 걸까? 은혈과 아든트들이 이렇게 척박한 땅에 나라를 세울 힘을 지니고 완벽하게 다스리고 있는 걸까?* 공포심이 차오르는 동시에 약간 흥분도 된다. 공기조차 다른 느낌이다. 몬트포트 자유 공화국이 내 몸 안의 무언가를 휘젓는다.

옆자리에서 아빠가 창문에 손을 올려 산줄기를 어루만지시고 봉우리를 따라 그리신다.

"아름답구나. 이곳이 우리에게 잘 맞는다면 좋겠다."

그 중얼거림은 너무 나직해서 나만 간신히 들을 수 있다.

가져서는 안 될 희망을 갖는 것은 잔인한 일이다. 스틸츠 집의 그늘 아래에서 아빠는 한때 그렇게 말씀하셨다. 다리 한쪽을 잃고, 의자에 앉아 계신 채로. 당시 난 아빠가 어딘가 고장 났다고 생각하고

는 했다. 이제는 아빠를 더 잘 안다. 아빠는 나머지 가족처럼 온전하다. 언제나 그래 왔다. 아빠는 그저 가질 수 없을 것을 원하는 고통에서 우리를 지키고자 하셨을 뿐이었다. 우리에게는 결코 허락되지 않을 미래를. 하지만 우리의 운명은 계속 바뀌었다. 아빠 또한 변하신 것처럼 보인다. 아빠는 희망을 말하게 되셨다.

깊은 숨을 내쉬며, 나 또한 같은 것을 깨닫는다. 메이븐, 그 몇 달간의 감옥 생활, 내가 목격하거나 직접 원인이 되었던 온갖 죽음과 파괴를 겪은 후에도 말이다. 부서진 심장은 여전히 피를 흘리고 있다. 내가 사랑하는 사람들, 그리고 내가 구하고 싶은 사람들에 대한 끝없는 공포. 그 모든 것들은 그대로 있다. 전과 같은 무게로 존재한다. 하지만 그것에 잠겨 스스로를 죽이지는 않을 것이다.

나 또한 희망을 잃지 않고 있다.

제6장
에반젤린

공기가 낯설다. 희박하다. 세상의 나머지로부터 분리된 것처럼 이상할 정도로 깨끗하다.

내 철, 내 은, 내 크롬의 언저리에서 그 공기를 맡을 수 있다. 당연하지만 비행기에서 나는 금속 특유의 톡 쏘는 냄새도 말이다. 비행기 엔진은 여행 뒤의 열기로 뜨겁다. 라리스 비행기의 한가운데 그토록 오래 끼어 있었음에도 금속을 느끼자 힘이 차오른다. 판과 판과 나사들이 참 많다. 비행 중에는 생각했던 것보다 오랜 시간을 대못을 세고 금속 이음매를 헤아리며 보냈다.

내가 저기, 아니면 저기, 아니면 저기를 뜯어 버린다면, 칼, 아나벨, 내가 죽음으로 처넣어 버리고 싶은 누구라도 보내 버릴 수 있을 텐데. 심지어 나 자신도. 헤이븐 가주 근처에 앉아서 와야만 했는데, 그의 코 고는 소리는 천둥에 필적할 만했다. 비행기 밖으로 뛰어내리는 것이 훨씬 나은 선택처럼 느껴졌다.

이맘때치고는 공기가 차가워서 어깨선을 따라서 재단된 얇은 비단 아래로 닭살이 돋는다. 공주답게 차려입는 일에 신경을 썼다. 지금 그 대가로 추위에 고통받는다고 할지라도 말이다. 리프트 왕국의 대표이자 미래 노르타의 왕비로서의 첫 공식 방문이다. 저 저주받을 미래가 이뤄진다면, 나는 반드시 그러한 역할을 소화해 내야 한다. 색을 칠한 발톱 끝까지 인상적이고 만만치 않은 상대로 보여야 한다. 준비되어 있어야만 한다. 내가 이해하는 세계의 경계선 훨씬 너머까지도. 숨을 들이쉬고, 이상할 정도로 얕게 숨을 뱉는다. 여기서는 숨을 쉬는 것조차 낯설다.

일몰 시각이 아닌데도 산들이 너무 높은 나머지 벌써 햇빛이 시들해진다. 계곡을 깊게 파서 만든 착륙장을 따라 긴 그림자들이 경쟁하듯 내달린다. 하늘을 만질 수도 있을 것 같다. 보석을 단 갈고리 손톱으로 구름을 할퀴면 하늘에서 붉은 별빛이 쏟아질 듯하다. 그러는 대신 나는 양손을 얌전히 옆구리에 붙이고, 수많은 반지와 팔찌들을 치마와 소매의 주름 사이로 감춘다. 모두 장식일 뿐이다. 예쁘고, 무용하며, 조용한. 부모님이 내가 되기를 바라는 모습처럼.

비행기 활주로의 저 먼 끝에서 땅은 절벽을 만나 뚝 끊긴다. 산비탈의 구부러진 경계선이 지평선을 감싼 모습이 꼭 창문 같다. 흐릿한 보랏빛 석양이 지는 동쪽을 바라보는 칼의 실루엣이 보인다. 산맥이 그늘을 드리운다. 그렇게 모든 세계가 몬트포트가 만들어 내는 어둠 속으로 스러지는 듯하다.

칼은 혼자가 아니다. 그의 삼촌, 괴짜인 제이코스 경이 옆에 서 있다. 공책에 뭘 급히 쓰는 중인데, 흥분에 가득 찬 움직임이 겁먹은 작은 새랑 비슷하다. 호위는 둘이다. 하나는 르롤란의 주황색과 붉은색을 둘렀고 다른 하나는 라리스의 노란색을 둘렀는데, 둘 다 경의를 표하는 차원에서 적당한 거리를 두고 서 있다. 추방당한 왕자는 먼 곳을 바라보고 있다. 바람에 선홍빛 망토가 휘날릴 뿐 미동도 소리도 없다. 자신의 가문 색을 반전시킨 것은 매우 영리한 생각이다. 모든 것이 메이븐과는 달라 보인다.

하얀 얼굴과 푸른 눈이 떠올라 몸을 떤다. 메이븐은 모든 것을 불태워 버리는 불꽃과 같았다. 메이븐의 안에는 허기 외에는 아무것도 없다.

칼은 메어가 몬트포트 수행원들이 기다리는 쪽으로 가족과 몰려갈 때까지 돌아보지 않는다. 배로우 일가의 목소리가 높은 산 계곡의 석벽에 메아리친다. 저 가족은 참…… 목소리가 크다. 메어는 작고 다부지지만, 그녀의 오빠들은 놀랄 정도로 키가 크다. 메어의 여동생을 본 순간 가슴이 철렁 내려앉는다. 붉은 머리이다. 일레인처럼 밝게 반짝이지는 않고, 더 어둡다. 능력이나 내가 설명할 수 없는 내면의 어떤 매력이 없기에 그녀의 피부는 빛나지 않는다. 창백하거나 매혹적이지도 않다. 얼굴은 소박하게 예쁘장하다. 피부가 좀 더 금빛이다. 일반적으로 미인이라고 부를 만 하다. *평범. 적혈.* 일레인은 외면이나 내면이나 유일무이하다. 내 눈에는 누구도 그녀와 같지 않다. 그럼에도 불구하고, 저 배로우 가의 소녀는 내가 가장 원하는 사람, 내가 결코 가질 수 없는 사람을 떠오르게 한다.

일레인은 이곳에 없다. 톨리 오빠 또한 마찬가지다. 그것이 대가

이다. 톨리 오빠의 안전을 위해서, 톨리 오빠의 인생을 위해서. 팔리 장군은 기회만 주어진다면 언제든지 오빠를 죽이려 들 테다. 나는 팔리 장군에게 그런 기회를 줄 생각이 없다. 나 자신을 위해서라도.

칼은 메어가 사라지는 모습을 보기 위해서 몸을 돌린다. 몬트포트 사람들이 메어와 가족들을 데리고 멀어지는 동안 칼의 눈은 메어의 등에 꽂혀 있다. 그의 어리석음에 입술이 비틀린다. 메어가 자기 바로 앞에 있건만, 그는 메어를 떠밀고만 있다. 왕관처럼 부서지기 쉽고 변덕스러운 것을 위해서. 그래도 나는 칼이 부럽다. 그는 원한다면 메어를 선택할 수 있었다. 똑같은 기회가 내게도 주어진다면.

"그대는 내 손자가 바보라고 생각하지, 그렇지 않소?"

아나벨 르롤란에게로 몸을 돌린다. 그녀는 치명적인 손을 깍지 낀 채, 머리에는 반짝거리는 로즈 골드로 만들어진 관을 쓰고 있다. 아나벨 르롤란도 최고로 보이기 위해 노력했다.

나는 이를 갈면서도 완벽하게 예의를 갖춰 가벼운 절을 한다.

"무슨 말씀을 하시는 건지 잘 모르겠습니다, 전하."

설득력 있게 들리게 하려는 것조차 귀찮다. 좋은 건지 나쁜 건지, 아나벨 르롤란은 내 태도에 거의 반응하지 않는다. 아나벨 르롤란이 나를 어떻게 생각하는지는 변하지 않을 것이다. 아나벨도 내 인생을 조종하고 있다.

"그대는 헤이븐 아이를 사랑하잖나, 그렇지? 제럴드의 딸 말일세."

아나벨이 내 쪽으로 대담하게 한 발 가까이 다가온다. 저 머리통에서 일레인의 얼굴을 깨끗하게 오려 내고 싶다.

"내가 잘못 안 게 아니라면, 그녀는 그대의 오라비와 결혼했지. 그대와 마찬가지로 미래의 왕비가 될 몸 아닌가."

그녀의 말에서 위협이 어머니의 뱀처럼 미끄러진다.

나는 억지로 웃음을 터뜨린다.

"잠시 스쳐 가는 취미 같은 건 상관하실 바가 아니십니다."

아나벨의 손가락 하나가 주름이 자글자글한 손가락 마디를 두드리며 탁탁 소리를 낸다. 그녀가 입을 꼭 다물자 입가의 주름이 깊어진다.

"그대의 취미 활동은 내가 매우 관심이 있는 분야라네. 특히 지금처럼 그대가 일레인 헤이븐으로부터 내 관심을 떼어 놓기 위해서 거짓말을 늘어놓을 때는 말이야. 스쳐 가는 취미? 결코 아니지, 에반젤린. 홀딱 빠져 있잖아."

아나벨이 눈을 가늘게 뜬다.

"우리 사이에 그대의 생각보다 훨씬 많은 공통점이 있다는 것을 곧 알게 될 거라고 생각하네."

나는 아나벨의 면전에 대고 비웃음을 날린다. 은근하게 드러난 내이가 번뜩인다.

"저도 궁정의 오래된 소문을 알고 있답니다. 통치자의 배우자에 대해 말씀하시자는 건가요. 왕비님의 남편에게도 하나 있었다지요. 이름이 로버트라고 했던가요. 왕비님 보시기에는 그 점이 우리가 서로를 음…… 이해하게 해 주는 것 같으신가요?"

"나는 캘로어 왕이랑 결혼했고, 그가 다른 이를 사랑하는 동안 옆을 지켰지. 나는 이런 일이(그녀는 내 앞에서 손가락 두 개를 춤추듯 움직인다.) 어떻게 돌아가는지 안다네. 하나 조언해 주자면, 이런 일은 모든 관련자들이 관계를 알고 있고 참여했을 때에 가장 잘 돌아가는 법이야. 마음에 안 들더라도 그대와 내 손자는 모든 사항에 대해 동맹을 맺어야 해. 그것이 살아남을 최선의 길일세."

"그의 그늘 아래에서 살아남는 방법이겠죠, 왕비님 말씀은."

나는 참지 못하고 받아치고 만다.

아나벨은 드물게 혼란으로 가득한 얼굴로 눈을 껌뻑인다. 다음 순간 그녀는 미소를 짓더니 고개를 기울인다.

"왕비들도 그늘을 드리운다네."

그녀의 표정이 순식간에 변한다.

"아, 프리미어."

아나벨은 내 왼쪽으로 몸을 돌려서 뒤에 서 있는 남자를 향한다.

데이비슨이 앞으로 나서는 모습을 보며 나 역시 데이비슨에게 알은체를 한다. 그는 결코 시선을 떼지 않은 채로, 우리 두 사람 모두에게 고개를 끄덕인다. 치우친 눈동자가 기이한 금색으로 빛나며 아나벨을 지나 나에게로 꽂힌다. 데이비슨의 몸에서 살아 있는 듯 보이는 것은 그 눈뿐이다. 텅 비고 단조로운 표정부터 고요한 손가락까지, 나머지는 모두 훈련된 것처럼 보인다.

"왕비님, 공주님."

데이비슨이 머리를 까딱거리며 말한다. 그의 어깨 너머로 보이는 녹색 옷을 입은 몬트포트 호위대에 힐끗 시선을 던진다. 휘장을 두른 장교들과 군인들도 있다. 수십 명도 넘는다. 일부는 피에드몬트에서부터 그와 함께 왔지만, 대부분은 이곳에서 우리의 도착을 기다리고 있었다.

항상 저렇게 뒤에 많은 호위들을 달고 다녔을까? 저렇게나 많은 총을? 탄실에 있는 총알들이 느껴진다. 습관적으로 그 수를 헤아리고는 드레스 안으로 주요 장기들을 덮고 있는 철을 두껍게 모은다.

프리미어는 팔을 휘저으며 몸짓한다.

"몬트포트 자유 공화국의 수도에 오신 것을 환영합니다. 두 분을 제 환대로 모시고자 합니다."

그가 최선을 다해 감정을 억제하고 있음에도, 프리미어에게서 자부심이 느껴진다. 고향과 조국에 대한 자부심이다. 이 부분만은 그를 이해할 수 있다.

아나벨은 끔찍한 힘을 갖춘 것은 물론 오만하기까지 한 은혈 귀족이 보일 법한 표정으로 데이비슨을 관찰한다. 프리미어는 꿈쩍하지 않는다.

"여기가……."

그녀는 양쪽에 솟은 헐벗은 절벽을 바라보며 조소한다.

"그대의 공화국이오?"

"전용 활주로입니다."

소리 내어 웃음을 터뜨리지 않으려고 보석들에 신경을 쏟으며 반지를 빙그르르 돌린다.

먼 곳에서 단추들이 느껴진다. 무거운 철로 만든, 불에서 잘 벼려진 것. 그것들이 다가온다. 내 약혼자의 의상에 매달린 것들이다. 칼이 낮지만 안정적인 열기를 뿜으며 내 옆에 선다.

칼은 내게 아무 말도 걸지 않는다. 그 점이 반갑다. 우리는 지난 몇 달간 제대로 말을 나눈 적이 없다. 칼이 보울 오브 본즈에서 죽음을 피해 달아난 이래로는. 이전, 그가 내 약혼자였던 때, 우리의 대화는 드물었으며 따분했다. 칼의 정신은 전투와 메어 배로우에게 쏠려 있었다. 나는 둘 모두에게 흥미가 없었다.

잽싸게 칼을 훔쳐본다. 아나벨이 칼의 외모를 잘 가꿔 놓았다. 거칠게 잘린 머리카락과 고르지 않게 자라 있던 거칠한 턱수염은 사라졌다. 뺨은 매끄럽고, 검은 머리카락은 청결하고 윤기가 흐르며 잘 빗질해서 뒤로 넘겼다. 완전히 포위된 채 비행기에 갇혀 6시간이나 되는 비행을 마쳤다기보다는, 즉위식 준비를 하고 화이트파이어 펠리스에서 막 걸어 나온 사람처럼 보인다. 하지만 그의 눈빛은 흐릿하고, 딱딱한 구릿빛이다. 왕관을 쓰고 있지도 않다. 아나벨이 적당한 걸 구해 주지 못했거나 칼이 거부한 것일 테다. 후자일 것 같다.

"전용 활주로요?"

칼이 데이비슨을 내려다보며 묻는다.

프리미어는 키 차이에는 신경 쓰지 않는 것 같다. 남성들이 가지곤 하는 크기에 대한 집착은 없는지도 모르겠다.

"그렇습니다. 이곳은 높은 곳에 있어서 평지에 있는 착륙장이나 더 깊은 산에 있는 계곡보다 아센던트(Ascendant)로 접근하기 더 쉽지요. 이리로 오는 것이 가장 좋을 것 같았습니다. 동쪽, 더 높은 곳에 있는 호크웨이(Hawkway)의 경관이 멋지기는 하지만 말입니다."

"전쟁이 끝나면 한번 보고 싶군요."

칼이 공손하게 굴려고 노력하는 듯 대꾸한다. 그런 시도도 칼의 노골적인 무관심을 가려 주지 못한다.

데이비슨은 신경 쓰지 않는 것 같다.

"전쟁이 끝나고 나면요."

데이비슨이 눈을 반짝이며 똑같이 대꾸한다.

"음, 그대가 정부에 선보일 연설에 늦게 만들 수는 없지 않겠소."

언제나 손자를 애지중지하는 할머니답게, 아나벨이 칼에게 팔짱을 끼고는 필요 이상으로 칼에게 몸을 기댄다. 딱 들어맞게 계산된 그림이 나온다.

데이비슨이 특유의 나른하고 편안한 미소를 지으며 대꾸한다.

"그 점은 염려하지 않으셔도 됩니다. 저는 아침에 몬트포트 의회 앞에서 발언하도록 예정되어 있습니다. 그때 이 문제를 꺼내려고 합니다."

칼이 깜짝 놀란다.

"내일 아침이라고요? 프리미어, 당신도 알다시피 내가 그때에는……."

"의회가 아침에 소집됩니다. 오늘은 저랑 저녁을 함께하시지요."

데이비슨이 차분하게 대꾸한다.

"프리미어."

칼이 이를 악문 채 입을 연다.

데이비슨은 미안하다는 태도를 보이고는 있지만 단호하고 근엄하다.

"제 동료들은 시기가 아닌데도 특별 의회를 여는 것에 동의를 했습니다. 전하께 보증드립니다. 저는 우리 나라의 법률 안에서 할 수 있는 최선을 다하고 있답니다."

법률. 그런 것이 이런 나라에서도 성립할 수 있는 거였나? 왕좌도 왕관도 없는, 나머지 사람이 사소한 일을 놓고 옥신각신하는 사이에 중대한 결정들을 내릴 사람도 없는 곳에서? 어떻게 몬트포트는 생존할 수 있을까? 어떻게 몬트포트는 많은 사람들이 이리저리 다른 방향으로 당기는 와중에도 앞으로 나갈 꿈을 꿀 수 있을까?

하지만 몬트포트가 움직일 수 없다면, 데이비슨이 칼에게 군대를 더 지원해 줄 수 없다면, 이 전쟁은 내가 원하는 방식으로 끝날 수도 있다. 생각한 것보다 더 빨리 끝나게 될지도 모른다.

"그럼 아센던트로 가 볼까요?"

내가 말한다. 점점 확연해지는 추위에서 벗어나길 바라며, 그리고 칼의 정신을 흩트리는 것들 가까이 그를 보내길 바라며. 아나벨이 칼에게 했던 것처럼 나는 데이비슨에게 팔을 내민다. 그는 가벼운 인사와 함께 내 제안을 받아들인다. 허리에 와 닿는 데이비슨의 손길은 깃털처럼 가볍다.

"이쪽입니다, 공주님."

데이비슨이 대꾸한다.

그의 손길이 내 약혼자의 것처럼 혐오스럽지 않다는 점이 놀랍다. 데이비슨은 적당한 속도를 유지하며 우리를 아센던트로 안내한다.

도시는 거대한 산맥의 동쪽 끝에 높게 서 있다. 낮은 봉우리들과 저 너머의 국경을 굽어보는 위치다. 지평선 너머에 프레이리가 희미하게 보인다. 프레이리는 레이더의 나라로 알려져 있다. 나라도 없이 떠도는 은혈 무리가 지나가는 사람들을 등쳐 먹는 곳이다. 나머지는 허허벌판으로 오래전 도시였던 것들의 흔적이 구멍처럼 남아 있다. 나는 그곳의 이름조차 모른다.

아셴던트는 산 그 자체에서 태어난 것처럼 보인다. 사면과 깊숙한 계곡에 지어진 그곳은 솟구치는 개울과 바람 부는 협곡을 통과해서 동쪽으로 향하는 더 커다란 강 위로 둥글게 몸을 구부리고 있다. 몇 군데 길은 터널로, 운송 수단들이 들락날락한다. 보이는 것 이상의 무엇인가가 더 있을 것이 틀림없다, 이 산의 돌로 된 심장 안쪽을 깎아 만든 무언가가.

대부분의 건물들은 채석된 화강암, 대리석, 석영암 등으로 만들어졌는데, 대단히 매끄러운 흰색과 회색의 평판으로 잘린 채 조각되어 있다. 소나무 몇 그루는 첨탑보다도 높게 자라서 건물 사이로 솟아 있다. 그 뾰족한 끝은 몬트포트의 깃발처럼 어두운 녹색이다. 노을과 산이 빛과 그늘을 번갈아 드리우며 진한 분홍색과 어두운 보랏빛 줄무늬를 만들어 도시를 씻어 낸다. 너무 넓고 가깝게 느껴지는 하늘 아래에 눈 덮인 봉우리들이 위풍당당하게 선 모습이 먼 서쪽의 거리까지 쭉 이어진다. 이르게 떠오른 별들 몇 개가 어스름 사이로 점처럼 반짝인다. 익숙한 별자리다.

이런 도시는 결코 본 적이 없다. 그 생각에 불안해진다. 나는 놀라는 걸 좋아하지 않는다. 깊은 인상을 받는 것도 싫어한다. 그건 무언가가 나보다, 내 피보다, 내 고향보다 낫다는 걸 의미하니까.

하지만 아셴던트는, 몬트포트는, 데이비슨은 그걸 해냈다.

이 낯설고 아름다운 곳에 겁을 먹지 않을 수가 없다.

도시로 향하는 길은 1.5킬로미터 내외겠지만 계단이 많은 탓에 더 길어 보인다. 프리미어가 으스대고 싶은 마음에, 차를 타는 대신 우리를 걷게 만들어서 도시의 전경을 볼 수 있게 한 건 아닌가 싶다.

캘로어 왕의 궁정에서 다른 귀족의 팔짱을 끼고 있었다면, 대화에는 신경도 안 썼을 것이다. 사모스 가문의 명성은 매우 높다. 하지만 여기서 나는 나 자신을 증명해야만 한다. 나는 한숨을 내쉬고 이를 갈면서, 옆의 데이비슨을 바라본다.

"당신이 당선되었다고 들었는데요."

너무나 이질적인 그 단어가 입안을 매끈한 돌맹이처럼 굴러다닌다.

"네, 그래요. 2년 전에요. 투표를 했지요. 내년 봄에 임기 3년 차가 되면 다시 투표를 합니다."

"누가 표를 던지나요, 정확하게는?"

데이비슨의 입이 굳는다.

"모든 사람들이요, 의미하신 바가 그거라면요. 적혈, 은혈, 아든트. 투표용지는 피의 색을 볼 줄 모릅니다."

"그렇다는 건 여기에도 은혈이 있다는 거군요."

이들은 전에도 이 부분을 충분히 설명했다. 하지만 나는 은혈이 적혈에게 지배받는 것은 물론이고 적혈과 같은 위치에서 사는 삶으로 스스로를 격하시킬 수 있을지 의심됐다. 신혈이라고 해도 말이다. 여전히 혼란스럽다. *다른 곳에서는 신으로 살 수 있는데 어째서 여기서 동등한 삶을 산단 말인가?*

데이비슨이 고개를 기울인다.

"많이 있습니다."

"그리고 그들이 그냥 이걸 허락했고요?"

나는 혓바닥을 단속할 생각도 하지 않고 비웃음을 날린다. 부모님 앞에서는 말을 조심하지만 날 이 붉은 피의 늑대들에게로 던지신 그 부모님은 여기 없질 않나.

"우리가 평등하게 존재하는 것을 허락했냐는 말씀이시겠죠."

프리미어의 날카로워진 목소리가 산 공기에 퍼져 나간다.

데이비슨의 금빛 눈이 내 어두운 진회색 눈을 뚫을 듯 들여다본다. 우리는 계속 걷는다. 우리 둘 다 너무 많은 계단을 지나친다는 걸 알고 있다. 데이비슨은 내가 사죄하길 바란다. 나는 하지 않는다.

마침내 층계참에 닿는다. 꽃이 만개한 넓은 정원이 내려다보이는 대리석 테라스다. 보라색과 주황색과 창백한 푸른색을 띤 낯선 꽃들이 우리 앞에 소용돌이치듯 피어오른 채 자연 그대로의 향기를 뿜는다. 몇 미터 앞쪽에서 메어 배로우와 그녀의 가족들이 몬트포트 수행원들의 안내를 받아서 정원을 헤치고 길을 가고 있다. 메어의 오빠 중 하나가 꽃들을 좀 더 가까이서 보기 위해서 몸을 숙인다.

나머지 일행들이 정원으로 넓게 퍼지지만, 데이비슨은 내게로 좀 더 가까이 몸을 붙인다. 그의 입술이 귀를 스칠 정도다. 데이비슨을 두 쪽으로 잘라 버리고 싶은 욕구를 억누른다.

그가 속삭인다.

"제 직설적인 태도를 용서하세요, 에반젤린 공주님. 그런데 공주님께는 여성인 연인이 있으시지요, 그렇지 않습니까? 그리고 공주님께서는 그녀와 결혼을 하실 수가 없고요."

맹세컨대 여기 있는 모두의 혀를 잘라 버릴 것이다. 어떤 비밀도 신성하지 않단 말인가?

"무슨 말씀이신지 모르겠네요."

이를 악문 채 으르렁거리며 대꾸한다.

"당연히 잘 아실 텐데요. 그 연인께서는 공주님의 오빠랑 결혼하셨지요. 합의된 일이었지요, 그렇죠?"

돌울타리를 양손으로 꽉 쥔다. 차갑고 매끄러운 감촉은 전혀 안정감을 주지 못한다. 손가락에 힘을 주자 날카롭고 끝에 보석이 박힌 장식용 손톱이 돌을 파고들며 깊은 홈을 낸다. 데이비슨은 계속 말한다. 그의 말들은 낮고 빠르며 무시하기 어려운 혼란을 준다.

"모든 것이 공주님 뜻대로였다면, 공주님이 왕관에 놓인 협상 카드가 아니었다면, 연인분이 결혼하지 않으셨다면, 공주님은 그분과 결혼하셨을까요? 상황이 최상이었다고 한들 노르타의 은혈들이 공주님께서 소망하시는 일을 허락했을까요?"

나는 이를 드러내며 데이비슨에게 몸을 돌린다. 그는 너무 가까이 있다. 몸을 움찔하지도, 뒤로 물러서지도 않는다. 그의 피부의 사소한 결함들이 보인다. 주름, 흉터, 심지어 모공까지도. 그의 머리통에서 눈알을 파낼 수도 있다.

나는 쏘아붙인다.

"결혼은 내가 무엇을 바라는지와는 아무 상관 없는 문제입니다. 결혼은 후계자를 위한 거예요."

내가 헤아릴 수 없는 이유로, 데이비슨의 금빛 눈동자가 부드러워진다. 나는 거기서 동정을 읽는다. 후회도 보인다. 끔찍하다.

"그럼 공주님께서는 본인이 원하시는 것을 본인이 어떤 존재이냐는 문제 때문에 거부하시는 거군요. 절대 하지 않았던 선택, 공주님이 바꿀 수 없는, 그리고 바꾸길 원하지 않는 공주님의 부분 때문에."

"난……."

"원하는 만큼 내 나라를 깔보세요."

그가 낮게 말한다. 그 말에서 데이비슨이 계속 숨기려고 하는 분노의 그늘이 보인다.

"일이 진행되는 방식에 의문을 가지십시오. 아마도 그 대답은 공주님 취향에 맞을 겁니다."

다음 순간 데이비슨은 조금 뒤로 물러나더니 정치인의 표본 같은 태도로 돌아온다. 평범한 매력을 지닌 평범한 한 남자로.

"공주님께서 오늘 저녁 식사를 즐기셨으면 하는 바람입니다. 제 남편, 카마돈이 여러분을 접대할 준비를 하느라고 계속 바빴거든요."

뭐라고? 나는 그저 눈만 껌뻑인다. *당연히 말도 안 되지. 잘못 들었을 거야.* 뺨이 달아오르며 수치심에 회색빛으로 물든다. 심장이 뛰고 아드레날린이 폭발하며 몸을 도는 것을 부정할 수가 없다. *불가능한 일을 바라는 것은 아무 쓸모 없어.*

하지만 프리미어가 아주 미세하게 고개를 끄덕인다.

내가 잘못 알아들은 것도, 그가 잘못 말한 것도 아니다.

"우리가 몬트포트에서 *허락*하는 사소한 일 중 하나랍니다, 에반젤린 공주님."

그가 어떤 격식도 없이 내 팔을 놓고 재빨리 거리를 벌린다. 심장이 가슴을 망치처럼 두드리는 기분이다. *프리미어가 거짓말을 하는 걸까? 그가 한 말이 가능하기는 한 걸까?* 갑자기 눈물이 눈에 맺히고 가슴이 조여드는 바람에 어리둥절한 기분이 든다.

"그대는 결코 외교에 능숙한 편은 아니지."

칼이 내 어깨를 바라보며 말한다. 그의 할머니는 아이럴 가문 사

161

람 중 하나에게 뭔가를 속삭이느라 뒤쪽에 처져 있다.

나는 고개를 돌려 머리카락 뒤로 숨을 시간을 갖는다. 자제력을 조금이라도 되찾는다. 다행스럽게도 칼 또한 메어의 움직임을 하염없이 바라보며 쫓느라 정신이 없다. 불쌍할 정도로 간절하다.

칼이 내 분노와 고통의 무게를 전부 느끼기를 바라면서 그에게 냉소를 던진다.

"그럼 왜 날 골랐어? 나는 당신 옆에 돋아난 가시가 될 게 분명한데도 왜 나 같은 사람을 왕비로 만들려고 해?"

"그대는 멍청한 척하는 것도 마찬가지로 잘하지는 않지, 에반젤린. 이게 어떻게 돌아가는지 알잖아."

"난 당신이 무슨 선택을 했는지 알아, 캘로어. 두 가지 길이 있었지. 당신은 내게로 곧장 오는 길을 골랐어."

칼이 뱉듯이 말한다.

"*선택이라.* 여자들은 그 단어를 참 좋아하는군."

나는 머릿속으로 눈을 치켜뜬다.

"음, 당신은 선택에 익숙하지 않은 것 같긴 하네. *당신이* 한 결정을 두고도 다른 사람들이나 다른 것들을 탓하는 걸 보니."

나에게 몸을 돌린 그의 눈이 번뜩인다.

"내가 해야만 했던 결정이지. 그게 아니라면 뭐라고 생각하나? 할머님과 그대의 아버지, 그리고 다른 사람들이 어찌 되었든 적혈들과 동맹을 맺었을 거라고? 어떤 것도 거래하지 않고? 그들이 만약 다른 누군가, 더 *나쁜* 쪽으로 갔다면? 최소한, 상품이 나라면, 나는……."

나는 칼의 바로 앞까지 바싹 몸을 들이댄다. 가슴이 맞닿을 정도다. 내 어깨는 넓고, 전투에 적절하다. 일생 동안의 훈련이 피부 아래를 단단하게 채워 주었다.

"뭔데? 일을 더 낫게 만들 수 있다고? 전쟁이 끝난 뒤에 왕좌에 앉아서 그 멍청한 불꽃을 흔들면서 세상을 바꿀 수 있을 거라고?"

조소를 지으며 나는 그를 발끝에서 머리끝까지 훑으며 재 본다.

"웃기지 마, 티베리아스 캘로어. 당신은 나와 마찬가지로 꼭두각시야. 그래도 당신은 자기 줄을 자를 기회는 있었지."

"그리고 그대한테는 없었고?"

"할 수만 있었다면 난 내 줄을 잘랐을 거야."

그렇게 속삭이면서 정말 말 그대로라고 생각한다. *일레인이 이곳에 있었다면, 우리가 함께할 수 있는 방법이 있었다면……*

"나중에, 나중에 때가 오면, 우리가 결혼해야만 하는……."

그는 말을 더듬는다. 캘로어답지 않다.

"일이 쉽게 돌아갈 수 있도록 최대한 노력해 보지. 공식 방문이나 회합 같은 것들. 그대와 일레인은 하고 싶은 대로 해도 돼."

한기가 나를 파고든다.

"내가 끝까지 상품으로 남는 한은 말이지."

우리 두 사람 모두에게 역겨운 생각이다. 우리는 서로에게서 시선을 뗀다.

"나는 그대의 동의 없이는 어떤 것도 하지 않을 거야."

칼이 웅얼거린다.

놀랍지는 않지만 그래도 아주 작은 안도가 피어오른다.

"그럴 시도라도 하면 당신 몸에서 그걸 잘라 버릴 거야."

칼이 공기보다 약간 조금 더 센, 미미한 웃음을 터뜨린다.

"엉망진창이네."

그가 중얼거린다. 너무 낮은 목소리라 내가 들을 거라 생각하지도 않았을 것 같다.

나는 흔들리는 숨을 들이마신다.

"당신은 아직 그 앨 선택할 수 있어."

그 말은 허공에 걸린 채 우리를 고문한다.

칼은 아무 대답 없이 부츠만 쏘아본다. 정원에서는, 메어가 여동생을 바짝 따르며 칼에게 등을 보인 채 걸어가고 있다. 두 사람은 머리카락의 색은 다르지만 유사한 부분도 있다. 둘은 같은 방식으로 걷는다. 조심스럽고, 조용하고, 섬세한 것이 꼭 쥐 같다. 메어의 여동생은 생생하게 피어난 잎을 가진 창백한 녹색 꽃을 하나 꺾어서 머리에 꽂는다. 내가 지켜보는 사이, 짜증스러워하는 메어를 이리저리 끌고 다니던 키 큰 적혈 남자애 하나가 메어의 여동생과 똑같이 꽃을 머리에 꽂는다. 귀 뒤에 꽂은 꽃이 우습게 보이는지 배로우 자매들은 동시에 폭소를 터뜨리느라 배를 부여잡고 몸을 숙인다. 그들의 웃음소리가 메아리친다. 어떤 것보다도 더한 조롱 같다.

저들은 적혈이야. 저들은 우리보다 못해. 그리고 행복하지. 어떻게 이럴 수가 있어?

나는 이를 악물고 뱉는다. 우리 모두를 위한 충고다.

"얼굴 그만 찌푸려, 캘로어. 당신이 왕관을 직접 완성했잖아. 이제 써야지. 싫으면 말든가."

제7장

아이리스

오하이어스의 둑은 매우 높다. 봄은 축축했다. 남쪽 농장들 대부분이 범람 피해를 여러 번 입었다. 티오라 언니는 몇 주 전에 이 불안정한 경계 지역에 방문했다. 언니는 수확량을 확보하는 일을 돕기 위해서 할 수 있는 한 미소를 지으며 손을 흔들었다. 언니의 작고 보기 드문 미소는 이곳에서 어느 정도 호감을 샀지만, 충분하지는 않았다. 왕가로 올라오는 보고서에는 여전히 적혈들이 달아나 언덕을 넘어 동쪽 리프트로 향한다고 했다. 그곳의 은혈 왕이 더 나은 삶을 줄 거라고 믿는다면 그들은 바보가 틀림없다. 좀 더 똑똑한 부류는 오하이어스를 건너서 분쟁 지역으로, 어떤 왕이나 왕비도 없는 곳으로 간다. 하지만 그런 여행에 따르는 혼란은 위험 요소로 지고 가야만 한다. 레이크랜즈와 북쪽의 피에드몬트 사이에서 적혈과 은혈을 맞닥뜨리게 될 테니까 말이다.

강 위로 떠오르는 태양이 위엄이 넘치는 계곡 풍경을 보여 준다. 기다리기 좋은 장소다. 남쪽의 숲은 약해지는 오후의 태양 빛 아래에서 금색으로 빛난다. 오늘 여행은 쉬웠다. 옥수수와 밀밭을 가로지르기만 하면 됐다. 메이븐이 자신의 개인 차량을 타는 친절을 베푼 덕에 남쪽으로 향하는 긴 시간 내내 평화를 누렸다. 어머니와 언니를 뒤로하고 떠나는 여정은 집행 유예에 가까웠다. 두 사람은 수도로 돌아갔다. 언제 다시 볼 수 있을지 말하기 어렵다. *내가 해낸다면.*

따뜻한 공기에 상쾌한 미풍이 불어오지만 메이븐은 자기 차에서 기다리고 있다. 지금으로서는 그렇다. 피에드몬트 사람들이 도착하는 대로 어떻게든 판에 끼고 들어올 것이다.

"늦는군요."

내 옆의 나이 든 여인이 투덜거린다.

이 상황에서도 입꼬리가 움직인다.

"인내를 가져, 지단사."

"맙소사, 지금 얼마나 변한 건가요, 전하."

지단사가 키득거리며 활짝 미소를 짓자 갈색 얼굴의 주름이 더욱 깊어진다.

"제가 전하께 똑같은 충고를 한 번 이상은 드린 것이 생생한데요. 대개는 음식과 관련된 때였죠."

나는 지평선을 경계하던 시선을 떼어 지단사를 흘깃 본다.

"지금도 그 부분에 관해서는 사실이야."

지단사의 칙칙한 웃음소리가 깊어지며 강 너머로 울려 퍼진다.

메린(Merin) 혈통의 지단사는 매우 오랫동안 우리 가족의 친구로 지냈다. 이모처럼 내게 가깝고, 유모처럼 내게 사랑을 듬뿍 주었다. 지단사는 신발이나 장난감들을 저글링하면서 티 언니와 나에게 즐거운 시간을 선사하는 데 텔키 능력을 사용하고는 했다. 주름이 진 얼굴, 하얀 머리카락, 아줌마 같은 성격을 지녔지만, 지단사는 무시무시한 상대다. 가늠할 수 없는 재능을 지닌 우리 나라 최고의 텔키 중 하나이다.

내가 무정하지 않았다면, 지단사에게 함께 노르타로 돌아가자고 요청했을 것이다. 아마 지단사는 받아들였을 테지만 나는 그녀에 관해 너무나 많은 것을 알고 있다. 지단사의 가족 대부분이 전쟁으로 죽었다. 노르타 사람들 가운데서 살아가는 것은 지단사에게는 감당할 수 없는 형벌이 될 수도 있다.

지단사의 존재는 안정을 준다. 우리는 레이크랜즈에 있지만 메이븐 주변에서는 불안하다.

내 나머지 호위들이 뒤로 넓게 퍼진 채 서 있다. 그들은 존경을 보이는 차원에서 거리를 지키고 있다. 감시병들도 지단사처럼 내게 안전하다는 느낌을 주어야 마땅하지만, 그 보석 같은 시선 아래에서는 결코 편안함을 느낄 수가 없다. 그들은 내 남편이 명령만 내리면 나를 죽일 것이다. 최소한 시도는 하겠지.

팔짱을 끼자 여행복 재킷의 푸른색 천이 느껴진다. 피에드몬트의 왕자, 그것도 통치하는 왕자를 만나려는 순간임에도, 내 복장은 한심할 정도로 간소하다. 왕자가 내가 아는 은혈들처럼 외모에 전념하는 사람이 아니기를.

그게 사실인지 아닌지를 확인하기까지 그렇게 오랜 시간을 기다릴 필요는 없다.

이곳은 주변을 살피기 좋은 곳이다. 왕자의 호송대가 분쟁 지역을 가로질러서 길을 고르며 오는 모습이 보인다. 분쟁 지역의 땅은 남쪽 레이크랜즈의 숲들과 구별이 가지 않는다. 경계를 표시할 만한 벽도, 문도, 길도 없다. 현재 우리 쪽 호위대는 피에드몬트의 왕자가 방해받지 않고 지나갈 수 있도록 숨어 있으라는 지시를 받은 상태다.

그의 호송대는 작은 규모다. 차 여섯 대와 호위 50명 가량으로 구성된 우리의 부족한 인원과 비교해도 그렇다. 빠르고 날렵한 호송 차량 두 대만이 드문드문한 숲의 경계를 가로지르며 달려온다. 차들에는 위장을 위해 풍경과 딱 맞아떨어지는, 보기 싫은 녹색을 칠했다. 차가 가까이 다가오자 옆면에 노란색, 흰색, 그리고 보라색 별들이 점처럼 옆구리에 그려져 있는 것이 보인다.

브라켄.

내 뒤에서 금속이 신음하더니 메이븐이 차에서 내린다. 메이븐은 재빠르게 성큼성큼 걸어서 납작해진 풀 위를 가로지른다. 차분하고 우아한 태도로 내 옆에 선 그가 천천히 손에 깍지를 낀다. 메이븐의 하얀 피부는 금색에 가깝게 빛난다. 그도 거의 사람처럼 보인다.

"난 브라켄 왕자를 그렇게 믿을 만한 사람으로 보지는 않았습니다. 그는 바보예요."

메이븐이 왕자의 조그만 정치적 모임을 몸짓으로 설명해 보이며 말한다.

"필사적인 마음을 품으면 대부분 바보가 되죠."

나는 차갑게 대꾸한다.

메이븐은 한 번 웃음을 터뜨린다. 그의 눈이 느긋하게 나를 훑는다. "그대는 아닙니다."

그럼. 나는 아니지.

이 바늘로 실을 부드럽게 꿰어야만 한다. 메이븐처럼, 나는 양손으로 깍지를 끼고 강력한 이미지를 투사해 본다. 결정. 강철.

브라켄의 아이들은 몇 달 동안 실종 상태다. 몬트포트는 브라켄 왕자를 조종하기 위해 그들을 인질로 잡아 두었다. 그들이 실종된 이래로, 피에드몬트의 피가 계속해 흐르고 있다. 몬트포트는 손에 쥔 모든 것을 이용하여 피에드몬트에게 수백 만의 왕관을 지불하게 만들었다. 총, 비행기, 식품 저장고. 로우컨트리의 군 기지는 분해되었어 대부분 산으로 운반되었다. 몬트포트 놈들은 메뚜기 떼처럼 모든 것을 먹어 치운다. 브라켄이 남긴 자원들은 거의 소비되었다.

브라켄의 호송 차량들은 우리 쪽 호송대에서 몇 미터의 안전 거리를 유지한 채 멈춘다. 차 문이 열리고 한 무리의 호위들이 나온다. 금색에 어두운 보랏빛 테를 두른 옷이 번쩍거린다. 검과 총으로 무장하고 있는데, 그중 몇몇은 전쟁용 망치나 도끼를 대신 들고 싶은 눈치이기는 하다.

브라켄 왕자는 어떤 무기도 소지하고 있지 않다. 그는 키가 크고, 피부가 검다. 매끄러운 안색과 두툼한 입술, 그리고 잘 닦인 흑요석 같은 눈을 가지고 있다. 메이븐이 망토로 몸을 감싸고 훈장과 왕관까지 갖추고 있는 반면, 브라켄은 옷에 덜 신경 쓰는 것처럼 보인다. 호위들과 쌍을 맞추어 금색에 어두운 보라색을 두른 옷은 매우 훌륭하지만, 왕관도, 털도, 보석도 보이지 않는다. 이 남자는 이곳에 무서운 임무를 위해서 온 것이므로 화려함을 드러내 보일 이유가 없는 것이다.

왕자는 우뚝 서서 우리 두 사람 모두를 내려다본다. 브라켄이 스트롱암과 같은 근육질 체형을 갖고 있기는 하지만 그는 미믹(Mimic)이다. 브라켄은 나와 닿기만 하면 내 능력을 사용할 수 있다. 비록 잠시뿐이고 본래 내 것보다는 좀 낮은 수준이겠지만. 어떤 은혈에게도 통하는 능력이다. 잘은 모르지만 신혈을 상대로도 가능할 것이다.

"우리의 첫 회합이 좀 더 나은 상황에서 이루어졌다면 좋았겠습니다."

낮게 울리는 목소리로 그가 말한다. 관습에 따라 브라켄 왕자는 가벼운 절을 하면서 우리 두 사람의 실력을 가늠해 본다. 그는 피에드몬트를 다스리고 있지만, 그의 나라는 우리 두 나라의 상대가 되지 않는다.

"같은 생각입니다, 전하."

나 또한 고개를 끄덕이며 대꾸한다.

메이븐도 내 동작을 따라 하지만 너무 빠르다. 이 일을 최대한 서둘러 끝내 버리기를 원하는 것 같다.

"무엇을 준비해 왔습니까?"

메이븐의 말에 나는 요령도 없이 놀라고 만다. 나는 다듬어지지 않은 이 위태로운 대화를 좀 더 매끄럽게 이끌어 보기 위해 본능적으로 입을 벌린다. 하지만 놀랍게도 브라켄은 커다랗게 미소를 짓는다.

"시간 낭비하는 건 싫습니다. 내 아이들이 어떻게 될지 모르는 상황에서는 말입니다."

브라켄은 냉철해 보인다. 그의 호위 중 하나가 가죽 장정으로 덮인 커다란 책을 들고 다가온다.

그녀가 책을 브라켄 왕자에게 가져다주는 사이 나는 종이들을 훑으며 묻는다.

"이건 몬트포트에 대한 저하의 첩보 보고서인가요? 매우 빠르게 모으셨군요."

메이븐이 느릿느릿 말한다.

"왕자 저하께서는 몇 달 동안이나 아이들을 계속 찾으셨으니까요. 왕자 저하를 돕는 다른 사람들을 위해서라도 말입니다. 저는 왕자 저하의 사절단이었던 알렉산드렛 왕자와 다라에우스 왕자를 기억합니다. 제가 그분들에게 어떤…… 도움도 드리지 못했던 점은 죄송합니다."

하마터면 큰 소리로 코웃음을 칠 뻔한다. 메이븐 본인을 노렸으나 실패했던 쿠데타로 인해서 그 왕자들 중 하나가 아케온의 왕궁에서 사망했다. 내가 아는 한 또 다른 왕자 역시 현재는 살아 있지 않다.

브라켄은 커다란 한 손을 저어서 그 사죄를 일축한다.

"그들은 위험성을 알고 있었습니다, 내 휘하에 있는 이들이 모두 그렇듯이. 딸과 아들을 찾는 동안 수십 명도 넘는 사람들을 잃었습니다."

그의 말 속 분노 아래로 진실된 슬픔이 뒤섞여 있다.

"우리가 더 이상 아무도 잃지 않기를 빌어 보지요."

나 스스로에 대해 생각하며 중얼거린다. 그리고 어머니께서 하신 말씀도. *반드시 네가 되어야만 해.*

메이븐은 턱을 들어 올린다. 그의 눈이 브라켄과 책 사이에서 번뜩인다. 그 책은 몬트포트에 대한 정보로 채워져 있을 것이다. 비밀스러운 그들의 도시, 산, 군대. 우리가 필요로 하는 정보들.

"우리는 저하께서 할 수 없었던 일을 할 준비가 되어 있습니다, 브라켄 왕자."

메이븐은 숙련된 연기자답게 자신의 대사 위로 딱 적절한 수준의 동정을 덧씌운다. 기회만 주어진다면 저 어린 왕은 내가 손을 뻗기도 전에 브라켄을 자기 편으로 꾀어낼 수도 있다.

"몬트포트 놈들이 저하의 자녀분들을 인질로 잡고 있는 동안에는, 저하께서는 놈들을 상대로 움직일 수도 없다는 것을 잘 이해하고 있습니다. 아주 작은 구출 작전조차 자녀분들의 목숨에 위협이 될 수 있겠지요."

"그래요, 정확히 맞는 말입니다."

브라켄은 재빠르게 고개를 끄덕인다. 그는 메이븐이 던지는 먹이를 모두 먹어 치우고 있다.

"첩보를 모으는 일조차 너무 위험했습니다."

노르타의 왕은 한쪽 눈썹을 치켜올린다.

"그리고요?"

"그들의 수도인 아센던트까지는 아이들의 흔적을 쫓을 수 있었습니다."

왕자가 설명하며 우리에게 그 책을 내민다.

"아센던트는 산중에 자리합니다. 계곡이 그곳을 보호하고 있어요. 우리가 확보한 도시의 지도들은 예전 것이지만 그래도 유용할 겁니다."

감시병 중 하나가 가져가기 전에 나는 책의 무게를 가늠해 보며 그 정보를 듣는다. 무겁다. 이 책의 가치는 같은 무게의 금에 필적할 것이다.

"자녀분들이 어디에 잡혀 있는지는 알아내셨나요?"

책을 열고 어서 작업에 착수하고 싶어 하며 묻는다.

브라켄이 머리를 기울인다.

"알아냈다고는 생각합니다. 굉장한 대가를 치렀지요."

나는 그 크고 튼튼한 책을 가슴에 아기처럼 품으면서 팔짱을 낀다.

"그 희생을 낭비하지 않겠습니다."

피에드몬트 왕자는 공손하지만 당혹스러운 표정으로 나를 위아래로 살핀다. 메이븐은 더 모호하다. 움직이지도, 표정을 바꾸지도 않는다. 온도는 1도도 변하지 않는다. 하지만 의혹이 메이븐의 안에서 굴러가는 것을 느낄 수 있다. 그리고 경고도. 허나 메이븐은 왕자의 앞에서는 입을 다물고 있는 편이 좋다는 것을 안다. 그는 내가 거미줄을 치는 것을 막을 수가 없다.

"제가 직접 팀을 이끌 생각입니다."

최대한 단호하게 브라켄과 눈을 맞추며 말한다. 그는 눈을 깜빡이지도 않는다. 동상처럼 단단하다. 나를 탐색하고 재어 보는 것이다. 단순하게 차려입은 것은 좋은 선택이었다. 나는 왕비보다는 전사처럼 보인다.

"노르타의 군인과 레이크랜즈의 군인을 함께 데리고 갈 겁니다. 믿으셔도 좋아요, 우리는 이미 어제부터 이 일에 전념하고 있으니까요."

피부에 벌레가 기어가는 기분이지만, 나는 한 손을 메이븐의 팔에 올린다. 소매 아래로 느껴지는 그의 피부는 차갑다. 보이지는 않지만 아주 조그만 떨림이 느껴진다. 나는 더 크게 미소 짓는다.

"메이븐 전하도 아주 놀라운 계획을 짜셨답니다."

메이븐도 한 손을 내 손 위로 미끄러뜨린다. 손가락이 얼음장 같다. 명백한 위협이다.

"그렇습니다."

메이븐의 미소는 내 것과는 달리 음울한 선을 그린다.

브라켄은 나의 제안, 가능성, 그의 자녀들을 구할 수 있다는 내용만 본다. 브라켄을 탓하지는 않는다. 티오라 언니와 내가 같은 상황에 처했다면, 어머니께서 어디까지 하실 수 있었을지 상상해 볼 따름이다.

왕자는 긴 안도의 숨을 뱉는다.

"참으로 감명 깊군요."

그가 한 번 더 머리를 숙이며 제안한다.

"그리고 그 답례로, 우리가 수십 년간 유지해 온 동맹을 다시 확인하길 맹세합니다. 저 별난 핏줄들이 방해하기로 결심하기 전까지 유지됐던 동맹을요."

브라켄이 몸을 굳힌다.

"하지만 더는 아닙니다. 오늘부로 흐름이 바뀔 겁니다."

저 땅 아래 흐르는 물줄기를 느끼는 것처럼 날카롭게 그의 말들을 느낄 수 있다. 깨트릴 수 없다. 멈출 수 없다.

"오늘부로 흐름이 바뀔 겁니다."

책을 손에 꼭 쥔 채로, 나는 그의 말을 따라한다.

***

   메이븐은 나를 따라서 내 차에 오른다. 그를 발로 차서 풀밭에 떨구고 싶다. 나는 브라켄이 준 첩보 보고서를 무릎 위에 놓은 채, 좌석의 가장 구석까지 몸을 물린다. 메이븐은 자리를 잡으면서 나를 본다. 그의 침착한 태도에 식은땀이 흐를 지경이다.

   얼음장처럼 차갑게 나를 응시하는 메이븐을 마주 보며 그가 입을 열기만을 기다린다. 메이븐의 존재 자체를 속으로 저주한다. 얼른 보고서를 펼치고, 내가 세운 구출 계획의 빈틈을 메우고 싶지만 메이븐이 나를 비웃고 있는 한은 시작하기조차 어렵다. 그리고 메이븐도 그 사실을 안다. 메이븐은 항상 다른 이들을 괴롭히는 것을 즐겼고, 지금 상황 역시 즐기고 있는 것이다. 그에게는 그를 괴롭히는 자기만의 악마가 있으니 다른 사람을 괴롭히는 악마를 만들어 내면서 기분을 푸는 것 같다.

   차가 출발하고 분쟁 지역에서 빠른 속도로 멀어지자, 메이븐이 입을 연다.

   "정확히 뭘 하려는 겁니까?"

   메이븐의 목소리는 부드럽고, 모든 감정이 거세되어 있다. 자신의 기분을 감추는 것은 메이븐이 가장 좋아하는 전략이다. 그를 읽기 위해, 메이븐의 눈이나 얼굴에 드러난 감정을 살피는 것은 아무 쓸모가 없다. 메이븐은 이 부분에서는 너무나 숙련된 상대다.

   나는 머리를 높게 쳐든 채, 간단하게 대꾸한다.

   "피에드몬트를 우리 편으로 만들려는 거죠."

우리.

메이븐은 긴 여행을 위해 몸을 뒤로 물리며 목구멍 깊은 곳에서부터 음 하는 소리를 낸다.

"좋습니다."

그는 그렇게 말한다. 그리고 더 이상 아무 말도 하지 않는다.

제8장

메어

몬트포트 수행원들은 중앙 계곡을 굽어보는 산등성이에 높게 솟은 으리으리한 복합 건물로 우리를 안내한다. 아센던트 대부분이 중앙 계곡의 사면마다 매달려 있다. 하얀색 삼각형 표식을 품은 짙은 초록색 현수막들이 곳곳에서 달콤한 저녁 미풍에 흔들리고 있다. *산이구나.* 지금까지 왜 그들의 상징이 지니는 의미를 알아내지 못했는지. 바보 같았다. 군복에도 같은 표식이 새겨져 있다.

내가 입고 있는 옷들은 평범하다. 군복도 아니다. 코르비움과 피에드몬트의 가게에서 대충 꿰어 맞춰 입은 옷이다. 만듦새가 훌륭하니, 은혈이 소유했던 물건일 것이다. 자기 군복을 입고 허리춤에 클라라를 단단히 싸서 매단 팔리가 터벅터벅 걸어 들어온다. 그녀의 의상은 몽땅 붉은색이고 목깃에는 세 개의 금속 정사각형이 달려 있다. 사령부의 장관이라는 표식이다.

우리 뒤쪽의 은혈들은 현란한데, 저들에게 그보다 덜하길 기대하는 게 무리일 것이다. 은혈들은 도시를 가로질러 구불구불하게 나 있는 아센던트의 하얀색 산책로를 생생하고 날카로운 색의 무지개처럼 가른다. 불타는 듯한 붉은색 망토 덕분에 칼을 무시하기는 어렵지만, 나는 그러려고 애를 쓴다. 그는 에반젤린과 함께 걸어온다. 에반젤린이 저 수많은 위험천만한 테라스나 계단들로 칼을 떠밀어 버릴 수도 있지 않을까 하는 기대도 반쯤 든다.

나는 아빠의 옆에 바싹 붙은 채, 아빠의 숨소리를 주의 깊게 들으며 걷는다. 아센던트의 계단은 너무 많다. 아빠는 새로 자란 다리를 지닌 나이 든 남자다. 폐는 회복 중이다. 희박한 공기 역시 도움이 되지 않는다.

아빠는 비틀거리지 않기 위해서 몹시 애를 쓰고 계신다. 그것이 얼마나 대단한 노력을 필요로 하는지 보여 주는 유일한 힌트는 아빠의 새빨간 얼굴뿐이다. 나와 같은 생각을 하신 엄마가 아빠의 왼쪽에 붙어 있다. 엄마는 아빠가 비틀거리면 도와드리기 위해서 아빠의 등에 양손을 대고 계신다.

아빠가 말씀만 하시면 스트롱암의 도움을 받을 수도 있었을 텐데. 아니면 브리 오빠나 트래미 오빠를 부를 수도 있을 것이다. 하지만 아빠는 그러지 않으실 것이다. 아빠는 앞으로 나아가며, 내 팔을 한두 번 건드리신다. 내 존재에, 내 자제력에 고마워하면서.

마침내 계단이 평평해진다. 우리는 나무줄기와 나뭇잎들 같은 것들이 조각된 아치형 길을 지나간다. 녹색 화강암과 우윳빛 석회암을 잘라 내어 체크 무늬로 섞어 놓은 중앙 광장도 통과한다. 온갖 소나무가 줄을 지어 아치를 드리운 채 그곳의 경계를 이루고 있는데, 어떤 나무들은 탑만큼이나 높고 꼭 그만큼 두껍다. 보라색 하늘 위로 지저귀는 새들의 노래가 넘쳐흐른다.

뒤에서 킬런이 낮게 휘파람을 분다. 기둥이 있는 높은 건물들이 가장 높은 비탈까지 솟아 있다. 건물들은 옻칠을 한 나무와 대리석으로 된 세부 장식이 달려 있으며, 기이한 돌무더기의 조합으로 마치 강바닥의 제일 밑부분 같다. 발코니마다 튀어나온 부분이 여기저기 보이는데 몇몇은 야생화가 무성히도 피어 있다. 모든 창이 계곡을 향해 있어 아센던트를 내려다볼 수 있다.

여기가 프리미어의 집이구나. 확신이 든다. 이름이 없을 뿐 궁전이다. 가족들은 모두 황홀해하지만, 나는 마음이 불편해진다. 아름다운 조각과 빛나는 창문 뒤에 따라오는 것들을 믿어서는 안 된다는 것을 알 만큼은 궁전을 겪었다.

이 궁전은 벽도 없고, 문도 없다. 아센던트 전역에서 마찬가지로 벽이나 문을 보지 못한 것 같다. 최소한 비슷한 것들을 볼 수는 없었다. 이 도시, 이 나라의 지리적 특징 자체가 이곳의 경계를 구성하는 듯하다. 몬트포트는 벽이 필요 없을 정도로 강하다. 벽을 세우지 않을 정도로 멍청한 쪽이거나. 데이비슨을 생각하면 후자일 가능성은 없어 보이지만.

팔리도 틀림없이 나와 같은 생각을 하는 모양이다. 그녀의 눈이 아치, 소나무, 궁전을 바삐 오가며 하나하나를 신중하게 들여다본다. 다음 순간 팔리는 우리 뒤에서 무리 지어 오고 있는 은혈들을 돌아본다. 은혈들은 데이비슨의 고향에서 깊은 인상을 받은 티를 내지 않으려고 애를 쓴다.

프리미어는 저 앞에서 우리를 향해 손을 흔들 뿐이다. 깊이, 더 깊이, 그의 나라 깊숙이 들어오라고.

* * *

피에드몬트에서처럼, 우리 가족은 기존에 살던 곳보다 훨씬 더 멋진 생활 구역을 받는다. 이곳의 아파트들은 어마어마하다. 우리 가족이 각자의 침실을 가질 수 있을 정도다. 킬런과 지사는 방을 둘러보느라 정신없이 바쁘다. 브리 오빠는 덜 움직이고 싶은지, 길쭉한 응접실에 있는 벨벳 소파를 차지한다. 내가 서 있는 테라스에서도 오빠가 코를 고는 소리가 들린다. 이곳은 정착할 집을 구하기 전까지만 머물 임시 숙소다.

일부러인지는 모르겠지만 모두가 나를 혼자 내버려 둔다. 이유가 뭐든 상관은 없다.

아래에서 반짝거리는 아센던트가 산비탈 위의 별자리 같다. 먼 거리에서 일정하게 흐르는 도시의 전기를 느낄 수 있다. 많은 불빛이 깜빡이는 것도 느껴진다. 저 위의 하늘이 비치는 것 같다. 이곳의 별은 아주 깨끗하게 보이는데, 어찌나 가까운지 만질 수도 있을 듯하다. 깊게 숨을 들이마시며 산에서 풍기는 자연의 신선함을 빨아들인다. *가족들을 두고 가기에 좋은 곳이야. 내가 요구할 수 있는 최고의 장소야.*

발코니를 따라서 화분과 상자에 온갖 색의 꽃이 피어 있다. 내 앞의

꽃은 보라색에 낯선 모양을 하고 있다. 특이한 꽃잎이 꼭 꼬리 같다.

"여기 사람들은 저걸 코끼리 꽃이라고 부르더라."

트레미 오빠가 옆걸음질로 내게 다가와 난간에 팔꿈치를 얹는다. 오빠는 아래의 도시를 바라보려고 몸을 기댄다. 여름이지만 밤이 되니 깊은 한기가 느껴진다. 오빠가 한 손으로 숄을 내민다. 내가 떨고 있었나 보다.

어깨에 받아 든 숄을 두르자, 오빠가 눈썹을 찌푸린다.

"*코끼리*가 무슨 뜻인지 모르겠어."

아주 오래전에 들어 본 적이 있는 것 같다. 나는 머리를 흔들며 어깨를 으쓱한다.

"나도 모르겠네. 동물인 것 같긴 해. 줄리언이라면 알 텐데."

아무 생각 없이 그 이름을 말한 다음에 조금 움찔거린다. 찌르르하는 고통이 가슴을 때린다.

"오늘 저녁 식사에서 물어볼 수도 있겠네."

오빠는 거친 턱수염을 한 손으로 쓸면서 생각에 잠긴 채 말한다.

줄리언 제이코스에 대한 이야기를 무시하려고 애를 쓰면서, 나는 어깨를 으쓱한다.

"면도 좀 해야겠다, 오빠."

나는 낄낄거린 뒤, 달콤한 공기를 들이마시고 도시의 불빛으로부터 등을 돌린다.

"줄리언에게는 오늘 밤 오빠가 직접 물어봐."

"안 돼."

오빠의 목소리에 깃든 기색에 나는 멈칫한다. 의지에서 오는 낮은 전율. 대담함. 트래미 오빠는 우리 누구의 말을 거절하는 사람이 아니다. 오빠는 지나칠 정도로 브리 오빠의 말을 따르거나 우리 가족의 다툼을 매끄럽게 해결하는 사람이다. 오빠는 평화를 구축하는 사람이지 무언가를 완강하게 주장하는 사람과는 거리가 멀다.

나는 설명을 기대하며 오빠에게 시선을 던진다.

오빠는 턱에 힘을 주고 짙은 갈색 눈으로 나를 뚫어지게 본다. 오빠의 눈은 나처럼 엄마를 닮았다.

"거긴 우리가 나설 곳이 아냐."

우리.

오빠가 말하는 바는 분명하다. 여기까지가 우리가 갈 수 있는 *끝이야.* 배로우 가족들은 정치인도, 전사들도 아니다. 가족들은 환한 조명 아래 나와 함께 서거나 내가 지고 사는 위험을 함께할 이유가 없다. 하지만 가족들 없이 홀로 선다는 가능성……. 그 공포는 끝이 없고 이기적이며 갑작스럽다.

"아닐 수도 있어."

나는 빠르게 말하며 오빠의 손목을 잡는다. 트래미 오빠는 재빨리 자신의 손으로 내 손을 덮어 준다.

"오빠가 나설 곳이 될 수도 있잖아. 우리 가족 모두가. 오빠는 내 가족이고……."

문이 삐걱대며 열리고, 다음 순간 지사와 킬런의 뒤로 닫힌다. 지사가 눈을 반짝거리며 우리 둘을 관찰하더니 입을 연다.

"자기가 가져서는 안 되는 권력을 그저 가족이 주기 때문에 가지는 사람이 얼마나 될까."

은혈을 빗댄 말이다. 아무리 자격이 없다고 하더라도 자녀들에게 권력을 양도하는 왕족과 귀족. 피에 대한 집착, 왕조에 대한 집착은 메이븐이 왕좌에 오를 수 있었던 첫 번째 이유이다. 그 덕에 자기 자신의 마음조차 다스릴 수 없는 뒤틀린 소년 왕이 나라를 다스린다.

"그건 달라. 우리 식구들은 그들과는 같지 않다고."

나도 뜨듯미지근하지만 항의를 뱉어 본다.

지사는 내게로 손을 뻗어 숄을 정리해 준다. 내가 연상인데 그 애는 자기가 언니라도 되는 것처럼 나를 토닥거린다. 새벽처럼 창백한 꽃이 여전히 지사의 귓가에 꽂혀 있다. 나는 꽃잎을 먼저 스친 다음 손가락 사이로 그녀의 머리 타래를 쓸어 본다. 꽃은 지사에게 잘 어울린다. *몬트포트도 그럴까?*

"트래미 오빠의 말이 맞아. 언니의 회합, 언니의 의회, 언니가 싸우고 있는 전쟁, 그런 것들은 우리가 나설 곳이 아니야. 우리도 그런 곳들에 나서기를 원하지 않고."

지사는 나와 눈을 맞추고 똑바로 들여다본다. 이제 우리는 키가 같다. 그래도 이 애가 계속 자랐으면 좋겠다. 지사에게는 내가 보는 것과는 다른 방식으로 세상을 볼 자격이 있다.

"알았어. 이해했어."

나는 나직이 속삭이며 지사를 가까이 끌어당긴다.

지사가 웅얼거리듯 대꾸한다.

"다들 동의하셨어."

엄마도. 그리고 아빠까지도.

내 안의 무언가가 날아가면서 거대한 무게를 덜어 낸다. 하지만 그것은 나를 아래로 끌어당기는 닻인 동시에 내가 계속해 나갈 수 있게 해 주던 정신적 지주이기도 하지 않았나. 어느 한 쪽도 우세하지 않았다. 부모님이나 형제자매들의 생사를 걱정하지 않아도 되는 상황에서 나는 어떤 사람이 될 것인가?

어떤 사람이 되어야만 하는가?

지사의 어깨에 머리를 올리고 있으니 그 애 뒤에 서 있는 킬런을 쳐다보게 된다. 우리 두 사람을 바라보고 있는 킬런의 얼굴은 폭풍 속 구름만큼이나 어둡다. 내 시선을 느낀 킬런이 눈을 맞춘다. 그의 안에 솟아나는 단호한 결심이 보인다. 킬런은 오래전에 진홍의 군대에 합류했고, 그때의 맹세를 부수게 두지 않을 것이다. 자신이 아는 유일한 가족과 안전한 이곳에 머무르지 않을 것이다.

지사가 물러서며 입을 연다.

"자, 이제 엉망진창 저녁 파티에 갈 준비를 해야지."

＊＊＊

반란군 기지에서 몇 달을 보내며 색, 천 그리고 패션에 관한 내 여동생의 예리한 눈썰미는 더욱 날카로워졌던 모양이다. 그 애는 왕궁의 옷 중에서 몇 가지를 골라낸다. 모두 편안하고 다양하며, 공식적인 느낌을 주는 옷들이다. 노르타의 은혈들이 입을 법한, 보석 달린 흉물스러운 것들은 아니지만 왕과 지도자들과 함께하는 자리에는 어울린다. 이런 식으로 차려입는 일이 마음에 든다는 걸 인정해야만 하겠다. 천이나 비단을 쓸어 보는 것. 머리 모양을 결정하는 것. 이런 일들은 정신을 잘 흩트려 준다. 필수적이기도 하다.

분명히 진홍색 옷을 갖춰 입고 나를 노려보는 티베리아스와 함께 식탁에 앉게 될 것이다. 내가 원칙을 지켰다고 부루퉁해져 있기는. 자기는 그 원칙에 침이나 뱉었는데 말이다. 그가 등을 돌린 것이 무엇인지, 그리고 누구인지 정확히 보게 해 주자. 그 생각은 역겹지만 만족스럽다.

지사가 좀 더 복잡한 옷들을 입히고 싶어 하기는 했지만, 우리는 둘 모두의 마음에 드는 드레스를 고르는 데 성공한다. 간단하고 긴 소매와 바닥에 끌리는 치마로 구성된 진한 자두색의 옷이다. 다른 보석은 달지 않지만 귀걸이만큼은 찬다. 브리 오빠의 분홍색, 트래미 오빠의 빨간색, 쉐이드 오빠의 보라색 그리고 킬런의 녹색. 신선한 피처럼 선홍색인 마지막 붉은 보석은 물건들 사이에 감춰 둔다. 티베리아스가 내게 준 그 귀걸이를 걸치지도, 그렇다고 던져 버리지도 못한다. 그것은 내 마음을 흔들지는 않지만 기억에서 지워지지도 않는 채로 남는다.

지사는 미리 수를 놓아 둔 복잡한 장식을 단 금색 장식술 몇 개를 재빨리 소매의 끝동에 매단다. 데이비슨의 사람들이 미리 지사에게 준 것이 아니라면, 대체 지사가 어디서 받칠고리를 슬쩍해 온 것인지 모르겠다. 그 애의 민첩한 손가락은 머리 손질을 할 때도 솜씨를 발휘해서, 내 진흙 같은 갈색 머리카락 덩어리를 왕관에 가까운 모양으로 꼬아 올린다. 내 머리카락의 끝부분에 회색이 많이 퍼져 있지만 지사는 솜씨 좋게 그것들을 감춰 넣는다. 나는 지난 며칠 긴장했던 대가를 톡톡히 치른 것이 분명하다. 거울을 볼 때마다 알아챌 수 있었다. 말끔히 씻은 모습이지만 퀭하다. 눈가에는 멍든 것처럼 그늘이 져 있다. 온갖 흉터가 몸에 남았다. 메이븐의 낙인, 제대로 낫지 않은 상처들, 나 자신의 번개 때문에 생긴 것까지. 하지만 나는 아직 완전히 파괴되지 않았다. 아직은 아니다.

* * *

프리미어의 궁전은 광대하지만 지나칠 정도로 단순하게 배치되어 있다. 공적인 공간들이 위치한 1층으로 내려가는 것은 어렵지 않다. 음식 냄새를 따라가기만 하면 된다. 그 냄새는 웅장한 응접실과 회랑 같은 방으로 이어진다. 무도회장으로 쓸 수 있을 정도로 큰 식당도 지나는데, 40명은 앉을 수 있을 식탁과 돌로 된 거대한 벽난로가 그곳을 채우고 있다. 하지만 식탁에는 아무것도 없고 난로에서도 어떤 불꽃도 타오르지 않는다.

"배로우 양이지요, 아닌가요?"

친절한 목소리에 몸을 돌린다. 목소리보다 더 친절한 얼굴이 거기 있다. 남자 하나가 다른 테라스로 이어지는 수많은 아치형 문간 중 하나에 서서 이리 오라며 손을 흔든다. 완전히 대머리에 피부는 거의 보라색에 가까운 아주 짙은 검은색이다. 하얀색 비단 정장 위로 남자의 미소가 흰 초승달처럼 번뜩인다.

"맞아요."

나는 침착하게 대꾸한다.

그의 미소가 커다래진다.

"좋아요. 우린 밖에서 식사할 거예요. 별들 아래에서요. 여러분의 첫 번째 방문인 만큼, 그게 더 좋을 거라고 생각했죠."

그가 손짓하는 대로 나는 거대한 식당을 가로질러 남자에게로 간다. 그는 내 팔을 자기 팔꿈치에 매끄럽게 끼우고는 시원한 밤공기로 나를 이끈다. 음식 냄새가 어찌나 강렬한지 침이 샘솟는다.

"너무 긴장되네요."

그가 키득거리며 팔을 조금 움직인다. 그의 팔은 내 단단한 근육과 대조적이다. 태도가 너무나 편안한 나머지 그를 불신하고 싶어진다.

"난 카마돈이에요. 내가 저녁을 요리했죠. 그러니까 혹시 불만 같은 거 생기더라도, 맘속으로만 간직하세요."

히죽 웃음이 터지는 바람에 참느라고 입술을 깨문다.

"최선을 다할게요."

카마돈이 대꾸 대신 자기 코를 두드린다.

카마돈의 눈에 지나치는 혈관은 하얀색 눈자위 위에 가는 회색 선을 그린다. *이 사람의 피는 은색이야.* 나는 갑작스럽게 목구멍에 치솟는 덩어리를 꿀꺽 삼킨다.

"어떤 능력을 가졌는지 여쭈어 봐도 될까요, 카마돈?"

카마돈은 희미한 미소를 짓는다.

"명백하지 않나요?"

그는 테라스, 발코니와 창문에 매달려 있는 식물과 꽃을 가리켜 보인다.

"저는 변변찮은 그린워든에 불과하답니다, 배로우 양."

나는 억지로 미소를 내보인다. *변변찮은.* 입과 눈에 뿌리가 감긴 시체들을 여러 번 보았다. 변변찮거나 무해한 은혈 같은 건 어디에도 없다. 그들 모두 남을 죽일 수 있는 능력을 보유하고 있다. 하지만 우리 역시 마찬가지일 것이다. 지구 상의 모든 사람이 그럴 것이다.

테라스를 지나 냄새와 부드러운 빛과 지나치게 격식을 갖춘 대화들이 나지막하게 오가는 장소를 향한다. 이 부분은 산등성이 위로 불쑥 튀어나와 있어 소나무와 협곡, 그리고 원경의 눈 덮인 봉우리들에 이르는 풍경을 방해받지 않고 조망할 수 있다. 떠오르는 달빛 아래에서 그것들은 빛을 발하는 것처럼 보인다.

열망에 차거나 흥미로워 보이거나 화가 난 것처럼 보이지 않으려고 애를 쓴다. 내 감정을 드러내지 않도록. 그럼에도 불구하고, 익숙한 티베리아스의 실루엣을 보자 심장이 뛰어오르고 아드레날린이 분출된다. 그는 주변의 아무와도 얼굴을 맞대지 않아도 되도록 풍경을 보고 있다. 혐오로 입술이 비틀린다. *대체 언제부터 겁쟁이가 된 거야, 티베리아스 캘로어?*

사령부 군복을 입은 팔리가 몇 미터 떨어진 곳에서 앞뒤로 왔다 갔다 하고 있다. 막 씻은 그녀의 머리카락이 테라스 테이블 위로 줄줄이 매달린 등불을 받고 희미한 빛을 발한다. 팔리가 앉기 전에 나에게 고개를 까딱인다.

에반젤린과 아나벨은 이미 의자에 앉아 있다. 테이블 끝자리의 양편이다. 저 둘은 반드시 칼의 양옆에 붙어서 나팔을 불어서라도 자신들의 중요성을 알려야만 할 것이다. 아나벨은 이전에도 입은 적 있던, 짙은 붉은색과 주황색 비단으로 된 드레스를 입고 있다. 편안해 보인다. 에반젤린은 목깃에 붙은 부드러운 검은 여우 털에 코를 묻고 있다. 테이블로 다가가는 나를 지켜보는 에반젤린의 눈이 기만적인 별들처럼 빛을 낸다. 내가 그녀의 대각선, 추방당한 왕자에게서 최대한 멀리 떨어진 곳에 자리하니, 에반젤린의 입술이 미소 비슷한 형태로 비틀린다.

카마돈은 저녁 식사에 초대된 손님들이 서로를 싫어하기로 작정했는지 어떤지 알아차린 것 같지도, 신경 쓰는 것 같지도 않다. 그는 내 맞은편에 우아하게 앉는다. 비어 있는 그의 오른쪽 자리는 아마 데이비슨의 자리일 테다. 복잡한 장식이 새겨진 와인 잔을 채우기 위해서 하인들이 그늘에서 뛰어나온다.

나는 가늘게 뜬 눈으로 그 장면을 지켜본다. 뺨이 붉다. 하인들은 붉은 피의 소유자다. 나이가 든 여인 하나가 미소를 짓는다. 나는 명령받지 않은 적혈 하인이 저렇게 미소 짓는 모습을 본 적이 없다.

"저들은 급여를 받는대, 공정한 수준으로. 내가 확인해 봤어."

주인의 옆자리에 앉으며 팔리가 말한다.

카마돈은 자기 와인을 흔든다.

"원하는 곳 어디든 쑤셔 보고 찔러 봐요, 팔리 장군. 커튼 뒤도 살펴보시고요. 나는 신경 안 쓰니까. 내 집에 노예는 아무도 없답니다."

그의 말끝에 단호한 날이 선다.

나는 평소보다 무례하게 굴었다는 생각에 입을 연다.

"그러고 보니 아직 제대로 소개받지 못했네요. 이름은 카마돈이라고 하셨는데, 그럼……."

"그렇군요. 내 태도를 용서하세요, 배로우 양. 프리미어 데이비슨이 내 남편입니다. 지금 매우 늦네요. 그 사람을 기다리느라 식사가 차게 식는다면 아무래도 사과를 드려야 할 것 같아요. (그는 첫 번째 코스가 차려져 있는 식탁 근처로 손을 저어 보인다.) 하지만 그 사람이 시간 약속을 지키는지는 내 잘못도 아니고 내 문제도 아니기는 해요."

말하는 내용은 날카롭지만 그의 태도는 친근하고 열려 있다. 데이비슨이 읽기 어렵다면, 그의 남편은 펼쳐진 책 같다. 지금의 에반젤린처럼.

에반젤린이 부러운 듯 그 남자를 노골적으로 바라본다. 배가 아파 죽겠는가 보다. 놀랄 일은 아니다. 그들의 삶, 이런 결혼 같은 것은 우리 나라에서는 불가능하다. 금지되어 있다. 은색 피에 대한 낭비로 취급받는다. *하지만 여기는 아니다.*

나는 손을 무릎 위에 깍지 낀 채 테이블에 넘실대는 불안한 흐름에 반응하지 않기 위해서 최선을 다한다. 아나벨은 아무 말도 하지 않고 있다. 카마돈이나 적혈들과 하는 식사가 탐탁지 않기 때문일 것이다. 둘 다일 수도 있다.

카마돈이 거의 검은색으로 보일 정도로 진한 와인을 따라 주자 팔리는 감사의 뜻으로 보일 듯 말 듯 고개를 끄덕이고는 들이마신다.

나는 얇게 잘린 레몬이 들어 있는 얼음물만 마신다. 티베리아스 캘로어가 근처에 있을 때, 빙빙 도는 머리로 모호한 생각을 하게 되는 건 사양이다. 티베리아스가 들어오자 나는 붉은 망토 아래로 널찍하게 떨어지는 익숙한 어깨선을 훑는다. 테라스의 따뜻한 불빛 아래에서 그 옷은 평소보다 더 불꽃처럼 보인다.

그가 몸을 돌리자마자 시선을 떨군다. 연철로 된 의자들이 테라스의 돌바닥을 긁는다. 고통스러울 정도로 느릿하고 신중한 움직임이다. 티베리아스가 앉을 자리를 고르자, 나는 자칫 움직일 뻔한다.

아주 짧은 순간 티베리아스의 팔이 내 팔을 스친다. 그가 주는 온기가 주변에 자리 잡는다. 그 온기가 주는 익숙한 편안함이, 더군다나 이렇게 산에서부터 냉기가 내려오는 때에는 더욱 익숙한 그 편안함이 저주스럽다.

마침내 크게 결심하고 고개를 든다. 카마돈이 고개를 기울인 채턱을 주먹 쥔 손 위에 올리고 있다. 엄청나게 즐거워 보인다. 카마돈의 옆에는 팔리가 아까보다 더 토할 것 같은 표정을 짓고 있다. 얼굴을 찡그리고 있는지 보려고 아나벨 쪽을 바라볼 필요조차 없다.

테이블 아래로 양손을 놓은 채 손마디가 하얗게 질릴 정도로 강하게 깍지를 낀다. 공포 때문이 아니라 분노 때문이다. 옆에서 티베리아스가 몸을 기울이고, 내게 가장 가까운 쪽인 의자 팔걸이에 한쪽 팔꿈치를 올린다. 원한다면 내 귓가에 뭔가를 속삭일 수도 있을 것이다. 침을 뱉고 싶은 본능에 저항하느라 이를 간다.

에반젤린은 혼자 만족한 듯 테이블 저쪽에서 그르렁거리는 중이다. 자기 모피를 쓰다듬는 손에서 장식된 손톱들이 번뜩인다.

"몇 가지 코스들이 오늘 식사에 나올 예정인가요, 카마돈 경?"

데이비슨의 남편은 내게서 시선을 떼지 않는다. 카마돈의 입술이 경멸 비슷한 무언가로 비틀린다.

"여섯 가지입니다."

팔리는 성난 얼굴로 남아 있는 와인을 단번에 마신다.

카마돈이 환한 미소를 지으며 그늘에서 대기 중이던 하인 쪽에 손짓을 보낸다. 손가락을 가볍게 딱 쳐서 첫 번째 코스를 알리며 그가 말한다.

"데인과 줄리언 경은 놓친 코스를 한 번에 먹어야겠네요. 입맛에
맞았으면 좋겠군요. 몇 가지 몬트포트의 별미들을 준비하기 위해서
엄청난 노력을 들였거든요."

서빙은 매끄럽고 재빠르다. 은혈 왕의 궁전에서 내가 보아 온 것
과 비교하자면 효율적이며 덜 형식적이다. 카마돈은 우리 앞에 작고
우아한 도자기 접시들을 놓도록 지시한다. 엄지손가락만 한 크기의
분홍색 생선 살이 치즈 크림 비슷한 뭔가와 아스파라거스로 장식되
어 있다.

"서쪽의 칼룸(Calum) 강에서 갓 잡은 연어입니다. 칼룸 강은 서쪽
으로 흐르다 바다까지 가지요."

입안으로 그걸 한 번에 털어 넣기 전에 카마돈이 설명한다. 그가
이야기하는 장면을 머릿속으로 그려 보려고 노력하지만, 몬트포트
에 대한 내 지식은 매우 빈약하다. 그러니까 저쪽에 다른 바다가 있
기는 하다는 거지, 대륙의 서쪽에. 그게 지금으로선 내가 이해할 수
있는 전부다.

"줄리언 숙부는 당신의 나라에 대해서 배우고 싶은 열망이 가득
하실 겁니다."

티베리아스가 확신을 갖고 느릿하게 말한다. 그런 태도 탓에 10년
은 더 나이 들어 보인다.

"숙부가 계속 질문을 던져서 두 분 모두가 늦는 건 아닌가 의심스
럽군요."

"아마도요. 데인은 정말로 도서관을 좋아하거든요."

줄리언도 마찬가지다. 프리미어가 인맥을 만들고 있는 건 아닌지 의심스럽다. 우호적인 노르타의 은혈을 대상으로 말이다. 아니면 데이비슨은 그저 자기 나라에 대한 지식들을 공유하는 열망으로 가득 차서 또 다른 학자와 함께하는 시간을 즐기고 있는 중일지도 모르겠다.

연어 뒤에는 뜨거운 야채 수프가 나온다. 차가운 공기에서 김을 폴폴 뿜는다. 그다음으로는 이 산에서 자란 신선한 녹색 채소와 야생 월귤나무 열매가 어우러진 샐러드다. 아무도 말을 하지 않지 않지만 카마돈은 신경도 쓰지 않는 듯하다. 그는 자기가 준비한 식사를 세세하게 설명하면서, 상쾌할 정도로 편안한 태도로 침묵을 메운다. 샐러드 드레싱의 특별한 부분, 야생 딸기를 따기 좋은 최적의 시간, 얼마나 오래 채소를 조리해야 하는지, 개인 정원의 크기 등등. 에반젤린이나 티베리아스, 혹은 아나벨이 살아오며 단 하루라도 요리를 해 본 적은 있는지 의심스럽다. 훔치거나 배급받은 게 아니라면 팔리가 뭔가를 먹어 보긴 했을까.

할 말이 거의 없지만 나는 공손하게 보이기 위해 최선을 다한다. 바로 옆에 티베리아스가 앉은 채로 자기 접시 위의 모든 것을 흡입하고 있는 지금은 더 그렇다. 나는 티베리아스의 이곳저곳을 흘깃 바라보면서, 그 얼굴의 짧은 순간들을 저장한다. 턱을 꽉 다무는 순간. 목이 움직이는 순간. 전에는 결코 저렇게 바싹 면도하지 않았다. 내게 자존심이나 신념이 없었더라면, 그의 뺨을 어루만졌을 것이다.

이번에는 시선을 돌리기 전에 칼과 눈이 마주친다.

본능이 번뜩인다. 시선을 돌리고 싶다. 접시로 시선을 돌리거나 사과를 하고 테이블에서 벗어나고 싶다. 하지만 움직이지 않는다.

왕이 될 자가 날 안절부절못하게 하고 싶다면, 나를 놀라게 하고 싶다면, 그렇다면 좋다. 나도 똑같이 할 수 있다. 어깨를 펴고, 등을 곧추세우고, 그리고, 가장 중요한 숨 쉬는 일에 집중한다. 티베이라스는 뭐라고 주장하든 간에, 그는 내 사람들을 계속 노예로 부리려고 하는 은혈 하나에 불과하다. 그는 방해물이자 방패이다. 그 섬세한 균형을 반드시 지켜야만 한다.

티베이라스가 먼저 눈을 깜빡이더니 자기 음식으로 시선을 돌린다.

나도 똑같이 한다.

그의 곁에 있자니, 내가 한때 믿었던 사람 곁에 이토록 가까이 있자니 속이 불타오른다. 내가 너무나 잘 아는 그의 육체. 하나의 선택, 하나의 약속. 너무나 달라졌을 수도 있는 것들. 우리는 서로 시선을 나누면서 이 저녁 식사에 함께할 수도 있었다. 에반젤린이나 아나벨, 여기에 없는 데이비슨에 대해서 나름대로 대화를 나누면서. 어쩌면 그들 전부 여기 없었을 수도 있다. 이 테라스와 저 별들 아래에서 우리만이 새로운 나라를 함께했을 수도 있다. 불완전할지도 모르지만 그래도 똑같은 목표가 있었을 것이다. 카마돈은 은혈이고 그의 남편은 신혈이다. 하인들은 노예가 아니다. 몬트포트를 제대로 보지는 못했지만 이곳이 전혀 다른 곳일 수도 있다는 것은 충분히 알겠다. 우리는 여기서 달라질 수 있었다. 우리가 그러도록 칼이 내버려만 뒀다면.

티베이라스는 현재 아무 왕관도 쓰고 있지 않지만, 내게는 왕관을 쓴 그의 모습이 보인다. 그의 어깨에서, 눈에서, 느릿하고 확고한 태도에서. 그 누구나처럼 그는 왕이다. 피로서. 뼈로서.

하인들이 샐러드 접시를 치우자, 카마돈은 데이비슨이 오길 기대하는 듯이 문에 시선을 준다. 아무도 나타나지 않는다. 카마돈은 조금 얼굴을 찌푸리지만 곧 다음 코스를 몸짓해 보인다.

"이건 특별한 몬트포트식 대접입니다."

그가 오려 붙인 듯한 미소를 지으며 말한다.

내 앞으로 접시가 미끄러진다. 두껍고 육즙이 흐르는 스테이크에 황금색 감자 튀김과 버섯, 양파, 초록색 잎들이 요리되어 소스와 함께 나온 것이 보인다. 한마디로 맛있어 보인다.

아나벨이 불쾌한 미소를 지으며 몸을 숙인 채 묻는다.

"스테이크? 카마돈 경, 우리 나라에도 스테이크란 게 있다오."

집주인은 손가락 하나를 흔든다. 그 행동은 칭호를 무시하는 태도만큼이나 늙은 왕비를 화나게 만든다.

"천만에요. 거기에는 소(Cattle)가 있겠지만 이건 들소(Bison)입니다."

"들소가 뭐죠?"

얼른 먹어 보고 싶은 마음에 내가 묻는다.

그가 고기를 얇게 써는 바람에 칼이 접시를 긁는다.

"소와는 가까운 친척 관계지만 좀 다른 종입니다. 훨씬 더 크고 맛은 더 좋답니다. 더 강하고 단단하며, 뿔과 덥수룩한 털을 가지고 있어요. 원한다면 운송 차량 정도는 들이받아 엎어 버릴 수 있을 정도로 근육질이죠. 농장들이 몇 있기는 하지만 대부분은 야생입니다. 파라다이스 계곡이나 언덕, 평원에 돌아다닙니다. 사람이나 다른 야수들이 죽는 겨울에도 번성합니다. 살아 있는 들소를 보신다면 결코 그냥 소라고 부를 수는 없을 겁니다. 보증하지요."

나는 매혹된 채 그의 칼이 낯선 고기를 써는 모습을 관찰한다. 붉은 육즙이 흐르고 하얀 도자기에 얼룩진다.

"흥미롭게도 들소와 소는 너무 유사해 보입니다. 같은 나무에서 나온 두 개의 가지 같아요. 사실은 너무 다른데도 말이죠. 그렇게 분리되어 다른 종으로 나뉜 후에도, 서로의 곁에서 잘 살아갈 수 있습니다. 무리에서도 서로 어우러집니다. 교미도 가능하지요."

내 옆에서 티베리아스가 목에 음식 조각이 걸린 것처럼 기침한다. 내 뺨도 불처럼 달아오른다.

에반젤린은 입을 막고 웃음을 터뜨린다.

팔리는 와인 한 병을 끝장낸다.

"내가 뭔가 무례한 이야기라도 한 건가요?"

우리 사이를 보는 카마돈의 검은 눈동자가 춤을 춘다. 그는 자기가 말한 것이 무엇인지, 그 말에 담긴 의미가 무엇인지 정확하게 아는 것이다.

다른 누가 대꾸하기 전에 아나벨이 재빠르게 끼어든다. 자기 손자를 곤경으로부터 구해 주고 싶은가 보다. 그녀는 와인 잔의 모서리 너머로 궁전을 관찰한다.

"남편분께서 꽤 무례할 정도로 늦으시는구려, 경."

미소 짓고 있는 카마돈은 조금도 주저하지 않는다.

"저도 그 말씀에 동의합니다. 신속히 처벌할 것을 다짐 드리죠."

들소는 기름기가 적었다. 카마돈은 옳았다. 소보다 훨씬 맛이 좋다. 식사 예절은 신경 쓰지 않기로 한다. 카마돈도 아무 걱정 없이 손으로 감자를 집어 먹고 있다. 들소 스테이크 절반과 갈색으로 익은 양파 전부를 해치우는 데 고작 1분이면 된다. 포크로 접시를 깨끗하게 청소하는 데 얼마나 몰두했던지, 문이 다시 열리는 것도 알아차리지 못했다.

"사죄드립니다."

데이비슨이 침착하지만 재빠르게 테이블을 향해 걸어 들어온다. 줄리언이 그의 뒤에 바싹 붙어 따라온다. 두 사람이 나란히 있으니 줄리언과 데이비슨이 무척 닮았다는 깨달음이 나를 강타한다. 외모가 아니라 분위기가 그렇다. 두 사람 모두가 자기처럼 학구적인 사람에 대한 갈증이 있다. 줄리언은 지나치게 마른 편이며, 가느다랗고 성긴 회색 머리카락에 눈은 촉촉한 갈색이다. 데이비슨은 건강의 화신 같다. 윤기 나는 회색 머리카락을 단정하게 잘랐고, 나이가 있지만 근육질이다.

"우리가 지금까지 뭘 놓친 겁니까?"

데이비슨이 남편 옆자리에 앉으면서 묻는다.

줄리언은 조금은 곤란한 표정으로 테이블을 둘러보더니 유일하게 남은 자리에 앉는다. 티베리아스가 나를 짜증나게 할 작정이 아니었다면, 원래 그의 것이었을 좌석 말이다.

카마돈이 코를 킁킁거린다.

"메뉴, 들소의 교미 습관, 그리고 시간 엄수에 대한 관념이 당신에게 부족하다는 것."

프리미어의 웃음소리는 숨김없고 솔직하다. 연기를 할 필요를 전혀 느끼지 못하거나 자기 집에서도 완벽히 연기를 할 수 있는 것일 테다.

"아주 평범한 저녁 식사 대화네."

테이블의 끝에서 줄리언이 멋쩍어하며 몸을 기울인다.

"제 잘못입니다."

그의 조카가 잘 알겠다는 듯 미소를 지으며 대꾸한다.

"도서관 말인가요? 우리도 들었어요."

그 목소리에서 느껴지는 따스함에 심장이 뒤틀린다. 티베리아스는 삼촌을 사랑한다. 그리고 그가 저지른 나쁜 선택들 뒤에 티베리아스라는 사람이 있다는 사실을 상기하는 것만으로도 마음이 아프다.

줄리언이 입술 한쪽을 들어 올린다.

"제가 좀 예측하기 쉬운 사람이기는 하죠, 안 그렇습니까?"

"예측하기 쉬운 쪽이 좋죠."

나는 중얼거린다. 테이블에 있는 사람들이 모두 들을 수 있을 법한 크기다.

팔리가 능글맞게 웃는다. 티베리아스는 목이 꺾일 정도로 재빨리 고개를 돌려 나를 쏘아본다. 뭔가 무분별하고 어리석은 말을 하려는 듯이 티베이라스가 입을 벌린다.

하지만 티베리아스가 말을 하기도 전에 아나벨이 입을 연다. 자기 손자를 도우려는 것이다. 아나벨은 업신여기는 태도를 숨기지도 않고 묻는다.

"그래서 도서관의 어느 부분이 대체 그토록…… 흥미로웠소?"

"아마도 책들이겠죠."

나도 자신을 어쩔 수가 없다.

줄리언은 히죽거리는 웃음을 냅킨으로 가리려고라도 하지만, 팔리는 배려 없이 대놓고 웃음을 터뜨린다. 나머지는 좀 더 조용하다. 티베리아스가 미소 짓는 바람에 나는 차갑게 군다. 그 모습을 보기 위해 흘낏 시선을 보내자, 나를 내려다보는 그의 눈가에 진 주름이 곁눈에 들어온다. 티베리아스가 우리가 어디에 있는지를, 그리고 우리가 누구인지를 잠깐 잊고 있었다는 것을 깨닫는다. 티베리아스의 웃음은 한순간에 사라지고 얼굴은 무표정하게 가라앉는다.

줄리언이 우리 주의를 돌리려는 듯 말한다.

"아, 그래요. 장서들이 정말 폭넓었습니다. 과학은 물론 역사서도 있더군요. 그 안에서 행방불명이 되는 건 아닐지 걱정될 정도였죠."

그는 머리를 까닥이고는 와인을 맛본다. 그러더니 자기 잔을 데이비슨에게 기울인다.

"프리미어께서 제게 호의를 베푸신 거겠죠."

데이비슨은 대답으로 자기 잔을 들어 올린다. 손목시계가 째깍거린다.

"책을 나누는 것은 언제나 행복이죠. 지식은 밀물과도 같습니다. 모든 배를 띄우죠."

카마돈도 거든다.

"볼츠 오브 베일(Vaults of Vale)을 방문해 보셔야겠네요. 아니면 아예 혼 마운틴(Horn Mountain)에 가 보셔도 좋겠어요."

"우리는 관광을 할 정도로 긴 시간을 머무를 생각은 없소."

아나벨이 콧방귀를 뀌며 말하고는 음식이 반쯤 남은 접시 위로 은 식기를 천천히 내려놓는다. 이 모든 일을 얼마나 완벽하게 해내는지 보여 주듯.

에반젤린이 모피에 파묻혀 있던 고개를 들더니 고양이처럼 늙은 왕비를 탐색한다. 무언가를 저울질하는 것 같다.

"저도 동의합니다. 최대한 일찍 돌아가는 쪽이 좋을 겁니다."

누군가에게 돌아간다. 저 말의 진짜 의미다.

"뭐, 그거야 우리한테 달린 일은 아니지, 안 그래? 실례."

팔리는 마지막 말을 덧붙이더니 테이블 너머로 몸을 기울인다. 자신의 접시를 적혈 반역자가 주워 가서는 남은 음식을 쓸어 담는 모습에 아나벨의 눈이 거의 튀어나올 것 같다. 팔리는 새로 생긴 들소 스테이크를 익숙하게 자른다. 칼이 춤을 추는 듯하다. 그녀가 사람 살에 더 심한 짓을 하는 것도 봤다.

"몬트포트 정부에게 달렸죠. 우리에게 군인을 더 지원해 주기로 결정할지 말지에요. 안 그래요, 프리미어?"

"물론입니다. 익숙한 얼굴들만 데리고는 전쟁을 이길 수 없습니다. 얼마나 기치가 밝은지, 얼마나 이상이 높은지는 별개로, 우리에게는 군대가 필요합니다."

데이비슨의 시선이 티베리아스에게서 나에게로 옮겨 온다. 그가 의미하는 바는 분명하다.

티베리아스가 고개를 끄덕인다.

"우린 군대를 얻을 겁니다. 몬트포트에서가 아니라면 다른 어디에서라도요. 노르타의 하이 하우스를 장악할 수도 있을 겁니다."

"사모스 가문이 이미 시도했어요."

에반젤린은 특유의 느릿한 방식으로 손가락을 꼬면서 와인을 더 달라는 몸짓을 한다.

"가능한 이들과는 최대한 동맹을 맺었습니다. 하지만 나머지는…… 저라면 그들을 신뢰하지 않을 겁니다."

티베리아스가 핼쑥한 얼굴로 끼어든다.

"그대는 저들이 메이븐에게 계속 충성할 거라고 생각하나? 지금처럼……."

"지금처럼 전하를 고를 수도 있는 상황에서도요?"

사모스 공주님은 고압적인 시선으로 티베리아스의 말을 자르면서 조소를 날린다.

"친애하는 티베리아스 전하, 몇 달 전에도 저들은 당신을 선택할 수도 있었습니다. 하지만 많은 사람들의 눈에 전하는 여전히 반역자예요."

맞은편에서 팔리가 쏘아본다.

"당신네 귀족들은 아직까지도 티베리아스가 친아빠를 죽였다고 생각할 정도로 멍청한 건가?"

나는 칼을 쥔 채 고개를 젓는다.

"티베리아스가 우리와 함께하기 때문이야. 적혈들이랑 동맹을 맺었잖아. 그토록 절망적으로 국민들 사이에서 균형점을 찾으려고 애쓰는 중이란 말이지."

남은 고기를 사납게 썰어 내고는 그 씁쓸한 맛을 입안 가득 느낀다.

"그게 내가 하고 싶은 말이야."

티베리아스의 목소리는 기이할 정도로 부드럽다.

눈을 구운 고기에서 떼어 내어 티베리아스를 본다. 그와 시선이 마주친다. 크게 뜬 티베리아스의 눈은 혐오스러울 정도로 부드럽다.

그의 매력에 흔들리지 않도록 나 자신을 다잡으며 냉소한다.

"그 마음을 참 흥미롭게 표현하시네."

"그만하시오, 두 사람 다."

아나벨이 빠르게 말을 뱉는다.

턱에 힘을 단단히 주고, 눈을 부릅뜨고 날 노려보는 티베리아스의 할머니에게 시선을 옮긴다. 나 또한 똑같이 눈에 불을 켜고 눈싸움을 한다.

"이게 메이븐의 강점이죠. 그가 가진 많은 강점 중 하나예요. 메이븐은 별다른 노력 없이 다른 이들을 분열시켜요. 적들도, 동맹들도."

테이블의 상석에서 데이비슨이 손가락을 뾰족하게 모은다. 손바닥 너머로 그가 나를 살핀다.

"계속하세요."

"에반젤린이 말한 것처럼 메이븐은 지금 방식을 바꾸지 않을 사람입니다. 바로 그런 이유로 어떤 귀족 가문들은 그를 절대 버리지 않겠죠. 그리고 메이븐은 실제로도 다스리는 일에 *재능*이 있습니다. 귀족들을 만족시키는 동시에 국민들을 설득하지요. 레이크랜즈와의 전쟁을 끝내자 사람들이 메이븐을 크게 지지했어요."

나는 메이븐이 나라 곳곳을 순회했던 때, 적혈들조차 크게 환호했던 것을 지적한다. 그 사실에 여전히 속이 뒤집힌다.

"그는 공포는 물론 사랑을 이용하죠. 내가 메이븐의 인질로 잡혀 있을 때, 메이븐은 궁정에 많은 아이들을 데리고 있으려고 했어요. 가문의 후계자들을 잡아 놓은 거죠. 명칭만 인질이 아니었을 뿐이에요. 사람을 가장 쉽게 제어하는 방법이죠, 가장 소중한 사람들을 붙들어 놓는 것."

직접 깨달은 사실이다.

나는 침을 삼키면서 덧붙인다.

"무엇보다도 메이븐 캘로어는 예측할 수 없습니다. 그의 어머니는 죽었지만, 여전히 메이븐의 머릿속에서 속삭이면서 그를 조종하고 있어요."

잔잔한 열기가 내 옆에서 요동친다. 티베리아스는 접시에 구멍이라도 뚫을 것 같은 기세로 테이블을 쳐다본다. 색이 싹 빠져나간 그의 뺨은 뼈처럼 창백하다.

내가 마지막 스테이크 조각을 삼키는 것을 바라보며 아나벨이 입술을 삐죽댄다.

"피에드몬트의 브라켄 왕자는 우리의 손아귀에 있소. 그가 우리에게 필요한 것을 무엇이든 줄 것이오."

브라켄. 몬트포트의 계획 중 일부. 피에드몬트를 다스리는 왕자는 몬트포트가 그의 딸과 아들을 인질로 잡고 있는 한 우리 손아귀에 있을 것이다. *그들이 어디에 있는지, 그들이 어떤 사람일지 궁금하다. 어릴까? 그저 아이들일까? 이 모든 일에서 결백할까?*

온도가 오른다. 크게는 아니지만 꾸준하다. 티베리아스가 몸을 굳힌다. 그가 자신의 할머니에게 단호한 시선을 고정한다.

"저는 저를 위해서 싸우기로 동의하지 않은 군인들은 원하지 않습니다. 특히 브라켄의 은혈들이라면요. 그들은 믿을 수 없습니다. 브라켄도 예외는 아니고요."

"우리한텐 그의 아이들이 있어. 그거면 충분할 거야."

팔리가 말한다.

"몬트포트에서 아이들을 데리고 있는 거지."

티베리아스가 낮아진 목소리로 대꾸한다.

기지에 있을 적에는 누군가가 치러야 하는 대가를 무시하기 쉬웠다. 악도 이유가 있어서 행해졌다. 나는 손목시계를 흘긋 보는 데이비슨을 바라본다. *이것이 전쟁입니다.* 그는 해야 했던 일을 정당화하며 그렇게 말한 적이 있다.

"아이들을 돌려준다면, 피에드몬트 보고 비켜서 있으라고 설득할 수 있을까요? 중립으로 남으라고?"

내가 묻는다.

프리미어가 빈 와인 잔을 쥐고 돌리자, 잔의 여러 면에 등불의 부드러운 빛이 반사된다. 후회가 보이는 것 같다.

"그건 좀 의심스럽군요."

"그들이 여기 있소? 브라켄의 아이들이?"

아나벨이 침착한 척 묻는다. 목의 정맥이 튀어나오는 건 아닐까 싶다.

데이비슨은 그저 자기 잔을 다시 채울 뿐, 대답하지 않는다.

늙은 왕비는 눈을 빛내면서 손가락을 톡톡 두드린다. 미소가 퍼진다.

"아, 여기 있군. 훌륭한 인질이오. 브라켄의 군인들을 더 요청할 수도 있겠소. 군대 전체를 요구할 수도 있지."

무릎에 펼쳐 놓은 냅킨에 기름이 묻은 손가락 지문과 립스틱이 조금 쓸린 흔적이 얼룩져 있는 것이 보인다. *이 궁에 있을지도 몰*

라. 지금 우리를 내려다보면서 말이야. 창문에 붙어서. 잠긴 문에 갇힌 아이들. 사일런스 경비원들이 필요할 정도로 아이들의 능력이 강할까? 내가 걸쳤던 것 같은 사슬로 고문당하고 있을까? 그런 감옥이 어떤 건지 나는 아주 잘 안다. 테이블 아래로 손목을 만지자 아무것도 없는 피부만 느껴진다. 수갑 대신에 살이. 침묵 대신에 내 능력이.

티베리아스가 갑자기 주먹으로 테이블을 내려치는 바람에 접시와 유리 식기들이 튀어 오른다. 나도 깜짝 놀라서 덜컥거린다.

그가 으르렁거리듯 말한다.

"그런 일들은 절대 하지 않을 겁니다. 자원은 충분해요."

얼굴에 주름이 더 깊어진 아나벨이 그를 쏘아본다.

"전쟁을 이기기 위해서는 병력이 필요합니다, 전하."

"브라켄에 대한 논의는 그만하지요."

그것이 티베리아스가 한 대답의 전부다. 그걸 끝으로 그는 자기 스테이크를 칼로 두 조각 낸다. 아나벨은 이를 드러내며 냉소하지만 아무 말도 하지 않는다. 칼은 그녀의 손자이지만 동시에 왕이다. 아나벨은 군주와의 토론에서 지켜야 할 선을 이미 한참 전에 넘었다.

"내일 구걸이라도 해야겠군요. 유일하게 남은 선택지네요."

내가 중얼거린다.

좌절감이 느껴진다. 와인 한 잔을 더 달라고 신호한 후에 망설이지 않고 벌컥벌컥 마셔 버린다. 진정되는 기분이다. 얼굴에 떨어지는 눈빛을 무시할 수 있을 것 같다. 구릿빛 눈동자를.

"그렇게 말할 수도 있겠네요."

먼 곳을 응시하면서 데이비슨이 말한다. 데이비슨은 아래를 내려다보더니, 자기 손목시계를 다시 쳐다보고 카마돈을 곁눈질한다. 그들은 나로서는 가늠할 수도 없는 이야기를 시선으로 주고받는다. 부럽다. 나는 모든 일들이 다르게 흘러갔기를 소망하고 있다.

"우리에게 어떤 기회가 있습니까?"

티베리아스가 단호하게 직진한다. 그가 배워 온 왕의 모습 그대로.

데이비슨이 고개를 흔든다.

"우리 나라의 군대 모두를 지원받으려면요? 불가능합니다. 우리도 국경을 수비해야 하니까요. 하지만 절반은? 절반 이상? 그 정도라면 유리하게 조절할 수도 있어 보입니다. 만약……."

만약. 난 저 단어가 정말 싫다.

평소보다 더 신경이 곤두서는 느낌에, 나는 몸을 단단히 굳힌다. 테라스가 흔들리다가 우리 모두 저 계곡으로 떨어질 것만 같은 기분이다.

팔리의 얼굴이 내 공포를 그대로 반영한다. 그녀는 동맹을 경계하듯 손에 칼을 꼭 쥐고 있다.

"만약에 뭐죠?"

데이비슨이 대답하기도 전에 종이 울린다. 그 소음에 놀란 나머지가 펄쩍 일어났지만 데이비슨은 움직이지 않는다. 익숙한 것이다.

아니, 차라리 기대했던 것 같다.

시간을 알리려고 울리는 자명종 같은 게 아니다. 깊고 낮은 종소리는 사면을 따라 아센던트를 가로질러 메아리친다. 도시 전체에 다른 종소리도 울린다. 큰 소음이 파도처럼 번지면서, 이쪽을 달려 내려가 다른 쪽에서 이어진다. 빛들이 잇따라 퍼진다. 밝고, 날카로운 불빛. 투광 조명이다. 보안등. 따라오는 경고음은 기계적으로 징징 운다. 협곡의 고요함이 부서진다.

티베리아스가 벌떡 일어나자 망토가 어깨에 휘감긴다. 그가 손가락을 활짝 펴고 한 손을 들자 플레임메이커 팔찌가 소매 아래에서 번뜩인다. 부르기만 하면, 불꽃이 응답할 것이다. 에반젤린과 아나벨도 똑같이 대응한다. 양쪽 모두 치명적인 능력을 가졌다. 누구도 두려워 보이지 않는다. 그저 자신을 보호하기로 결정했을 뿐.

내 안에서도 마찬가지로 번개가 일어난다. 아래층 궁전에 있는 가족들에게로 생각이 흘러간다. *안전하지 않아, 이곳에서마저도.* 그러나 우리에게는 비통해할 시간조차 없다.

팔리도 양손을 짚고 몸을 숙인 채 일어나 데이비슨을 쏘아본다.

"만약에 뭡니까?"

경고음이 울리는 중에 고함치다시피 팔리가 쏘아붙인다.

데이비슨은 혼란스러운 가운데서도 기이할 정도로 고요한 모습으로 팔리를 올려다본다. 그늘에 물러나 있던 하인들이 군인들로 대체되고, 그들이 테이블을 둘러싼다. 나는 주먹을 쥐며 몸을 긴장시킨다.

"몬트포트가 당신들을 위해 싸우게 된다면, 당신들 또한 우리를 위해서 싸워 주어야겠죠."

프리미어는 티베리아스에게 눈길을 돌린다.

카마돈은 종소리에 놀란 것처럼 보이지 않는다. 궁전에 힐긋 시선을 주고는 짜증이 난 티가 역력한 한숨을 크게 쉴 뿐이다. 카마돈이 얼굴을 찌푸린다.

"레이더들, 내가 저녁 파티를 열기만 하면 이런다니까."

"그렇지는 않지."

데이비슨이 미소를 던진다. 그의 눈은 티베리아스에게서 떨어질 줄 모른다. 분명한 도전이다.

"뭐, 느끼기엔 그래."

카마돈이 부루퉁한 얼굴로 대꾸한다.

보안등이 온 사방에서 번뜩인다. 데이비슨의 시선도 금색으로 타오른다. 티베리아스의 눈동자는 붉게 이글거린다.

"사람들이 전하를 북쪽의 화염이라고 부른다지요. 우리에게 불을 보여 주십시오."

프리미어가 내게 시선을 옮긴다.

"그리고 우리에게 폭풍도 보여 줘요."

제9장

메어

"더 이상은 놀라고 싶지 않다고 말했잖아요."

우리를 궁전 안쪽으로 안내하는 데이비슨을 바싹 따르며 낮게 쏘아붙인다. 팔리는 옆에서 빠르게 걷고 있다. 한 손을 허리의 권총에 놓았는데, 레이더들이 옷장 안에서 튀어나오기라도 한다는 듯하다.

은혈들도 신경이 곤두선 상태다. 아나벨은 대열을 탄탄히 유지한다. 그녀는 반복적으로 티베리아스의 속도를 늦추며, 르롤란 가문의 호위대 뒤로 티베리아스를 밀어 넣고 있다. 에반젤린은 공포를 감추는 데 더 능숙하다. 냉소와 경멸이 뒤섞여 있는 평소의 표정이다. 그녀는 개인 호위를 2명 데리고 있다. 사모스 가의 사촌들일 것 같다. 몬트포트 궁전의 복도를 통과하는 사이, 그녀의 드레스는 재빨리 미늘 갑옷처럼 바뀐다.

프리미어는 나를 어깨 너머로 돌아보더니 기를 죽이는 듯한 시선을 보낸다. 그가 말하는 와중에도 종소리와 경고음이 복도에 메아리친다.

"메어, 내가 레이더들의 변덕을 어쩔 수는 없지 않나요? 그들이 공격하는 일정이나 빈도를 조정해 줄 수도 없고요."

나는 시선을 맞춘 채 속도를 높인다. 뜨거운 분노가 혈관을 타고 맥동한다.

"못 한다고요?"

놀랄 일은 아니다. 권력을 얻기 위해 자기 국민에게 더 심하게 구는 왕들도 봤다.

데이비슨은 단호하게 몸을 돌리고는 입술을 힘주어 다문다. 홍조가 그의 넓은 광대를 가로지르며 갑작스럽게 퍼진다. 데이비슨이 낮게 속삭인다.

"경고를 받긴 했어요, 그래요. 올 거라는 걸 알고는 있었습니다. 교외 지역을 확실하게 방어할 수 있을 시간도 확보했고요. 하지만 내 사람들이 피를 쏟고 목숨을 걸어야 한다는 생각이 드니 억울하다고요. 무엇을 위해서요? 극적인 결과?"

칼날처럼 치명적인 목소리로 데이비슨이 낮게 뱉으며 쏘아붙인다.

"이 일은 진홍의 군대와 캘로어가 자기들이 좋은 상품이라는 사실을 입증할 기회를 제공할 겁니다. 정부에 구걸하기 전에 뭔가를 증명할 수도 있겠죠. 하지만 나라고 이 거래가 기쁜 것만은 아닙니다. 나도 저기 테라스에 앉아 남편이랑 기쁘게 술이나 마시면서, 힘이 넘쳐 나는 애들이 서로를 비웃는 걸 지켜보는 편이 더 좋다고요. 그렇지만 지금 이러고 있잖아요."

훈계를 듣는 기분이지만 한편으로는 안도도 든다. 데이비슨이 금색 눈동자를 이글대면서 나를 쏘아본다. 평상시 그는 고요하고 흔들림이 없고 속내를 파악할 수 없다. 데이비슨의 힘은 능력이나 매력에서 오는 것이 아니라, 그 너머를 볼 수 없는 잘 훈련된 고요함에서 온다. 지금은 아니다. 조국을 배신했다는 암시는 아무리 미약하더라도 그의 화를 돋운다. 저런 충성심이 뭔지 이해할 수 있다. 존경심도 든다. 그런 마음이라면 신뢰할 수도 있다.

"우리가 뭘 하면 되는데요?"

나는 순간 만족감을 느끼며 묻는다.

프리미어가 멈추며 등을 벽 쪽으로 돌린다. 그는 우리 모두를 본다. 모두가 재빨리 멈춰 선다. 넓은 복도는 적혈과 은혈로 북적댄다. 아나벨 왕비조차 무거운 집중력으로 데이비슨을 바라본다.

"순찰대가 한 시간 전에 레이더들이 국경을 넘었다고 보고했습니다. 그들은 대개 저 아래 평원의 마을들이나 도시로 향합니다."

부모님, 형제자매들, 그리고 킬런을 생각한다. 이런 소음이 울리는 와중에도 잠들어 있을 수도 있고 아니면 저게 뭔지 궁금해하고 있을 수도 있다. 그들이 위험하지 않다면 그다지 싸우고 싶지는 않다. 팔리가 나와 눈을 마주친다. 팔리의 눈에서도 똑같은 공포를 느낄 수 있다. 클라라가 위층에, 아기 침대에 누워 있다.

데이비슨은 우리를 안심시키기 위해 최선을 다한다.

"이 소리는 그저 경고에 불과하고 국민들은 그걸 잘 알아요. 아센던트는 매우 잘 방어되고 있습니다. 산은 그 자체로 평원이나 동쪽의 낮은 비탈에서 오는 공격을 막을 수 있는 방어막이 됩니다. 도시를 공격하려면 우리 입안까지 직접 기어들어 와야만 할 겁니다."

"레이더들이 멍청하다는 겁니까?"

팔리는 걱정을 날려 버리려고 애를 쓰면서 묻는다. 여전히 총에서 손을 떼지 않고 있다.

"아니요. 하지만 그들은 보이는 것에 푹 빠져 있지요. 몬트포트 수도를 공격하는 건 저들에게는 습관 같은 거예요. 프레이리의 군주들처럼, 자기들 사이에서 평판을 얻으려고 그러는 거죠."

티베리아스가 턱을 들어 올리며 자기 호위 중 하나의 앞으로 천천히 움직인다. 어깨가 딱딱하게 굳어 있다. 저렇게 호위에 둘러싸여 있는 걸 무척 싫어한다는 걸 알겠다. 맨 앞줄에 서는 게 아니면 어디든 싫겠지. 티베리아스 캘로어는 자신이 하지 않을 일을 다른 사람에게 하라고 요구하지 않는다. 특히나 그 일이 위험하다면 더더욱.

"그래서 그들은 정확히 어떤 자들입니까?"

그가 묻는다.

데이비슨이 경고음 너머로도 들릴 정도로 큰 목소리로 대답한다.

"몬트포트의 은혈에 대해서 물으셨지요. 어떻게 그들이 이런 식으로 사는지 궁금해하셨고요. 우리가 어떻게 수십 년 전에 사회를 바꾸었을까. 일부 은혈들은 자유에, 민주주의에 동의했습니다. 많은 사람들이라고 말할 수 있지요. *대부분요.*"

그는 턱에 힘을 꽉 준다.

"그들은 세상이 어떤 모습이 될 수 있을지 보았습니다. 그 너머의 세상을 보았겠죠. 그리고 그 세상이 살기 더 좋은 곳, 적응하기 더 쉬운 곳이 될 거라고 결론 내렸고요."

그의 눈길이 에반젤린에게로 떨어진다. 그 세심한 응시에 뺨에 열기가 오르는지 에반젤린은 얼굴을 숨겨 버린다.

"일부는 아니었습니다. 새로운 국가를 참을 수 없었던 나이 든 은혈, 왕족, 귀족 들이 있었죠. 그들은 국경으로 달아나서 자기식으로 싸웠어요. 북쪽으로, 남쪽으로, 서쪽으로. 동쪽에는 프레이리와의 사이에 주인 없는 낮은 산들이 있습니다. 은혈들은 그곳에서 무리를 형성했습니다. 자기 나름의 땅과 권력을 얻으려고 시도했죠. 항상 싸움뿐이에요. 자기들끼리, 그리고 우리를 향해서 발톱을 세웁니다. 그들은 자기들이 찾아낸 걸 먹이 삼아 거머리처럼 삽니다. 어떤 것도 키우지 않고, 어떤 것도 만들어 내지 않습니다. 그들을 서로 묶어 주는 건 거의 없지요. 그저 분노와 죽어 가는 자존심뿐입니다. 그들은 프레이리와 몬트포트의 수송 차량이나 농장, 도시를 습격합니다. 대부분 적혈들의 도시나 마을을 노리죠. 은혈의 맹습을 방어할 수 없기 때문입니다. 그들은 이동하고, 습격하고, 다시 이동합니다. 그래서 레이더, 즉, 습격자라고 불리는 것이죠."

카마돈이 큰 소리로 혀를 찬다. 그는 한 손으로 자기의 빛나는 검보랏빛 머리를 쓴다.

"같은 은혈이라고 넘어가기엔 너무하죠. 그들이 추구하는 건 자존심밖에 없습니다."

"그리고 그들이 권력이라고 생각하는 것들도요."

데이비슨이 덧붙인다. 그의 눈이 티베리아스에게 머무른다. 추방당한 왕자는 몸을 펴고 턱을 굳힌다.

"자기들이 얻어 마땅하다고 생각하는 것들을 위해서죠. 자기들보다 못하다고 생각하는 사람들 아래에서 살 바에는 모든 걸 잃는 편이 낫다는 겁니다."

데이비슨의 말에 나는 욕설을 뱉는다.

"멍청한 것들."

"그런 사람들이 역사를 망쳐 왔죠. 변화에 저항하는 사람들이."

줄리언이 의견을 말한다.

"하지만 그런 사람들 덕분에 *기꺼이* 변화하려고 하는 이들이 더욱 영웅적으로 보이는 거죠, 그렇지 않나요?"

내 대꾸는 그래야 하는 방식으로 내려앉는다.

티베리아스는 미끼를 물지 않는다.

"그들이 어디를 공격하겠습니까?"

그는 데이비슨의 얼굴에서 눈을 떼지 않고 묻는다.

프리미어는 어둡게 미소 짓는다.

"저쪽 아래 평원에 있는 마을 중 한 곳에서 연락을 받았습니다. 레이더들이 가까이 왔다고요. 제가 전하께 호크웨이를 보여 드릴 수 있을 것 같군요."

∗ ∗ ∗

모든 궁전에는 무기고가 있다.

데이비슨의 경비대가 이미 도착해, 무기와 전투복이 가득 찬 기다란 방에서 장비를 갖춘 채 기다리고 있다. 내가 그간 익숙해진 녹색 작업복 형식의 군복이 아니다. 딱 붙는 검은 의상에 높은 부츠를 신고 있다. 한밤중의 습격에 방어하기에 알맞다. 내가 메리어나 타이타노스로 위장하고 훈련할 때 입었던 보라색과 은색 줄무늬 옷이 떠오른다. 하나부터 열까지 은혈인 척 거짓말하던 때.

문간에서 아나벨이 칼의 팔에 한 손을 올리고 간청하는 시선을 보낸다. 칼은 단호하지만 부드러운 태도로 아나벨을 밀어내고 걸어온다. 아나벨의 손가락이 붉은 망토의 끝부분을 따라 미끄러진다. 검은색 양단이 아나벨의 손가락 사이로 흘러내린다.

"전 이 일을 해야 합니다. 프리미어의 말이 옳아요. 누군가 저를 위해 싸우길 원한다면, 저 역시 그들을 위해 싸워야 합니다."

칼이 작게 말한다.

아무도 말을 하지 않는다. 침묵이 낮은 구름처럼 두껍게 내려앉는다. 옷이 이리저리 부대끼는 소리만 들린다. 드레스를 허물처럼 벗은 뒤 재빨리 전투복을 입는다. 빠르게 움직이려는데, 익숙한 근육을 발견하고는 내 눈이 자연히 고정된다.

티베리아스는 나를 외면하고 있다. 셔츠는 벗어 던졌고 딱 붙는 전투복을 허리 부근까지 올린 상태다. 그의 척추에 남은 흉터 몇 개가 매끄럽고 조각 같은 피부에 도드라진다. 오래된 흉터들이다. 내 것보다도 더 오래되었다. 궁전에서의 훈련과 지금은 존재하지도 않는 전쟁의 전선에서 얻은 것들이다. 힐러도 그 상처들을 지워 주지 못했다. 다른 이들이 메달이나 배지를 모으듯이 티베리아스는 흉터를 간직하고 있다.

오늘 그는 또 얼마나 많은 상처를 얻게 될까? 데이비슨이 자신의 약속을 지킬까?

이 모든 일이 진짜 캘로어 왕을 향한 덫이 아닌가 하는 생각도 든다. 진짜 위협인 것처럼 위장한, 아주 간단한 암살 작전은 아닌지. 하지만 티베리아스를 해치지 않겠다는 약속이 거짓이라고 해도, 데이비슨이 바보는 아니다. 캘로어 형제 중 형 쪽을 제거해 봤자 우리는 조금 약해질 뿐이다. 몬트포트와 진홍의 군대, 그리고 메이븐 사이의 인간 보호막을 없애는 결과만 낳는다.

나도 모르게 계속해서 그를 바라보게 된다. 흉터는 오래되었지만, 목과 어깨가 만나는 부분에 있는, 보라색 멍은 새로운 상처다. 고작 며칠밖에 안 되어 보인다. *내가 낸 상처야.* 너무나 가까우면서도 동시에 아득히 먼 기억이 왈칵 솟아오른다.

누군가가 어깨를 친다. 나는 티베리아스 캘로어라는 모래 늪에서 불현듯 벗어난다.

"여기."

팔리가 무뚝뚝하게 말한다. 경고의 의미다. 사령부의 검붉은 제복을 그대로 입고 있는 팔리가 푸른 눈을 크게 뜬 채 나를 내려다본다.

"내가 해 줄게."

팔리의 손가락이 빠르게 내 전투복의 뒷지퍼를 올린다. 옷이 몸에 꼭 맞게 조인다. 이리저리 움직이면서 두꺼운 소매를 너무 길지 않도록 조정한다. 옷을 입고 팔을 휘둘러 보는 저 추방당한 왕자에게서 신경을 돌릴 수 있다면 뭐라도 해야 한다.

"당신 사이즈는 없나 보죠, 배로우?"

타이톤이 특유의 깊고 느릿느릿한 말투로 말한다. 그야말로 딱 주의를 돌리기 쉬운 대상이다. 그가 옆에 있다. 긴 다리 하나는 쭉 뻗고 등을 벽에 기대고 서 있다. 그는 늘씬한 몸에 나랑 똑같은 전투복을 걸치고 있다. 몸에 꼭 맞는다. 번개 휘장은 없다. 어떤 표식도 없다. 이 신혈이 얼마나 치명적인 남자인지 알려 주는 어떤 암시도. 옆에 와 있는 그를 보고서야, 나는 데이비슨이 적을 제거하기 위해서 굳이 사고를 일으킬 필요가 없다는 것을 깨닫는다. 타이톤만 있으면 되니까. 그 소름 끼치는 생각은 위안이 된다. 적어도 이 일은 덫이 아니다. 그럴 필요도 없다.

나는 비꼬면서 신발에 발을 끼운다.

"돌아가면 예약해 놓은 의상실부터 갈 거거든요."

방 저편에서, 티베리아스는 소매를 걷어 올리고 플레임메이커를 드러낸다. 그 곁에 서 있는 에반젤린은 숫제 지루하기까지 한 것처럼 보인다. 목을 두르고 있던 모피는 바닥으로 던지고 손가락 끝부터 발가락 끝까지 덮는 전신 갑옷을 입은 상태다. 내 시선을 알아차린 에반젤린이 나와 눈을 맞춘다.

에반젤린이 일레인 헤이븐을 제외한 누구를 위해서 위험을 무릅쓸 거라는 기대는 안 들지만, 그럼에도 에반젤린이 근처에 있다는 사실에 안전한 기분이 든다. 그녀는 두 번이나 내 목숨을 구한 적이 있다. 에반젤린에게 나는 가치가 있다. 우리의 협정은 유효하다.

티베리아스가 결코 왕좌를 얻어서는 안 된다.

준비를 마친 우리는 탈의실을 비우고 무기들이 줄을 지어 놓여 있는 뒤쪽으로 움직인다. 팔리는 탄약을 짊어지고, 허리에는 권총을 차고 등에는 자동 소총을 맨다. 단검들도 어딘가에 잘 숨겼을 것이다. 나는 무기를 챙기지 않지만, 타이톤이 권총 벨트와 권총, 그리고 권총집을 내게로 떠민다.

"괜찮아요."

나는 못마땅한 얼굴로 투덜거린다. 총이나 총알이 싫다. 난 그런 걸 믿지 않는다. 그리고 필요하지도 않다. 내 번개만큼 그걸 잘 다루지도 못하고 말이다.

"사일런스인 레이더들도 있어요."

나지막한 채찍 같은 목소리로 그가 대꾸한다. 그 생각에 속이 뒤집힌다. 침묵하는 돌이 주는 느낌을 나는 너무나 잘 안다. 다시 견딜 수 없을 것이다.

어떤 신호도 없이 타이톤이 재빠르게 권총 벨트를 내 허리에 매어 준다. 홀스터에 매끄럽게 들어오는 권총이 무겁고 낯설다.

"능력을 못 쓰게 될 수도 있으니 예비 수단이 있는 편이 좋아요."

뒤쪽에서 온도가 올라간다. 열기의 파동이라면 한 가지 의미밖에 없다. 나는 적절한 때에 고개를 돌려서 티베리아스의 어깨만 본다. 그는 거리를 유지하며 바닥만 뚫어지게 보고 있다. 나를 무시하려는 시도다.

목에는 내 흔적을 매달고 말이다.

"손 조심해요, 타이톤. 개가 물 수도 있어요."

티베리아스가 으르렁거린다.

타이톤은 어둡게 키득거릴 뿐이다. 굳이 대꾸할 필요도 없는 이야기다. 그 태도는 티베리아스의 화만 돋울 뿐이다.

이번만큼은 뺨을 물들인 홍조가 신경 쓰이지 않는다. 나는 소리 내어 웃고 있는 타이톤에서 발걸음을 옮겨 티베리아스에게 다가간다.

티베리아스의 구릿빛 눈동자가 평소와는 다른 무언가로 불타고 있다. 전기 에너지가 팔다리에 맥동한다. 그 힘을 내 결심의 원동력으로 삼으며 전기를 확인해 본다.

"그렇게 독점욕 강한 멍청이처럼 굴지 마."

옆을 지날 때 그의 갈비뼈에 팔꿈치를 쳐올리며 쏘아붙인다. 벽이라도 때리는 것 같다.

"스스로를 왕이라고 불러 달라고 할 거면, 어울리게 행동이라도 해."

뒤에서 티베리아스가 으르렁거림과 불만스러운 한숨 사이에 있을 법한 소리를 토해 낸다.

나는 대답하거나 돌아보지 않고 몇 시간 전 도착했던 중앙 광장으로 꾸준히 향하는 군인들의 뒤에 따라붙는다. 검은색과 암녹색 차량들이 고르게 부채꼴 모양으로 퍼져 있다. 데이비슨이 선두에서 기다리고 있고, 카마돈이 그의 옆에 있다. 그들은 빠르게 포옹한다. 서로 이마를 만지고 입맞춤을 나눈 뒤 카마돈이 물러난다. 곧 닥칠 작은 충돌을 염려하는 빛이라곤 보이지 않는다. 이런 일 정도는 일상적으로 벌어지기 때문이거나, 그들이 공포를 숨기는 일에 매우 재능이 있는 게 틀림없다. 어쩌면 양쪽 다일 수도 있다.

궁전이 점점 늘어나는 군사들을 굽어보는 중에, 발코니에서 그림자들이 움직인다. 하인들과 손님들이다. 지사의 머리카락이 눈에 띌 법도 하련만, 나는 아빠를 제일 먼저 발견한다. 난간 너머로 몸을 숙이고 잘 보기 위해 밖으로 몸을 기울이고 계신다. 날 발견하시자 고개가 아주 약간 기울어진다. 손을 흔들고 싶은데, 우스울 것도 같다. 마침 차에 시동이 걸리고 엔진이 소나무 사이로 으르렁거리기 시작한 터라 가족들을 불러도 아무 소용이 없다.

팔리가 맨 앞의 지휘 차량에서 데이비슨과 함께 기다리고 있는 게 보인다. 그녀는 우뚝 솟아올라 있는 차 안에서 몸을 세운다. 이 차들은 내가 알던 것들과는 좀 다르다. 바퀴는 내 키에 달할 정도로 커서 돌이 많고 들쭉날쭉한 산악 지형에 깊은 접지면을 남긴다. 몸체는 강철 파이프로 보강되어 있고, 많은 손잡이, 발판과 더불어 끈들이 대롱대롱 매달려 있다. 그 이유는 명확하다.

타이톤이 펄쩍 뛰어오르더니, 지휘 차량의 뒤쪽으로 재빨리 움직인다. 그는 자기 몸을 또 다른 몬트포트 군인 옆에 연결한다. 두 사람의 허리는 끈으로 이어져 있는데, 둘 사이에는 기댈 수는 있지만 튀어 오를 정도는 아닌 여유 공간이 있다. 다른 군인들도 피 색과 상관없이 똑같이 한다. 휘장이 없으니 분명하게 말하기는 어렵지만, 아마도 저들은 사격과 본연의 능력 양쪽 면에서 가장 뛰어난 사수들일 것이다.

프리미어 데이비슨은 내가 탑승하길 기다리며 문을 잡고 서 있다. 굶주림과 사나움이 치밀어 나는 그의 뜻과는 반대로 행동한다.

나는 타이톤의 옆에 올라타서 그의 오른쪽에 내 몸을 묶는다. 그의 입 한쪽이 움직인다. 내 선택을 알아차렸다는 유일한 신호다.

우리 뒤의 차량은 티베리아스와 에반젤린을 위한 것으로, 도저히 착각할 수 없는 색의 옷을 입은 호위들이 차를 둘러싸고 있다. 한 발을 발판에 올린 채로 에반젤린이 멈추는 모습이 보인다. 그녀는 내가 아닌 궁전 쪽으로 시선을 돌리고 있다. 거기에는 팔짱을 낀 카마돈이 커다란 문 옆에 서 있는데, 그의 하얀색 양복이 투광 조명 아래에서 번뜩인다. 아나벨이 몇 발짝 떨어진 곳에 서 있다. 무례함의 경계선쯤에 걸친 태도다. 그녀는 티베리아스가 길쭉한 보폭으로 광장을 건너 나타나자 턱을 치켜든다.

가문의 색이 없으니 그도 나머지 사람들과 비슷하게 보인다. 명령을 받은 군인. 그것이야말로 그가 자기 자신이라고 생각하는 존재일 것이다. 아버지의 명령을 받던, 죽은 누군가의 의지를 따르는 평범한 사람. 또 한 번 눈이 마주친다. 우리가 공유하는 어떤 것이 불타오른다.

이런 상황에서도 그가 함께 있으니 안전하다고 느껴진다. 티베리아스는 내가 가진 어떤 공포든 쫓아내 준다.

그 사실은 내가 사랑하는 사람들에게는 공포만을 남길 뿐이다.

팔리에게, 내 가족에게.

그리고 여전히, 항상, 그에게도.

* * *

평원의 정착지가 위험에 처해 있다. 도움을 요청받은 상태다. 비탈을 따라 협곡을 돌면서 내려갈 시간이 없다. 그래서 우리는 그 길을 넘어간다.

궁전 위 소나무 사이로 길이 높게 엮여 있다. 비탈진 풍경을 따라 시끄러운 소리를 내며 달린다. 위로는 나뭇가지가 너무 빽빽해서 별이 잘 보이지 않을 정도다. 돌출되어 있는 커다란 가지 쪽으로 내팽개쳐질까 봐 차에 납작 엎드린다. 이내 나무들은 완전히 사라지고 돌로 된 대지가 이어진다. 비행기가 이륙할 때처럼 머리는 조이고 귀가 멍해진다. 눈이 경사진 사면을 부분부분 덮고 있다. 처음에는 폭 패인 곳에만 보였으나, 마지막 봉우리는 완전히 눈에 뒤덮여 있다. 노출된 얼굴은 추위로 빨개진다. 특별 제작된 전투복에 체온은 따뜻하게 유지되긴 하지만 이가 딱딱 부딪힌다. 무엇 때문에 안쪽 좌석이 아니라 차량 뒤에 올라타는 것에 그렇게 집착했던 걸까.

불타오르는 별들이 콕콕 박혀 있는 하늘을 뒤로하고 산꼭대기가 하얀색 칼날처럼 불쑥 나타난다. 최대한 뒤로 몸을 기댄다. 그 광경에 스스로가 작아지는 기분이다.

내리막길에 접어들자 몸이 아래로 쏠린다. 눈과 돌먼지가 차례로 흩날리고 동쪽 비탈을 따라서 달려 내려가는 차의 뒤로 먼지구름이 튕겨 오른다. 일렬로 선 나무 쪽으로 차가 접근하자 위장이 곤두박질친다. 소나무 너머로 평원이 이어지는데, 대양만큼 어둡고 끝이 없다. 저 수천 킬로미터 너머까지 볼 수 있을 것 같은 기분이다. 레이크랜즈. 노르타. 메이븐이 우리를 위해 무엇을 준비해 두었든 거기에 이르기까지. 또 다른 충격이 곧 닥칠 것이다. 하지만 어디로 올 것인가? 누구에게 향할 것인가? 아직 아무도 모른다.

나무들 사이로 뛰어든 차는 뿌리와 세월에 반들반들해진 바위들 위로 튀어 오른다. 이쪽 비탈에는 휘어진 나뭇가지들 사이로 희미한 길의 흔적만 남아 있다. 부딪칠 때마다 이가 달그닥거린다. 안전벨트 때문에 분명히 엉덩이에 멍이 들었을 것이다.

"이제 왔다. 준비해요."

포효하는 엔진과 그르렁대는 바람 소리 너머로도 들을 수 있게 타이톤이 나를 쿡 찌르고는 으르렁거리듯 말한다.

단단히 준비를 하며 고개를 끄덕인다. 전기를 끌어내는 건 간단하다. 엔진에 있는 전기를 사용하지 않도록 주의하면서 전기를 부른다. 위험한 보라색 전기가 피부 아래에서 울린다.

거대한 소나무들은 바싹 말라 있다. 그 뾰족한 잎사귀의 끝 사이로 별빛을 볼 수 있다. 위에, 저 너머, 저 밖에, 저 멀리.

차가 갑작스럽게 왼쪽으로 심하게 꺾이며 절벽을 따라서 난 매끈한 도로 위로 미끄러진다. 몸이 한쪽으로 쏠리는 바람에 소리를 지른다. 그 공포스러운 순간, 어쩌면 산에서 굴러떨어져서 어두컴컴한 저 아래로 곤두박질칠 수도 있겠다는 생각이 든다. 하지만 차체는 굳건하고 바퀴들은 길을 잘 붙든다. 차들이 한 대 한 대 다른 차량을 뒤따르며 포장도로 위로 난도 높은 드리프트를 한다.

"진정해요."

내 몸을 훑어보며 타이톤이 말한다.

공포에 반응하듯 보라색 번개가 피부 위아래로 흐른다. 번개가 어둠 속에서 깜빡거리면서 아무런 해도 끼치지 못하고 사라진다.

"좀 더 괜찮은 길은 없는 거예요?"

나는 투덜거린다.

타이톤은 어깨만 으쓱한다.

돌을 대충 다듬어 만든 아치가 간간이 도로 위로 모습을 보인다. 대리석과 석회암을 번갈아 썼는데 곡면이 매끄럽다. 꼭대기에 한 쌍의 날개가 조각되어 있는데, 돌 속에 깊이 세공된 날개들 주변으로는 전구들이 박혀 길을 밝혀 준다.

"호크웨이구나."

크게 숨을 들이쉰다. 매와 독수리가 나는 높은 곳에 난 길에 걸맞는 이름이다. 밝은 낮에는 틀림없이 놀라울 광경일 것이다.

절벽에 가까울 정도로 가파른 산비탈 아래로 길은 지그재그로 이어지고 커브가 심한 도로는 위태롭다. 분명히 저 아래 평원으로 내려가는 가장 빠른 길이긴 하지만 동시에 가장 미친 방법일 것이다. 하지만 운전수들은 대단히 능숙하여 칼날 같은 코너들을 모두 예견이라도 한 듯 피한다. 아마도 실크거나 아니면 그에 준하는 능력을 가진 신혈들이라서 타고난 민첩함이 운전에 도움을 주는 것일 테다. 우리가 호크웨이를 때려 부수는 사이에도 경계를 늦추지 않으려고 애를 쓰며 돌과 휘어진 나무 사이로 숨어 있을지도 모르는 적대적인 은혈들을 찾아본다. 평원의 불빛이 점차 뚜렷해진다. 데이비슨이 언급했던 몇 개의 마을이 점처럼 모습을 드러낸다. 마을은 평화롭고, 아직 어떤 손길도 닿지 않은 듯하다. 그리고 연약해 보인다.

무언가 비명 비슷한 것이 한밤중을 관통한다. 우리는 막 또 다른 코너를 도는 중이다. 금속에서 나는 소리, 접합부가 찢어지는 것 같은 소리. 고개를 들자 차량 하나가 떨어지는 것이 보인다. 길에서 반쯤 벗어나 계속 뒤집히는 중이다. 모든 것이 느려지는 듯하다. 초점이 좁아지며 나선처럼 회전하는 차에 감각이 집중된다. 탑승한 몬트포트 군인들은 중력에 저항하며 자제력을 발휘한다. 스트롱암 하나가 도로의 경계를 붙든다. 하지만 도로는 손가락 사이로 미끄러지며 금이 갈 뿐이다. 차량은 계속 빙글빙글 돌며 추락한다. 사고일 수가 없다. 궤도가 너무 완벽하다.

저 차가 우리를 덮칠 것이다.

내가 탄 차가 휘청인다. 내게는 고개를 수그릴 시간조차 없다. 브레이크가 제시간에 멈추려고 애를 쓰느라 끼익 소리를 내며 세게 잠긴다. 타이어에서 연기가 피어오른다.

내리꽂히는 차에 휩쓸려 우리도 길에 처박힌다. 재빨리 안전벨트 위로 팔을 들어 번개로 두꺼운 직물을 잘라 보려고 하는 사이, 타이톤이 전투복을 붙들더니 나를 위로 잡아당긴다. 우리가 앞으로 허둥지둥 움직이자마자 티베리아스와 에반젤린이 탄 차가 우리 차의 후방에 세게 부딪히는 바람에 추락한 차와 그쪽 차의 사이에 우리 차가 끼고 만다.

브레이크가 비명을 지르는 소리와 충돌음이 메아리친다. 엔진이 뒤틀리는 소리와 고무 타는 냄새가 그 뒤를 따른다. 맨 뒤에서 따라오던 (아마도) 여섯 번째 차만이 살아남는다. 그들에게는 브레이크를 밟을 시간이 있었다.

어디로 가야 할지 모르겠다. 나는 이리저리 둘러본다. 추락한 차량은 뒤집힌 거북이처럼 거꾸로 누워 있다. 데이비슨은 우리 차를 벗어나서, 비틀대며 저 밑에 뭉개진 군인들을 향해 가고 있다. 벌써 총을 손에 든 팔리가 함께 움직인다. 그녀는 절벽 위쪽을 보더니 무릎을 꿇는다.

"마그네트론!"

데이비슨이 고함을 치며 한 손을 올리며 도움을 구한다. 그 뒤, 그는 정확하게 도로의 경계선을 따라서 깨끗한 푸른 막을 만든다.

이미 그의 곁에 선 에반젤린의 양손이 춤을 춘다. 그녀가 도로에

서 무거운 차량을 들어 올리며 입에서 날카로운 소리를 낸다. 비틀
린 팔다리와 즙을 흘리며 터진 포도처럼 뇌수가 배어 나오는 납작해
진 두개골 몇 개가 드러난다. 데이비슨은 지체하지 않고, 둥둥 떠 있
는 차량 밑의 생존자들을 구하기 위해서 휘청대면서도 달려간다.

에반젤린이 차량을 느릿하게 내린다. 그녀가 손가락을 움직이자
문 한짝이 떨어지며 그 안의 사람들이 구르듯 나온다. 군인들은 피
범벅에 정신이 없어 보이지만, 살아 있다.

"비켜!"

에반젤린이 차량에서 물러나라고 손짓하며 외친다. 사람들이 절뚝
대면서 비키자, 그녀는 짝 소리가 울릴 정도로 손바닥을 마주친다.

차량은 에반젤린이 원하는 대로 문짝 하나만 한 크기의 묵직하고
들쭉날쭉한 공으로 뭉쳐진다. 에반젤린은 그것을 커다란 소리와 함
께 떨어뜨린다. 에반젤린이 제어할 수 없는 유리와 타이어들만이 온
갖 방향으로 휘날린다. 타이어 하나가 길을 따라 굴러간다. 기이한
광경이다.

내가 끼어 있는 차 위에 서 있다는 걸 깨닫는다. 에반젤린이 돌아
서자 그녀의 갑옷 위로 별빛이 반사된다. 타이톤이 옆에 있음에도
불구하고 노출된 기분이 든다. 아주 손쉬운 목표물이 된 것 같다.

아치 아래에 서로 충돌한 차량들이 줄을 이뤄 쌓여 있는 모습을
돌아보며 나는 고함친다.

"힐러들을 이쪽으로! 그리고 길을 더 밝혀요!"

위에서 태양처럼 강렬한 광선이 번뜩인다. 섀도우들이 빛을 증폭
시킨 것이다. 강렬한 불빛과 그보다 더 강렬한 어둠이 우리 사이에

서 춤을 춘다. 눈을 가늘게 뜨고 주먹을 쥐고, 번개를 불러온다. 나도 팔리를 따라 사방에 튀어나온 바위를 살펴본다. 레이더들이 이미 고지를 점령했다면, 우리로서는 매우 큰 이점을 상실한 셈이다.

티베리아스도 이미 그것을 깨닫고 있다.

"위쪽으로, 절벽 쪽을 살펴라!"

차에 등을 댄 채 그가 외친다. 한 손에는 권총을 들고 반대편 손에는 불꽃을 피우고 있다. 군인들에게는 그런 지시가 필요하지도 않다. 총을 지닌 이들은 이미 장전한 채 손가락을 방아쇠에 올리고 있다. 목표물을 발견하면 바로 발사할 것이다.

호크웨이는 이상할 정도로 침묵에 잠겨 있다. 간헐적으로 명령을 외치는 소리와 메아리를 제외하면 조용하다.

한 무리의 몬트포트 군인들이 가파른 길을 살펴보러 내려간다. 검은색 전투복을 입은 형체만 보인다. 차 앞에 멈춰 선 그들은 능력을 써서 처박힌 차들을 들어 올리려고 한다. 마그네트론과 스트롱암, 아니면 그와 유사한 능력의 신혈이다.

에반젤린과 그녀의 사촌들이 소리를 내며 다가와서 다른 차들 사이에서 내가 탄 차량을 구출하려고 집중한다.

"고칠 수 있겠어?"

나는 소리를 지른다.

뒤틀린 금속을 분리시키느라 힘을 쓰면서 에반젤린은 콧방귀만 뀐다.

"난 마그네트론이지, 기계공이 아니거든."

잔해들을 어깨로 밀치며 그녀가 신음처럼 쏘아붙인다.

카메론과 그 애의 장비가 그립다. 하지만 카메론은 자기 남동생이랑 함께 저 멀리 피에드몬트에 안전하게 남아 있다. 입술을 깨문다. 머릿속이 시끄럽다. 뻔하고 간단한 함정이다. 우리가 취약한 상태로 산비탈에 머무르도록 하려는 것이다. 아센던트로 레이더들이 향하는 것이 아니라면, 저 아래의 마을들을 아수라장으로 만드는 사이에 우리를 이곳에 붙들어 두려는 의도일 수도 있다.

티베리아스도 똑같은 것을 생각한다. 그는 길 가장자리까지 빠르게 다가가 어둠 속을 굽어본다.

"저 마을들에 무전을 칠 수 있습니까? 경고를 해야 합니다."

"앞을 보시죠."

데이비슨이 받아친다. 그는 부상당한 군인을 향해 몸을 숙이고 힐러가 부러진 다리를 고치는 사이 그의 팔을 잡아 주고 있다. 장교 하나가 옆에서 통신 장비에 무언가를 빠르게 말하고 있다.

티베리아스는 얼굴을 찌푸리더니 학살의 현장으로 몸을 돌린다.

"아센던트한테도 말을 전해요. 두 번째 파견대를 요청합시다. 제시간에 도착하려면 드랍젯이 필요할 겁니다."

데이비슨은 보이지 않을 정도로 작게 고개를 끄덕인다. 그것도 이미 처리한 느낌이지만. 그는 입을 다문 채 자기 아래의 군인에게 집중한다. 대여섯 명쯤 되는 힐러들이 부상자를 찾아 부지런히 돌아다니며 일하고 있다.

"우리는 어쩌죠? 여기에 계속 있을 수는 없어요. 누군가 저 차를 건드렸어요."

나는 차를 미끄러져 내려가서 부드럽게 착지한다. 단단한 바닥을 딛으니 좀 나은 기분이 든다.

여전히 차량 지붕에 선 채로 타이톤이 허리춤에 양손을 올린다. 그는 구불구불한 길을 바라보며, 첫 번째 차가 떨어졌던 장소를 탐색한다.

"작은 지뢰였을 수도 있어요. 터지는 시간이 잘 맞아떨어졌다면, 차를 뒤집을 수도 있죠."

"너무 깨끗했습니다."

티베리아스가 으르렁거리며 길 가장자리를 따라 걷는다. 르롤란 호위들이 지나칠 정도로 바싹 뒤를 따른다. 거의 발꿈치에 붙어 있는 수준이다.

"정확히 조준한 겁니다. 누군가 위쪽에 있었어요. 다시 공격받기 전에 내려가야 합니다. 우리는 무방비로 노출되어 있어요."

"절벽에 무방비로 노출되어 있죠. 작동하는 차가 있을 거예요. 전열을 가다듬고 최대한 나눠 타죠."

에반젤린이 덧붙인다. 그녀는 좌절한 얼굴로 자기가 타고 온 차를 걷어차서, 이미 구겨진 앞면을 제대로 찌그러뜨린다.

티베리아스는 고개를 흔든다.

"그걸론 충분하지 않아."

"그 정도만 되어도 *대단하지*."

나는 그에게 쏘아붙인다.

"현재 고도는 고작 몇백 미터 정도니까요. 일부는 바로 아래로 출발하죠."

데이비슨이 맨 앞줄에서 비틀거리며 벗어나는 군인을 도우면서 말한다. 여전히 무전기에 대고 쉴 새 없이 떠들고 있는 연락 장교가 그 뒤를 따른다.

"골든그로브(Goldengrove)에 있는 전초 기지에 차가 있습니다. 산기슭에서 그렇게 멀지 않아요."

바닥에 앉아 있던 팔리가 몸을 서둘러 돌리며 총을 떨어뜨린다.

"지금 찢어지자는 거야?"

"그렇게 오래 걸리진 않을 거예요."

데이비슨의 대꾸에 팔리는 창백해진 얼굴로 벌떡 일어난다.

"하지만 시간이 오래 걸릴 수도 있어, 만약에……."

"만약에?"

"만약에 이게 덫이라면. 속임수라면. 마을에서 레이더들이 가까이 왔다는 연락을 받았다고 했어. 하지만 어디가 공격을 받았지? 아무 곳도. 아무 곳도 공격받지 않았어."

팔리가 검은 지평선을 가리켜 보인다.

데이비슨은 얼굴을 찌푸린다.

"아직까지는 없죠."

"레이더들에게는 마을을 공격할 계획이 전혀 없었을 수도 있어. 우리를 도시 밖으로 유인하고 싶었던 거지. 절벽에서 우리를 잡기 위해서. 당신이 말했듯이, 레이더들은 자존심 때문에 싸워. 그리고 도시는 너무나 잘 방어되고 있지. 이건 값나가는 목표물들을 열린 공간으로 끌어내는 방책이야."

프리미어는 단호하고 엄숙한 표정으로 팔리를 향해 발을 딛는다. 다음 순간 그는 팔리의 어깨에 한 손을 올리더니 조금 세게 쥔다. 사죄의 뜻을 담은 동작이라기에는 친밀한 느낌이다.

"우리가 위험에 빠질 수도 있다는 이유로, 국민들을 저기 홀로 버려 두진 않겠습니다. 그럴 수는 없어요, 팔리 장군. 내 입장을 이해할 거라고 생각합니다."

그가 한숨을 쉰다.

좀 더 항의할 거라고 생각했지만, 팔리는 끄덕이듯이 턱을 떨어뜨린다. 그녀는 입술을 씹으며 더 이상 아무 말도 하지 않는다.

만족한 듯 데이비슨이 어깨 너머를 돌아본다.

"하이클라우드 대령, 비야 대령."

검은색 옷을 갖춰 입은 2명의 장교들이 앞으로 나와 명령을 기다린다.

"자네들 부대들은 아래로 내려간다. 전속력으로 행군한다. 골든그로브에서 만나도록."

그들은 거수경례를 한 후, 부대원을 찾기 위해 몸을 돌린다. 대열 선두에 두 개의 부대원들이 모이자 티베리아스가 움찔한다. 티베리아스는 재빠르게 프리미어에게로 다가가서 팔을 붙든다. 위협하려는 것이 아니라 부탁하는 태도다.

나는 티베리아스 캘로어가 공포를 어떤 식으로 드러내는지 안다. 지금 그에게서는 공포가 보인다.

"적어도 그래비트론들은 남겨 둡시다. 저들이 우리를 산에서 날려 버리려고 결정할 경우를 대비해서……."

짧게 숙고한 뒤에 데이비슨이 이를 부딪힌다.

"좋아요. 그리고 괜찮으시다면 말씀입니다만……."

그가 에반젤린을 마주본다.

"저 차들은 혼자서 이 난장판을 통과하지 못할 겁니다. 그래비트론들과 함께 작업해 주시겠습니까. 그편이 더 빠르게 끝날 겁니다."

자기 아빠를 제외하면 어떤 사람에게도 명령을 받는 일에 익숙하지 않은 에반젤린이 짜증스럽게 데이비슨을 바라본다. 그럼에도 에반젤린은 한숨을 쉬더니 데이비슨이 요청한 대로 하기 위해 걸어간다.

"난 어쩔까요?"

티베리아스와 데이비슨 사이로 몸을 끼워 넣으며 내가 묻는다. 양쪽 모두 깜짝 놀라는 모양이 내가 여기 쭉 있었다는 사실을 잊고 있었던 듯하다.

"계속 주변을 경계하세요."

그것이 데이비슨이 어깨를 으쓱하며 요청한 전부다.

"차를 들어 올릴 수 있는 게 아니라면, 지금으로서는 할 일이 별로 없으니까."

도움이 되어야 해. 나는 속으로 신음한다. 하지만 절망만 든다. 내 능력은 파괴를 위한 것이다. 지금으로서는 아무 쓸모도 없다. 이 순간만큼은 나는 무용하다.

티베리아스도 마찬가지다.

망가진 쇳덩어리로 전락한 차에 등을 돌리고 서 있는 우리를 남겨 두고, 연락 장교를 뒤에 단 채로 데이비슨이 성큼성큼 걸어간다. 그 모습을 티베리아스는 가만히 지켜본다. 내 몸에는 아드레날린과 번개가 흐르고 있다. 나는 금속에 몸을 기대고 손가락이 경련하는 걸 막으려 깍지를 낀다.

"마음에 안 들어."

티베리아스가 중얼거린다.

나는 그 말을 비웃으며 새 부츠의 뒷굽을 길에 문지른다.

"우린 지금 절벽에 갇혔고, 병력 절반은 사라졌고, 차는 망가졌고, 레이더들의 공격은 임박했고, 저녁 식사는 다 마치지도 못했어. 마음에 안 드는 게 뭔데?"

이런 상황에도 그는 씩 웃는다. 삐딱하고 친숙한 미소다. 나는 팔짱을 끼면서 희미한 불빛 아래에서 티베리아스가 내 붉은 뺨을 알아볼 수 없기만을 빈다. 티베리아스는 나를 뚫어져라 본다. 이글대는 구릿빛 눈동자가 내 얼굴을 훑으며 나에게 집중한다. 느릿하게 우리가 내린 결정을 상기했는지 티베리아스의 입술이 떨어지고 미소가 사라진다. 우리가 한 선택들. 하지만 티베리아스는 내게서 시선을 떼지 않는다. 내 안에서 불꽃이 솟는다. 분노와 갈망과 후회가 동시에 치솟는다.

"그런 식으로 나를 보지 마, 티베리아스."

"티베리아스라고 부르지 마."

그가 시선을 떨구면서 응수한다.

나는 쓰디쓴 웃음을 터뜨린다.

"그게 네가 선택한 이름이야."

티베리아스가 아무 대꾸도 하지 않는다. 우리는 불편한 침묵에 잠긴다. 간간이 들리는 고함이나 금속이 내는 소리가 산기슭을 따라서 메아리치는 것만이, 텅 빈 어둠 속에서 들리는 유일한 소리다.

들쑥날쑥한 길에서 에반젤린, 그녀의 사촌들, 그리고 그래비트론들은 천천히 ATV(All-Terrain Vehicle, 전지형차량)를 뒤집고, 움직일 수 있는 것들 뒤로 망가진 것들을 옮기고 있다. 데이비슨이 에반젤린에게 잔해들을 잘 보존해 달라고 말했어야 할 텐데. 그러지 않았다면 에반젤린은 모든 것을 가루처럼 부수고 굴려 보낼 것이다.

"무기고에서 했던 말은 미안해. 그런 말은 하지 말았어야 했어."

한참 뒤에 티베리아스가 말한다. 눈은 땅에 고정한 채, 고개는 그림자 속에 숙이고 있다. 차가운 색으로 물든 뺨은 숨겨지지 않는다.

나는 머리를 저으면서 말한다.

"네가 무슨 말을 했는지는 신경 안 써. 그 의도만 신경 쓰일 뿐이지. 난 너의 소유물이 아니야."

"눈만 달려 있다면 누구든 그 사실을 알 거라고 생각하는데."

난 날카롭게 되묻는다.

"너도 알아?"

티베리아스는 싸움에 대비해서 힘을 모으기라도 하듯 느릿하게 숨을 뱉는다. 하지만 싸움을 거는 대신에 고개를 돌려 나를 내려다본다. 호크웨이의 빛나는 불빛이 그의 얼굴에 들쭉날쭉한 그늘을 드리워 광대뼈가 강조된다. 그 탓에 나이 들고 지쳐 보인다. 며칠이 아니라 몇 년은 왕 노릇을 한 사람 같다.

"그래, 메어."

마침내 대꾸하는 티베리아스의 목소리가 낮게 울린다.

"하지만 나만 그런 게 아니란 사실을 잊지 마."

나는 눈을 깜빡인다.

"뭐?"

234

그가 한숨을 쉰다.

"너도 내가 아닌 다른 무언가를 선택했잖아. 많은 것을."

진홍의 군대. 적혈의 새벽. 내가 사랑하는 이들에게 더 나은 미래를 줄 거라는 희망. 나는 입술을 깨물고 살을 씹는다. 부인할 도리가 없다. 티베리아스의 말은 틀리지 않다.

그때 타이톤이 아래로 몸을 숙이더니 큰 소리로 말한다.

"볼일 다 끝났다면 말인데, 숲에 누군가 있다는 사실에 두 사람 모두 관심 있을 것 같은데요."

나는 숨을 들이켜며 긴장한다. 티베리아스는 재빨리 한 손을 들더니 가벼운 경고를 담아 내 팔을 툭 친다.

"너무 놀라지 마. 그들은 이미 우리를 조준하고 있을 거야."

순간 금속이 시끄러운 소리를 낸다. 나는 펄쩍 뛴다. 티베리아스가 손에 힘을 준다. 그건 그저 차가 움직이면서 나는 소리다.

"얼마나 많죠?"

나는 공포를 숨기려고 최선을 다하면서, 이를 악물고 묻는다.

타이톤이 눈을 밝게 빛내며 나를 내려다본다. 그의 하얀색 머리카락이 호크웨이를 밝히고 있는 인공적인 불빛 아래에서 빛을 발한다.

"4명요. 2명씩 양쪽에 있어요. 거리가 좀 있기는 해요. 저들 뇌를 느꼈어요. 대략 50미터 거리에 있는 것 같아요."

티베리아스가 인상을 찌푸린다. 혐오감에 그의 입술이 아래로 구부러진다.

나는 티베리아스 너머를, 티베리아스는 내 너머를, 최대한 살그머니 그늘진 소나무들 사이로 살핀다. 불빛이 비추는 반경 너머로는 어떤 것도 보이지 않는다. 사람 눈에서 나오는 어슴푸레한 빛이나 권총이 번뜩이는 빛 같은 것 모두 보이지 않는다. 아무것도 없다.

그들이 느껴지지도 않는다. 내 능력은 타이톤만큼 강력하지도 않고 집중되어 있지도 않다.

팔리가 나와 눈을 마주치더니 한 손은 권총을 잡고, 총을 쥐지 않은 다른 한 손을 허리에 올린다. 그녀는 시선을 이리저리 돌리며 말한다.

"당신들 셋 무슨 유령이라도 본 것 같네. 나무 사이에 저격수들이라도 있어?"

날씨에 대해 묻는 것 같은 말투다.

"봤어요?"

타이톤이 속삭인다.

그녀가 고개를 젓는다.

"아니. 하지만 나라면 그렇게 할 것 같아서."

"당신은 저들을 쓰러트릴 수 있죠, 그렇죠?"

나는 타이톤의 부츠를 찌르며 묻는다. 일렉트리콘들이 능력에 관해 가르쳐 주었던 것을 기억한다. 브레인 라이트닝. 타이톤은 사람의 몸에 흐르는 전기를 조종해 뇌 안에 작은 스파크를 일으킬 수 있다. 그는 아무도 모르게 사람을 죽일 수 있다. 어떤 흔적도 없이.

그가 눈썹을 좁힌다. 눈썹의 색은 염색한 머리카락과는 날카로운 대비를 보이는 어두운 색이다.

"이 정도 거리라면 가능은 해요. 하지만 한 번에 하나만 돼요. 그리고 저들이 레이더일 경우에만 *한해서요*."

236

티베리아스가 쏘아본다.

"다른 누가 여기 있겠습니까?"

"난 까닭 없이는 사람을 죽이고 싶지 않아요, 캘로어. 그리고 나는 이 산 위에서 내내 살았거든요."

"그래서 당신은 저들이 우리를 쏠 때까지 기다리겠다?"

왕자는 가볍게 자세를 바꾸며 나를 보호하듯 어깨를 편다.

타이톤은 의견을 바꾸지 않는다. 강하고 선명한 소나무의 달콤한 냄새가 미풍에 실려 온다.

"마그네트론 공주님께서 저들이 저격용 총을 갖고 있는지 아닌지 말해 줄 때까지만 기다리려고요."

나도 티베리아스의 의견에 동의한다. 우리는 노출되어 있다. 도대체 레이더들 말고 다른 누가 숲에 숨어서 우리를 지켜보고 있겠는가? 하지만 타이톤의 생각 또한 이해할 수 있다. 사람에게 번개를 흘려보낸다는 것이 무엇인지, 사람들의 신경을 따라서 전기가 흐르고, 그들이 맞이하는 죽음을 느낀다는 것이 무엇인지 나는 잘 안다. 그것은 나 자신의 작은 죽음처럼, 결코 잊을 수 없는 어떤 결말처럼 느껴진다.

"에반젤린을 데려와. 그리고 데이비슨에게 말해. 확인할 필요가 있어."

나는 중얼거린다.

옆에서 티베리아스가 씩씩거리기는 하지만 논쟁하지 않는다. 티베리아스는 에반젤린에게 갈 요량으로 차량에서 멀어진다.

미풍이 강해지며 얼굴을 스친다. 소나무의 뾰족한 잎들이 피부를 쓴다. 얼굴을 더듬는 손가락처럼 부드럽다. 그중 하나를 잡으려고 해 보지만, 잎은 점점 거세지는 바람을 타고 춤추듯 사라진다.

그것이 눈앞에서 자라나더니 공기 중에서 어린 나무가 된다. 나무는 미처 반응하기도 전에 군인 하나를 창처럼 찌른다.

우리가 예상했던 총알 폭풍이 아니다. 강한 돌풍을 타고 소나무 가시들이 물보라처럼 퍼지며 폭발한다. 정면으로 얻어맞은 타이톤이 망가진 차량에서 내동댕이쳐진다. 그는 포장도로에 머리를 세게 부딪힌다. 타이톤은 무릎을 짚으며 비틀대며 일어나려고 하지만 균형이 무너져 바로 쓰러진다. 소나무의 뾰족한 잎사귀들이 피부를 긁는 사이, 나는 눈을 보호하기 위해 팔을 들어 올리고 한쪽 무릎을 꿇는다. 소나무 잎들이 땅에 내려앉자 뿌리와 나무줄기들이 폭발하는 듯 갑자기 구불구불하게 자라난다. 눈앞에서 자라난 숲 때문에 호크웨이에 금이 가고 차가 들썩댄다. 길이 흔들리는 바람에 균형을 잃는다. 등 뒤의 망가진 차에 몸을 지탱한 채 똑바로 서려고 애를 쓴다.

티베리아스는 즉각 행동에 나선다. 그는 불꽃으로 만든 공을 던져 주변에서 자라나는 소나무들을 빠르게 숯으로 만든다. 거세지는 바람에 재가 휘감기면서, 길 위의 불빛이 흐릿해진다. 눈이 따가워 눈물이 고인다. 공기가 매캐하다.

쇠가 부서지고 유리가 산산조각 나는 소리에 공기가 전율한다. 에반젤린 일행이 시간 낭비를 끝낸 모양이다. 그들은 남아 있던 망가진 차들을 납작하게 눌러서, 철과 강으로 된 웅덩이를 만든다. 움직일 수 있는 차량들이 맥동하는 나무뿌리와 난폭한 가지들에 맞서 싸우며 돌진하자 엔진이 빠르게 회전하며 그르렁댄다. 에반젤린은 차체 위로 기어오른다. 총성이 울리지만 그녀는 능력을 써서 총알들을 옆으로 떨어뜨린다.

푸른색 방어막들이 호크웨이의 한쪽 끝에서 피어난다. 그 높은 방어막은 연기와 재와는 대조적으로 섬세하고 아름답다. 데이비슨은 주먹을 내밀어 각각의 방어막을 제어한다. 총성이 좀 더 울리자 방어막 위에 동심원이 생긴다. 총알은 방어막을 관통하지 못한다. 우리에게 닿지 않는다.

나는 타이톤을 돌아보며 고함친다.

"타이톤! 타이톤, 저들을 죽여요!"

그는 일어서지만 불안정하게 머리를 흔든다. 멍한 상태를 떨치려고 애를 쓰는 것이다. 타이톤은 가까운 차에 몸을 힘겹게 기댄다.

"조금만 시간을 줘요!"

타이톤이 머리를 다시 흔들며 고함친다.

나무 사이에 둥지를 튼 레이더들은 보이지 않는다. 그래도 저들 사이에 그린워든이 있는 건 확실하다. 티베리아스의 불꽃이 도로에 갑자기 늘어난 소나무들을 뱀처럼 휘감으며 새로 자라나는 나무들을 먹어 치운다. 르롤란 호위들이 뛰어가서 손을 나무줄기에 대자 폭발이 발생한다. 나무들이 시끄럽게 쪼개지고 불꽃이 피어난다.

"차에 올라라!"

데이비슨이 고함을 지른다. 그는 우리를 빗발치는 총알로부터 보호하고 있다. 방어막은 아직 건재하다.

"산에서 벗어나야 한다!"

깊게 숨을 들이켜며 단단히 대비한다. *집중해.* 어둠 속이라 모여

드는 구름을 볼 수는 없지만 느낄 수는 있다. 폭풍 구름, 적란운이다. 내 명령에 따라 모여든 구름은 번개를 칠 준비를 한다.

누군가가 차를 타고 다가와 타이톤을 잡아당겨 안전벨트를 채운다. 이 치명적인 숲은 우리를 이 절벽에 가두거나 아래로 밀어 버리려고 움직인다. 티베라이스는 그 위로 화염을 퍼뜨린다. 나머지 일행도 나무를 피하거나 도주로를 확보할 수 있도록 나무를 파괴하기 위해 최선을 다한다.

심장이 뛰고 아드레날린이 흐른다. 그 감각이 폭발할 것 같다. 더 깊게 숨을 들이쉰 뒤 손바닥을 편다. 폭풍이 모이고 나무들에 번개가 내리꽂힌다. 소나무들은 갈라진다. 잉걸불이 치솟는다. 나무줄기가 미끄러지고 기울어지다가 덤불 속으로 무너진다. 불길이 가지들 사이에서 작게 타오르더니 곧 커다래진다. 캘로어 왕자의 힘을 연료 삼은 것이다.

총알이 잠시 멈춘 사이 데이비슨이 왼쪽 방어막을 하나 거둔다. 총알을 멈춰 세운 에반젤린이 뒤에 있는 차에 기어오른다. 익숙하기도 하고 낯설기도 한 군인들을 싣고 차 여섯 대가 황급히 출발한다. 검은 옷을 입고 있으니 소용돌이치는 강물 한가운데에서 돌을 찾아 붐비는 벌레들처럼 보인다.

타이톤이 에반젤린의 차에서 몸을 내민다. 한쪽 팔을 한 쌍의 줄로 감고 있다. 차가 싸우고 있는 티베리아스를 지나치는 순간, 타이톤이 손을 내민다. 왕자는 그 손을 잡아서 간단하게 올라탄다. 내가 다음이다.

나는 티베리아스와 타이톤의 사이에 어렵사리 자리한다. 바로 위에는 에반젤린이 있다. 그녀는 차체에 금속 부츠를 융합시켰는데, 그 덕분에 점점 차가 빨라지는 와중에도 자신감 있게 서 있을 수 있다. 그녀가 주먹을 쥐자 길에 남아 있던 마지막 차량의 잔해가 절벽에 부딪히며 사라진다. 삐쭉삐쭉한 비처럼 유리가 허공으로 퍼진다.

선두에서 나무들을 밀어내던 데이비슨의 보호막이 사라진다. 그 짧은 순간, 수송 차량으로 총알 폭풍이 흩뿌려진다. 몇 개는 위험할 정도로 가까운 곳에서 차를 때린다. 머리 옆에 소리를 내며 꽂힐 정도다. 아드레날린이 공포를 잡아먹는다. 나는 손잡이를 단단히 붙들고 차가운 금속에 몸을 붙인다. 티베리아스는 집중력을 잃지 않고 주위에 불꽃을 뿌리며 앞길에 있는 무엇이든 재로 만든다. 차들은 날카로운 소리를 내면서 눈이 멀 것 같은 속도로 급경사를 지난다.

"더 있어요."

바람에 이를 떨면서 타이톤이 신음하듯 뱉는다. 어둠 속을 살피느라 그의 눈이 가느다랗게 좁아진다. 내가 따라할 수는 없기는 해도, 지금 타이톤이 무엇을 하는지는 알 수 있다. 내가 폭풍을 느끼듯이 타이톤은 다른 사람들의 뇌를 느낀다. 타이톤이 한 번, 두 번 눈을 깜빡인다. 두개골 안의 전기를 자극해, 범위 안에 있다면 누구라도 죽일 수 있는 능력. 레이더들이 바닥에 쓰러져 고요하게 잠들기 전에 몸을 경련하며 뒤트는 모습을 상상해 본다.

번개를 비처럼 뿌린다. 나무줄기와 가지들 사이에 더 많은 번개가 돌아다닌다. 번뜩이는 불빛이 숲을 밝힌다. 쓰러지는 나무들 사이로 달아나는 형체들이 보인다. 한 무리는 된다.

꺾어질 듯한 코너를 돈다. 호크웨이의 마지막 1킬로미터 가량은 평평하다. 차량들이 비명을 지르며 직진로를 먹어 치우다시피 달린다. 산 아래를 향한 광란의 질주다. 치명적인 날개를 지닌 수호신처럼 불과 폭풍이 우리와 함께한다.

좀 더 많은 엔진이 타오르는 것이 느껴진다. 차처럼 강력하지는 않아도 뒤처지지 않는 속도로 우리를 향해 달려오고 있다.

첫 번째 오토바이가 으르렁대며 뛰어나온다. 하나 달린 전조등에 눈이 멀 것 같다. 그 위에 탄 레이더는 체구가 작고 팔다리는 막대기 같다. 방호구를 차고 고글을 썼다. 좀 멍청한지 바위 위로 오토바이를 몰다가 부딪혀 떨어지며 날아간다.

에반젤린이 공기를 양손으로 가른다. 오토바이가 그녀의 명령에 따라 채 썰리면서, 바큇살과 파이프들이 껍질처럼 벗겨진다.

하지만 그녀는 이곳의 유일한 마그네트론이 아니다.

레이더가 좌석을 붙든다. 오토바이가 다시 합쳐지더니, 차를 계속 뛰어넘는다. 그는 지나가면서 무언가를 던진다. 희미한 불빛 아래에서 철이 번뜩인다. 총알만큼이나 빠르다.

칼이 유영한다. 날카로운 칼날이 공기를 가른다. 티베리아스과 타이톤, 나는 고개를 수그린다. 하나가 어깨를 스치며 찰과상을 낸다. 전투복 덕분에 최악의 결과는 면했지만, 찌르는 듯 아프다. 입술을 세게 물며 고통에 비명이 터지려는 것을 참아 낸다.

오토바이를 탄 레이더가 도로 반대편에 세게 부딪힌다. 그가 어떻게든 길을 만들어 보려고 회전하는 사이에 바퀴들이 흙먼지 위로 자국을 남긴다. 그러나 그는 얇고 푸른 벽 사이에 끼고 만다. 오토바이가 으스러지고 탑승자는 떨어진다. 피가 솟구친다.

이내 다른 오토바이들이 튀어나온다. 데이비슨은 방어막을 펼치고 우리를 따라 이동시킨다. 오토바이 운전자 중 몇몇은 타이톤에게 장악당해 온몸을 경련하며 떨어진다. 나머지 일행은 평원으로, 열린 공간으로 나가는 것에 집중한다. 전초 기지로, 증원될 병력에게로. 안전으로 향하는 길이다. 몬트포트의 신혈들이 자신들이 가진 모든 수단으로 공격해 오는 레이더들을 밀어내며 수송대를 방어한다. 티베리아스의 불꽃이 나무들을 넘어 퍼지자 재가 눈처럼 떨어지면서 우리를 하얀색과 회색으로 덮는다. 나는 하늘을 가로지르는 번개를 떨어뜨린다. 그 소리와 힘에 레이더들이 황급히 나무 뒤로 물러난다.

그들의 불분명한 그림자를 어둠 속에서 포착하는 건 쉽지 않다. 레이더들은 내가 익히 알고 있는, 좋은 옷과 잘 닦은 갑옷을 입고 번쩍이는 보석들을 다는 은혈들처럼 보이진 않는다. 심지어 '훈련'에서 입는 옷이나 깔끔하고 소박한 제복에도 미치지 못하는 수준이다. 이 은혈들은 다르다. 그들의 옷은 누더기고, 무기나 전투 장비들은 조화롭지 않다. 진홍의 군대와 흡사하다. 그저 하나의 색과 하나의 대의 아래에서 붉은색 조각들로 뭉친 사람들.

오토바이들이 연기가 나는 덤불 아래로 사라진다. 전조등 불빛이 마구 흔들리며 시야 밖으로 떠난다. 그들이 완전히 빠져나가기 전에 붙들어 보기 위해 엔진들을 훑는다. 하지만 우르릉대는 소리가 나를 멈춰 세운다. 악기를 두들기는 듯한 소리가 가까이에서 울린다.

이가 떨린다.

괴물들이 발굽을 울리며 재를 뚫고 튀어나온다. 커다란 머리는 털이 덥수룩하고 뿔을 낮춘 채다. 수십 마리나 될 법한 그것들은 코를 쿵쿵대며 듣기 싫게 운다. 총알과 불, 번개나 칼은 신경 쓰지도 않으며 수송대로 쇄도하며 차를 들이받는다. 그 괴물들은 너무 강하고 이상하다. 가죽도 두꺼운데 근육은 더 두껍고, 뼈는 살아 있는 갑옷 같다. 그중 한놈은 이마에 총을 맞고도 차를 들이받더니, 철이 종이라도 되는 것처럼 뿔로 찢어발긴다. 비명을 지를 여력조차 없다.

그 가공할 공격에 우리 아래의 차가 기울더니 길에서 튕겨 나간다. 우리는 차와 함께 뒤집힌다. 흙먼지에 세게 부딪히자 피 맛이 난다. 누군가가 내 목을 아래로 누른다. 머리카락 사이로 차가 위로 날아가는 모습이 언뜻 눈에 들어온다. 에반젤린이 검은 윤곽으로 보인다. 팔은 쭉 뻗고 주먹을 쥐고 있다. 그녀는 몸을 크게 흔들더니 차를 공성 망치처럼 이용해 우리에게 무시무시하게 달려드는 그 괴물들 가운데로 차를 던진다. 놈들은 빙빙 돌다가 다시 돌진해 온다. 커다랗고 맹렬한 눈동자. 분명히 아니모스의 지배 아래에 놓인 것이다.

나는 기어올라 티베리아스의 팔을 잡고 몸을 지탱해 선다. 몇 미터 떨어진 곳에서 팔리가 한쪽 무릎을 꿇고 총을 쏘고 있다. 그녀의 총은 너무나 빠르게 거리를 좁혀 오는 저 야수들에게는 아무 영향도 끼치지 못한다.

나는 고개를 쳐들고 몸을 편 다음, 이를 악물고 자백색 번개를 저 야수들이 가는 길 위로 뿌린다. 짐승들은 공포에 앞발을 들고 선다. 누가 그것들을 조종하고 있든 본질적으로는 짐승인 것이다. 몇 마리는 달려서 지나가려고 하지만 이내 고통에 비명을 지르다가 뿔을 높이 치들고 경련하며 쓰러진다.

나는 그 끔찍한 소리를 무시하려고 애를 쓰면서, 공포가 본능에 자리를 내어 주는 사이 눈을 찡그리며 어둠을 뚫고 앞을 바라본다. 본능적으로 몸이 움직인다. 모든 발걸음, 모든 손짓이 즉각적으로 이루어진다. 어깨 주변으로 떨어지는 어마어마한 무게, 그 소름 끼치는 감각을 거의 알아차리지 못할 뻔한다. 그 압력은 처음에는 부드럽다. 탈진으로 착각하기 쉽다.

하지만 내 번개는 약해진다. 전처럼 밝지도 않고 제어하기 쉽지 않다. 또 다른 레이더 곁을 스치듯 때리던 번개가 깜빡이며 약하게 불꽃을 일으킨다. 레이더는 나가떨어지지만 재빨리 다시 일어나 내 쪽으로 주먹을 쥔다.

그의 능력에 나는 무릎을 꿇는다. 번개에 대한 모든 감각을 잃어버린다. 바람이 불어 촛불이 꺼지는 것처럼 어떤 불꽃도 스파크도 일으킬 수가 없다.

숨을 쉴 수 없다. 생각할 수 없다.

싸울 수 없다.

사일런스. 내 안의 목소리가 비명을 지른다. 익숙한 고통과 공포에 나는 몸을 반으로 접어 숙이고는 앞으로 쓰러진다.

쓸모없는 양손이 흙바닥을 치고 차가운 대지를 가볍게 쓴다. 나는 약하게 헐떡인다. 나 자신을 방어하기는커녕 움직이기도 힘들다. 공포가 나를 휘젓는 바람에 시야가 잠깐 암전된다. 손목과 발목에 감긴 침묵의 돌로 된 수갑이 느껴진다. 잠긴 문 뒤에 갇힌 죄수일 적에 찼던 그것. 나를 사슬로 묶어 그릇된 왕에게로 끌려갔던, 느리고 헛된 죽음이 예정되어 있던 그때로.

사일런스 은혈이 나를 향해 걸어온다. 발걸음 소리가 천둥처럼 울린다. 그가 내 목을 베기 위해 칼을 꺼내자, 쇳소리가 들린다. 불꽃이 반사된 칼날이 붉은 윤을 내며 밤중에도 번득인다. 레이더는 미소를 짓는다. 내 머리카락을 움켜잡고 억지로 젖히는 그의 얼굴은 핏기 없이 하얗다. 맞서 싸우고 싶다. 허리춤에 차고 있는 총에 팔을 뻗어야만 한다. 하지만 팔다리가 전혀 움직이지 않는다. 심장마저 느릿느릿하게 뛴다. 비명조차 지를 수 없다.

참담한 사일런스 능력과 공포에 움직이지 못한다. 지켜보는 것 외에는 할 수 있는 일이 없다. 칼날이 피부에 닿는다. 그 차가운 감촉에 델 것만 같다.

그는 나를 음흉하게 내려다본다. 이마에는 천을 둘둘 감고 있고 그 아래로 보이는 머리카락은 잔뜩 기름져 있다. 저 천의 색깔을 뭐라고 해야 할지 모르겠다, 그게 의미가 있다면 말이지만. 이렇게 아무 쓸모도 없는 걸 이 순간에 궁금하다니.

다음 순간, 그의 얼굴이 폭발한다. 뼛조각과 찢어진 살점이 떨어진다. 레이더의 몸이 관성에 따라 나를 향해 넘어진다. 그가 쓰러지는 동시에 번개가 돌아온다. 생각할 겨를도 없이 앞으로 긴다. 죽은 이의 따뜻한 피와 깨진 이가 내 머리카락에 엉겨 붙는 바로 그 순간에 시체 아래에서 빠져나온다.

누군가가 팔을 붙잡고 나를 끌어올린다. 나는 충격에서 벗어나지 못하고 공포에 사로잡혀 있다. 약하게 땅을 차는 것 외에는 어떤 일도 할 수 없어 상대를 내버려 둔다. 먼 곳에서 누굴 죽일 듯한 표정의 팔리가 총을 치켜든 채 이미 죽은 남자의 몸을 겨누고 나를 바라본다.

"나야."

몇 미터 떨어진 곳에 나를 내려놓으며 낮은 목소리가 말한다. 아니, 그것보다는 내가 주저앉도록 놓아줬다는 것이 더 맞겠다. 티베리아스가 물러난다. 크게 뜬 눈이 희미한 불빛 아래에서 빛나는 것처럼 보인다. 나를 훑어보며 티베리아스가 숨을 빠르게 헐떡인다.

일어서. 스스로에게 말해 본다. 다시 일어나.

그렇게 할 수만 있다면. 침묵하는 돌의 기억을 손쉽게 떨쳐 낼 수만 있다면. 나는 천천히 양손을 털면서 번개를 불러온다. 피부 위로 불꽃이 튄다. 스파크가 이는 것을 보아야만 한다. 능력이 사라지지 않았다는 것을 알아야겠다.

목을 만지자 손가락에 피가 번들대며 묻어난다.

티베리아스가 눈도 깜빡이지 않고 침묵하며 나를 지켜본다.

나는 마지못해 거리를 벌리면서 그가 몸을 돌릴 때까지 티베리아스를 마주 쏘아본다. 방향 감각을 되찾자 내가 보호받고 있었다는 사실을 깨닫는다. 티베리아스는 나를 차 옆에 내려놓고 망가진 차체를 보호막으로 이용했다. 주위에는 몬트포트의 군인들이 열을 맞춰서 있다. 데이비슨이 그들 사이를 걸어 다니고 있다. 데이비슨의 얼굴에도 피가 한 줄기 묻어 있다. 그는 자기 자신에게, 그리고 레이더들에게 염증이 난 표정이다.

차체를 지지대 삼아 몸을 떨며, 거의 기다시피 내 발로 일어선다. 앞쪽에서는 전투가 맹렬히 계속된다. 무시무시한 야수들이 콧방귀를 뀌며 발굽을 쿵쿵거리고 있다. 은혈 주인들의 의지와 자신들의 본능이 상충하는 것 같다.

번개로 된 하얀 그물이 울타리처럼 놈들 위쪽에 생겨난다. 그들은 그 광경을 보고 겁에 질린 채 머리를 젖힌다. 나도 그 기분을 안다.

"불쌍한 것들."

타이톤이 내 옆에 멈춰 서며 중얼거린다. 그는 낯설 만큼 쓸쓸해 보이는 얼굴로 야수들을 바라보고 있다. 한 놈이 공격을 시도하자 타이톤은 눈을 깜빡인다. 그러자 그놈이 쓰러진다. 거대한 몸뚱이가 의식을 잃고 허물어진다.

레이더들이 공격하기 위해서 돌아온다. 오토바이가 으르렁대면서 줄어드는 나무들 사이에서 도약한다. 에반젤린과 그녀의 사촌들이 오토바이의 지배권을 놓고 적들의 마그네트론들과 엎치락뒤치락 전투를 벌인다.

한 손을 가슴에 올리고 전투복을 움켜쥔 채, 나는 도약하는 오토바이 하나를 움켜잡으려고 시도한다. 굳은 마음을 먹고 오토바이를 쏘아보면서 엔진을 타고 흐르는 전기를 추적한다. 엔진은 차례대로 죽어 간다. 급작스러운 폭발. 그리고 끝이다. 아무것도 없다.

기계가 고장 나자 운전수는 깜짝 놀라며 몸을 비튼다. 거친 숨을 쉬며 다음 오토바이에도 똑같이 한다. 오토바이는 하나씩 하나씩 고장 난다. 멈출 때까지 굴러가거나 허공에서 뒤집힌다.

우리 쪽 군인이 레이더에게 다가간다. 생포하라는 명령을 받은 것이 틀림없다. 데이비슨 본인도 이미 하나를 보호막으로 만든 감옥에 붙들어 두고 있다. 그 레이더는 아무 쓸모 없이 푸른 감옥을 두들긴다.

에반젤린이 마그네트론 레이더 하나를 추적해 땅바닥에 쓰러트린다. 그는 체구가 작다. 레이더는 맞서 싸우기 위해서 검과 채찍의 중간 형태로 보이는 양날검을 회전시킨다. 에반젤린은 더 빠르고 치명적이다. 레이더의 검은 그녀의 칼에 상대가 되지 않는다. 에반젤린이 만든 칼들이 레이더의 피부를 찌른다. 에반젤린의 능력은 그에게는 너무 강력하다. 에반젤린 사모스는 데이비슨에게 어떤 충성의 의무도 없으며, 자비심 또한 없다. 그녀는 레이더를 반으로 잘라 버린다. 별빛 아래로 은색 피가 흘러내린다.

피와 재. 낮은 구릉에서는 죽음의 냄새와 맛이 난다. 나는 숨을 고르며 그 끔찍한 공기를 들이마신다.

남아 있는 레이더들은 패배했다는 사실을 깨닫는다. 오토바이들은 황야로 달아나기 위해 서서히 물러난다. 그들이 사라지자 능력도 사라져 저 야수 떼도 고요해진다. 시체들과 짓밟힌 덤불을 뒤에 남긴 채, 야수들은 숲으로 사라진다.

"저게 들소인가요?"

나는 헐떡거리면서 데이비슨을 바라본다.

그는 음침하게 고개를 끄덕인다. 나는 침을 삼킨다. 배 속에서 들소 스테이크가 느껴진다. 마치 돌처럼 묵직한 느낌이다.

아래로 내려가는 몇 갈래 길, 전조등이 먼 평원에서부터 번뜩인다. 두 번째 공격에 대비해 몸을 긴장시키며 주먹을 말아쥔다.

타이톤이 내 팔에 손을 올리고는 눈을 빛내며 나를 내려다본다.

"골든그로브에서 오는 차들이에요. 증원 요청을 했잖아요."

안도감이 홍수처럼 밀려온다. 숨을 내쉬며 어깨에 힘을 푼다. 그 움직임을 따라 등에 난 상처에서 찌르르한 통증이 온다. 나는 놀라서 숨을 뱉으며 상처를 더듬어 본다. 길게 베였지만 깊지는 않다.

상처들을 찬찬히 살피는 나를 티베리아스가 몇 미터 거리에서 지켜본다. 시선이 마주치자 그는 화들짝 놀라더니 재빨리 뒤돈다.

"힐러를 데려다줄게."

티베이라스가 조용히 말하더니 걸어가 버린다.

"종이에 좀 베인 거 갖고 질질 짜는 일 끝났으면, 나도 도와줄 수 있겠냐."

땅에 누워 있는 팔리가 이를 꽉 깨문 채 한 손을 흔든다. 총이 떨어져 있다. 주변에는 다 쓴 총탄이 가득하다. 그중 하나가 내 목숨을 구했다.

그녀는 오른쪽 다리를 움직이지 않으려고 주의하고 있다.

왜냐하면 무릎이…… 이상하다.

시야가 한순간 흔들린다. 부상이라면 많이 보았지만, 무릎이 비틀린 방식에, 다리 아래 절반이 제 위치를 벗어난 것에, 그 부상의 어떤 모습에 가슴이 철렁 내려앉는다. 근육의 통증이나 어깨에서 나는 피, 심지어 사일런스가 주었던 감각마저도 다 잊어버린 채 팔리의 옆으로 달려간다.

"움직이지 마."

그렇게 말하는 내 목소리가 들린다.

"제기랄."

그녀가 양손으로 내 손을 단단하게 잡으며 으르렁댄다.

제10장

아이리스

산은 가파르고 위험하다. 그 산들이 계곡에 있는 도시를 포위나 군대의 습격으로부터 보호한다. 저들이 방어하는 도로에서 벗어나면 두꺼운 소나무가 위험하게 앞을 가로막는다. 해발 고도 자체도 억지력으로 작용한다. 도시의 아가리로 기어오르려는 사람은 누구든 약해진다. 절벽과 하늘이 만들어 준 천연의 성채 안에서 저들은 안전하겠지. 어떤 군대도 문 앞까지 쳐들어올 수 없을 테니까. 하지만 우리는 종종 우리를 가장 강하게 만들어 주는 것 때문에 약해지고는 한다.

몬트포트도 예외는 아니다.

우리는 몬트포트의 국경 밖 동쪽에 착륙한다. 프레이리의 영토다. 우리가 타고 온 드랍젯은 아무 표식도 없는 것으로, 동체에는 프레이리의 금색이 새로 칠해져 있다. 아침 햇살 아래에서 물결처럼 흔들리는 키 큰 풀들 사이에 쉽게 뒤섞일 수 있는 색상이다. 저 먼 평원 밖의 누구도 우리의 도착을 알아차리지 못한다. 우리는 레이크랜즈의 미개척지들을 통과한 뒤, 탁 트이고 텅 빈 풍경을 지나며 조심스럽게 날았다. 프레이리의 군주들은 먼 곳에 있다. 그들의 땅은 거대하고 너무 제멋대로 뻗어 있는 탓에 제대로 순찰하기가 쉽지 않다. 게다가 그들은 원래 하던 일만으로도 바빠 우리가 자기네 땅을 가로지르는지도 모른다. 아무도 우리가 여기 온 것을 모른다.

레이더들은 제외하고 말이다.

이 작전에서 레이더들이 꼭 필요하다. 그들은 아센던트의 밖으로 최대한 사람들을 끌어내기 위한 미끼다. 운이 좋다면, 티베리아스 캘로어도 밖으로 유인할 수 있을지도 모른다. 메이븐은 티베리아스 캘로어는 싸울 기회를 지나치는 법이 결코 없다고 했다. *으스델 기회 말입니다.* 우리가 이 일을 논의할 때에 메이븐이 인상을 쓰며 덧붙였다. 나는 그 추방당한 왕자를 모른다. 아직까지 한 번도 만나 보질 못했으니까. 하지만 레이크랜즈가 눈을 감고 있었던 건 아니다. 우리는 그를 비롯하여 모든 왕족에 대한 첩보를 수집해 왔다. 그들은 한 세기가 넘는 세월 동안 우리의 적이었다. 보고서에 드러난 것만 봐도 그 왕자님을 예측할 수 있다. 그는 자기 아버지처럼 군의 수장으로 길러졌다. 의무와 기대에 납작하게 짓눌렸고 왕관을 최우선으로 하는 인물로 만들어졌다. 매우 독특한 적혈 여자애 문제와 더불어, 노르타의 형제가 지니는 공통점이다.

나도 메이븐의 의견에 전적으로 동의한다. 티베리아스가 몬트포트와의 협상을 위해, 동맹을 강화하기 위해 정말 이곳에 와 있다면 자기 자신을 증명하여 충성심을 얻으려 할 것이다. 저들을 위해 싸우는 것보다 더 좋은 방법이 뭐가 있겠는가?

미리 의견을 맞춰 둔 장소에서 레이더들과 만난다. 주변 풍경 전체를 바라볼 수 있는 오르막이다. 가면을 쓰고 베일을 두른 레이더들은 연기를 뱉어 내는 오래된 오토바이에 다리를 벌리고 앉아 있다. 눈까지 오토바이용 고글로 가리고 있다. 모두가 은혈들이다. 산악 왕국이 몰락했을 때 자신들의 땅에서 추방된 자들. 귀족이자 지배자로서 타고난 권리들을 빼앗긴 자들. 우리보다 그들이 수적으로는 우세하지만 두렵지는 않다. 나는 태어날 때부터 전사였으며 왕국에서 가장 강한 님프로 키워졌다. 나의 호위 5명 또한 마찬가지다. 강하고 고결하며 유능하다.

나를 보호하고 도와주고픈 열망에 찬 지단사가 내 옆에 자리한다. 레이더가 내게 지나치게 가깝게 다가올 상황을 막고자 그녀는 나와 레이더 사이에 신중하게 자리를 잡는다.

나는 얼굴에 그늘이 지도록 고개를 숙인다. 레이더들은 고립되어 산다. 그들이 레이크랜즈의 공주, 노르타의 왕비를 본 적이야 없겠지만 이게 최선이다. 협정을 검토하는 동안 다른 이들이 나 대신 말을 한다.

우리 팀은 6명으로, 이동하기 간편하다. 우리는 레이더들의 뒤에 하나씩 매달려 평원을 가로지른다. 그들은 이 땅을 우리보다 잘 알고 있다. 우리는 몸을 숨기기 위해서 헤이븐 섀도우를 쓸 필요도 없다. 아직까지는 그렇다.

산들이 점점 다가온다. 지금까지 본 어떤 산보다도 더 벽처럼 보인다. 공포가 결의를 잡아먹으려 하지만 그렇게 두지는 않을 테다. 눈을 가늘게 뜨고 당면한 과제에 집중하며 다른 생각이 떠오를 여지를 없애 버린다.

시간이 뒤엉켜 흐른다. 나는 평원을 훑어본다. 극복해야 할 각각의 장해물들.

국경 넘기.

이건 쉽게 해결됐다. 레이더들은 길과 몬트포트의 사각지대를 잘 알고 있다. 그들은 빽빽한 소나무 숲을 뚫고 냇가를 따라 달린다. 구릉지를 오르기 시작할 무렵 나는 우리가 프레이리와 몬트포트 사이를 나누고 있는, 보이지 않는 국경선의 반대편에 와 있다는 것을 깨닫는다.

통행료 지불.

내가 가지고 온 보석 목걸이는 사파이어, 은, 다이아몬드로 된 것이다. 나는 총알로 위협받으며 목걸이를 그들에게 건네준다. 남편에게서 빌려 온, 젊고 다부진 헤이븐 새도우는 기꺼이 흥정에서 유리한 위치를 양보한다. 그의 가문은 노르타의 내전으로 두 개로 쪼개졌다. 가문의 수장은 티베리아스의 편에서 싸우고 있지만 친척 대부분은 메이븐의 편에 남았다. 혈연을 넘어 나라와 왕에게 충성을 바칠 수 있다니 감탄스러운 부분이다. 심지어 그 왕이라는 사람이 메이븐 캘로어인데 말이다.

헤이븐 새도우는 전통을 무시하고 검은 보석이 박힌 감시병의 가면을 벗고 있다. 가면이 없으니 그도 사람처럼 보인다. 파란 눈에 햇빛을 받아 반짝이는 붉은 머리다. 그가 레이더에게 보급품이 떨어질

254

장소를 알려 준다. 북쪽으로 몇 킬로미터 올라간 곳이다. 음식, 돈, 배터리, 그리고 저들의 공격을 도와줄 무기와 탄약들을 담은 상자다. 레이더들은 가능한 높은 곳까지 동쪽 산기슭을 오른 뒤 우리를 내려 주고 지체 없이 떠난다. 끝까지 얼굴을 볼 수 없다. 적어도 그들 중 하나가 금발인 건 알 수 있다. 둘둘 감고 있는 천 아래로 머리카락 몇 가닥이 드러나 있다.

산 오르기.

폭포가 있으니 간단히 해결된다. 나는 폭포를 움직이는 사다리처럼 이용해서 거대한 절벽 위쪽으로 일행을 이동시킨다. 얼마나 많은 절벽이 있는지는 세다가 잊어버린다. 우리는 어렵지 않게 물살을 거스르고 물길을 따라 거꾸로 올라간다. 내 능력과 노르타의 오사노스 가문 출신인 또 다른 님프 라에론의 능력을 합쳐 일행 6명 모두 계곡 안으로 들어가는 데 성공한다. 별이 머리 위에서 반짝이며 생명을 되찾고 있다. 길은 거칠고 공기는 희박하다. 고도가 높아지자 호흡은 점차 얕아진다. 하지만 몸을 쓰는 일이라면 내게는 낯선 일이 아니다. 나는 어릴 때부터 레이크랜즈의 시타델에서 단련했다.

헤이븐은 이따금 손가락을 비틀며 양손을 쉬지 않는다. 그는 능력으로 우리를 담요처럼 감싸고, 소나무를 뚫고 가는 우리의 모습을 보이지 않게 하고 있다. 자기 발을 내려다보며 가는데도 덤불 빼고는 아무것도 보이지 않는다. 매우 낯선 경험이다. 그래도 램보스 출신 스트롱암인 라이달을 볼 필요는 없어 다행이다. 그는 2명의 몸을 어깨에 가방처럼 끈으로 둘러메고 있다. 그 탓에 그의 거대한 체구가 왜곡되어 보인다. 내 계획의 일부다. 유혈이 낭자한 부분.

다시 한 번, 공포를 떨쳐 낸다.

우리는 도시의 북쪽으로 향해 계속 등산하다가 강에 닿을 때까지 남쪽으로 내려간다. 아센던트가 자리한 계곡의 하류는 댐으로 막혀서 구부러진 폐색호(閉塞湖)를 형성하고 있다. 물가에 도착하자 어깨의 짐이 좀 덜어지는 듯하다. 둑은 고요하고 사람이 없다. 우리 6명은 아무 흔적도 남기지 않은 채 수면 아래로 내려간다.

나는 강바닥을 따라서 물길을 만들면서 물살에 집중한다. 라에론이 계획대로 머리 주변에 거품을 만들어 숨을 쉴 수 있는 공기 보호막을 제공한다. 님프들이 오래전부터 즐겼던 장난으로 아이라도 할 수 있는 것이다. 그렇게 우리는 비밀리에 계곡의 모퉁이를 따라 흐르는 물길을 따라간다. 앞이 보이지 않을 정도로 칠흑 같은 어둠 뿐이지만 나는 물을 믿는다. 마지막 몇 킬로미터의 여정은 침묵 속에 진행된다. 나 자신의 숨소리와 심장 박동만이 울린다.

＊ ＊ ＊

아센던트의 호수는 깊고 물고기로 가득하다. 물의 경계로 향하는 사이 어둠 속에서 비늘이 쓸고 가는 느낌에 한두 번 정도 놀란다. 어깨를 으쓱해 그 감각을 털어 버리며 다음 계획에 집중한다. 잘 가꿔진 사유지들이 호수에 부두 시설을 갖추고 있다. 우리는 그것들을 가림막으로 활용한다. 나는 제일 먼저 물 밖으로 나가서 수면 위로 눈만 내놓는다. 황무지와 물 아래에서 몇 시간을 보낸 뒤라 도시의 부드러운 불빛들에도 눈이 부시다. 그래도 눈을 깜빡이거나 움찔하지 않는다. 최대한 초점을 맞춘다. 우리에게는 지켜야 할 일정이 있다.

아직까지는 어떤 경보나 경고의 신호도 없다. *좋아.*

물 밖으로 나선 뒤 헤이븐 감시병이 다시 우리를 감싼다. 그러나 아무리 그렇고 해도 골목길에 남는 젖은 발자국은 가릴 수 없다. 그건 라에론과 내 몫이다. 우리는 몸을 뒤로 돌려 능력을 사용해서 물방울을 모두 짜내어 몸을 말린다. 그렇게 모인 물방울을 뭉쳐서 구로 만들어 근처의 식물이나 도랑으로 쏘아 보내자 아무 흔적도 남지 않는다.

프레이리까지의 비행 내내 브라켄이 준 지도를 보며 아센던트의 평면도를 외웠다. 다른 누군가의 작업을 토대로 계획의 많은 부분을 세워야 한다는 점이 불안하다. 주어진 자료를 믿어야만 할 것이다. 정보 하나만 잘못되어도 바로 실패할 수 있다고 해도 말이다. 층을 이룬 계곡을 따라 길거리와 계단이 들쭉날쭉 이어지는 몬트포트의 수도는 몹시 혼란스러운 형태이기는 하지만, 나는 호수로부터 브라켄의 아이들이 붙들려 있는 곳으로 이어지는 가장 빠른 경로를 찾아낸다.

피에드몬트 측의 첩자는 아이들이 궁전이 아니라 천문대에 있다고 했다.

침묵이 깔린 어두운 골목길, 아직 안전한 그곳에서 산기슭 위로 높게 지어진 반구형 건물로 향하는 계단을 흘깃 바라본다.

수백 미터는 될 산을 또 탈 생각을 하니 다리가 후들거린다. 하지만 호흡을 낮고 침착하게 유지하며 소리 없이 앞으로 나선다. 코로들이마시고, 입으로 뱉고, 발걸음에 맞춰서.

스트롱암은 지고 있는 *화물*의 무게에도 불구하고, 어렵지 않게 계단을 오른다. 저 헤이븐 감시병은 누구보다도 열심히 훈련을 받았나 보다. 왕과 그의 가족을 수호하도록 육성된 그는 우리 중 가장 우수한 신체 조건을 갖췄다. 라에론 역시 똑같은 경우다. 저 3명을 내 옆에 데리고 다니는 것을 차치하더라도 노르타인을 믿어야 한다는 생각에 구역질이 난다. 믿고 싶지도 않다. 하지만 어쩔 수가 없었다. 정치적인 이유로 공평한 대표단을 구성해야만 했다.

내가 온전히 믿을 수 있는 유일한 동행은 지단사뿐이다. 우리와 함께 온 또 다른 레이크랜즈인을 생각하자, 불쾌감에 이를 악물게 된다. 나는 에스카리올(Eskariol) 혈통의 니로(Niro)를 혐오하지만, 우리에게는 그와 그의 재능이 필요하다. 니로는 스킨 힐러지만 이상한 구석이 있다. 생명을 구하는 능력을 선물로 받은 사람이라면 생명을 빼앗는 것을 즐기지 않는 법이다, 니로와는 달리.

계단을 오르는 동안 그가 숨을 들이마시고 내쉬는 소리가 들린다. 니로 정도로 재능 있는 힐러와 동행한 것이 다행이긴 하지만, 아예 필요 없는 상황이었다면 더 좋았을 것 같다. 니로는 밤이 끝나기 전 자신이 해야 할 일을 생각하며 지나치게 기뻐하는 중이다.

니로가 속삭인다.

"운이 좋다면 자정까지 들키지 않을 겁니다. 제 솜씨는 완벽할 거예요."

니로의 음성은 비단같이 매끄럽다. 니로는 오래된 외교관 가문 출신이다. 부러진 뼈를 고치는 것만큼이나 정치적인 동맹을 치료하는 일에 능숙하다.

"조용히 해."

나는 그를 향해 나직하게 쏘아붙인다. 니로의 유령 같은 존재감은 산의 공기보다도 차갑다.

아센던트는 무력한 상태가 아니다. 경비병들이 곳곳에 서 있고 순찰대가 곳곳을 누빈다. 레이크랜즈나 노르타의 수도보다는 적긴 하지만 말이다. 이 멍청한 몬트포트 사람들은 산과 숨기고 있는 비밀이 있으니 이 정도로도 안전할 거라고 생각하는 모양이다.

나는 계곡의 반대편을 힐긋 바라본다. 검은 머리 타래가 움직이는 게 느껴지지만 보이지는 않는다. 프리미어의 궁전으로 보이는 것이 자리해 있다. 그 경계선을 따라 다른 부지들과 정부 건물들이 줄지어 이어진다. 발코니, 창, 테라스마다 수많은 불빛이 드리워져 있는 궁전이 별빛 속에서 하얗게 빛난다.

메어 배로우가 저기 있어. 살아남는 재주가 있는 번개 소녀.

아케온에서 나는 그녀가 기분 좋은 흥밋거리라고 생각했다. 은혈 왕에게 매인 적혈 소녀. 은혈 왕은 덫에 그녀를 잡았으나, 되레 그녀라는 덫에 걸린 것처럼 보였다. 왜 메어가 메이븐을 그런 식으로 현혹하는지 이해하는 척은 하지 않겠지만, 아마도 그의 어머니가 한 일과 관련이 있음이 틀림없다. 건강한 정신을 지닌 사람이라면 그런 집착을 할 수가 없다. 그건 사랑도 아니다. 사랑이라는 걸 할 수 있는 사람이라면 메이븐처럼 행동하지 않으리라.

내가 사랑 때문에 결혼하게 될 거라고는 생각해 본 적 없다. 나는 그런 백일몽이나 꿈 정도로 순진해 빠진 사람이 아니다. 부모님은 두 분의 방식에 따라 서로에 대한 사랑과 존경을 키워 나가셨다. 나는 그 정도를 희망했다. 당연하지만, 메이븐이 그 바람조차 불가능한 것으로 만들었다. 지금껏 나는 아주 짧게만 그의 마음속을 엿볼 수 있을 뿐이었다. 그러나 메이븐의 심장이 죽었다는 사실을 알기엔 그것만으로도 충분하다.

브라켄의 아이들을 구출해야 하는 상황이 아니고, 내가 노르타의 왕비 자리를 지키고 싶었다면, 메어 배로우를 죽이겠다는 발상을 기꺼이 즐겼을 것이다. 악의가 있어서는 아니다. 메이븐에게 조금이라도 명료함을 찾아줄 수 있길 바랐을 것이기 때문이다. 지금 메어는 메이븐의 동기이며 포상이지만, 동시에 약점이기도 하다. 그리고 메이븐은 약해질 필요가 있다. 그가 다른 곳에 정신이 팔려 있길 바란다.

어머니께서 말씀하신 것처럼, 메이븐 캘로어는 홍수를 맞닥뜨리게 될 것이다.

그들 모두 그렇게 될 것이다.

＊ ＊ ＊

10분 전에 파견대가 떠났다. 그들의 차에서 나는 시끄러운 소리가 산을 울린다. 몬트포트 수도의 거리에서 시끄럽게 울리던 소리가 아직도 사면을 따라 메아리친다. 도시에는 경보와 경고 신호가 울린다. 계획대로다. 헤이븐의 장막에 둘러싸인 채 나는 눈을 깜빡인다.

천문대의 경비들은 도시를 돕기 위해서 군인 2명만 남기고 초소를 버려두고 떠난다. 밤이라 그들의 녹색 군복이 검게 보인다. 군인들은 스테인드글라스로 장식된 원형 지붕을 지탱하고 있는 세련된 월장석 기둥에 등을 기대고 서 있다.

경비병의 기억을 지워 버릴 싱어나 위스퍼가 없다. 그들 사이를 지나가는 것 외에는 선택지가 없다. 어려운 일이다. 다른 사람들과 함께 숨을 참고 천문대의 기둥 사이로 빠져나간다.

군인들은 입구에 모여 있다. 울리는 경보음이 익숙한 듯 조용하고 차분한 모습이다. 레이더들의 공격이 평범한 일이며, 수도에는 거의 위협이 되지 않는다고 들었다.

"평원?"

하나가 얼굴을 돌리며 다른 하나에게 묻는다.

그의 동료는 머리를 젓는다.

"기슭 쪽이야. 지난달에 두 번이나 평원에서 공격했잖아."

남자 경비는 손을 주머니에 쑤셔 넣으며 미소를 짓는다.

"평원. 동전 열 개 내기하자."

"나한테 돈 잃는 거 지겹지 않냐?"

그녀가 대꾸한다.

그들이 웃음을 터뜨리는 사이, 나는 자물쇠에 손을 올린다. 다른 손으로는 매고 온 물통을 두드려 연다. 헤이븐의 능력이 우리를 가리고 있어 내가 무엇을 하는지조차 볼 수 없다. 손의 감각에 의존해야만 한다. 그 점이 복잡하긴 하지만 속도가 조금 늦춰질 뿐이다.

물이 손목에 휘감기며 내게 입을 맞추더니 이내 손가락 사이로 꿈틀대며 나아가서 열쇠 구멍으로 흘러든다. 내가 숨을 내쉬자 물은 공간을 채우며 기계 장치에 몸을 맞춘다. 물을 사용해서 자물쇠의 홈을 누르며 나만의 열쇠를 만든다.

나는 지단사를 찾아서 발로 그녀를 살짝 민다. 그녀가 마주 나를 찌른다.

몇 미터 떨어진 곳에서 나뭇가지 하나가 그녀의 능력에 부러져 자갈길에 세게 떨어진다. 자물쇠를 돌리는 소리가 완벽하게 감춰진다.

"레이더들이 도시에 왔나?"

여성 경비의 웃음소리가 공포로 바뀐다.

"말도 안 돼."

남자 쪽이 응수한다.

그들은 확인을 위해 달려간다. 우리는 탐지되지도, 보이지도, 발견되지도 않은 채 천문대 안으로 미끄러져 들어간다.

감시 카메라가 있을 수도 있기에, 헤이븐 감시병이 들어가는 내내 능력으로 우리를 감싼다.

"라에론, 통과."

노르타의 님프가 속삭인다. 우리는 서로를 볼 수 없기에, 순서대로 소리를 낸다.

"지단사."

"라이달."

"니로."

"아이리스."

"델로스."

헤이븐 감시병이 말한다.

나는 미소를 지으며 문을 천천히 닫는다.

천문대 감옥에 침투. 완료.

안도의 한숨을 쉴 여유 같은 건 없다. 브라켄의 아이들을 안전하게 되돌려 놓은 후, 고향 땅을 밟기 전까지 그런 여유는 허락되지 않는다. 고향에 간 이후에도 안심하기엔 이르다. 어머니께서는 이겨야 할 전쟁 앞에서는 휴식은 쓸모없다고 말씀하셨다. 우리는 분명 전쟁에 당면해 있다.

방을 도는 지단사의 발걸음이 가볍게 울린다. 그녀의 탐색은 꽤 오랜 시간이 걸린다. 우리 모두는 불안해한다. 지단사가 돌아올 때까지 긴장감은 계속 증가한다. 지단사의 목소리에서 미소가 느껴진다.

"정말로 바보 같은 자들이군요. 카메라는 없어요. 하나도 없습니다."

"어떻게 그럴 수 있지?"

라에론이 중얼거린다.

나는 이를 악문다.

"아이들이 여기 있다는 기록이 남지 않길 원했기 때문일 것이다."

나는 생각해 낼 수 있는 유일한 설명을 내놓는다. 전쟁 중에는 끔찍한 일들이 벌어진다, 심지어 은혈들에게도 그렇다. 직접 깨달은 사실이다.

"아니면 그들이 아이들에게 저지른 일이 기록으로 남지 않기를 원했거나."

그 깨달음이 주는 공포가 커튼처럼 우리를 뒤덮는다.

나는 턱을 들어 올리고, 보이지도 않는 머리카락을 매만져 귀 뒤로 넘긴다.

"헤이븐 감시병, 이제 능력을 멈추어도 좋다."

"네, 전하."

그가 절을 하는 소리가 들린다. 다음 순간 시야가 뚫린다.

창문이 갑자기 깨끗하게 닦이는 것처럼 시력이 돌아온다. 대부분은 자기 팔다리를 검사라도 하듯 살펴보지만 니로만은 나를 바라보고 있다. 유리 돔을 통과해 들어온 희미한 불빛 아래에서 니로의 얼굴은 흉한 녹색으로 얼룩지고 더 창백해 보인다. 니로의 시선은 내게 도전하는 것 같기도, 즐거워하는 것 같기도 하다. 어느 쪽도 마음에 들지는 않는다.

"이쪽으로."

당면한 과제에 집중하며, 나는 그들에게 말한다. 다들 줄을 이룬다. 심지어 니로조차 줄을 서서 따라온다. 내 바로 뒤에 지단사가 서서 다행이다. 헤이븐 감시병도 바싹 따른다. 나는 노르타의 왕비다. 그는 메이븐과 나를 보호하기로 맹세한 몸이다.

우리는 하늘을 향해 있는 거대한 망원경을 돌아서 지난다. 망원경은 황동으로 된 관에 유리가 고정된 물건이다. *웬 낭비람.* 별은 은혈조차도 닿을 수 없는 곳에 있다. 그들은 신들의 영역에 있으며 오롯이 신들만의 것이다. 별은 우리가 헤아릴 수 있는 것이 아니다. 시도하는 것조차 시간, 자원 그리고 힘의 낭비일 뿐이다.

몇 개의 방이 중앙의 둥근 공간에서 이어지지만 전부 무시한다. 나는 대리석 바닥을 가로지르며 발아래에서 갈라진 틈이 보이는지 탐색한다. 보일 거라고 기대했던 것은 아니다. 나는 가져온 물통을 꺼낸다. 라에론을 향해 고개를 끄덕이며 똑같이 하도록 신호를 보낸다.

우리가 가져온 물이 발밑을 흐르며 얇디얇게 펼쳐진다. 물은 돌에 고이며 평판 사이의 홈과 이음매 사이로 파고든다.

"여기요."

라에론이 벽 쪽으로 걸어간다. 거대한 물방울이 모여든다. 가까이 다가가며 눈을 가늘게 뜨자, 물에 아주 조그만 공기 방울들이 생긴 것이 보인다.

저 아래 공간이 있다.

지단사가 재빠르게 손가락을 움직여 판을 치워 낸다. 그 아래는 어둠이 희미하게 깔려 있지만 완전한 암흑은 아니다. 천문대 복도 저 먼 아래 어딘가에 불빛이 있다. 주변을 볼 수 있을 정도로는 밝지만, 뚜껑 문의 가느다란 틈 사이로 새어 나올 정도는 아니다.

손짓하듯 계단이 아래로 이어진다.

계획대로 라이달이 제일 먼저 내려가고, 니로가 그 뒤를 따른다. 니로는 한 손에 라이달이 반대했을 권총을 들고 있다. 헤이븐 감시 병이 다음이다. 그의 손이 휘도는 연기 같은 그림자에 잠기며 어두워진다. 나는 그의 뒤에 바싹 붙고, 지단사가 내 옆에 선다. 라에론은 끝을 맡는다.

이건 쉬운 부분이야. 나는 속으로 말한다. 그리고 내 생각은 옳다.

복도가 구부러지며 천문대 아래를 지나서 경계 너머까지 이어진다. 경비도, 카메라도 없다. 희미한 불빛과 발걸음이 메아리치는 소리만 있을 뿐이다.

이곳이 브라켄 왕자의 아이들을 위해 특별히 지어졌을지 궁금하지만 그건 아닌 듯하다. 벽은 따뜻한 버터 색으로 새로이 칠해졌지만 돌은 오래되었다. 이곳에는 이상하게도 진정 효과가 있다. 적의 감옥에서 기대하지 못했던 것이다.

몬트포트 사람들은 정말로 괴짜다.

100미터쯤 가자 복도가 넓어지면서 수신실 비슷한 것이 나타난다. 창이 잔뜩 있다. 도시의 깜빡이는 빛을 비추는 창들에 나는 멈칫한다. 아센던트의 위아래로 번뜩이고 있는 불빛이 보이는데도 경보음이 전혀 들리지 않는 것을 보니 창문이 무척이나 두꺼운 것이 틀림없다.

나는 지단사와 혼란스러운 눈빛을 주고받는다. 지단사도 마찬가지로 어리둥절한 표정이다. 그녀는 어깨를 으쓱하더니 문이 하나 있는 오른쪽으로 턱을 움직인다.

문은 평범하다. 강화된 흔적도 보이지 않는다.

문을 열기 위해 자물쇠에 손을 올리는 순간 그 이유를 깨닫는다.

"침묵하는 돌이다. 끔찍한 놈들."

나는 불에 덴 것처럼 손을 물리며 쉰 소리를 낸다. 능력을 산화시켜 버리는 그 돌이 주는 꺼림칙한 아픔에 피부에 벌레가 기어가는 느낌이다.

지단사가 목 깊은 곳에서부터 혐오스럽다는 듯한 소리를 낸다.

"불쌍한 아이들 같으니. 몇 달이나 되었을 텐데."

다른 이들도 그녀에게 동조한다.

하나만 빼고.

"그들에겐 안된 일이지만, 우리에게는 다행이죠."

니로가 어떤 동정심도 보이지 않고 대꾸한다. 나는 코웃음을 친 뒤 그에게 왈칵 성을 내며 쏘아붙인다.

"그게 무슨 뜻이지?"

"침묵하는 돌 때문에 아이들은 평소 둔감하고 졸려했을 겁니다. 아침까지 움직임이 없다고 해도 아무도 알아차리지 못하겠죠."

니로가 라이달이 등에 매고 있는, 천으로 덮인 덩어리를 가리킨다. 그의 손가락이 어떤 배려도 없이 인간의 살을 두드린다.

그 말이 옳을 수도 있지만, 나는 표정을 펴지 않고 손가락을 튕기며 말한다.

"저들을 꺼낸다. 헤이븐 감시병, 보조하게. 그리고 니로, 그들을 치료할 준비를 해. 치료가 필요할 테니까."

침묵하는 돌이 사람을 어떻게 만드는지 잘 안다. 배로우를 통해 직접 보았다. 움푹 패인 볼과 멍청한 눈. 병든 사람처럼 뼈가 도드라지고, 정맥이 드러날 정도로 야위었다. 그리고 배로우는 완고하고 지독히 말을 안 듣는 어린애였다. 자신을 미치게 만드는 분노를 먹이 삼아, 자신이 추구하던 대의를 꼭 붙들고 있었다. 어리석고, 어두운 운명이 예정된 것이라고 해도 말이다. 브라켄 왕자의 아이들은 어리다. 고작 10살과 8살이다. 은혈로 태어나, 자기 능력에 의지하며 살아왔으며 그 외의 삶이라고는 모른다. 침묵하는 돌이 그들에게 어떤 영향을 미쳤을지 알고 싶지 않지만 선택의 여지가 없다.

전쟁의 공포스러운 일면을 똑바로 들여다봐도 눈도 깜빡이지 않아야 한다. 아버지께서는 그러셨다. 어머니와 언니도 그렇다. 조금이라도 승리를 바란다면, 눈을 똑바로 뜨고 있어야 한다.

이겨서 고향으로 돌아가려면.

라에론이 물병 속 물로 문을 연다. 침묵하는 돌의 경계에서 사투를 벌이느라 시간이 걸린다.

마침내 그가 문을 열고는 내가 먼저 들어갈 수 있도록 물러선다. 안으로 들어서자 나를 덮치는 부자연스러운 감각에 맞서며 자신을 다잡느라 몸을 떤다. 사일런스와 싸우는 것보다는 좀 더 균일하게 느껴진다. 사일런스 능력은 그들의 심장 박동과 집중력에 따라 맥동한다. 침묵하는 돌은 좀 더 일정하다. 완강하다. 그 험악하고 부자연스러운 감각을 누르며 힘겹게 침을 삼킨다.

등 뒤에 팀이 있다. 뒤쪽의 복도는 더없을 정도로 안전하다. 그럼에도 절벽 위에 놓인 신생아처럼, 태어난 이래 가장 무력한 기분이다.

두 아이는 꽤 잘 꾸며져 있는 침대를 하나씩 차지하고 소리도 없이 잠들어 있다. 그늘에 숨어 있는 경비병이 있을까 싶어서 둘러본다. 잘 갖추어진 가구들과 커튼이 내려져 있는 창문의 희미한 그림자를 제외하면 아무것도 없다. 복도에서처럼 창이 나 있어 소나무 사이로 계곡을 내려다볼 수 있다. 또 다른 고문 아닌가. 닿을 수 없는 세계를 보여 주다니.

"저 아이들을 데려가도록 돕게."

나는 이곳을 없애 버리고 싶은 열망에 찬 채 작게 중얼거린다.

내게 가까이 있는 침대에서 잠든, 어두운 머리색의 여자아이에게로 다가가서 한 손을 얼굴에 올린다. 그 애가 비명을 지를 것을 대비해 입을 막을 준비를 한다. 브라켄의 딸은 내 손길에 몸을 움직이지만 깨지는 않는다. 희미한 불빛 아래에서 이 애의 피부는 잘 닦은 비행기 같은 색으로 보인다.

"일어나, 샤를로타."

나는 속삭인다. 심박이 두 배로 빠르게 뛴다. *가야 해.*

마이클 왕자를 맡은 헤이븐 감시병은 그렇게 조심하지 않는다. 그는 한 팔을 아이의 어깨 뒤에, 다른 팔은 무릎 밑에 넣어 아이를 들어 올린다. 누나처럼, 남자아이 역시 천천히 깨어난다. 몸을 가누지 못하고 느릿느릿 움직인다. 침묵하는 돌이 이 애들을 엉망진창으로 만들었다.

"누구……?"

남자아이가 웅얼대더니, 눈을 파닥거리며 떴다 감는다.

내 아래에서 아이의 누나가 몸을 조금 움직인다. 어깨를 부드럽게 흔들자 잠에서 깨어난다. 여자아이는 눈을 깜빡이며 나를 보고 혼란스러운 얼굴로 눈썹을 모은다.

"산책 시간인가? 소란 피우지 않을게, 약속해."

아이의 목소리는 높고 숨소리가 섞여 있다.

나는 그 애에게 재빠르게 말한다.

"그래. 우리는 침묵하는 돌로부터 멀리멀리 산책을 갈 거란다. 하지만 너희 둘 다 매우 조용히 해야 해. 또 정확히 우리가 말하는 대로 해야 해."

거짓말이 아니다. 그 말 덕에 두 아이 모두 최대한 기운을 차린다. 샤를로타는 내가 자신을 안을 수 있도록 내 목에 팔을 두른다. 그 애는 예상보다 훨씬 가볍다. 아이가 아니라 새를 안은 기분이다. 아이에게서는 신선하고 깨끗한 냄새가 난다. 침묵하는 돌만 빼면 잘 대접을 받은 모양이다.

마이클은 헤이븐 감시병의 품 속에서 몸을 구부린다. 아이가 감시병에게 말한다.

269

"당신은 처음 보는데."

방에서 빠져나오는 일은 느리게만 느껴진다. 복도로 나오자 능력이 돌아오는 것이 느껴진다. 숨을 잔뜩 들이마신다. 두 아이 모두 마찬가지다. 내 팔에 안긴 샤를로타는 몸에 힘을 푼다.

"기억하렴, 우리 말대로 해야 해."

나는 라이달과 니로가 준비해 온 것에서 눈을 돌리며 작게 말한다.

남자아이는 대꾸 없이 고개를 끄덕이지만, 샤를로타는 내가 아이에게서 볼 거라고 예상치 못한 날카로운 시선으로 나를 올려다보더니 속삭인다.

"우리를 구하러 왔소?"

거짓을 말할 이유가 없다. 그래도 그 말이 나를 찌른다. 내가 실패할 수도 있다. 나는 이 아이들을 죽일 수도 있다. 나는 이 일을 시도하다 죽을 수도 있다.

"그래."

나는 억지로 뱉는다.

"제가 좀 볼까요."

니로는 조금의 시간 낭비도 하지 않고, 나조차 움찔할 정도로 번뜩이는 불빛을 두 아이의 얼굴 위로 비춘다.

"조용히."

나는 마이클이 비명을 지르자 소곤댄다. 샤를로타의 머리 너머로 니로를 쏘아보지만 그는 나를 무시한 채 아이들에게만 집중한다. 아이들의 체형을 기억하는 니로의 눈이 기계처럼 똑딱거리며 앞뒤로 움직인다.

니로가 땅 위에 놓인 짐으로 돌아선다. 채 시선을 돌리기도 전에 그들의 모습이 눈에 들어온다. 작은 적혈 2명.

그들은 숨을 쉬고 있다. 강하게 중독되어 치료가 없으면 깨어나는 것이 불가능하다. 하지만 여전히 숨을 쉬고 있다.

니로가 자기 기술을 발휘하려면 살아 있는 살이 필요하다.

헤이븐 감시병과 눈이 마주친다. 헤이븐 감시병은 나처럼 스킨 힐러와 적혈들에게서 몸을 돌린다. 아이들이 자신들 때문에 일어나는 일을 보게 둘 수는 없다. 그리고 우리들 또한 저 일이 벌어지는 걸 목격하고 싶지 않다.

나약한 거지. 칼날이 우는 소리에 움찔하는 순간 무언가가 내 안에서 속삭인다. *눈을 감지 마, 아이리스 시그넛.*

"예술적이네."

혼잣말로 중얼거리는 니로의 목소리는 늑대 같고 들떠 있다.

그의 작업은 대부분 조용하다.

대부분은.

제11장

메어

탈진한 상태지만 나는 잠들지 못한다. 동이 틀 무렵에야 아센던트
에 도착했다. 돌아오는 길 내내 힐러들이 상처를 치료해 주었다. 도
착했을 때는 데이비슨이 모은 정부 관계자들 앞에서 연설하기로 계
획된 시각까지 고작 몇 시간밖에 남아 있지 않은 시점이었다. 잠을
자 보려고 했지만 레이더와의 전투에서 솟은 아드레날린과 다가올
회의에 대한 긴장으로 내내 고통받을 뿐이었다. 남은 밤은 커튼 끝
자락을 응시하며 동트기 전 푸른 빛이 밝아 오는 것을 지켜보다 보
냈다. 지금 나는 간신히 침착함을 유지하며 낮은 테라스에서 앉지도
못하고 기다리고 있다. 드레스 끝자락이 짜증스럽다. 내가 입은 것
은 눈에 거슬리는 짙은 보라색 드레스로 곳곳에 스팽글이 달려 있고
허리에는 금색 벨트를 차고 있다. 풍선 같은 소맷자락이 손목에서
모이는 형태. 목깃이 떨어져 내려서 메이븐이 남긴 낙인의 끝부분

이 보이고, 머리는 땋아서 뒤로 넘겨 목을 따라 가지처럼 뻗은 상처들을 자랑스럽게 드러냈다. 지사가 아니라 내 생각이었다. 몬트포트의 정치인들에게 내가 얼마나 희생을 해 왔는지 보여 주고 싶다. 할 수 있는 한 번개 소녀답게 보이고 싶다. 비록 그런 사람이 실제로는 존재하지 않는다고 해도 말이다. 메리어나를 이용했던 것처럼, 번개 소녀를 이용할 수 있다. 메리어나 번개 소녀는 거짓된 나일지도 모르겠지만, 실재하는 누군가의 조각들이다. 그 조각들이라는 게 아무리 작다고 해도.

산 위로 보는 일출이 낯설다. 내 뒤에서 퍼진 빛이 봉우리 너머로 뾰족하게 뻗어 나간다. 계곡에서 어둠이 느리지만 꾸준하게 물러난다. 비탈을 따라 아침 안개가 도시에 드리운다. 아센던트는 빛과 함께 깨어나는 것처럼 보인다. 낮은 웅성거림이 궁전에 울린다.

아나벨 왕비는 늦는 사람이 아니다. 특히나 이렇게 중요한 일이 있다면 더욱 그렇다. 그녀는 손자와 호위를 뒤에 바싹 달고 궁전 입구에서 내려온다. 줄리언이 긴 금색 망토를 입고 팔짱을 낀 채 조금 뒤에 붙어 있다. 나와 시선이 마주치자 그가 인사하며 고개를 까딱인다. 나도 똑같이 고개를 끄덕인다. 자기 조카에게 돌아가겠다는 그 선택에 동의하지는 않지만 이해는 한다. 다른 모든 것을 넘어 가족을 지지하는 그 마음을.

르롤란 고유의 붉은색과 불타오르는 듯한 주황색을 입고 있는 아나벨은 할머니보다는 왕을 호위하는 감시병에 가깝게 보인다. 아주 치명적인 존재처럼. 드레스를 입지는 않았지만, 양단으로 만든 상의 아래로 잘 어울리는 튜닉과 검은 레깅스를 입었다. 옷의 단이 번쩍이는 황동색과 갑옷 조각처럼 짝을 이룬다. 아나벨 르롤란은 전장에서 싸우는 것과는 다른 종류의 전투를 준비한 상태다. 테라스 너머에서 그녀가 나를 향해 미소 짓지만 눈은 웃고 있지 않다.

나는 머리를 숙여 그녀에게 인사한다.

"왕비 전하."

그리고 눈을 티베리아스에게 돌리며 덧붙인다.

"티베리아스."

티베리아스는 미소를 지으며, 다른 이름으로 그를 불러 달라는 요구를 내가 거절한 것을 음울하게 즐거워한다. 나는 그의 별명으로도, 지위로도 그를 부르지 않는다.

"좋은 아침이야."

티베리아스가 대꾸한다. 늘 그렇듯 잘생겨 보인다. 어쩌면 더 잘생겨 보이는 것도 같다. 레이더와의 전투가 그에게도 흔적을 남겼다. 밤사이 씻었을 텐데도 재의 냄새가 느껴진다. *그가 목욕하는 걸 상상하진 마.* 나는 스스로에게 쏘아붙인다.

선홍색 망토 밑에 까마귀처럼 검은 비단옷을 입은 불의 왕자와 여명이 어우러진다. 단정한 검은색 머리 위로는 왕관을 쓰고 있다. 마그네트론이 만들었다는 데 돈을 걸겠다. 에반젤린의 또 다른 창작품이다. 잘 어울린다. 보석도, 복잡한 장식도 없다. 불꽃을 꼬아 만든 것 같은, 거친 철로 된 간단한 줄이다. 그가 그토록 사랑해 마지않는 저 작은 것. 나는 왕관을 눈으로 훑는다.

우리 사이의 긴장은 여전하지만 어제와 같은 분노와 격노는 느껴지지 않는다. 산에서 나눈 얼마 되지 않는 대화는 그래도 진정 효과가 있었다. 서로를 이해할 수 있는 시간을 보낼 수 있었으면 한다.

하지만 무엇을 이해할 수 있을까?

아무리 애를 써 봐도, 가슴속에서 불타고 있는 희망의 불씨를 잘 근잘근 밟아 꺼 버릴 수가 없다. 여전히 티베리아스가 나를 선택하기를 바란다. 그가 실수를 인정한다면 나는 티베리아스를 용서할 것이다. 그 어리석은 희망은 죽지 않는다.

팔리의 차림새는 놀랍다. 다리가 새로 태어난 것처럼 다 치료된 탓은 아니다. 그건 예상했다. 팔리는 티 하나 없이 깔끔한 프리미어 데이비슨의 뒤에 있다. 처음에 나는 팔리를 알아보지도 못한다. 전투를 거치며 닳고, 오래 입어서 얼룩까지 진 어두운 붉은색의 군복은 사라지고 없다. 대신에 팔리는 예식에서 입을 법한 정장용 군복을 입었다. 티베리아스나 메이븐이 입었던 것과 비슷하다. 나는 팔리가 저런 옷을 입은 걸 본 적이 없다.

나는 체격에 딱 맞춰 재단된 진홍색 상의의 소맷단을 조정하는 팔리를 보며 눈만 껌뻑인다. 장군 배지가 목깃에 달려 있다. 철로 만든 정사각형 세 개. 금속과 띠로 된 다른 나머지 훈장들은 가슴에 달고 있다. 다 진짜 훈장인지는 의심스럽지만 그래도 인상적이다. 데이비슨과 카마돈이 회의 의상을 준비해 주었을 것이다. 아마도 진홍의 군대에게 정당성을 부여하기 위한 작업일 것이다. 그 모습에 입한쪽에 남은 흉터와 강철같이 단단한 푸른 눈동자를 더하니, 어떤 정치인인들 팔리의 요구를 거절할 수 있을까 궁금해진다.

"팔리 장군. 옷 멋진데."

나는 삐딱하게 웃으며 말한다.

"조심해, 배로우. 너한테도 억지로 이 옷을 입히기 전에."

그녀는 으르렁거리면서 계속 소맷단과 씨름을 한다.

"이런 걸 입으니 움직이는 것도 힘드네."

완벽하게 맞는 상의가 어깨선에 꼭 붙어 있다. 평소처럼 움직이기는 어려울 것이다, 전투에서나 필요한 동작들은.

팔리는 상의만큼 잘 재단된 바지를 부츠 안으로 밀어 넣어 입고 있다. 그녀의 허리춤을 흘긋 바라본다.

"총 안 챙겼어?"

팔리가 얼굴을 찌푸린다.

"생각나게 하지 마."

에반젤린 사모스가 가장 늦게 도착한다. 전혀 놀라운 일이 아니다. 거대한 떡갈나무문으로 미끄러지듯 들어오는 에반젤린의 뒤로, 가장자리를 검은색으로 장식한 회색 상의를 맞춰 입은 그녀의 사촌들이 붙어 있다. 에반젤린의 드레스는 눈이 멀 것 같은 흰색에서 시작해 서서히 어두워져 소매와 긴 드레스 자락에서는 잉크 같은 검은색으로 끝이 난다. 그녀가 가까이 다가오자 드레스의 비단이 염색된 것이 아니라는 걸 알 수 있다. 눈부시게 빛나며 일렁이는 금속 조각이 조개처럼 하얀 것에서 회색 강(鋼)을 거쳐 검은색 철로 완벽한 모양을 이루며 무늬를 만들고 있다. 에반젤린은 일부러 드레스를 뒤로 퍼뜨려 녹색과 하얀색의 돌 위로 스치는 소리가 나도록 걷는다.

"민중의 회당(People's Gallery)에도 저런 입구를 복제할 수 있다면 좋겠군요."

데이비슨이 팔리와 나에게 속삭이며 에반젤린이 다가오는 모습을 지켜본다. 에반젤린은 어깨를 당당히 편다. 결연해 보인다.

하얀색 에나멜 단추가 달린 어두운 녹색 정장을 차려입은 프리미어는 평범하지만 훌륭한 가면을 유지한다. 뒤로 잘 넘긴 프리미어의 회색 머리카락이 반짝거린다.

"갈까요?"

그가 궁전에서 멀어지는 방향의 아치를 가리켜 보인다.

우리가 이 일을 준비한 정도나, 입고 있는 옷은 제각기 다르다. 우리는 그를 따라 도시로 향하는 구불구불한 계단을 내려간다.

산책이 좀 더 길면 좋겠지만, 민중의 회당, 그러니까 몬트포트 정부 구성원 전체가 이런 문제가 있을 때마다 모이는 건물은 멀지 않다. 프리미어의 궁 아래를 깎아 만든 테라스는 고작 몇백 미터 떨어져 있을 뿐이다. 중요한 장소인데도 방어벽이 없다. 하얀색 돌로 된 아치형 입구와 완만하게 이어지는 베란다들이 아센던트와 계곡을 내려다보는 돔형 지붕 건물들에 둘러싸여 있을 뿐이다. 태양이 점점 더 높이 떠오른다. 몇백 미터쯤 될 법한 크기의, 녹색 유리로 된 돔이 번뜩인다. 은혈이 만들었다기에는 너무 흠집이 많지만, 소용돌이 무늬와 그 불완전한 곡선이 아름다움을 더하며 순수하게 유리로만 꼼꼼하게 만들어진 평평한 창보다 더 흥미로운 방식으로 빛을 붙든다. 금색 이파리에 은색 껍질을 가진 사시나무들이 고른 간격을 두고 솟아올라, 살아 있는 기둥처럼 늘어서 있다. 저것들은 은혈들의 *작품이다*. 그린워든이 틀림없다.

어두운 녹색 군복을 입은 군인들이 조용히 나무를 지키고 서 있다. 자부심 넘치고 완강해 보인다. 우리는 긴 대리석 길을 지나서 넓게 열린 회랑의 문으로 다가선다.

마음을 단단히 먹으며 숨을 들이켠다. 어렵지 않을 것이다. 몬트
포트는 적이 아니다. 그리고 우리의 목표는 명확하다. 최대한 군대
를 얻는다. 미친 왕과 그의 세력을 타도한다, 적혈과 신혈의 목숨을
대가로 권력을 유지하고자 하는 모든 자를. 몬트포트 자유 공화국은
도움의 손길을 내미는 데 동의할 것이다. 그들이 추구하는 가치는
평등이 아닌가?

그렇게 듣긴 했지.

이를 악물고 팔리의 손을 잡는다. 거칠고 굳은살 돋은 손가락을
아주 짧은 시간 꼭 움켜쥔다. 팔리가 손을 망설임 없이 마주 잡는다.

첫 번째 홀에는 곳곳에 원기둥이 세워져 있다. 녹색과 하얀색 비
단이 은색과 붉은색 끈으로 묶인 채 매달려 있다. 몬트포트의 색과
양쪽 피의 색이다. 천장에 난 채광창을 통해 들어온 태양 빛이 이 세
상 것이 아닌 듯 공간을 채운다. 많은 회의실이 이어진다. 기둥 사이
아치 아래로 보이는 방도 있고 섬세하게 만들어진 떡갈나무문으로
잠겨 있는 방도 있다. 홀에 모여 있는 사람들이 우리가 지나갈 때 시
선을 던진다. 남자와 여자. 적혈과 은혈. 그들의 피부는 도자기같이
흰색부터 한밤처럼 어두운 색까지 다양하다. 피부에 갑옷을 둘러 저
들의 시선으로부터 보호받고 있다고 생각하려고 노력한다.

내 앞에서 티베리아스가 오른쪽에는 자기 할머니를, 왼쪽에는 에
반젤린을 단 채 머리를 높이 들고 걷고 있다. 에반젤린은 그의 긴 보
폭에 걸음을 맞추는 데 신경을 쓴다. 사모스 가문의 딸은 뒤에서 걷
지 않는다. 바닥에 길게 끌리는 드레스 자락 때문에 나와 팔리는 자

연스럽게 거리를 벌린다. 신경 쓸 바는 아니다.

줄리언은 우리 둘의 뒤에서 걷는다. 여기저기를 둘러보며 혼잣말 하는 소리가 들린다. 노트에 기록을 하지 않고 있다는 점이 놀랍다.

민중의 회랑은 참으로 적절한 이름이다. 회의실의 입구로 다가가 자, 수백 명이 낮게 웅성거리는 소리가 들린다. 그 소리는 빠르게 커 진다. 그러나 곧 귓가에서 내 맥박이 천둥처럼 울리며 그 뒤로 모든 것이 사라진다.

경첩에 기름이 잘 발리고 하얀색과 초록색 에나멜로 칠해진 거대 한 문들이 매끄럽게 열린다. 프리미어에게 절을 하는 듯하다. 데이 비슨은 폭포처럼 쏟아지는 박수 갈채 속으로 들어간다. 우리가 원형 극장으로 따라 들어서는 동안 소리는 더 퍼진다.

방을 둘러싼 수많은 의자를 수백 명이 채우고 있다. 대부분이 데 이비슨과 같은 정장 차림이다. 녹색과 하얀색으로 이루어진 다양한 색조의 옷들을 걸치고 있다. 일부는 군인이다. 예식용 군복과 휘장 때문에 확연하게 구별이 간다. 우리가 들어가자 모두 일어나 다 함 께 축하의 의미로 박수를 친다. ……우리를? 아니면 프리미어를?

모르겠다.

몇몇은 박수를 치지는 않지만, 그래도 서 있다. 그것이 존경을 보 이는 방법이거나 전통일 것이다.

원형 극장의 우묵한 부분으로 내려가는 계단은 얕다. 눈을 감고도 뛰어갈 수 있을 수준이다. 그래도 반짝거리는 드레스 자락을 붙들고 조심스럽게 걷는다.

데이비슨은 회의실의 맨 아래에 도착해 여전히 서 있는 정치인들을 지나 중앙에 놓인 자신의 자리로 간다. 우리를 위한 자리도 마련되어 있다. 색색의 천들을 씌워 구별해 두었다. 아나벨을 위한 주황색, 에반젤린을 위한 은색, 나를 위한 보라색, 팔리를 위한 진홍색 등이다. 데이비슨이 다른 사람들과 인사를 나누고 카리스마 넘치는 미소를 환하게 지어 보이며 악수를 하는 사이 우리는 각자의 의자에 앉는다.

퍼레이드에 끌려 다녔던 것은 한두 번이 아니지만 익숙해지지가 않는다.

에반젤린은 그렇지 않다. 그녀는 내 옆에 앉아, 양손을 가볍게 움직여 드레스를 정리한다. 한쪽 눈썹을 치켜올린 그 고압적인 표정은 살아 있는 그림 같다. 에반젤린은 이런 순간들을 위해 태어났다. 두려움을 느낀다 한들 결코 내보이지 않는다.

내게 날카로운 시선을 보내며 에반젤린이 속삭인다.

"두려운 티를 내지 마, 번개 소녀. 이런 일을 해 본 적 없는 것도 아니잖아."

"알겠어."

메이븐과 그의 왕좌 옆에서 내가 했던 끔찍한 말을 떠올리면서 조용히 대꾸한다. 그때와 비하면 이건 쉽다. 이 일은 나를 갈가리 찢지 않을 테다.

데이비슨은 서서, 나머지 사람들이 천둥 같은 소리를 내며 함께 앉는 모습을 지켜본다.

데이비슨이 손뼉을 친 다음 고개를 숙인다. 회색 머리카락이 그의 눈 위로 떨어진다.

"시작하기에 앞서 레이더의 공격에서 시민들을 수호하기 위해서 지난밤 쓰러진 이들을 위해 묵념의 시간을 가집시다. 그들을 기억합시다."

방 전체에 있는 정치인과 장교 들이 찬성의 의미로 고개를 끄덕인 다음 머리를 숙인다. 일부는 눈을 감는다. 어느 정도가 적절한지 알 수가 없어서, 나는 프리미어를 따라 손가락을 얽고 턱을 숙인다.

영원처럼 느껴지는 시간이 흐른 뒤에 데이비슨이 다시 머리를 든다.

"동포들이여."

데이비슨의 목소리는 손쉽게 저 너머까지 닿는다. 이 공간은 음향 효과를 극대화하도록 지어진 것 같다.

"먼저 감사드리고 싶습니다. 민중의 회당에서 특별 회의를 열도록 동의하고 심지어 참석해 주신 것에 말입니다."

그는 대꾸처럼 따라오는 예의 바른 웃음 물결을 향해 크게 미소를 지으며 잠시 멈춘다. 밋밋한 농담은 간단한 도구다. 누가 얼마만큼 소리 내어 웃는지, 혹은 미소를 짓는지만 봐도 데이비슨의 지지자들이 누구인지 집어낼 수 있다. 몇몇은 냉정한 태도를 보인다. 피부 아래의 빛으로 판단하건대 그런 태도를 보이는 데에는 피의 색이 관련이 없는 듯 하다. 놀라운 일이다.

데이비슨은 계속 말하면서 서성거린다.

"모두 알고 계시듯, 우리 나라는 지난 20여 년동안 우리 손으로 세운 신생 국가입니다. 저는 고작 세 번째 프리미어입니다. 여러분 대부분도 첫 번째 임기를 맡고 계시죠. 우리는 다양한 국민들의 의지와 이익을 대표하며, 당연하게도 국민들의 안전을 위해 일합니다. 저는 지난 몇 달 동안, 우리 나라의 정체성을 지키고 우리의 지향점에 다가가기 위해 꼭 필요한 싸움을 했습니다."

데이비슨의 표정이 엄격해지고, 이마의 주름이 깊어진다.

"자유의 봉화대. 희망. 우리를 둘러싼 어둠을 밝히는 불빛. 몬트포트는 이 대륙에서 유일하게 피의 색에 따라 신분에 차이를 두지 않는 국가입니다. 적혈과 은혈, 그리고 아든트가 나란히, 손에 손을 잡고, 아이들 모두를 위한 더 나은 미래를 만들기 위해 일하는 곳이죠."

무릎 위의 손마디가 하얗게 변할 정도로 주먹을 쥔다. 데이비슨이 말하는 나라가, 그가 묘사하는 곳이…… 정말로 가능할까? 1년 전, 스틸츠 마을의 진흙탕에 무릎까지 처박혀 있던 메어 배로우는 믿지 않았을 것이다. 믿을 수가 없었을 것이다. 내가 받은 교육과 내가 볼 수 있었던 유일한 세계가 그렇게 강요했다. 내 삶은 노동 아니면 징병으로 제한됐다. 각각 다른 파멸일 뿐이었다. 양쪽 다 수천 명, 수백만 명이 거쳐 간 삶들이었다. 달라질 수 있을 거라는 꿈을 꾸는 것조차 쓸모없었다. 그런 꿈은 이미 부서진 심장을 다시 부술 뿐이었다.

가져서는 안 될 희망을 갖는 것은 잔인한 일이다. 아버지는 이제는 그 말을 결코 다시 하지 않으실 것이다. 희망이 현실이라는 것을 목격한 지금은 아니다.

이 장소, 더 나은 세계로 가는 이 걸음은 현실에 있다.

나는 그것을 눈앞에서 보고 있다. 은혈의 옆에 나란히 앉아 있는, 홍조를 띤 적혈 대표들. 토론장을 거니는 신혈 지도자. 여명처럼 붉은 피를 지닌 팔리가 은혈 왕 옆에 앉아 있다. 심지어 나도, 나도 여기에 있다. 내 목소리가 가치를 지닌다. 내 희망이 가치를 지닌다.

노르타의 진짜 왕에게로 시선을 돌린다. 그는 나를, 적혈 소녀를 사랑하기 때문에 이곳까지 따라왔다. 스스로 모든 것들을 보고자 하고자 하는 의지도 작용했다.

내가 여기서 보는 것을 그도 보았으면 좋겠다. 티베리아스가 왕좌를 차지한다면, 우리가 티베리아스를 막는 게 불가능하다면, 프리미어가 말하는 것들을 그가 잘 들었으면 한다.

티베리아스는 의자의 팔걸이를 꽉 쥔 채, 내 것만큼이나 하얗게 질려 있는 자신의 양손을 바라본다.

"그렇지만 우리가 국경에서 벌어지는 잔혹 행위들을 묵인한다면, 우리는 우리가 자유롭다고 주장할 수도, 우리가 어떤 봉화라고 주장할 수 없을 겁니다."

데이비슨은 계속한다. 그는 낮은 좌석을 향해 성큼성큼 걸어가서, 정치인들 각각과 순서대로 시선을 맞춘다.

"지평선 너머에 노예로 사는 적혈, 학살당하는 아든트가, 은혈 군주의 발 아래에 으깨지는 생명이 있다는 것을 알고도 무시한다면 말입니다."

우리와 함께 온 은혈 왕족들은 반응하지 않는다. 하지만 그들은 프리미어가 하는 말을 부정하는 어떤 행동도 하지 않는다. 아나벨, 티베리아스, 그리고 에반젤린은 시선을 앞에 고정한 채, 아무 표정 변화도 보이지 않는다.

데이비슨은 뒤쪽으로 걸어와 참가자석을 완전히 한 바퀴 돈다.

"1년 전, 저는 이 일에 개입할 것을 청원했지요. 노르타, 레이크랜즈 그리고 피에드몬트와 같이 압제하에 놓인 모든 왕국에 진홍의 군대가 침투하는 것을 돕기 위해 군대를 일부 지원하자고 말입니다. 위험 요소가 있는 일이었죠. 비밀리에 성장해 온 우리 나라가 노출되었습니다. 하지만 여러분은 자비롭게 동의하셨습니다."

그는 손가락을 뾰족하게 모은 채 회당을 향해 반쯤 절한다.

"그리고 저는 다시 한 번 청합니다. 더 많은 병력과 지원을요. 사람을 죽이려 드는 정권을 전복하기 위해서. 서로의 얼굴을 똑바로 쳐다볼 권리를 위해서. 그래서 아이들에게 우리가 너희들 같은 아이들이 죽음을 맞거나 파멸을 맞이하는 모습을 그저 지켜보며 참지 않았다고 말해 줄 수 있도록 말입니다. 증언을 하고, 할 수 있는 한 맞서 싸우는 것, 그것이 우리 의무입니다."

회당 좌석에서 정치인 중 하나가 일어난다. 성긴 금발에 뼈처럼 하얀 피부에 짙은 녹색의 망토를 걸친 은혈이다. 손톱은 기이할 정도로 길고 잘 관리되어 광이 난다.

"프리미어, 당신은 정권 전복에 대해 말씀하십니다. 하지만 당신 옆에 있는 저 젊은이는 은혈이며 왕관을 쓰고 있지 않습니까. 이 방의 어느 누구도 왕관을 쓰고 있지 않습니다. 아시다시피 저도 마찬가지죠. 나라를 세우기 위해서 우리는 왕관을 파괴해야만 했습니다. 잿더미에서 다시 일어나기 위해서 우리가 무엇을 얼마나 불태워야만 했습니까."

그는 눈썹을 매만진다. 의미는 분명하다. 포기했던 왕관 중 하나는 그의 것이었다. 나는 이를 꽉 물고, 티베리아스를 돌아보고 싶은 마음을 억누른다. 그에게 소리치고 싶다. *보여? 누군가는 저렇게 했어.*

데이비슨은 머리를 깊이 숙여 절을 한다.

"매우 옳은 말씀이십니다, 래디스 대표. 자유 공화국은 전투를 통해, 희생을 통해, 그리고 무엇보다도 기회를 통해 만들어진 나라입니다. 우리가 봉기하기 전에, 이 산들은 작은 왕국들과 그에 미치지 못하는 무리들이 서로 지배권을 두고 싸우는 상태였지요. 연합이라 할 만한 것도 없었습니다. 이미 부서지고 있는 것들의 틈을 파고 들어서 쪼개는 건 아주 간단했지요."

그가 말을 잠시 쉬며 눈동자를 빛낸다.

"지금 제게는 동쪽의 은혈 왕국들에게서 같은 기회가 보입니다. 노르타를 바꿀 수 있는 기회가, 더 나은 모습으로 재건할 수 있는 기회가요."

또 다른 정치인이 일어난다. 매끄러운 구릿빛 피부에 검은색 머리카락을 바싹 자르고, 흰색 드레스에 올리브색 띠를 두른 적혈 여자다.

"전하도 동의하십니까?"

그녀는 눈을 티베리아스에게 고정한 채 묻는다.

단도직입적인 그녀의 태도에 놀란 티베리아스가 망설인다. 티베리아스는 자신의 저주받은 동생처럼 말이 빠른 사람이 아니다. 그는 흔들리는 목소리로 답한다.

"노르타는 내전 중입니다. 리프트 왕국에 충성을 맹세하며 나라의 3분의 1 이상이 독립했습니다. 내 약혼자의 아버지가 왕인 곳이죠."

그가 이를 악물고 옆에 앉은 에반젤린을 가리켜 보인다. 에반젤린은 아무 반응도 보이지 않는다.

"나머지는 내게 충성을 서약했습니다. 아버지의 왕좌를 내게 돌려 주고, 그 자리를 차지하기 위해 아버지를 살해한 내 동생을 몰아내기로."

티베리아스의 뺨이 경련하더니 그가 느리게 시선을 떨어뜨린다. 붉은 망토 아래로 팔짱을 끼고 있다. 가슴이 빠르게 오르락내리락하는 것이 보인다. 메이븐에 대한 생각은 우리 둘 모두를 상처 입힌다. 그리고 티베리아스는 나보다 더 상처를 받는다. 메이븐과 엘라라가 티베리아스의 친아버지인 전 국왕을 그의 손으로 살해하도록 만든 그 자리에 나도 있었다. 티베리아스의 엄숙한 얼굴 위에 그 끔찍했던 순간이 책의 글자들만큼이나 분명하게 쓰인 것이 보인다.

적혈 대표는 만족을 모른다. 그녀는 고개를 젖히더니 긴 손가락을 한데 모은다.

"보고서에 따르면 메이븐 왕은 국민들에게 사랑받는다고 하더군요. 그에게 충성하는 사람들한테 말이죠. 노르타의 적혈 국민들이 그러는 것이 이해가 잘 안 가긴 하지만요."

열기가 낮게 요동치는 것이 느껴진다. 심하지는 않지만 티베리아스의 불편함은 충분히 전해진다. 주먹을 쥔 나는 티베리아스가 입을 열기 전에 말을 뱉는다.

"메이븐 왕은 교묘하게 사람들을 조종하는 데 있어서는 타의 추종을 불허합니다. 그는 왕좌에 억지로 앉아야만 했던 소년 왕이라는 이미지를 만들어 쉽게도 이용하고 있어요. 그에 대해 제대로 알지 못하는 사람은 속겠지요."

때로는 그를 제대로 아는 사람도. 티베리아스가 그렇다. 그는 한때 엘라라 왕비보다 더 강한, 그래서 그녀가 부서뜨린 메이븐의 일부를 고칠 수 있을 신혈 위스퍼를 찾고 있노라고 말했다. 불가능한 소원이자 끔찍한 꿈이다. 나는 엘라라가 부리는 교묘한 책략의 영향을 벗어난 메이븐을 보아 왔다. 엘라라는 죽었다. 그래도 메이븐은 여전히 엘라라가 만들어 낸 괴물 그대로가 되었다.

그 정치인은 내게로 시선을 돌린다. 나는 말을 잇는다.

"그는 레이크랜즈와 동맹을 맺어 사람들을 사지로 보내던 전쟁을 끝냈습니다. 또 아버지가 내렸던 징집 연령을 원래대로 상향했어요. 지지를 받는 이유를 이해하기 어렵지 않지요. 자기가 먹이를 주는 사람들의 환심을 사기란 간단한 일이니까요."

말을 하는 내내, 나와 가족을 생각한다. 스틸츠. 카메론. 목숨을 저당 잡힌 적혈들로 가득 찬 빈민가 마을들. 누군가 벽을 부숴 주지 않는다면, 우리는 어디에 있을까? 이 세계가 정말로 어떤 모습인지 보여 주지 않는다면?

"특히나 당신이 그들에게 무엇을 줄지 통제하는 상황이라면요. 식탁에서든 비디오 스크린에서든 말이에요."

적혈 대표는 벌어진 이를 드러내며 나를 향해 미소 짓는다.

"당신은 메이븐의 옆에 가시처럼 박혀 있었죠, 메어 배로우. 그에게 요긴하기도 했고요. 당신이 잡혀 있는 동안의 영상을 봤어요. 메이븐이 사람들의 마음을 얻는 데 당신의 말도 매우 유용하지 않았나요."

열기가 다시 느껴진다. 티베리아스가 능력을 사용해서가 아니다. 내가 당황해서다. 수치가 내 얼굴을 할퀴자 뺨에 열이 오른다.

"네. 그리고 나는 그 사실이 부끄럽습니다."

나는 그녀에게 직설적으로 대답한다.

팔리가 앉은 자리에서 주먹을 쥐고는 앞으로 몸을 숙인다.

"총구 앞에서 했던 말을 두고 누군가를 탓하면 안 됩니다."

적혈 대표가 몸을 굳힌다.

"그러지 않습니다. 당연한 것을요. 하지만 당신의 얼굴과 목소리는 너무나 많이 이용되었어요, 배로우 양. 당신은 노르타의 사람들의 마음을 되돌리는 데에 거의 도움이 되지 않을 겁니다. 그리고, 죄송하지만, 그 점 때문에 당신이 지금 말하는 내용과 당신이 대변하고 있는 사람을 믿기 어렵군요."

"그렇다면 내게 말하시죠."

툭 끼어든 팔리의 목소리가 회당에 메아리친다. 인심이 되며 마음이 가라앉고 홍조가 사라진다. 나는 여느 때보다 팔리에게 고마움을 느끼며 옆을 바라본다. 그녀는 화를 참으며 말을 잇는다.

"나는 진홍의 군대의 장군이며, 사령부의 고위 관료입니다. 우리 조직은 수 년간 비밀리에 일해 왔습니다. 얼어붙은 허드의 해변에서부터 피에드몬트의 로우컨트리에 이르기까지의 모든 곳에서. 가진 것이 거의 없었음에도 우리는 많은 일을 성공해 왔습니다. 더 많은 것이 주어졌을 때 우리가 무엇을 할 수 있을지 상상해 보시죠."

반대편에서, 또 다른 몬트포트의 대표가 금반지가 번뜩이는 손을 들어 올린다. 그는 적혈이다. 그의 미소는 날카롭고 번지르르하다.

"많은 일이라고 말씀하셨습니까? 용서하십시오, 장군. 하지만 우리와 함께하기 전 진홍의 군대는 범죄자들의 조합 그 이상 아무것도 아니었습니다. 밀수꾼에 도둑, 심지어 살인자도 있었지."

팔리는 그저 코웃음만 친다.

"우리는 우리가 해야만 하는 일을 했어요. 아까 프리미어가 균열에 대해서 언급했는데, 그 균열이 우리가 만든 것입니다. 우리는 수천 명을 위험에서 구출했습니다. 도움이 필요한 적혈들을. 신혈들도 마찬가지고. 당신네 프리미어도 노르타 출신이지, 그렇지 않습니까?"

팔리는 자신을 응시하고 있는 데이비슨을 턱으로 가리킨다.

"자신이 그렇게 태어났다는 죄로 처형당할 뻔했죠. 우리는 매일 프리미어 같은 사람들을 구했습니다."

아까 손을 들어 올린 교활한 남자는 어깨를 으쓱한다.

"요점은 당신네가 혼자서는 이 일을 할 수 없다는 겁니다, 장군. 당신들이 추구하는 바가 아무리 정의롭다고 한들, 합의가 반드시 도출되어야 합니다. 당신들은 국가가 아니라 일개 단체이며, 응답해야 할 어떤 국민도 없습니다. 당신들이 사용하는 방법은 일반적인 전쟁의 범주너머에 있죠. 우리에게는 그 외에도 고려해야 할 것들이 있습니다."

"우리는 모든 사람에게 응답합니다, 선생."

팔리는 차분하게 받아치며 입의 흉터가 반구형 지붕으로부터 내려오는 빛을 받도록 머리를 돌린다.

"아무도 자신들의 말을 들어 주지 않는다고 생각하는 사람들에게는 더욱. 우리는 듣고 있습니다. 멈추지 않고 계속 싸울 거고요. 우리의 마지막 숨을 들이켜는 그 순간까지, 진홍의 군대는 부서진 것을 고치기 위해 할 수 있는 것을 할 겁니다. 당신네 도움이 있든지 없든지."

데이비슨이 서성거리며 팔리를 지나친다. 그는 입술을 자연스럽게 다물고, 나로서는 해독할 수 없는 시선을 팔리에게 던진다. 데이비슨이 기쁜 건지 화를 내는 건지 알 수가 없다.

래디스라는 이름의 은혈 대표가 다시 일어선다. 35살 이상으로는 보이지 않지만, 몬트포트가 이전에 어떤 나라였는지 기억할 나이이 기는 하다. 래디스는 우리에게 시선을 던진다.

"그래서 당신은 우리가 또 다른 은혈 군주가 왕좌를 얻도록 도우라 제안하는 겁니까."

내 오른편에 앉은 에반젤린이 미소를 짓는다. 자기 송곳니를 뾰족한 은으로 씌워 두었다. 소름 *끼친다*. 그리고 그녀가 구성한 다른 이미지처럼, 그 송곳니가 전달하는 바는 분명하다. 에반젤린은 누구의 심장이라도 자기가 원하는 대로 뜯어낼 것이다. 우리 모두를 포함해서 말이다.

그녀가 목소리를 높인다.

"2명이죠, 사실. 내 아버지, 리프트 왕국의 왕께서도 정당한 지배자로서 공인되어야 마땅합니다."

티베리아스의 입가가 경련하고 아나벨은 입술을 오므린다. 코르비움에서 그랬던 것처럼, 에반젤린은 자기 약혼자가 이룰 수 있을 어떤 성과를 곁길로 새게 만드는 일에 최선을 다한다.

에반젤린을 비웃으며 래디스의 회색 눈동자가 번뜩인다.

"하지만 말씀하셨다시피, 프리미어, 자유 공화국은 그런 왕국들 위에 세워졌습니다. 우리는 저 왕국들이 어떤 존재인지, 어떤 존재가 될 수 있는지도 알지요."

그의 시선이 에반젤린과 티베리아스 사이를 왔다 갔다 한다.

"아무리 고귀하고, 아무리 진실되고, 아무리 명예롭다 한들 왕인 것을."

데이비슨이 뒤집어쓴 무표정한 가면이 벗겨질 위기에 처한다. 그가 얼굴을 살짝 찡그리고 요점을 알겠다는 듯 가볍게 고개를 숙인다. 다른 이들도 이 동맹의 결점에 대해 심사숙고하느라 방 전체가 웅성거리는 소리로 찬다. 데이비슨과 진홍의 군대는 더 먼 곳을 노리는 중이고, 은혈 왕을 떠받칠 의도야 전혀 없겠지만, 그렇다고 해서 은혈들 앞에서 그 이야기를 꺼낼 수야 없는 노릇이다.

내게는 간단한 거짓말이다. 왜냐하면 그것이 완전한 거짓은 아니기 때문이다.

나는 의자를 밀고 일어나며 재빨리 말한다.

"전에 다르게 말했잖아요, 프리미어. 코르비움에서의 두 번째 전투 전, 우리가 피에드몬트에 있을 때요."

데이비슨이 한쪽 눈썹을 치켜올린 채, 내게로 몸을 돌린다.

"몇 킬로미터를 가기 위한 몇 센티미터."

혀 끝으로 각각의 글자를 선명하게 느끼면서 나는 설명한다.

회당 전체가 내게 집중한다. 필사적인 마음에 몸이 떨린다. 저들의 동의를 반드시 얻어 내야만 한다. 메이븐의 치세를 끝내고 티베리아스가 왕관을 줍는 걸 막기 위해서는 그들의 지원이 필요하다.

"변화는 빠를 수도 있지만, 느릴 수도 있지요. 하지만 항상 앞으로 향해야만 합니다. 여러분이 티베리아스 왕, 아나벨 왕비와 에반젤린 공주를 보고 궁금해하신다는 걸 알아요. 저들이 얼마나 다를 것인가? 하지만 메이븐이 계속 자기 자리를 지키도록 두는 것보다는, 저들에게 왕좌를 주느라 피를 흘리는 편이 어떤가요?"

래디스는 나를 내려다본다.

"당신은 메이븐 캘로어가 괴물이라고 주장하기 때문이지요. 통제할 수 없는 변덕스러운 소년이라고."

나는 고개를 쳐들고 땋은 머리를 넘긴다. 팔리처럼, 나도 내 흉터들이 이야기를 뱉도록 둔다. 빗장뼈 위에 자리한 'M'자가 백 쌍은 되는 눈동자 아래에서 요리된다.

나는 그들 모두에게 말을 쏟아낸다.

"메이븐 캘로어는 더 나쁜 선택입니다. 논쟁의 여지가 없습니다. 그의 치세에서 노르타는 결코 앞으로 나아가지 않습니다. 오히려 후퇴하게 될 겁니다. 그는 적혈들의 삶에는 아무 관심도 없습니다, 심지어 은혈들의 삶에도. 평등 같은 건 생각하지도 않죠. 복수와 사랑받고 싶다는 욕망으로 구성된 자신의 망가진 울타리 밖에 있는 것은 눈치채지도 못하고요. 티베리아스나 볼로 왕과는 다르게, 아마도 오늘날 숨 쉬고 있는 다른 어떤 은혈 군주와도 다르게, 그는 자기 왕관을 지키기 위해서라면 어떤 짓이라도 저지를 겁니다."

래디스가 느릿하게 앉으며 내게 계속하라는 손짓을 한다. 내게 그의 허락이 필요하지는 않다는 걸 알고 있지만 자부심이 밀려온다.

"그래요. 여러분은 여기 그대로 머무르면서 산에 둘러싸여 보호받으며 세계와 격리된 쪽이 더 나으실 거예요. *만약에* 여러분이 노르타와 그 동맹국에서 벌어지는 잔혹 행위들을 무시할 수 있다면요."

일부가 의자에서 몸을 꿈틀댄다.

"하지만 지금은 아닙니다. 레이크랜즈가 그의 옆에 선 지금은 아니에요. 더 많은 원조를 할지 말지를 결정하기 위해서 시간을 들일 수야 있겠지만 종은 이미 울리고 있습니다. 여러분은 우리를 돕겠다

고 이전에도 투표하셨죠. 제가 화이트파이어 펠리스에서 구출될 때
에 여러분의 군인들이 그곳에 왔어요. 여러분의 군대가 코르비움의
성벽을 차지하는 일을 도왔습니다. 메이븐 캘로어는 결코 여러분이
한 일을 잊지 않을 거예요. 그는 결코 여러분이 저를 구해 줬다는 걸
잊지 않을 겁니다."

너는 토마스랑 비슷해. 메이븐은 한때 그렇게 말했다. 그가 나직
하게 속삭이는 말이 여전히 머리에서 울린다. *너는 내가 마음을 쓰
는 유일한 사람이자, 내가 살아 있다는 것을 상기시켜 주는 유일한
사람이야. 내가 텅 비지 않았다는 걸. 그리고 혼자가 아니라는 걸.*

그는 그때에도 괴물이었다. 나를 자신의 궁에, 내 몸 속에 가두어
두었다. 머릿속 쪼개진 조각 외에는 아무것도, 아무도 남지 않은 지
금의 그는 어떤 괴물일지 궁금하다.

나는 이를 악물고 그의 다음 움직임을 그려 본다. 며칠, 몇 달, 몇
년 후를.

"언젠가 그의 군대가 여러분의 문 앞에 닥칠 겁니다. 노르타와 레
이크랜즈의 군대가요."

그 모습이 눈앞에 선하다. 하이 하우스들의 색깔들과 레이크랜즈
의 푸른색.

"그들 모두가 분노에 찬 채, 여러분이 적혈 군인들을 죽일 수밖
에 없도록 유도하며 그 뒤에 숨어 진군하겠죠. 여러분은 그 전쟁에
서 이길 수도 있겠지만, 그래도 많은 이들이 목숨을 잃을 겁니다. 얼
마나 많을지는 모릅니다. 그저 분명히 말할 수 있는 것은, 아주 많은
사람들이 죽을 것이라는 점입니다."

검은 머리 적혈 여자가 주의를 끌려는 듯 머리를 기울인다. 그녀는 나를 지나서 의자에 앉아 있는 팔리에게로 시선을 보낸다.

"동의하시나요, 장군?"

그녀는 티베리아스를 가리킨다.

"이 은혈 왕이 지금 왕좌에 앉아 있는 자보다 더 나을까요?"

팔리는 코웃음을 치고는 눈을 치켜뜬다.

"나는 티베리아스 캘로어에 대해서는 잘 모릅니다."

팔리가 대꾸한다. 나는 숨만 내쉬고는 그저 몸을 조금 들썩일 따름이다. *팔리.*

하지만 팔리는 멈추지 않는다.

"그래도 그가 메이븐보다는 낫다는 내 말은 믿을 수 있을 겁니다."

대표는 대답이 만족스러운 듯 머리를 끄덕인다. 그녀뿐만이 아니다. 방을 둘러싼 수많은 정치인들이, 적혈과 은혈 모두, 속삭임을 나눈다.

"음, 전하?"

적혈 대표가 티베리아스에게 관심을 보인다.

티베리아스는 의자에서 움직인다. 오른쪽에 앉아 있던 아나벨이 아주 잠깐 그의 팔을 손가락으로 건드린다. 은혈 어머니들이라면 충분히 겪었다. 나는 아나벨 왕비가 지나치게 모성애가 넘치고, 지나치게 부드럽고, 지나치게 자신의 핏줄을 사랑한다는 걸 알 수 있다.

티베리아스가 일어나서 걸어 나오자 나는 자리에 앉는다. 데이비슨은 그 행동을 묵인할 뿐더러 티베리아스가 홀로 설 수 있도록 자기 자리에 앉기까지 한다. 하얀색 대리석과 화강암, 그리고 머리 위에 드리운 소용돌이치는 녹색 돔을 배경으로 한 그의 모습은 장관이다. 붉은 망토는 생생한 불꽃처럼, 신선한 피로 빚어낸 것처럼 보인다.

티베리아스는 턱을 들어 올린다.

"나는 형제에게 배신당해서, 거의 1년을 추방당한 채 보냈습니다. 하지만 나는 또한……."

그는 잠시 멈추고 그 단어를 곱씹는다.

"내 아버지에게도 배신당했습니다. 아버지께서는 나를 이전의 왕들과 같은 존재가 되도록 키우셨지요. 굴하지 않고, 변하지 말라고. 과거에 얽매인 채. 끝없는 전쟁에 갇힌 채, 전통에 따라 결혼하라고."

처음으로 에반젤린이 반응을 보인다. 그녀의 손톱에 붙인 갈고리들이 팔걸이 위에서 구부러진다.

진정한 왕이 말을 잇는다.

"아버지께서 살해당하기 오래전부터 노르타는 둘로 쪼개져 있었습니다. 아래에 적혈을 둔 은혈 권력자들. 나는 그것이 잘못됐다는 걸 다른 분들처럼 마음 깊숙이 알고 있었습니다. 하지만 왕의 권력에도 제한이 있습니다. 국가의 기반을 바꾸고 사회의 해악을 재배치하지 못하는 것이 그 제한 중 하나라고 생각했습니다. 아무리 불공평하다고 해도 현재의 균형을 지키는 것이 왕국을 혼돈으로 몰아넣는 위험보다는 낫다고 생각했습니다."

티베리아스의 목소리에 투지가 넘실댄다.

"그리고 내가 틀렸습니다. 많은 이들이 그 점을 가르쳐 주었습니다."

그는 데이비슨에게 시선을 돌린다.

"당신도 그들 중 하나입니다, 프리미어. 그리고 여러분 모두도 그렇습니다. 낯설게만 보이는 여러분의 나라는 새로운 방식이 가능하다는 증거입니다. 다른 균형이 유지될 수 있습니다. 노르타의 왕으로서, 나는 이전에 볼 수 없었던 것을 보고자 합니다. 적혈과 은혈 사이에 패인 협곡 위로 다리를 놓기 위해서 할 수 있는 모든 것을 하고자 합니다. 상처를 치유하고, 바꾸어야만 할 것은 바꾸어야겠죠."

전에도 티베리아스가 유창하게 말하는 것을 들어 본 적이 있다. 코르비움에서도 그는 같은 이야기를 했다. 우리와 함께 세상을 바꾸겠다고 맹세했다. 적혈과 은혈 사이의 구분을 지우겠다고도. 그때는 그 말에 자부심을 느꼈지만 이제는 아니다. 티베리아스의 말에 담긴 진짜 의미가 무엇인지, 그리고 그의 약속들이 정확히 어디까지 갈 수 있는지를 안다. 저울 위에 왕관이 놓여 있을 때라면 더.

그럼에도 티베리아스가 몸을 무너뜨리고 바닥에 한쪽 무릎을 꿇는 순간 나는 숨을 들이켠다. 주변에 내려앉은 망토가 대리석과 대조되어 선명한 핏빛 웅덩이처럼 보인다.

티베리아스가 머리를 숙이자 웅성거림이 커진다.

"나를 위해서 싸워 달라고는 누구에게도 부탁하지 않겠습니다, 하지만 나와 함께 싸워 주십시오."

티베리아스가 천천히 말한다.

머리를 기울인 채 검은 머리의 여성이 제일 먼저 입을 연다.

"우리도 전하께서 다른 이를 대신 보내는 사람이 아니라는 건 이미 알고 있습니다, 전하. 지난밤에 분명하게 드러났죠. 내 딸, 비야 대령이 전하와 함께 호크웨이에서 싸웠습니다."

무릎을 꿇은 채 티베리아스는 아무 말을 하지 않는다. 고개만 끄덕이는 그의 뺨이 꿈틀한다.

회의실의 반대편에서 래디스가 데이비슨에게 손짓한다. 갑작스러운 미풍이 회당 안을 휘감는다. 윈드위버구나.

"투표하시지요, 프리미어."

은혈이 말한다.

자리에 앉은 채, 데이비슨이 턱을 기울이며 이곳에 참석한 많은 정치인들을 살펴본다. 그들의 얼굴에서 그가 무엇을 읽어 낼지 궁금하다. 한참 시간이 흐른 뒤, 그가 크게 숨을 쉰다.

"좋습니다, 래디스 대표."

"나는 찬성에 투표합니다."

래디스가 재빠르게, 확고하게 말한 뒤 앉는다.

놀람을 감추려고 애를 쓰면서, 티베리아스가 빠르게 눈을 깜빡인다. 나도 같은 기분이다.

수십 명의 입에서 찬성이라는 소리가 따라 나오며 점점 커진다. 나는 숨도 쉬지 않고 수를 헤아린다. *서른, 서른다섯, 마흔.*

처음에 내가 느꼈던 희망을 꺾어 버리기 충분할 만큼, 드문드문 반대라는 말이 나온다. 하지만 그 말들은 우리가 그토록 간절하게 필요한 대답 속에 묻혀 재빠르게 사라진다.

마침내 데이비슨이 미소를 지으며 몸을 일으킨다. 그는 토론장을 가로질러 티베리아스의 어깨에 가볍게 손을 올리며 일어나라는 몸짓을 한다.

"군대를 얻으셨습니다, 전하."

제12장

에반젤린

제아무리 몬트포트가 아름답다고 해도 이곳을 떠나자니 대단히 기쁘다. 뭘 더 바라겠는가, 집으로 가는데. 릿지 하우스로, 프톨레무스에게로, 일레인에게로. 너무 기쁜 나머지, 짐을 직접 싸야 한다는 사실을 가까스로 깨닫는다.

훌륭한 선택이다. 적혈들도 그것을 안다. 리프트는 피에드몬트보다 몬트포트에 가깝다. 기지가 브라켄의 영토에 둘러싸여 있지 않고도 말이다. 우리 왕국은 힘을 갖추고 있으며, 잘 방어되고 있다. 메이븐은 리프트를 공격하라는 명령을 내리지 않을 테니 자원과 군대를 모을 시간을 벌 수 있을 것이다.

그럼에도 오후 내내 불안으로 피부에 소름이 돋는다. 정원을 함께 걸으며 칼의 활짝 핀 미소를 간신히 참아 낸다. 때때로 칼이 메이븐의 교활함을, 아니면 하다못해 눈치라도 한 숟가락이나마 갖췄으면 싶다. 그랬다면 오늘 아침 민중의 회당에서 벌어진 일을 이해했을 텐데. 하지만 데이비슨이 얼마나 교묘하게 자신을 조종했는지를 깨닫기에는 티베리아스는 너무 남을 잘 믿고, 너무 *선량하며*, 또 자신의 그 짧은 연설에 너무 많이 만족한 상태다.

투표는 결정되어 있었다. 그럴 수밖에 없다. 몬트포트의 정치인들은 데이비슨이 요청한 내용은 물론 그들이 어떻게 대답해야 할지 알고 있었다. 군대에 관한 사항은 우리가 도착하기도 전에 결정되었다. 도시 방문 일정 같은 것들은 연극이자 유혹일 뿐이다.

나 역시 똑같이 했을 법한 일이다.

내게 했던 데이비슨의 말 또한 유혹이었다. *우리가 몬트포트에서 허락하는 사소한 일 중 하나랍니다.* 처음 도착했을 때 데이비슨이 그렇게 말했다. 그는 일레인에 대해서 알고 있고, 정확히 무슨 말을 해야 나를 흔들 수 있는지도 알고 있다. 내가 이곳을 궁금해하도록 만들고. 짧게나마 내가 이런 곳을 위해 삶을 내던질지 생각해 보게 만들고.

프리미어는 아주 뛰어난 장사치라고 할 수 있을 것이다.

칼은 데이비슨과 그의 남편 카마돈에게 작별 인사를 고하기 위해서 정원을 가로지른다. 저 한 쌍을 보면 질투 다음으로 메스꺼움이라는 익숙한 감정이 느껴진다. 다른 곳을 보기 위해 몸을 돌린다.

내 시선은 또 다른 가증스럽고 노골적인 감정을 마주친다. 춤추는 원숭이들로 이루어진 이 군대가 리프트로 향하기 전, 계속 메스꺼운 이별의 향연이 펼쳐진다.

메어가 우리가 저따위 연극을 보지 않아도 되게끔 안쪽에서 인사를 마무리하고 나올 수 없었는지 이해가 안 간다. 이곳에서 자신이 유일하게 슬픔에 빠진 사람이라도 된다는 것처럼. 유일하게 누구를 뒤에 남기고 떠나는 사람이라는 것처럼.

그녀는 자기 가족을 하나씩 안는다. 뒤로 갈수록 포옹이 길어진다. 메어의 어머니가 울고, 아버지가 울고, 오빠와 여동생이 운다. 메어는 울지 않으려고 최선을 다하지만 실패한다. 그 가족의 갑작스러운 눈물이 활주로에 울려퍼진다. 다른 사람들은 줄줄 우는 그 가족을 기다리고 있는 건 아니라는 척 연기를 한다.

저 모든 것이 매우 *적혈답다*. 적혈들이란 약점을 보인다는 게 어떻게 작용하는지를 걱정할 필요가 없다. 저들은 이미 약자의 위치에 있기 때문이다. 누군가가 배로우에게 이에 대해서 말을 해 줬어야 한다. 그녀도 지금쯤이면 겉으로 어떻게 보이는지가 얼마나 중요한지 알아야 한다.

햇볕에 그을린 피부에 금발을 가진 배로우의 애완동물, 키가 큰 적혈 남자애가 나란히 따라와서는 자기 가족이라도 되는 것처럼 메어의 가족을 끌어안는다. 앞으로도 배로우와 붙어 다닐 모양이다.

칼은 데이비슨과의 조용한 대화를 마무리한다. 프리미어는 우리와 함께 돌아가지 않는다. 적어도 지금은 그렇다. 몬트포트 정부가 우리를 완전히 돕기로 동의했기 때문에 준비해야 할 것이 무척 많다. 그는 일주일 이내로 리프트로 오겠다고 약속했다. 하지만 저 둘이 그 일에 대한 대화를 나눴을 것 같진 않다. 칼이 너무 열렬하고 안절부절못하고 있다. 데이비슨을 붙든 손길이 억세고 단단하다. 그럼에도 눈빛은 부드럽다. 그는 자기를 빼면 아무에게도 중요하지 않은, 사소한 무언가를 부탁하는 중이다.

왕자는 길고 빠른 보폭으로 메어의 옆을 지나친다. 메어의 오빠들이 왕자가 지나는 모습을 지켜본다. 저들이 캘로어 가의 버너였다면 칼에게 불이 붙었을 것만 같다. 여동생 쪽은 덜 적대적이지만 실망은 더 큰 듯하다. 그녀는 멀어져 가는 칼의 모습을 보고 얼굴을 찌푸린 채 입술을 꼭 문다. 메어처럼 보인다. 얼굴을 더 심하게 찌푸리며 경멸 어린 표정으로 바뀌자 더욱 그렇다.

평범한 검은 군복을 입은 칼은 내 오른쪽에 다리를 넓게 벌리고 서서 팔짱을 낀다.

"좀 더 나은 가면이 필요하겠어, 캘로어. 그리고 잰 시간 약속을 좀 지켜야겠고."

내가 투덜거리자 칼은 그저 노려볼 따름이다.

"메어는 가족을 남기고 떠나야 하잖아, 에반젤린. 몇 분 정도 여유는 낼 수 있어."

칼은 으르렁거리며 대꾸한다.

나는 커다랗게 한숨을 내쉰 다음 손톱이나 들여다본다. 오늘은 갈고리 발톱을 달지 않았다. 고향으로 돌아가는 길에 그런 건 필요없다.

"배로우가 관련되기만 하면 온갖 걸 다 허락하네. 도대체 선이 어디에 있는지, 그리고 쟤가 그걸 어쩔 수 없이 넘어가면 무슨 일이 벌어질지 궁금한걸."

칼이 받아칠 거라고 예상했지만 그는 목을 울리며 낮게 웃음을 터뜨린다.

"원하는 만큼 불행을 퍼뜨리려고 애써봐, 공주님. 그게 그대에게 남은 유일한 것일 테니까."

이를 갈면서 나는 주먹을 쥔다. 갈고리 손톱을 달고 왔어야 했다는 후회가 든다.

"여기서 나 혼자 비참한 것처럼 굴지 마."

내 응수가 그를 침묵으로 몰아넣는다. 칼의 귀 끝이 잘 사라지지 않는 회색으로 달아오른다.

마지막 포옹을 한 메어가 *마침내* 그 웃기지도 않는 수작을 마치고, 단호하게 몸을 돌린다. 그들 가족의 얼굴은 다 다르지만 그래도 비슷한 구석이 있다, 비슷한 색이라고 해야 할까. 어두운 눈동자와 황금빛 피부가 그렇다. 여동생과 반백의 부모를 빼면 모두 어두운 갈색 머리카락이다. 타고난 거친 면이 보인다. 그들은 대지에서 빚어지고, 우리는 돌에서 빚어진 것 같다.

메어가 우리를 향해 걸어오는 동안, 적혈 남자애는 보이지 않는 끈에 매인 것처럼 메어와 속도를 맞춘다. 그는 가족들에게 마주 손을 흔들어 주기 위해서 뒤를 돌아보지만, 메어는 그러지 않는다. 적어도 저 본능만큼은 존경스럽다. 저 끈덕지고 때때로 무분별할 정도인, 무슨 대가를 치러서라도 앞으로 나아가고자 하는 습관만큼은.

메어가 비행기를 향해 힘차게 걸어가며 옆을 스치자 칼은 위를 올려다본다. 팔짱을 푼 그의 손가락이 메어의 팔을 스친다. 메어가 입은 녹슨 색상의 상의 소매와 대조되어 칼의 피부는 창백해 보인다. 하지만 메어는 멈추지 않고 칼도 그녀를 멈춰 세우지 않는다. 칼은 어떤 말을 해야 할지 찾아내지 못한 채 목을 까닥이며 그저 사라지는 메어의 모습을 뚫어져라 바라본다.

날카로운 검이 있다면 메어를 쫓아가라고 칼을 찌르고 싶은 마음이 든다. 그의 심장을 잘라 버리고 싶기도 하다. 계속 자신의 마음을 무시하려고 하는 칼을 볼때면 나도 비슷한 고통을 느끼게 된다.

"우리도 갈까요, 미래의 남편?"

나는 칼에게 팔을 내밀며 목소리를 낮춘다. 내가 입은 금속제 상의의 뾰족한 침들이 몸을 뉘인다. 초대의 의사를 전달하는 것이다.

칼은 어두운 눈으로 나를 보며 억지 미소를 짓느라 이를 악문다. 그는 죽을 때까지 의무를 지키면서 살 것이다. 칼이 한 팔로 나를 안고 손은 허리 아래에 둔다. 활활 타는 듯한 칼의 피부는 너무 뜨겁다. 목에 돋아난 땀이 느껴진다. 나는 혐오로 인한 떨림을 억지로 누른다.

"물론이지, 미래의 부인."

예전에는 왜 이걸 원했을까. 도통 모르겠다.

우리는 함께 거대한 비행기에 탑승한다. 역겨움은 흥분에 밀려난다. 나와 내가 사랑하는 이들의 재회 사이에 남은 것이라고는 이제 고작 아주 짧은 비행 몇 시간뿐이다. 칼과 메어 사이에 끼여 그 둘이 서로를 향해서 주고받을 극적인 한숨과 의미 가득한 시선에 쥐어짜이겠지만. 그 정도는 처리할 수 있다. 프톨레무스 오빠가 기다리고 있다.

일레인이 기다리고 있다.

수천 킬로미터 떨어져 있지만, 열이 나는 피부 위에 차가운 수건을 덮은 것처럼 그녀의 존재감이 주는 서늘한 위안을 느낀다. 하얀 피부, 붉은 머리, 눈동자 속의 그 모든 별과 달처럼 하얀 치아.

13살, 나는 훈련의 링 위에서 그녀를 갈기갈기 찢었다. 아버지를 위해서였다. 아버지의 인정을 받기 위해서. 그 후 일주일을 울었고, 한 달은 사과를 하며 보냈다. 당연하지만 일레인은 이해했다. 우리는 가족들이 어떤 존재인지, 가족들이 요구하는 것이 무엇인지, 가족들을 위해서 우리가 반드시 어떤 존재가 *되어야* 하는지 알고 있다. 세월이 흘러가며 그런 일들이 일어날 것이라 예상했다. 일상적이었다. 우리는 매일 싸웠고, 서로를 상처 입혔고, 스스로를 상처 입혔다. 훈련에는 항상 힐러들이 대기했다. 우리는 함께 시간을 보내며 그런 필수적인 폭력에 둔감해졌다. 하지만 이제 그러지 않을 것이다. 다른 누구를 위해서 일레인을 다치게 하지 않을 것이다. 세상 최고의 힐러들이 대기하고 있다고 한들 그러지 않을 것이다. 아버지나 왕관을 위해서라고 해도. *캘로어가 메어를 더 강렬하게 원하면 좋을 텐데. 내가 일레인을 사랑하는 것만큼만 그가 메어를 사랑한다면 좋을 텐데.*

제트기에 탑승하자 쿠션을 댄 시트와 안전벨트가 보인다. 벽은 휘어져 있고, 비행기 한복판에는 나사를 박아 고정한 테이블과 두꺼운 유리창이 자리한다. 우리가 안전해지자마자 칼은 내게서 재빨리 떨어져 나가 테이블석 중 하나를 홀로 차지하고 있는 자기 할머니의 옆을 택한다.

"나나벨 할머니."

칼이 웃기고 어울리지도 않는 애칭으로 인사말을 나직하게 건넨다.

처음으로 아나벨은 피곤해 보인다. 그녀는 손자에게 친절하고 개인적인 미소를 짓는다.

나도 내 자리를 찾는다. 테이블이 있는 구석진 창가 자리로, 방해 받지 않고 잠을 청할 수 있는 곳이다. 이 비행기는 피에드몬트 공군 으로부터 받아 낸 것이기는 해도 군용 수송기보다는 편안하다. 안쪽 은 흰색과 선홍색이며, 내부는 노란색과 작은 보라색 별무늬로 꾸며 져 있다. 브라켄 왕자의 색상과 상징이다.

한 번도 브라켄 왕자를 만나 본 적이 없다. 수 년 동안 알렉산드렛 왕자와 다라에우스 왕자를 포함하여 그의 다양한 외교관들을 보았 을 뿐이다. 두 사람 모두 지금은 죽고 없다. 나는 아케온에서 메이븐 은 암살하려던 시도가 있었을 당시 알렉산드렛 왕자가 머리를 관통 당해 죽은 모습을 보았다. 그 기억에 욕지기가 치민다.

아이럴 귀족 하나가 일어나서 나로부터 60센티미터 정도 떨어진 곳에 앉아 있던 왕을 향해 총을 발사했다. 발사된 총알은 *빗나갔다.* 동맹인 척 굴었던 때라 그렇게 행동해야만 했다.

메이븐은 그날 죽었어야 했어. 그랬더라면 좋았을걸.

지금도 돌에 흐르던 수은의 냄새가, 발치로 강처럼 콸콸 쏟아지던 그의 피에서 나던 금속의 톡 쏘는 맛이 생생하게 느껴진다.

암살은 실패로 끝났다. 반역에 참여했던 가문들은 자기들 땅으로 달아났다. 일레인은 전사가 아니기에 미리 도망치고 없었다. 하지만 사모스 가문은 계속 위장을 유지해야 했다. 나는 메이븐의 자문 위 원으로 서서(그 족제비가 내게 *의자* 하나를 내줄 정중함조차 보이길 거부 했기 때문에 서 있어야 했다.) 메이븐이 일레인의 자매를 심문하는 것 을 지켜보아야만 했다. 그녀가 반역으로 처형당하기 전에, 메이븐의 메란더스 사촌이 그녀의 기억을 쏟아 내는 모습을.

일레인은 결코 그 일에 대해 말하지 않는다. 나 역시 밀어붙이지 않는다. 프톨레무스 오빠가 똑같은 운명에 처했다면 내가 어떻게 할지 상상이 가지 않는다. 아니다. 나는 천 가지 경우를 상상할 수 있다. 백만 가지는 될 폭력과 고통을. 하지만 거대한 공허를 메울 수 있는 것은 하나도 없다. 은혈 가족의 강한 유대는 깨뜨릴 수 없다. 우리가 사랑하는 얼마 안 되는 이들에 대한 충성심은 뼛속 깊이 새겨져 있다.

그렇다면 브라켄은 자식들을 위해 어디까지 할 것인가?

그 아이들에 대해서, 그리고 몬트포트가 그 아이들을 어떻게 대우하는지에 대해서는 물어보지도 않았다. 그 쪽이 더 쉬웠다. 안 그래도 내 세계는 걱정으로 가득 차 있다.

조용히 혼자만의 시간을 즐기려던 내 계획은 근육질 팔다리에 바싹 자른 금발을 한 사람이 돌풍처럼 닥치는 바람에 방해받고 만다. 진홍의 군대의 장군이 소리를 내며 의자에 털썩 앉는다. 바닥이 울릴 정도다.

"저 들소처럼 품위 있게 움직이는군."

내 맞은편에서 그녀를 쫓아낼 수 있기를 빌며 빈정댄다.

진홍의 군대의 장군은 움찔하지도, 대꾸를 하지도 않는다. 분노가 번뜩이는 눈으로 나를 노려볼 따름이다. 눈은 은하의 푸른색이다. 다음 순간 팔리 장군은 창문으로 몸을 돌리더니, 낮은 한숨 소리와 함께 유리에 이마를 기댄다. 그녀는 울지 않는다. 딸꾹질을 하며 붉어진 눈가로 비행기로 들어서던 배로우와는 다르다.

팔리 장군에게는 슬픔의 기색이 없다. 그럼에도 불구하고, 그녀에게서 물결처럼 굴러떨어지는 극심한 고통이 보인다. 팔리 장군의 얼굴은 무표정하다. 은혈에게, 특히 나에게 던지는 의무적인 혐오감과 평상시의 냉담함이 전부다.

그녀에게 딸이, 어딘가에 안전하게 모셔 둔 아주 어린 아기가 있다는 것을 안다.

여기는 아니지. 이 비행기에는 없어.

배로우가 그 적혈의 옆자리를 차지하는 바람에 나는 으르렁거린다. 우리는 이곳으로 올 때는 코르비움의 물자도 수송할 겸 은혈과 적혈을 분리하기 위해 두 대의 비행기를 이용했다. 리프트로 가는 길에도 그렇게 비행기가 두 대여서 모두를 이 좁은 공간에 쑤셔 넣지 않아도 된다면 참 좋겠다.

"이 비행기에는 60개는 되는 좌석이 있는 걸로 아는데."

나는 투덜거린다.

메어는 분노와 침통함 사이에서 방황하는 얼굴로 나를 쏘아본다.

"네가 옮기든가. 안 말릴게. 하지만 네 맘에 들 자리가 있을지 의문인걸."

메어는 칼에게 충성하는 자들과 진홍의 군대로 이루어진 다양한 대표단이 앉아 있는 나머지 좌석들을 턱으로 가리켜 보인다.

나는 씩씩거리면서 안락한 좌석에 몸을 묻는다. 메어의 말은 틀리지 않다. 다른 은혈과 정보와 은근한 위협을 주고받고 미소를 방패처럼 휘두르며 가면을 쓴 채로 수 시간을 보내고 싶지는 않다. 내 목을 긋고 싶어 몸이 달았을 적혈들 사이에서 눈을 감고 싶은 욕구도 전혀 없고. 정말 이상한 일이지만, 이곳에서는 메어 배로우가 내게 가장 안전한 피난처다. 우리의 협상이 서로를 지키고 있다.

메어는 장군 쪽으로 몸을 돌린다. 그들은 서로 아무 말도 하지 않는다. 다이애나 팔리는 배로우를 보지도 않는다. 유리창을 어찌나 뚫어지게 바라보는지 유리가 산산조각 날 것 같다. 그녀는 메어가 자기 손을 잡는 것도 알아차리지 못한 것 같다.

부드럽게 울리던 엔진이 고함을 지르듯 커지며 비행기가 움직이는 와중에도 팔리는 움직이지 않는다. 어금니를 악물고 아래위로 가느라 턱이 꿈틀거린다.

이륙 후 산을 뒤로하고 구름 속에 비행기가 파묻히고 나서야 팔리는 눈을 감는다.

그녀가 작별 인사를 속삭이는 걸 들은 것 같다.

＊ ＊ ＊

나는 비행기에서 제일 먼저 내려 여름 리프트의 신선한 향기를 들이마신다. 언덕 아래 저 멀리에서 넌지시 느껴지는 철의 냄새를, 먼지와 강과 나뭇잎의 냄새와 축축한 열기가 흐트러뜨린다. 안개가 낀 습한 하늘에 뜬 태양은 강하고 밝다. 그 아래 모든 것들이 기이한 대조를 그리며 빛난다. 먼 곳까지 뻗어 있는 산등성이는 활주로의 평평하고 뜨거운 검은색과는 상대적으로, 풍성한 녹색이다. 바닥에 손을 댄다면 아마 화상을 입을 것이다. 열기로 인한 아지랑이가 포장도로에 피어오르며 주위를 흔든다. 어쩌면 흔들리는 건 나인지도 모른다. 열망에 온몸이 떨리고 있다. 나는 뛰지 않으려고 애를 쓴다.

예의범절 비슷한 뭐라도 차리기 위해 노력한다.

이제 일레인 헤이븐과 나의 관계는 공공연한 비밀에 가깝다. 우리 목숨을 거미줄에 붙들고 있는 저 무수한 동맹과 배신에 비하면 아주 작은 비밀이다.

아주 작은 비밀, 하지만 수치스러운 것. 장애물. 곤경.

노르타에서는. 리프트에서도. 머릿속 목소리가 말한다. 다른 곳 어디에서도.

일레인은 모두가 볼 수 있는 곳에서 나를 기다리고 있지는 않을 것이다. 그런 건 일레인의 방식이 아니다. 그럼에도 심장이 뛰고 맥박이 치솟는다.

프톨레무스 오빠는 일레인처럼 제약을 받지는 않는다. 활주로에 선 오빠는 회색 천으로 된 여름 제복 겸 예복을 고집스럽게 걸친 채 땀을 뻘뻘 흘리고 있다. 오빠가 가지고 있는 유일한 금속이 양 손목에서 번뜩인다. 두껍게 꼬인 철제 끈은 장신구라기보다는 무기처럼 보인다. 경고의 의미. 사모스의 색을 맞춰 입은 한 무리의 호위들과 함께라면 특히 더 그렇다. 몇은 사촌들이다. 은색 머리카락과 검은색 눈동자로 확실히 알아볼 수 있다. 나머지는 우리 가문에, 아버지의 왕관에 충성을 맹세한 자들이다. 메이븐의 호위대들과 똑같은 방식이다. 나는 그들의 색에는 주의를 기울이지 않는다. 그런 건 중요하지 않다.

"이브."

내게로 팔을 벌리면서 오빠가 말한다. 마주 팔을 벌리고 허리께를 끌어안으니, 안도의 순간이 길게 닥친다. 몸에서 힘이 빠진다. 프톨레무스 오빠가 안전하다. 다친 곳 없이 온전한 몸이 손끝에 느껴진다. 단단하다. 실재한다. 살아 있다.

이제는 그 사실을 당연하게 여길 수가 없다.

"톨리 오빠."

나는 한 발 물러나 오빠를 올려다보며 속삭인다. 나와 같은 안도감이 오빠의 사나운 눈동자에도 번뜩인다. 서로 떨어지는 거라면 질색이다. 검을 방패에서 떼어 놓는 것 같다.

"떠나 있어서 미안해."

아니, 넌 오빠를 떠나지 않았어. 그 말은 네게 선택권이 있었다는 뜻이잖아. 너는 이 일에서 그런 건 받지 못했어. 오빠의 팔을 쥔 손가락에 힘이 들어간다. 아버지께서는 나를 몬트포트로 보내셨다. 메시지를 전하기 위해서. 연합 정부만이 아니라 내게도 전하실 메시지가 있었다. 그분께서는 나의 왕이시며 가문의 주인이시다. 아버지께 복종하는 것이 나의 의무이다. 아버지께서 원하시는 곳으로 가고, 아버지께서 말씀하시는 일을 행하고, 아버지께서 요구하시는 이와 결혼할 것. 그분의 의지대로 살 것.

아버지께서 준비해 놓으신 것 외에 다른 길, 다른 방도는 내게 보이지 않는다.

프톨레무스 오빠가 부드럽게 나를 뒤로 밀면서 말한다.

"볼거리를 놓쳐서 안타깝겠다? 아버지께서는 제대로 왕정을 구성하는 일에 몰두하셨지. 전역의 은혈들을 모으셨어. 아직 왕좌는 결정하지 못하셨지만."

"어머니는 어떠셔?"

나는 머뭇거리며 묻는다.

날이 더운데도 프톨레무스 오빠는 내 팔에 팔짱을 끼고 차로 이
끈다. 뒤로 다른 사람들이 줄을 지어 내려오지만 그들 따위에는 관
심이 가지 않는다.

"늘 똑같으시지, 뭐. 손자 내놓으라고 재촉하시는 중이셔. 매일 밤
일레인을 내 방으로 호송해 오신다니까. 문밖에다 경비를 세우실지
도 모르겠어."

분노가 치솟지만 억지로 그 감정을 누른다.

"그래서?"

목소리가 떨리지 않도록 애를 쓴다. 오빠가 나를 더 세게 쥐며 숨
을 멈춘다.

"우리는 모두가 동의한 대로 하고 있어. 이 일이 제대로 돌아가기
위해서, 해야만 하는 일 말이야."

뜨겁고 강렬한 질투심이 가슴에서 포효한다.

질투 같은 것은 내게는 없을 줄 알았다. 몇 달 전, 우리 세 사람 모
두가 이 결론에 도달했을 때에는. 오빠와 일레인의 약혼을 어쩔 수
없이 진행하기로 결정했을 적에는. 약혼은 단순히 일레인을 보호하
기 위한 조치였다. 다른 방법을 강구할 때까지 어떤 가문에서도 일
레인을 데려갈 생각을 하지 않도록. 일레인이 히죽대는 웰르 그린워
든이나 상스러운 램보스 스트롱암과 결혼하는 일을 막기 위해서. 양
쪽 다 내 권한 밖이다. 내가 통제할 수 없는 상황이다. 일레인은 아
름다운 여자이자 재능 있는 섀도우다. 그녀의 가문은 매우 가치 있
다. 그리고 프톨레무스 오빠는 사모스 가문의 후계자다. 둘의 약혼

은 동등한 결합이었다. 이해할 수도 있고 예측할 수도 있었다. 시간을 버는 데도 유용했다. 나는 메이븐과 약혼 상태였으며, 그의 왕비가 될 운명이었다. 프톨레무스 오빠도 메이븐의 측근으로 궁중에 매우 가까이 있었다. 둘이 결혼하면 일레인도 가까이 있을 수 있었다.

우리는 아버지께서 어떤 술책을 품고 계신지 몰랐다, 정말로. 세세하게는 알지 못했다.

이렇게 될 줄 알았더라면…… 어떻게 달라졌을까?

프톨레무스 오빠는 결혼하지 않았을 테지. 최고의 신랑감인 왕자였겠지. 그리고 일레인은 자유롭게 너를 따라 어디든 갈 수 있었을 거야. 네가 고른 신하와 결혼하긴 했겠지. 오빠와는 묶이지 않았겠지만 대신 또 다른 왕국에, 또 다른 나라에, 또 다른 침실에. 남은 평생 동안.

아버지께서는 우리를 막으실 수도 있었지만 그러지 않으셨다. 우리가 이 실수를 저지르게 내버려 두셨다. 이 상황을 즐기셨던 게 틀림없다. 내가 어떤 왕관보다도 원하는 단 한 사람으로부터 스스로를 떼어 놓고 있다는 걸 아시면서도.

"이브?"

프톨레무스 오빠가 몸을 구부리며 속삭인다. 오빠는 나보다 적어도 15센티미터는 크다. 몸도 떡 벌어져 있다. 나보다 4살 위의 장자. 볼로 사모스의 아들이자 리프트 왕국의 후계자. 나는 오빠를 사랑하지만 오빠의 인생은 내 인생보다는 더 편할 테다. 내게는 그 점에 대해 오빠에게 작지만 내 방식대로 화를 낼 자격이 있다.

"괜찮아."

나는 이를 악물고 억지로 뱉는다. 여느 때처럼 금속제 옷을 입고 있지 않다는 게 다행이다, 몽땅 먼지가 되어 부서졌을 테니까. 시야 구석에 톨리 오빠가 피부에 꼭 맞도록 팔찌를 조정하는 게 보인다.

"우린 이 길을 선택했잖아. 자기가 고른 길과 함께 살아야만 해."

낯선, 먼 목소리가 다시 떠오른다.

그래?

하얀색 양복과 녹색 양복을 입은 두 사람이, 피부색은 다르지만 서로 손가락을 얽고 있던 그들이 마음속에 스친다. 그 모습이 시야를 어지럽힌다. 마지막 몇 발자국은 오빠에게 기대서 걷는다. 오빠는 나를 거의 차로 나르다시피 한다.

데이비슨과 카마돈의 모습은 다른 장면으로 바뀐다. 오빠와 일레인이 익숙한 침실에 있는 모습. 어머니의 끔찍한 그림자가 문간에 드리운다. 눈을 태울 것만 같은 그 장면을 지우기 위한 방법은 하나밖에 없다.

아버지께 왕이 받아야 할 인사를 바치기 위해 다른 사람들은 새롭게 꾸민 알현실로 향하지만 나는 반대로 한다. 릿지 하우스는 내 얼굴만큼이나 익숙하다. 영접용 정원에서 슬쩍 빠져나가 열을 맞춘 나무와 꽃 사이로 사라지는 것은 어렵지 않다. 하인들의 정원은 부엌으로 연결된다. 나는 곁을 지나치는 적혈들을 알아차리지도 못한다. 그들은 몸을 사린다. 내 기분에 익숙하기 때문이다. 나는 어둡고 음울하다. 몰아치기 직전의 폭풍 속 구름 같은 상태다.

일레인은 내 방에서 기다리고 있다. 창문은 깨끗하고 커튼은 활짝 열려 있다. 일레인은 내가 햇살을 좋아한다는 것을, 특히 그 애 위로 반짝이는 햇살을 좋아한다는 걸 알고 있다. 일레인은 창가 자리에 걸터앉은 채, 등을 베개에 기대고 다리 하나를 멋대로 흔들며 얇고 검은 드레스 아래로 허벅지를 훤히 드러내고 있다. 그녀는 걸어 들어가는 나를 바라보지 않고, 내가 일레인의 존재에 적응할 시간을 준다.

그녀의 다리를 훑은 뒤, 내 시선은 창백한 어깨에 흐트러져 있는 빛나는 붉은색 머리카락으로 옮겨 간다. 흐르는 불 같다. 일레인의 피부는 빛이 나는 것처럼 보인다. 실제로 그렇기 때문이다. 이것이 그녀의 능력이다. 일레인은 빛을 능숙하고 세심하게 다뤄서 화장이나 화려한 옷, 보석 없이도 자기 자신을 돋보이게 만든다. 내가 못생겼다고는 생각하지 않는다. 나는 타고나길 아름답고, 그렇게 꾸미고 다닌다. 하지만 오랜 비행 끝, 평소처럼 갑옷과 같은 드레스를 입고 화장을 하지 않고서는, 일레인의 옆에 서기에 부족한 느낌이다. 자격이 없는 것 같다. 화장실로 숨어들어서 조금이라도 꾸미고 싶은 마음을 애써 누른다.

마침내 일레인이 몸을 돌리고 내게 얼굴을 모두 보인다. 그녀에게 이토록 흐트러진 모습으로 다가가는 것에 다시 부끄러움을 느낀다. 하지만 열망이 다른 생각을 재빨리 쫓아낸다. 내가 문을 발로 차서 닫고 방을 가로질러 양손으로 그녀의 얼굴을 쥐자 일레인은 소리 내어 웃음을 터뜨린다. 손 아래 닿은 그녀의 피부는 완벽한 석고상처럼 매끄럽고 차갑다. 그녀는 내가 자기 모습을 살피도록 둔다.

"왕관이 없네."

일레인이 내 관자놀이에 손을 올린다.

"필요 없어. 모두 내가 누구인지 알아."

걱정을 털어 내려는 듯 내 광대뼈를 가볍게 쓸어내리는 일레인의 손길은 붓처럼 가볍다.

"돌아오는 길에 잠 좀 잤어?"

일레인의 턱 아래를 엄지손가락으로 문지르며 나는 숨을 몰아쉰다.

"피곤해 보인다는 말을 그렇게 표현하는 거야?"

일레인의 손가락이 목으로 내려온다.

"네가 원하면 자도 된다는 거야."

"충분히 잤어."

아주 짧은 순간, 싱긋 웃느라 비틀리는 입술에 입을 맞춘다.

그녀가 사실은 내 것이 아니라는 깨달음에 가슴이 부서져 내린다.

＊ ＊ ＊

누군가 침실 문을 두드린다. 방문객들이 기다리는 바깥쪽 응접실이 아니다. 나의 침실, 우리의 침실, 바로 그곳을. 베개에서 몸을 일으키고 분노에 차서 이불을 걷어 낸다. 손목을 움직여 방 맞은편의 상자에서 칼을 끌어당겨서 다리에 휘감긴 비단을 재빨리 자른다.

칼날이 일레인의 맨살 바로 근처에서 움직이는데도, 그녀는 눈 하나 깜짝하지 않는다. 내 게으른 고양이는 하품을 하고는 몸을 굴려서 베개를 끌어안을 뿐이다.

"무례하기는."

일레인은 나와 우리를 방해하기로 결정한 멍청이 둘 모두를 향해 중얼거린다.

나는 마지막 천을 잘라 내면서 대꾸한다.

"저 더러운 놈을 위해 연습 좀 하는 거야. 정말 운 나쁜 놈이지."

나는 알몸으로 일어나서 손에 칼날을 쥔 채 부드러운 가운을 걸치고 허리끈을 묶는다.

계속되는 노크에 이어서 조용한 목소리가 뒤따른다. 그게 누구인지 알아차리는 순간, 달콤하고도 정당한 분노의 일부가 증발한다. 겁을 주려던 계획도 사라진다. 나는 짜증만 남은 채 단검을 던진다. 단검이 나무벽에 박힌다.

"뭐야, 오빠?"

침실 문을 열어젖히면서 한숨을 쉰다. 머리카락이 엉망진창에 눈이 벌건 것이 단정치 못한 모습이다. 오빠도 방해받은 게 아닌가 심히 의심스럽다. 오빠와 렌 스코노스는 오후의 밀회를 즐기니까.

오빠가 단호하게 말한다.

"알현실로 가야만 해. 당장."

"아직 발에 입을 안 맞췄다고 아버지께서 화나신 거야? 고작 몇 분 가지고."

고개를 드는 수고조차 하지 않은 채 일레인이 외친다.

"2시간 지났거든."

앙증맞은 손을 들며 그녀가 덧붙인다.

"안녕, 남편. 착하게 구는 김에 점심 좀 시켜 줄래요?"

나는 짜증에 차서 가운을 단단히 묶고는 음침하게 웃으며 조롱한다.

"그래서, 이게 다 무슨 일인 건데? 공적인 훈계? 아버지께서 우리 머리를 창에 꿰서 정문 앞에 걸겠다는 약속을 마침내 이행하기라도 하실 건가?"

"놀랍게도 너랑은 관계없어. 공격이 있었다."

오빠의가 날카롭고 건조하게 대꾸한다.

나는 재빨리 어깨 너머를 돌아본다. 일레인은 이불을 반쯤 덮은 채 몸을 구부리고 누워 있다. 그녀의 몸은 지금 빛나고 있지 않다. 막 잠으로 빠져드는 중인지라 집중할 이유가 없기 때문이다. 일레인은 무방비하고 연약하다. 이야기만으로도 상처를 입을 것 같다.

"밖으로."

응접실로 오빠를 밀며 작게 말한다. 다른 것은 몰라도 적어도 이야기로부터는 그녀를 지킬 수 있다.

창문 너머의 수많은 언덕에 맞춘 시원한 녹색 소파 하나로 오빠를 이끈다. 바닥을 장식한 거친 강의 돌들 위로, 부드러운 푸른색 카펫이 깔려 있다.

"어떻게 된 거야? 어디가 공격당해?"

무슨 이유에선지 몬트포트의 모습이 떠오르자 심장이 떨어지는 기분이다.

프톨레무스 오빠는 앉지 않고 허리에 양손을 얹은 채 서성인다. 양팔의 근육이 이완한다.

"피에드몬트야."

비웃지 않을 수가 없다. 나는 으르렁거린다.

"메이븐은 *바보*야. 우리가 아니라 브라켄의 자원을 축낼 뿐이지.

317

메이븐이 이렇게까지 멍청할 수가 있다고는 생각 못 했……."

오빠가 끼어든다.

"메이븐이 브라켄을 친 게 아니야. 브라켄이 우릴 친 거지, 피에드몬트 기지. 2시간 전이야. 방금 막 구조 요청을 받았어."

"뭐?"

이해가 가지 않아서, 나는 눈만 깜빡인다. 한 손으로 가운의 깃을 움켜잡고 앞섶을 여민다. 비단옷이 나를 구해 주기라도 할 것처럼.

"브라켄 왕자가 기지의 통신을 차단한 뒤, 자신과 다른 피에드몬트 왕자들이 이끄는 군대로 기지를 쓸어 버렸어. 그는 그 땅을 되찾았지. 잡히는 사람은 누구든 죽이고 있어. 노르타의 적혈, 몬트포트의 은혈, 신혈까지."

오빠는 창문 근처에서 서성거리며 한 손을 유리창에 얹고 더운 오후의 아지랑이가 일렁이는 동쪽을 바라본다.

"막후에 메이븐과 레이크랜즈가 있는 게 아닐까 의심돼."

바닥을, 카펫을 밟고 있는 맨발을 내려다본다.

"하지만 그의 아이들이 있잖아. 몬트포트가 그 아이들을 죽일 텐데."

이 얼마나 대단한 협상인가. 왕관 대신에 아이들을. 아버지라면 같은 선택을 하실 수 있으실지 궁금하다.

오빠가 느릿하게 고개를 젓는다.

"몬트포트로부터도 전언을 받았어. 그 아이들이 사라졌대. 샤를로타 공주와 마이클 왕자처럼 *보이도록* 힐러가 손을 댄 적혈들의 시체들로 바꿔치기되어 있었대. 누군가가 그들을 빼낸 거야. 몬트포트 멍청이들은 그 일이 어떻게 일어났는지도 모르고 있어. 누가 어떻게 자기네 산으로 침투하고 다시 빠져나갔는지 말이야."

오빠가 목구멍을 낮게 울린다.

나는 한 손을 흔들며 묵살한다. 지금 중요한 건 그 부분이 아니다.

"그래서 피에드몬트는 끝난 거야?"

오빠의 턱에 힘이 바싹 들어간다.

"피에드몬트는 이제 메이븐과 함께한다."

"그럼 우리는 어떻게 해야 해?"

나는 숨을 길게 들이마신다. 마음속이 복잡하다. 피에드몬트에는 수비대가 남아 있었다. 진홍의 군대와 몬트포트에서 온 군인들이. 적혈, 신혈, 그리고 은혈. 군대에 필요한 사람들이. 얼마나 많은 사람이 살아남았는지 궁금해하며 이를 악문다.

아버지의 군대는 코르비움을 파괴한 후에 리프트로 돌아왔다. 아나벨의 동맹도 똑같다. 우리의 은혈은 손상되지 않았다. 하지만 기지와 피에드몬트를 잃은 것은 대단히 파괴적인 결과를 가져올 것이다.

힙겹게 침을 삼키고 다시 입을 여는 내 목소리가 떨린다.

"레이크랜즈, 메이븐의 노르타, 그리고 피에드몬트. 뭘 어째야 할까?"

오빠의 음산한 얼굴에 몸이 떨린다.

"이제 알아내야지."

제13장

아이리스

이리 먼 남쪽까지는 한 번도 와 본 적이 없다.

피에드몬트 기지의 습기를 잔뜩 감지할 수 있다. 공기 그 자체를 무기로 쓸 수 있을 것도 같다. 눈으로 보기에는 너무 작은, 촉촉한 물방울들이 춤추는 느낌에 맨 팔에 소름이 돋는다. 기지 본부의 발코니에서 음울한 온기를 손으로 휘저으며 조금 몸을 푼다.

적란운이 지평선을 가로질러 달리고, 늪 너머로 비를 휘갈기는 회색 그림자가 뒤따른다. 번개가 한두 번 갈라지더니 몇 초 정도 뒤에 먼 거리에서 우레 소리가 들린다. 비에 꺼진 불의 냄새가 가벼운 미풍에 실려 오고, 연기가 기지의 출입구 근처에서 맴돈다. 브라켄의 군인들은 열린 문으로 진격했다. 스위프트와 스트롱암이 공습을 퍼부어 그들의 충성을 증명했다. 메이븐에게, 그리고 나에게.

노르타의 왕은 발코니 난간에 뼈처럼 하얀 양손을 얹은 채, 밖으로 몸을 약간 숙이고 있다.

그리 높지는 않다. 고작 2층이다. 난간 너머로 그를 민다면, 뼈 몇 군데가 부러질지언정 살 수 있을 것이다. 메이븐은 철과 루비로 만든 단순한 왕관을 쓰고 어두운 눈썹을 찌푸린 채 눈을 가늘게 뜨고 있다. 오늘은 망토를 두르지 않았다. 너무 덥다. 대신 보통 입는 검은색 제복을 입고 목의 단추를 풀고 있다. 눅눅하고 약한 바람에 천이 펄럭인다. 땀이 목에서 반짝인다. 열 때문은 아니다. 불의 왕은 누구보다도 이러한 기온이 편안할 테니까. 힘을 써서 흘린 땀 또한 아니다. 그는 기지를 기습하는 일에 참여하지 않았다. 브라켄을 위해 양국에서 은혈 군인들을 제공했지만 나 또한 아무 역할도 맡지 않았다. 이곳에 발을 들이기 전, 우리는 모든 것이 분명해질 때까지, 승리가 확실해질 때까지 기다렸다.

메이븐은 긴장하고 있는 것 같다. 두려워한다. 그리고 격분한 상태다.

그녀가 이곳에 없었다.

나는 조용하게 메이븐을 지켜보며 그의 말을 기다린다. 메이븐의 목젖이 움직인다. 승리했음에도 불구하고 메이븐은 연약하게 보인다. 이상한 일이다.

"얼마나 많은 사람이 달아났습니까?"

메이븐은 나와 눈을 마주치지도 않고 묻는다. 시선은 폭풍에 고정되어 있다.

짜증이 치밀어 오르는 것을 억지로 삼킨다. 나는 장군 옆에 서서 숫자를 척척 읊어 주는 부관이 아니다. 하지만 그가 원하는 대답을 해 준다. 매우 딱딱한 미소를 지은 채 말이다.

"늪으로 100명 정도 달아났어요."

발코니에 놓인 상자 속 활짝 핀 꽃을 손으로 훑는다. 화분의 흙은 축축하다. 비구름이 지나가고 있거니와 이곳 정원사가 일에 열심인 덕이다. 우리 뒤쪽의 행정부 건물에는 벽돌 벽과 기둥을 감고 더 많은 꽃줄기가 올라가고 있다. 피에드몬트 사람들은 꽃을 사랑한다. 이 기후는 식물이 자라기에 좋다. 꽃은 다양한 색조로 폭발하듯 피어난다. 하얀색, 노란색, 보라색, 분홍색, 그리고 마음을 편하게 해 주는 푸른색도 조금 있다. 태양이 점점 강해지자, 왕족의 푸른색 드레스 대신에 하얀색 옷을 입었더라면 좋았을 거라는 생각이 든다. 리넨은 더 가볍고 바람을 느낄 수 있을 정도로 얇으니까.

메이븐은 옆에 있던 활짝 핀 짙푸른 꽃을 한 송이 뽑는다.

"그리고 나머지 200명은 죽었고."

질문이 아니다. 그는 사망자 수를 아주 잘 알고 있다.

"힘이 닿는 한 신원을 파악하고 있어요."

메이븐이 어깨를 으쓱한다.

"포로들을 이용해요. 아마 몇몇은 우리에게 협조할 겁니다."

"그건 좀 의심스럽군요. 진홍의 군대와 몬트포트인들은 충성스럽습니다. 우리를 돕지 않을 겁니다."

길고 낮은 한숨과 함께 메이븐이 자세를 똑바로 하더니 발코니에서 물러난다. 또 다른 번개가 좀 더 가까운 곳에서 번뜩이자, 그는 눈을 가늘게 뜨고 그것을 바라본다. 메이븐은 원래도 창백하지만 천둥소리가 울리는 순간 얼굴에서 그나마 남아 있던 핏기마저 사라진다. *지금 번개 소녀를 생각하는 중일까?*

"그 문제를 판단해 줄 수 있을 메란더스 사촌들이 좀 있습니다."

나는 이를 악문다.

"위스퍼를 제가 어떻게 생각하는지 아시잖아요."

너무 빠르고 날카롭게 말하고 만다. *그의 어머니가 그들 중 하나였지.* 나는 질책이 날아올 것에 대비한다.

하지만 메이븐은 침묵한다. 그는 난간에 꽃을 올려놓고, 손톱으로 꽃잎에 화를 푼다. 메이븐의 손톱은 불안할 때마다 물어뜯어서 짧고 엉망이다. 모름지기 왕이란 자기 손톱 정도는 언제든 왕좌의 팔걸이에 놓아도 부족함이 없도록 잘 관리할 거라고 생각했다. 훈련이나 전투 때문에 손톱이 거칠어질 수는 있겠다고 생각했다. 그의 형의 손톱은 그러리라. 아이에게나 있을 법한 신경질적인 습관 때문에 망가진 손톱이 아니라.

"그리고 당신도 어떻게 생각하는지 저는 알 것만 같군요, 메이븐."

그렇게 말하는 내 목소리가 들린다. 테이블 위로 카드 패 중 하나를 감히 드러내 보이는 중이다.

메이븐은 아무 대꾸도 하지 않지만 내가 옳다는 것을 안다. 그의 어머니가 저지른 짓, 메이븐의 머릿속을 기어 다니는 그녀의 속삭임은 메이븐에게 흉터와 흔적을 남겼다. 메이븐으로서는 더는 위험을 지고 싶지 않을 것이다.

메이븐이 두른 갑옷에서 틈이 느껴진다. 그가 세운 벽에도 구멍이 있다. *내가 그 안으로 파고들 수 있다면 어떻게 될까? 메어 배로우처럼 메이븐의 한 조각이라도 잡을 수 있다면, 내가 왕의 고삐를 쥘 수*

있다면?

"원하신다면, 궁중에서 그들을 물리칠 수도 있어요."

나는 느릿하게 중얼거린다. 메이븐에게 가까이 움직이면서 표정을 부드럽게, 걱정하는 듯 바꾼다. 몸을 숙여서 쇄골이 드러나게 한다. 드레스가 미끄러져서 내가 필요한 만큼의 속살이 노출되도록.

"제 탓을 하세요. 레이크랜즈 미신 탓요. 전하의 새 아내를 기쁘게 해 주기 위한 일시적인 방책이라고 하세요."

소용돌이의 경계를 맴도는 것과 같다. 물에 잠겨 죽지는 않되 그 영향력 안에서 머무르는 것이다.

메이븐이 한쪽 입꼬리를 끌어당긴다. 쭉 뻗은 코, 오만한 눈썹, 조각 같은 광대뼈까지 모든 구석구석이 날카로운 옆모습을 그리고 있다.

"그대는 19살이지요. 그렇지 않나요, 아이리스?"

나는 혼란에 빠져 눈을 깜빡인다.

"그래서요?"

미소를 지은 메이븐이 예상보다 빠르게 한 손을 올려 엄지손가락을 내 뺨 아래에 댄다. 메이븐의 손가락이 귀 뒤로 미끄러지자 나는 움찔한다. 엄지손가락이 조금 파고들면서 내 목을 누른다. 그의 피부가 타오른다. 뜨겁지만 데일 정도는 아니다. 우리 둘의 키는 비슷하지만 그가 나보다 몇 센티미터 크다. 나는 툰드라의 하늘 같은 그 눈을 들여다보기 위해 고개를 올린다. 얼어붙은, 용서를 모르는, 무한한 눈. 지켜보는 이가 있다면, 우리는 영락없이 막 결혼한, 사랑에 빠진 한 쌍처럼 보일 것이다.

"그대는 이미 이런 것에 능하군요."

기이할 정도로 차가운 메이븐의 숨결이 얼굴을 쓸고 지나간다.

"하지만 나 또한 그렇답니다."

나는 그의 손아귀에서 빠져나오기 위해서 뒤로 물러선다. 메이븐은 실랑이를 벌이지 않고 나를 놓아준다. 메이븐은 기뻐 보인다. 그 사실에 속이 뒤틀린다. 혐오의 빛을 드러내지는 않는다. 차갑고 무심하게 굴 뿐이다. 한쪽 눈썹을 치켜올리고 윤기 흐르는 검은 머리카락을 정돈한다. 왕족에 걸맞은, 두려움을 모르는 어머니의 본성을 나 또한 드러내기 위해 애를 쓴다.

"제 동의 없이 한 번만 더 저를 건드려 보세요. 그럼 전하께서 얼마나 오래 숨을 참을 수 있을지 알게 될 테니까요."

메이븐이 천천히 꽃을 주먹으로 쥔다. 하나씩 하나씩, 꽃잎이 떨어진다. 메이븐이 손목을 흔들자 팔찌에 불꽃이 붙는다. 바닥에 닿기도 전에 꽃잎들에 불이 붙는다. 붉은 화염이 타오르고는 사라진다. 재와 노골적인 위협만이 남는다.

"용서하세요, 나의 비. 전쟁 때문에 날카로워지는군요. 내 형제가 사리를 분별할 수 있게 되고, 그와 함께하는 반역자들에게 정의를 선물하여 이 땅에 평화가 오기만을 바랄 뿐입니다."

메이븐이 미소를 지으며 말한다. 거짓말이다.

"지당하십니다."

내 대답도 마찬가지로 거짓말이다. 나는 고개를 숙이며, 그 행동에서 오는 수치심을 무시한다.

"평화는 우리 모두가 공유하는 목표이지요."

어머니께서 네 나라를 포식하시고 네 왕좌를 바다에 던져 버리신

후에 말이야. 사모스 왕의 피를 흘리고 아버지의 죽음에 책임이 있는 모든 사람의 목숨을 대가로 받아낸 후에.

우리가 네 왕관을 빼앗고, 메이븐 캘로어, 너와 네 형 모두를 물에 빠뜨려 죽인 후에 말이지.

"전하?"

우리는 몸을 돌려 검고 번뜩이는 가면을 쓰고 문간에 서 있는 메이븐의 감시병을 본다. 그가 가볍게 절을 하자 망토가 직물로 된 불처럼 휘감긴다. 저 갑옷과 망토가 지금 얼마나 더울지 상상할 수조차 없다.

메이븐이 양손을 벌린다. 메이븐의 목소리는 얼음물이 든 양동이처럼 차갑다.

"무슨 일이지?"

"지시하셨던 것의 위치를 찾았습니다."

가면 아래로 감시병의 눈만이 보인다. 그 눈에 두려움이 번뜩인다.

"확실한가?"

무관심한 척하며 왕은 손톱을 깨작거린다. 그 행동은 나를 언짢게 할 뿐이다.

감시병이 머리를 끄덕인다.

"네, 전하."

베일 듯한 미소를 지으며 메이븐이 눈을 들더니 몸을 돌려 난간을 등진다.

"음, 그렇다면 고맙군. 직접 보고 싶네."

"네, 전하."

감시병이 한 번 더 고개를 끄덕인다.

"아이리스, 함께하시겠습니까?"

메이븐이 한 손을 내밀며 묻는다. 그의 손가락이 내 팔에서 조금 떨어진 곳을 맴돌며 나를 놀린다.

전사로서의 본능은 나에게 거절하라고 말한다. 하지만 그렇다면 내가 메이븐 캘로어를 두려워한다는 것을 공개적으로 인정하는 셈이 된다. 그에게 유리한 위치를 허락하는 것이다. 그렇게는 둘 수 없다. 무엇인지는 모르지만 메이븐이 피에드몬트에서 찾고 있는 것이라면 레이크랜즈에도 중요할 테다. 아마도 무기겠지. 첩보일지도 모른다.

"왜 거절하겠어요?"

나는 과장스럽게 어깨를 으쓱하며 말한다.

메이븐의 손을 무시하고 감시병을 따라 발코니를 떠난다. 드레스가 움직인다. 낮게 파인 등에 새긴, 나선으로 휘감기는 물 모양 문신이 드러난다.

기지는 괜찮은 크기다. 레이크랜즈의 비행대와 군대가 주둔하는 주요한 시타델들의 반 정도다. 우리가 향하는 곳이 어디든 걸어갈 정도로 가까운 것은 틀림없다. 메이븐의 감시병들이 차량을 가져오지 않았다. 하지만 차가 있더라면 좋았을 것이다. 길가에는 수많은 나무들이 늘어서 있지만, 그늘진 곳이라고 해서 해가 드는 곳보다 시원하지는 않다. 감시병들의 호위를 받으며 걸어가는 동안 목을 쓸어내린다. 물방울들이 손가락 끝을 따라 자라나서, 문신이 새겨진 척추를 따라 매끄럽게 경주한다.

메이븐은 주머니에 넣은 손을 주먹 쥔 채, 선두에 선 감시병의 뒤를 바싹 따른다. 그는 열망에 차 있다. 곧 찾게 될 것을 매우 원하는 게 틀림없다.

감시병들은 연립 주택이 늘어선 거리로 우리를 안내한다. 첫인상은 기이하게 발랄하다는 것이다. 붉은 벽돌과 검은색 덧문, 포장이 깔린 인도, 활짝 핀 꽃과 가지치기가 된 채 줄 서 있는 나무. 하지만 주민들이 일시에 사라진 것 같은 공허가 매우 불안하다. 인형이 없는 인형의 집. 이곳에 살던 사람들은 죽거나 잡혔다. 혹은 발을 빨아들이는, 악취 나는 늪지대로 달아났다. 가치 있는 것들을 뒤로하고 떠날 수밖에 없었을 것이다.

"이쪽은 장교 숙소였습니다. 점령 전에 말입니다."

감시병 중 하나가 설명한다.

나는 그를 향해 한쪽 눈썹을 치켜올린다.

"그럼 그 뒤에는?"

"적군이 사용했습니다. 적혈 쥐새끼, 혈통 반역자, 신혈 괴물 들이죠."

가면을 쓴 감시병 중 하나가 화난 어조로 낮게 말한다.

메이븐이 급히 걸음을 멈춘다. 가죽 부츠가 인도에 검은 흠을 남길 정도다. 메이븐은 여전히 주머니에 손을 감춘 채 화를 내던 감시병을 향해서 몸을 돌린다. 감시병의 키가 커다란데도 메이븐은 전혀 동요하는 것처럼 보이지 않는다. 사실, 뚫어질 듯한 시선을 보내는 중에도 그의 얼굴에는 표정이랄 게 전혀 없다.

"방금 그 발언은 뭐지, 램보스 감시병?"

스트롱암이구나. 그 감시병은 메이븐의 팔을 뜯어낼 수도 있다.

하지만 그러는 대신 가면 뒤의 감시병의 눈동자가 커다래진다. 촉촉한 갈색 눈에 한가득 공포가 차오른다.

"전혀 중요한 말은 아니었습니다, 전하."

"중요한 게 뭔지는 내가 정한다. 방금 뭐라고 했지?"

"저는 왕비 전하께 답을 드렸습니다."

그의 눈동자가 내게로 옮겨 온다. 보호를 갈구하는 눈이지만, 나로서는 줄 수 있는 게 없다. 이 감시병은 메이븐의 명령을 받는다.

"저는 왕비님께 몬트포트의 점령 하에서 이곳에 적혈들이 살았었다고 대답해 드렸습니다. 은혈들과 신혈들도."

"쥐새끼. 반역자. *괴물.*"

어떤 억양의 변화나 감정을 보이지 않고 메이븐이 읊는다. 차라리 그가 분노를 터뜨리기를 바랄 정도다. 이건 더 공포스럽다. 읽히지가 않는 왕, 자신 안에 아무것도 남지 않은 왕.

"그것이 정확히 자네가 한 말이지, 그렇지 않나?"

"그렇습니다, 전하."

목만 돌려서 메이븐이 다른 감시병을 바라본다.

"오사노스 감시병, 왜 이것이 실수인지 설명할 수 있나?"

호명에 깜짝 놀란 파란 눈의 님프가 옆에서 말을 더듬는다. 그녀는 가능한 빨리 정신을 차리며 제대로 대답하려고 노력한다.

"왜냐하면……."

그녀는 손가락으로 망토를 꼬면서 말꼬리를 늘어뜨린다.

"저는 모르겠습니다, 전하."

"흠. 아무도 없나?"

목 깊은 곳에서 울리는 메이븐의 목소리가 축축한 공기를 진동시
킨다.

나는 진실로 그를 경멸한다.

나는 혀를 놀린다.

"램보스 감시병이 전하가 계신 곳에서 메어 배로우를 모욕했기
때문이지요."

메이븐이 텅 빈 표정 대신에 분노를 보였으면 싶었던 소망이 갑
자기 후회된다. 메이븐의 눈동자가 새까매지고 동공은 분노로 확장
된다. 송곳니라도 드러낼 것 같았지만 메이븐의 입은 아주 조금 벌
어지며 이를 살짝 보일 뿐이다. 주변의 감시병들이 긴장한다. 메이
븐이 나를 공격한다면 감시병들이 그를 멈춰 세우려고 할지 궁금해
진다. 그럴 것 같지는 않다. 나도 저들의 책임하에 있기는 하지만, 메
이븐이 우선이다. *그는 이 결혼에서 언제나 우선일 것이다.*

"내 아내께서는 상상력이 풍부하시군."

그가 비꼰다. 하지만 나는 진실을 맞닥뜨렸다. 아주 추한 것이다.
그가 메어에게 집착한다는 것을, 부패하고 비도덕적인 형태로 그녀
를 사랑한다는 것은 물론 알고 있었다. 하지만 지금 메이븐의 반응
은 좀 더 깊은 무언가에 대한 단서를 준다. 그에게는 누군가가 만들
어 낸 내면의 흠집이 있다. 나는 가늠할 수조차 없는 이유로, 그의
어머니가 메이븐에게 이런 짓을 했다. 메어를 사랑하는 일로 인한
통증과 고통과 고문이 메이븐의 가슴과 머리를 찌르도록.

본능의 경고에도 메이븐 캘로어에게 아주 조그만 동정심이 생긴
다. 그는 스스로 이렇게 자란 것이 아니다. 완전히 그렇지는 않다. 다

른 사람이 그를 잘라 낸 다음에 엉망진창으로 붙여 놓았다.

메이븐의 분노는 폭풍 속 구름처럼 지나가 버린다. 곧 내리칠 듯 자글거리는 번개와 같은 흔적만 남는다. 그러고 나서야 감시병들이 긴장을 푼다. 메이븐은 어깨를 풀며 한 손으로 머리를 쓸어내린다.

"그대의 실수는, 램보스 감시병, 업신여기는 태도에 있네."

그의 목소리는 그 멸시하는 듯한, 평소에 사람들을 옭아맬 때 사용하곤 하는 소년 같은 어조로 돌아온다. 메이븐은 다시 가볍게 걷지만 감시병들이 아까보다 거리를 벌리고 있는 것 같다.

"우리는 전쟁 중이지, 물론. 그리고 이 사람들은 우리의 적들이기는 해. 하지만 그들은 여전히 사람들일세. 그들 중 많은 수가 내 합법적인 국민이며 그대 자신과 같은 국가의 국민이야. 우리는 승리를 거둘 때, 노르타 왕국으로 돌아오는 사람들을 환영할 걸세. 몇몇 예외야 있겠지만, 물론."

그는 음모를 꾸미는 듯한 미소를 드러낸다.

"여기입니다, 전하."

감시병 중 하나가 언뜻 다른 집들과 똑같이 보이는 연립 주택 하나를 가리킨다. 하지만 좀 더 자세히 들여다보니, 꽃이 좀 더 훌륭한 상태라는 것을 알아차릴 수 있다. 생생하고 광택이 도는 꽃잎과 파릇파릇한 녹색 이파리가 창문 앞에 둔 상자에 한바탕 피어 있다.

메이븐은 검시라도 하는 듯한 눈길로 창문에 시선을 던진다. 그는 현관으로 향하는 계단을 천천히 오른다.

"그래서 어떤 *괴물*이 이곳에 살았지?"

메이븐이 마침내 말한다.

처음에 감시병들은 대답을 하지 않는다. 어떤 함정이 있을까 두려운 것이다.

오사노스만이 입을 열 용기를 보인다. 그녀가 목청을 가다듬고는 대답한다.

"메어 배로우입니다."

메이븐은 아주 짧게 고개를 끄덕인다. 다음 순간 그는 발을 들어 부츠로 문손잡이를 소리가 나도록 걷어찬다. 자물쇠가 부서지고 나무가 조각나며 문이 열린다. 메이븐이 집 안으로 들어가자 그늘에 가려 그의 모습이 희미해진다.

나는 잠시 도로에 그대로 서 있다. 여기 머물자. 감시병들은 왕을 뒤따르는 것이 꺼려지는지 나처럼 망설인다. 옷장 속에서 뛰쳐나와서 메이븐의 목을 벨 암살자보다 더 마음에 드는 존재야 없겠지마는, 그렇게 되면 이 전쟁에서 이기고 메이븐의 형과 그를 따르는 리프트의 애완견들로부터 레이크랜즈를 안전하게 지킬 기회가 날아갈 것이다.

"따라오게."

역겨운 남편을 뒤쫓아 계단을 오르며 읊조린다. 감시병들은 내 뒤를 따른다. 불꽃처럼 보이는 망토 아래로 갑옷이 부딪히는 소리를 낸다.

거주민들이 사라져 텅 비고 침묵에 잠긴 어둑한 집으로 들어가는 동안, 나는 그들의 옷에서 나는 소리에 집중한다. 벽에는 이상하리만치 아무 장식이 없다. 브라켄은 기지 내 그의 소유였던 수많은 귀중품들, 가치 있는 물건들은 모조리 빼앗겼다고 설명했다. 저들이 자원을 확보하기 위해서 판 것이다. 이렇게 남의 불행을 이용하는 자들이 내 고향에 들이닥치는 상상을 하자 저절로 얼굴이 찡그려진다. 전쟁 자금을 대기 위해서 성지와 사원이 훼손된다니. *내가 살아 숨 쉬는 한은 안 돼. 어머니께서 왕좌를 지키시는 한 아니야.*

거실로 들어가거나 부엌을 뒤지는 일에는 관심이 없다. 메이븐의 발걸음 소리가 계단에서 메아리친다. 내가 그 뒤를 따르자 감시병들이 함께한다. 메이븐이 홀로 있길 원할 수도 있겠으나 그런 말을 뱉지는 않는다.

메이븐은 큰 소리가 날 정도로 세게 2층의 방들을 순서대로 여닫고는, 침실, 옷장 그리고 화장실마다 머리를 들이민다. 한두 번은 먹이에게 거부당한 포식자처럼 숨죽인 소리로 으르렁대기도 한다.

구석에 있는 마지막 문에 이르자 메이븐은 망설인다.

그러고는 그 문만큼은 한 손으로 부드럽게, 신성한 장소에 들어가는 것처럼 연다.

나는 잠시 뒤로 물러서 그가 먼저 들어가도록 둔다.

안쪽은 침실이다. 작은 침대 두 개가 창문 옆에 놓여 있다. 나는 바로 이상한 점을 알아차린다. 무늬가 있는 커튼 상당량이 꼼꼼하게 잘려 나가고 없다.

메이븐이 잘린 끝을 어루만지며 중얼거린다.

"여동생이 재봉사였지."

그가 손가락을 움직이자 불꽃이 손목에서 튀어 오른다. 불꽃은 빠르고 익숙하게 커튼을 따라 번져 나간다. 불붙은 구멍들이 질병처럼 퍼진다. 매캐한 연기가 콧구멍을 찌른다.

그는 자신의 손길 아래에서 벽지도 불에 타 떨어져 나가게 한다. 다음에는 창문이다. 메이븐이 불이 붙은 손을 유리에 올린다. 그가 발산하는 열기 때문에 유리에 금이 가더니 햇살 속으로 부서져 내린다. 방이 거품이 보글보글 끓는 냄비 안에 있는 것처럼 맥동한다. 물러나고 싶지만 동시에 그를 보고 싶다. 메이븐을 이길 수 있으려면 그가 어떤 존재인지 알아야만 한다.

그는 첫 번째 침대를 무시한다. 그 침대가 그녀의 것이 아니라는 사실을 어떻게든 아는 모양이다.

그는 두 번째 침대에 꺼지듯 앉는다. 침대가 얼마나 튼튼한지를 확인하기라도 하는 태도다. 메이븐은 양손으로 침대보를 쓸고는 베개를 만지며 메어가 머리를 누이던 곳을 느껴 본다. 아예 드러누워서 남아 있을지도 모르는 향기를 들이마시진 않을까 기대될 정도다.

대신 불길이 휘감긴다. 깃털과 천에, 나무로 된 틀에. 불길은 맞은편의 침대로 건너뛰더니 순식간에 그쪽도 게걸스럽게 먹어 치운다.

"내게 1분만 주지 않겠나."

잘 통제되고 있는 불꽃의 고함 너머로 메이븐이 거의 들리지도 않을 정도로 속삭인다.

우리는 들은 그대로 열기가 비치기 전에 달아난다.

1분. 그가 요구한 시간은 그게 전부다. 메이븐이 문밖으로 몸을 드러내고, 그의 뒤로 거대한 화염이 생명을 얻기 전에 우리는 가까스로 거리까지 물러난다.

그 집이 무너져 내리는 것을 보며 내가 공포로 땀을 흘리는 중이라는 것을 깨닫는다.

다음번에 메이븐은 무엇을 불태울까?

✳ ✳ ✳

차의 엔진 소리가 지하 감옥 밖에서 메아리친다. 추적 중이던 군인들이 돌아온 모양이다. 그들이 늪지대로 도망친 사람 중 하나라도 잡아올 수 있었을지 궁금하다. 콘트리트로 된 벽을 가르고 있는 높은 창에 소음이 걸러진다. 이곳은 서늘한 반지하로, 창살이 있는 감옥들을 긴 복도가 양분하고 있는 구조다. 공식적인 집계에 의하면 47명이 이곳에 붙들려 있다. 감방 하나에 2~3명씩 갇혀 있다. 모두가 붉은 피를 가진 자들이지만 은혈 경비의 삼엄한 감시하에 있다. 누군가 신혈이라 조용히 기회를 노리다가 능력을 이용해서 탈출할 수도 있기 때문이다. 몬트포트의 은혈들은(그 감시병이 말했다시피, 혈통 반역자들은) 다른 곳에 갇혀 있는데, 사일런스를 비롯하여 가장 강력한 경비들이 그들을 억제하고 있다.

메이븐은 지나는 모든 철창을 한가롭게 주먹으로 두드린다. 노르타의 왕을 앞에 두고 포로들은 두려워하며 뒤로 물러서거나 반항적으로 버틴다. 이상하게도 메이븐은 온통 감방으로 둘러싸인 이곳에서 편안해 보인다. 포로들을 거의 인식하지도 않는 듯하다.

나는 정반대다. 걷는 내내 수를 세면서 공식적인 집계와 포로의 수가 일치하는지 확인한다. 불편한 일을 초래할 수도 있을, 반역이나 결심의 징후가 번득이지는 않는지도 살핀다. 적혈과 신혈을 구별할 수 있다면 좋겠다. 감방을 지날 때마다 불편한 기분이 든다. 어디

335

든 뱀이 숨어서 기다리고 있을 수도 있다.

지하 감옥의 반대편 끝에서 또 다른 은혈 왕족의 일행이 다가온다. 그들의 색은 노란색, 하얀색 그리고 보라색이다. 연회장을 장식하는 데 더 어울릴 법한 금으로 만든 갑옷과 무기들에 칠해져 있는 색들이다. 브라켄 왕자는 커다란 미소를 보이지만, 그의 양손을 꼭 붙들고 있는 아이들은 몸을 웅크리고 있다. 마이클과 샤를로타는 보라색으로 빛나는 아버지의 망토 안으로 얼굴을 묻었다가 자기들이 신고 있는 금색 신발을 내려다보거나 한다.

저 아이들과 피에드몬트가 몬트포트 괴물들의 손아귀에서 감내해야 했던 일들을 생각하니 슬픔이 밀려오는 동시에, 아이들이 아버지와 함께 올 수 있을 정도로 잘 회복한 모습을 보니 감사하는 마음이 든다. 우리가 몬트포트에서 아이들을 데리고 빠져나올 적에, 아이들은 진절머리 나는 힐러, 니로가 훌륭하게 자기 일을 마쳤음에도 불구하고 거의 말을 하지 못했다. 어떤 스킨 힐러도 마음을 고쳐 줄 수는 없다.

스킨 힐러들이 마음을 고칠 수 있다면. 나는 남편을 곁눈질한다.

"브라켄 왕자."

메이븐이 자기가 지닌 모든 매력을 끌어내며 머리를 깊게 숙인다. 그러더니 아이들과 시선을 마주할 수 있을 정도까지 몸을 굽힌다.

"그리고 마이클, 샤를로타. 내가 지금까지 본 중에서 가장 용감한 남매로구나."

마이클은 얼굴을 숨기지만, 샤를로타는 아주 작은 미소를 보인다. 예의 바른 미소다. 누군지는 모를 예절 교사가 강제로 주입했을 것이 분명하다.

"정말 매우 용감하지요."

그 둘을 향해서 눈을 찡긋하며 내가 덧붙인다.

브라켄은 여전히 미소를 띤 채 우리 앞에서 멈춘다. 그의 호위와 가신들이 브라켄과 함께 매끄럽게 선다. 그들 가운데 에메랄드 보석이 박힌 관을 쓴, 다른 피에드몬트 왕자도 보이지만, 누구인지는 모르겠다.

"두 분 전하."

브라켄이 할 수 있는 한 가장 낮게 절을 하기 위해 양손을 쓸어 보이며 말한다. 아버지의 양손에 매달려 있는 그의 아이들 역시 숙련된 우아함으로 똑같이 인사한다. 낯을 가리며 몸을 떨고 있는 조그만 마이클조차.

"제 감사를 표현하기 위해 충분한 말이나 금은 이 세상에는 존재하지 않겠습니다만, 믿으셔도 됩니다, 두 분은 그걸 가지셨습니다."

왕자의 눈동자가 내게로 향한다. 나는 턱을 들며 메이븐과 시선을 마주한다. 내가 직접 브라켄의 아이들을 구했다. 그 사실은 잊히지 않을 것이다.

"이 세계의 본질에 저항하는 이번 전쟁에서, 피에드몬트의 어떤 자원도 이곳 기지처럼 이용하실 수 있습니다."

메이븐은 브라켄에게 일어나라는 듯 손가락을 까딱한다.

"그토록 강력한 맹세라니 저 역시 감사를 드릴 수밖에 없군요. 우리가 함께라면 내 형제가 시작한 것을 끝낼 수 있겠습니다."

메이븐의 대답은 모두 연기이며 가식적이다.

브라켄의 눈에서 무언가가 번뜩인다. 즐거움 때문인 것 같다. 무엇을 위한 거짓말인지를 아는 걸까? *티베리아스 캘로어는 이 전쟁을 시작하지 않았다. 어떤 생각을 해도 마찬가지야. 죄는 적혈 반역당에게 있어.* 나는 침을 삼킨다. 목이 갑자기 마른다. *진홍의 군대는 레이크랜즈에서 시작되었다. 아버지께서 반드시 내리셔야만 했던 결정이 그들에게 박차를 가했다. 그들은 죄인이지만 우리는 그들의 존재를 가능케 했고 퍼지도록 두었다. 우리는 그 죄와 수치를 공유한다.*

"레이크랜즈도 함께지요."

브라켄이 덧붙인다.

또 다른 즐거움이 왕자의 눈에서 번뜩인다. 뺨에 열이 오르는 것이 느껴진다.

"물론입니다. 우리는 마지막까지 메이븐 캘로어 전하를 지지할 겁니다."

최소한으로 말이지. 더 적은 군대, 더 적은 무기, 더 적은 돈. 나머지는 우리에게 필요할 때를 위해서 비축할 것이다.

메이븐의 입술이 내 얼굴에 담백하게 닿는다. 상징적인 입맞춤이다. 내 뺨은 덴 듯 뜨겁게 불타오른다.

"우린 정말 잘 어울리는 짝입니다, 그렇지 않습니까?"

그는 브라켄에게로 몸을 돌리며 말한다.

메이븐을 바닥에 꽂고 내가 만족할 때까지 물을 퍼부어 버리고 싶은 욕구가 든다.

"정말 그렇습니다."

검은 눈으로 우리를 쏘아보며 브라켄이 중얼거린다.

"불행히도, 그다지 많은 진전이 있는 듯 보이진 않습니다. 데니알드 왕자의 영토에서 위스퍼와 싱어를 보냈습니다."

브라켄은 에메랄드와 녹색 비단으로 치장한 자기 뒤의 왕자를 가리켜 보인다.

"하지만 그들은 아직 도착하지 않았습니다. 제대로 심문하기 전에 포로들을 상하게 하는 위험은 감수하고 싶지는 않습니다."

위스퍼와 싱어가 여기 올 거라는 생각에 대한 혐오감을 감출 수 있기를 바라며 가장 가까운 감방으로 몸을 돌린다. 둘 다 믿을 수 없기는 마찬가지건만. 나는 입을 다문다.

감방 안의 남자는 나를 똑바로 마주 바라본다. 희미한 불빛 속에서 그의 눈동자는 밝은 석탄처럼 보인다. 피부에는 붉은 색조가 돌지만 나처럼 갈색이고, 검은 머리카락은 잘 손질되어 윤기 도는 턱수염과 마찬가지로 구불거린다. 그가 입은 군복은 짙은 녹색이다. 몬트포트의 색상이다. 군복의 가슴과 위팔 부분이 일부 찢어졌다. 떨어진 실이 흔들거린다. 계급 휘장이 사라지니 명예도 찢어져 사라진 듯 하다. 내가 눈을 가늘게 뜨자 그도 똑같이 한다.

"계급이 뭐지, 군인?"

나는 경멸을 담아 묻는다.

브라켄과 메이븐은 조용하다.

수염이 있는 남자는 아무 말도 하지 않는다. 가까이 다가가자 눈 아래로 흉터가 있는 것이 보인다. 사고였다고 보기에는 지나치게 균일하다. 매우 잘 치료된 데다 완벽하게 일직선이다.

나는 턱을 움직여 그 흉터를 가리킨다.

"누군가 자네에게 그 흔적을 남겼군, 그렇지?"

"은혈이 나를 제압해 얼굴에 흉터를 남긴 것이 선물이었던 것인 양 말하는군요."

남자는 느릿하게 대꾸한다. 그의 말은 이상할 정도로 격식을 차렸다. 또, 부자연스럽다. 부분부분 쪼개진다. 말의 무게를 혀에 달고 하나하나 신중하게 생각하는 것만 같다.

나는 흉터를 훑어본다. 그런 벌을 받으려면 그가 대체 무엇을 했는지 혹은 하지 않았는지 궁금하다.

브라켄을 돌아보며 말한다.

"위스퍼들이 도착하면, 이 사람부터 시작하지요. 계급이 높을 겁니다. 분명 다른 사람들보다 더 많은 걸 알 테죠."

메이븐의 입술이 비틀린다. 아마 미소를 지으려는 것 같다.

브라켄이 내 말에 대답한다.

"물론입니다. 저 멍청한 적혈부터 시작하겠습니다."

그는 조용조용 말을 건네어 아이들을 내보낸다. 나란히 고개를 끄덕이는 아이들은 10살과 8살보다 더 어리게 보인다.

"저들을 두려워할 필요가 전혀 없음을 알게 되실 겁니다. 더 이상은 아니지요. 저들은 두 분께 아무것도 아닙니다. *아무것도요.*"

마이클이 머리를 아버지의 팔 아래에 들이밀며 얼굴을 숨긴다.

샤를로타는 반대다. 작은 턱을 내민다. 그녀의 갈색 피부 위로 주근깨가 흩뿌려져 있다. 몬트포트에서 샤를로타는 머리를 간단하게 하나로 단단히 묶었다. 지금은 신분 그대로 공주처럼 차려입었다.

무늬가 있는 하얀색 비단 옷에, 여러 갈래로 묶은 머리에는 자수정을 박았다. 샤를로타가 아버지를 뒤따르자 작은 드레스 자락이 콘크리트 위로 끌리는 모습이 보인다. 신부의 옷 같다. 때가 되면 샤를로타가 누구와 거래될지 궁금해진다.

우리는 계속 걸으며 감방을 살핀다. 나는 숫자를 센다. 팔을 흔드는 메이븐은 기쁨에 찬 상태다. 승리가 그에게 영향을 주긴 하는 모양이다.

"전하께서도 행복을 느낄 줄 아는지 몰랐네요."

내가 중얼거리자, 그는 노골적으로 소리 내어 웃는다. 그 웃음은 유리처럼 날카롭다.

메이븐이 나를 향해 무정한 미소를 보이지만 눈에서는 광기가 거칠게 번뜩인다.

"메어 배로우에 대한 인상이 매우 좋았나 봅니다."

그 말에 나는 칼날 위에서 춤을 추듯 냉소를 되돌린다.

"전하께서 그녀를 왕비로 원하시니, 저도 제 역할을 해야겠지요."

또 한 번 터지는 웃음. 그는 무슨 그림이라도 감상하는 듯 나를 향해 눈을 깜빡인다.

"이거 질투인가요, 아이리스?"

살살이 살피는 메이븐의 시선 아래 몸을 굳힌다. 근육이 칭칭 감긴 철사처럼 긴장한다.

메이븐은 미소를 지은 채 한숨을 쉰다.

"아니, 아니네요. 아니에요. 전에 그대가 말했다시피, 우리는 더할 나위 없는 결혼 상대예요."

그럴 리가 있나.

"지금 누가 내 이름을 말한 건가?"

메이븐이 우뚝 멈추고, 혼란이 가득 드러난 표정으로 눈썹을 찌푸린다. 그는 고개를 기울이며 어깨 너머를 돌아본다. 그러고는 뒤쪽의 감방을 향해 눈을 깜빡인다.

아까 그 턱수염 난 남자의 목소리다. 그는 창살을 향해 몸을 기댄 채 복도를 향하여 양손을 달랑대고 있다. 도전이라도 하듯 한쪽 눈썹만 치켜올린 그는 우리를 뚫어져라 바라본다.

"내 말 들었잖아, 메이븐."

그의 목소리는 전과 다르다. 음색은 같지만, 더 강하고, 더 빠르고, 더 단호하다. 날카로운 돌의 모서리 같다.

우리는 당혹에 빠져 그를 돌아본다. 적어도 나는 그렇다.

메이븐은 두 감정 사이에서 갈피를 못 잡는 것처럼 보인다. 한쪽은 살인적인 분노이고 다른 한쪽은…… 희망?

남자가 활짝 웃는다.

"내가 그리웠어? 그랬을 것 같은데."

뼈가 맞부딪히는 소리, 이를 가는 소리가 들린다. 메이븐은 턱을 악다물고 한 마디를 억지로 뱉는다.

"메어."

제14장

메어

"그가 당신을 알아봤습니다."

모두가 동시에 숨을 들이켜는 것만 같다. 내 호흡도 들쑥날쑥해진
다. 사모스 궁전의 이 한적하고 작은 방이 너무나 좁게 느껴진다. 내
시선이 무심결에 팔리에게 향한다. 팔리는 나를 마주 응시한다. 힘
겹게 침을 삼키느라 그녀의 목이 움직인다. 나는 그 움직임을 시선
으로 좇는다. 팔리는 마음을 단단히 먹고, 단호히 얼굴을 굳힌다.

나는 입술을 깨문다. 이 일을 홀로 하는 편이 나았겠다는 생각이
든다. 하지만 팔리는 어디도 가지 않은 채 이바렘을 가까이에서 지
켜본다. 일이 걷잡을 수 없게 되면 언제라도 멈춰 세울 수 있을 정도
로다. 릿지 하우스와 피에드몬트를 연결하는, 불타는 듯 강렬한 이
바렘의 눈이 내 눈에 새겨질 듯 다가온다. 이바렘은 이미 피에드몬
트 기지에 있는 감옥, 동쪽으로 면한 창을 가진 반지하 벙커에 대해

가능한 많은 정보를 알아냈다. 그의 형제가 어떤 포로들을 볼 수 있는지. 정확히 누가 함께 갇혔고, 누가 죽었으며, 누가 달아나는 것을 보았는지를. 다행스럽게도 엘라와 레이프는 성공적으로 늪지대로 도망쳤다. 그 첩보만으로도 극히 중요한 것이지만, 이건……. 우리 바로 앞에, *메이븐*이라니. 팔을 뻗으면 만질 수도 있을 것만 같을 정도로 가까이에.

이바렘이 보는 것을 보고 싶다. 이바렘의 적갈색 눈 속 깊이 뛰어들어 수백 킬로미터는 떨어진 감옥을 바라보고 있는 이바렘의 쌍둥이의 눈에서 튀어 나가고 싶다. 다시 메이븐을 직면한다. 내가 아는 한 그를 읽는다. 피부 아래에서 근육이 밀고 당겨진다. 메이븐이 묻어 버리려는 비밀과 약점을 말해 주는, 얼음처럼 푸른 눈동자 위로 스치는 아주 작은 번뜩임.

이바렘과 그의 형제의 능력이 그를 드러내 주어야만 할 것이다. 그들의 유대는 멀리 떨어져 있음에도 강력하고 즉각적이다. 이바렘은 래쉬를 통해서 자신이 느끼는 모든 것을 있는 그대로 묘사한다.

"메이븐이 창살을 향해서 다가옵니다……. 몸을 숙이네요, 몇 센티미터 떨어진 곳까지. 메이븐의 목에 땀방울이 흐릅니다. 피에드몬트는 더워요. 막 비가 내렸습니다."

이바렘이 몸을 긴장시키며 손바닥을 허벅지에 놓는다. 그러더니 뒤로 물러난다. 메이븐이 여기 이 방에 우리와 함께 있는 것을, 메이븐의 얼굴에 얼굴을 들이미는 모습을 상상해 본다. 이바렘의 입술이 혐오감으로 휘어진다.

"그가 우리를 탐색하고 있어요. 우리의 눈을요."

나는 주춤한다. 익숙한 숨결의 차가운 환영이 느껴진다.

하나 있는 창문을 통해 햇빛이 흘러들어 오고는 있지만 릿지 하우스 구석의 이 작고 잊힌 방에서 어둠의 늪이 느껴진다. 이런 생각 자체를 아예 하지 않았더라면 좋았을 것을. 이 일을 하라고 이바렘을 불러오지도 말았더라면 좋았을 것을. 이바렘은 원래 타히르와 데이비슨, 즉 몬트포트와의 연락을 도울 예정이었다. 피에드몬트에 잡힌 그의 다른 형제와 연락하기 위함이 아니라. 메이븐이 아니라.

나는 몸이 멋대로 움직이거나 표정이 드러나지 않도록 자제하며 침착함을 유지한다. 하지만 심장이 내달리는 듯 굼뜨게 쿵 소리를 내며 거듭 치솟는다.

팔리는 서성거리지 않으려고 노력하지만 평소와 너무 다르게 전혀 움직임이 없다. 그 태도가 안 그래도 불안한 내 마음을 더 불안하게 만든다. 이 장소는 우리 둘 모두에게 안 맞는다. 릿지 하우스는 언제 작동될지 모르는 덫 그 이상 아무것도 아닌 듯 보인다. 모든 방마다 어떤 형태로든 금속이 있다. 가느다란 창살, 굵은 기둥, 심지어는 바닥에 엮인 것도 있다. 이 건물은 일부만 다룰 수 있는 무기나 다름없다. 그리고 그 무기들이 항상 우리를 둘러싸고 있다.

지금 내가 앉아 있는 의자조차 차가운 금속이다. 맨살에 닿는 금속의 감촉에 몸이 오싹하다.

문을 두드리는 소리에 우리는 둘 다 혼이 나갈 정도로 놀라 펄쩍 뛴다. 이를 악물고 몸을 획 돌리자 자물쇠가 돌아가는 게 보인다. 팔리는 단 두 걸음만에 방을 가로질러 문 맞은편에서 기다리고 있을지도 모르는 하인이나 염탐꾼 귀족을 돌려보내려고 한다.

실망스럽게도, 팔리는 문을 활짝 열고는 뒤로 물러선다. 크고 익숙한 인영이 방으로 들어온다.

나는 무릎 위에 얹은 주먹을 움켜쥐며 팔리를 향해 으르렁거린다. 위협하듯 말하는 내 목소리는 낮고 단호하다.

"무슨 짓이야?"

티베리아스는 팔리와 나를 훑어본다. 우리 둘을 가늠하는 듯 하다, 어느 여자가 그를 더 겁나게 만드는지를.

티베리아스가 잠긴 목소리로 말한다.

"날 불렀잖아. 우리 이러다 회의에 아주 늦을 거 같은데."

"그럼 가!"

나는 손을 흔들어 티베리아스를 쫓아낸 다음 팔리에게 몸을 돌린다. 그러고는 이를 악물고 묻는다.

"뭐하는 건데?"

팔리는 문을 세게 닫으며 내 말을 가로막는다. 냉정하고 효율적인 대꾸가 잇따른다.

"넌 메이븐에 대해서 안다며. 그건 티베리아스도 마찬가지야. 쟤도 듣게 해."

이바렘이 눈을 깜빡인다.

"배로우 양."

그는 계속할 것을 요구한다.

이 일은 긴장할 거리도 못 된다는 듯이.

"알았어."

나는 이를 갈며 투덜거리고는 몬트포트의 신혈을 마주 보기 위해서 등을 돌린다. 나와 최대한 거리를 두기 위해서 벽에 몸을 기대고 있는 또 다른 캘로어를 무시하기 위해 최선을 다한다. 긴장한 채 바닥을 두드리는 티베리아스의 발이 시야 한구석에 걸린다.

"메이븐이 무언가를 말하고 있습니다."

이바렘이 중얼거린다. 본래 이바렘의 목소리는 부드럽고 자주 끊어지곤 한다. 그 목소리는 지금 최대한 메이븐스러운 어조로 빠르게 바뀐다.

"지금 우리가 어떻게 대화하고 있는 거지?"

이바렘의 말은 갑작스럽게 잔혹하고 날카로워진다. 그는 심지어 차가운 웃음소리까지 흉내 낸다. 꽤 닮았다.

"아니면 지금 네놈이 왕을 가지고 노는 것인가, 적혈? 안타깝게도 좋은 생각은 아닌데."

이바렘이 다시 변한다. 그는 먼 곳의 광경을 바라본다.

"호위를 동반하고 있습니다. 감시병들. 6명입니다. 브라켄 왕자와 그의 아이들이 막 지나쳐 갔습니다, 자기들 호위 4명과 함께요."

티베리아스가 비밀스럽게 뭔가를 말하자 팔리가 고개를 끄덕인다. 적의 수를 집계에 추가하는 것일 테다.

"브라켄과 굳건한 동맹을 맺었군. 다시 공격해 오겠어. 아마 곧."

티베리아스가 낮게 속삭인다.

이바렘이 이어 말한다.

"왕비가 함께 있습니다. 레이크랜즈의 공주요. 그녀는 아무 말도 하지 않고 서 있어요. 지켜보고 있군요."

이바렘이 눈을 가늘게 뜬다.

"얼굴에 표정이 없어요. 얼어붙은 것처럼 보입니다."

"아이리스에게……."

나는 손가락을 부딪히며 말을 더듬는다. 그들에게 확신을 줘야 한다. 이 형제들의 능력을 통해 내가 말하고 있다는 확신이 흔들리지 않도록 해야 한다.

"아이리스에게 말해요. 모든 개가 물어."

"모든 개가 물어, 아이리스."

이바렘이 따라 한다. 내가 고개를 기울이자 이바렘도 자기 고개를 기울인다. 이제는 나를 따라 하는 것이다. 평범하지 못한 삶을 사는, 평범한 여자애를. 진실은 무엇보다도 메이븐을 불안정하게 만들 것이다. 이 거래에서 무엇이라도 얻어 내려면 나는 그를 불안정한 상태에 빠뜨려야만 한다.

"왕비가 히죽 웃습니다. 고개를 끄덕여요."

이바렘이 아이리스를 흉내 낸다. 목소리가 한 옥타브 올라간다.

"모든 개가 물지. 하지만 어떤 개들은 기다려, 메어 배로우."

"그래서 저게 무슨 말인데?"

팔리가 투덜거린다.

하지만 나는 안다.

저는 그저 잘 차려입고 줄에 꽉 매인 애완용 개일 뿐입니다. 잡혀 있던 시절, 아이리스에게 그렇게 말한 적이 있다. 아이리스는 그때도 히죽 웃었다. *애완견들도 물어.* 그녀는 대꾸했었다. *너는?*

나는 마침내 자유롭게 대답할 수 있다. 그리고 그녀도 그렇다.

아이리스 시그넷은 반격할 기회를 기다리고 있다. 뒤에 레이크랜즈가 버티고 있는 건지, 아이리스 혼자만의 분노에 불과한지는 모르겠다.

나는 고개를 뒤로 돌려 팔리를 바라본다.

"아케온에서 그녀가 했던 말이 있어. 내가 돌아오기 전에."

"분명히 그녀로군요. 하지만 어떻게인지는 모르겠어요. 틀림없이 우리가 아직 알지 못하는 어떤 신혈의 능력일 겁니다."

이바렘이 최대한 아이리스에 가깝게 이야기한다.

"네가 모르는 걸로 바다도 메울 수 있을걸. 몬트포트나 진홍의 군대에 대해서도."

이런 공격을 날리려니 수치스럽다. 심지어 더러운 기분마저 들지만 나는 쉽게 해낸다.

"네 형에 대해서도. 그는 지금 내 바로 옆에 서 있거든, 알지?"

이바렘이 메이븐을 따라 하며 경멸하듯 말한다.

"그게 무슨 의미라도 있나?"

메아리치는 단어들 속에서 공포의 떨림이 느껴지는 것 같다는 생각이 든다.

"그대가 누구의 옆에 서기로 결정했는지 나는 관심이 없지만, 그럼에도⋯⋯."

그렇게 덧붙이며 그의 비웃음은 비딱한 미소로 바뀐다.

"그대가 더는 형의 옆에 서지 않는다는 사실은 이해해."

놀라움을 가리기 위해서 나는 억지로 미소를 지어 보이고는 대담하게 말한다.

"우리 연합 정부 쪽에 네 첩자들이 있다는 걸 알게 됐네, 좋은걸?

우리가 너한테 보낸 것만큼 많지는 않겠지만 말이야."

유리 위로 손톱을 긁는 것 같은 웃음소리가 이바렘에게서 터져 나온다.

"내가 그대의 감정을 쫓는 일 따위에 첩자들을 낭비할 거라고 생각하는 거야, 메어? 아니야, 내 사랑. 난 그저 그대를 누구보다 잘 알 뿐이지."

그는 다시 소리 내어 웃으며 하얀 송곳니를 드러낸다. 나는 메이븐의 아름답고, 겁에 질린, 야유하는 얼굴을 머릿속에서 몰아내려고 노력하며 이바렘의 턱에 난 흉터에 집중한다.

"형이 진정한 자기 모습을 보여 주면 그대가 견디지 못할 거라는 건 알았지."

내 시야 가장자리에 있는 티베리아스는 움직이지도 않는다. 숨조차 멈춘 것 같다. 그는 눈을 낮게 내리깐 채 바닥의 구멍 하나를 뚫어져라 보고 있다.

"내가 그렇듯 형도 누군가가 만든 존재야. 우리 아버지께서 틀에 넣고 부서트려서 그대가 그토록 사랑했다고 생각했던 저 걷고 말하는 벽돌 벽을 만든 거지. 형은 의무라고 부르는 방패 뒤로 숨겠지만, 진실은 덜 숭고하지. 형은 다른 사람들과 마찬가지로 욕망으로 이루어져 있어. 형은 왕관을 원하지. 왕좌를 위해. 그리고 세상에는 지불하지 못할 정도로 높은 가격이란 건 없어. 흘리지 못할 정도로 값어치 있는 피도 없고."

칼이 엄지손가락을 꺾는 소리가 확 지나간다.

"우린 항상 같은 대화로 돌아오는구나, 메이븐."

나는 과장되게 태평한 태도로 뒤로 기대며 툴툴거린다. 이바렘이 내 동작을 거울처럼 따라 한다.

"아이리스, 궁금한 게 있는데, 메이븐이 티베리아스에 대해서 너한테도 그렇게 많이 징징거려? 아니면 이 허튼수작을 감당해야 하는 사람이 나 하나뿐인 거야?"

이바렘이 아이리스를 바라보는 것처럼 고개를 돌리고는 보고한다.

"그녀의 입술이 비틀립니다. 아마도 미소 짓는 것 같아요. 메이븐이 움직입니다. 한 팔을 창살에 올립니다. 기온이 오르고 있어요."

내가 입을 연다.

"내가 신경을 건드렸어? 아, 깜빡했네. 넌 어떤 신경이 네 건지조차도 모르지. 어떤 게 그녀 것인지도."

찡그린 얼굴로 이바렘이 허벅지를 내리친다.

"메이븐이 창살을 칩니다. 기온이 계속 오르고 있어요. 다른 포로들이 상황을 보려고 애를 쓰고 있습니다. 그는 진정하려고 애를 쓰고 있어요."

이바렘은 눈을 깜빡이고 콧구멍을 벌름거리며 억지로 무거운 숨을 쉰다.

"이렇게 많은 인질을 마음대로 할 수 있는 사람의 반감을 사는 건 현명하지 못해. 나는 이들을 전부 불태워 버릴 수도 있거든."

메이븐이 이를 악물고 위협한다. 수백 킬로미터 떨어져 있는 곳에서도 흔들리는 분노의 냄새가 느껴지는 듯하다.

"브라켄이 자기 영토를 되찾는 영광스러운 순간에 어떤 생존자도 없었노라고 알려지는 쪽이 더 쉽기도 하고."

사실이다. 메이븐이 포로를 살해하는 것을 막을 방법이 없다. 포로들의 목숨은 메이븐의 변덕에 달려 있다.

이제 수를 놓아야 할 복잡한 한 땀이 남아 있다.

"아니면 그들을 풀어 줄 수도 있지."

메이븐은 놀람에 찬 웃음을 짧게 터뜨린다.

"아무래도 잠이나 좀 더 자는 게 좋겠어, 메어."

"협상하자는 거야, 물론."

나는 팔리를 올려다보며 그녀의 표정을 살핀다. 팔리는 생각에 잠겨 눈썹을 찌푸린다.

티베리아스 또한 창백한 얼굴이다. 지난번 메이븐과의 협상 후, 내가 몇 달 동안 감금되었으니까.

메이븐이 키득거린다.

"지난번 협상이 우리에게 너무 좋게 끝났기 때문인가. 그대가 돌아오고 싶다면, 이름도 모를 군인들을 구하기 위해서 그렇게 하는 척하고 싶다면, 나는 행복하게 그대를 환영할 거야."

"엘라라가 너한테서 꿈이라는 걸 지워 버린 줄 알았는데. 나는 지금 브라켄의 기지에 진홍의 군대가 남겨 두고 온 것에 대해서 말하고 있는 거야."

나는 쏘아붙인다.

이바렘의 얼굴이 소년 왕의 그것에 맞추어 아래로 떨어진다.

"뭐?"

팔리가 쭈그리고 앉으며 활짝 미소 짓는다. 이바렘에게, 그 너머의 메이븐에게 연설한다.

"진홍의 군대는 은혈을 잘 믿지 않거든. 특히 브라켄처럼 계속 감시해야 하는 사람들은 말이야. 뭔가 일이 터져서 그가 더 이상 자기 아이들을 붙잡고 있는 자들의 명령을 듣지 않기로 결심하는 건 정말 시간문제였을 뿐이야."

"지금 내가 누구랑 얘기하는 중이지?"

"아, 날 기억 못 한다니 이거 좀 상처인데. 지금 말하는 건 팔리 장군이다. 그러니 내 말은 좀 다르게 들릴 거야."

이바렘이 혀를 찬다.

"아, 그래. 나 같은 늑대를 자기네 멍청한 양 무리 속으로 데려가 준 여자를 잊어버리다니 나도 참 어리석군그래."

팔리는 아주 맛있는 식사를 막 대접받은 사람처럼 미소 짓는다.

"이 멍청한 양들이 네 기지를 폭발물로 휘감아 놨거든."

잠시 방 안은 죽음 같은 적막에 휩싸인다. 티베리아스가 경고하듯 얼굴을 일그러뜨린다.

"그게 얼마나 위험한 발상인지는 아는 거야?"

"충분히."

팔리가 이바렘으로부터 고개도 돌리지 않은 채 받아친다.

"그건 따라 하지 마요."

이바렘은 미미하게 고개를 끄덕인다.

나는 달콤한 미소를 덧붙이며 묻는다.

"좋아, 메이븐. 넌 우리가 폭탄을 터뜨리기 전에 늪지대로 도망간 사람들을 추적하고 기지를 수색해 볼 수도 있어. 아니면 인질들을 풀어 줄 수도 있고. 그러면 네가 폭탄에 얼마나 가까운 곳에 서 있는지 정확하게 알려 줄게."

"폭발물 따위 두렵지 않아."

"너한테 충성하는 군인들을 걱정한다면 두려울 텐데."

티베리아스가 으르렁거리며 내 근처에서 왔다 갔다 한다. 그의 팔이 내 팔에 스치자 척추를 따라서 불꽃이 인다.

이바렘이 왕자의 말과 존재를 전달하는 동안 그림자가 이바렘을 스쳐 지나가는 것 같다. 메이븐이 속삭인다.

"앞으로 나서다니 좋은데, 형. 나한테 말을 걸 배짱이 없을 줄 알았거든."

"장소만 대. 그럼 누가 더 배짱이 있는지 볼 수 있을 테니까."

티베리아스가 참지 않고 음산하게 목을 울리며 받아친다.

대답하는 대신 이바렘은 손가락 하나를 흔든다.

"언젠가 다가올 항복의 날을 위해 그건 미뤄 두자고. 형이 노르타, 레이크랜즈, 피에드몬트 앞에서 무릎을 꿇어야 할 때를 위해서."

그는 점점 더 크게 미소를 지으면서 나라들을 줄줄 읊는다. 어깨가 점점 무거워지고 벽은 점점 높아지는 것만 같다.

팔리가 손을 어깨에 얹어 나를 의자에 앉힌다.

기다리라는 지시다.

마침내 이바렘이 움직인다. 팔짱을 끼고 몸의 중심을 옮기는 몸짓은 메이븐 그 자체다. 연극에 전념할 때의 모습이다. 메이븐은 의무에 불려 온 젊은 남자라는 거짓 껍데기 대신, 엘라라 메란더스의 무정하고 철벽 같은 아들의 가면을 쓰고 있다. 권력 외에는 아무것도 신경 쓰지 않는 사람.

내가 메리어나를 연기했듯, 그도 누군가를 연기한다.

"얼마나 많은 폭탄이 있다고 그랬지, 장군?"

메이븐은 팔리를 흔들기 위해서 그녀의 계급을 이용하지만 팔리는 그렇게 쉬운 사람이 아니다.

"말 안 했는데."

"흠. 뭐, 브라켄이 자기 기지가 더 망가지는 걸 반갑게 여기지야 않겠지. 그래도 아이들을 돌려주었으니 신경 쓰지 않을 수도 있어."

메이븐이 중얼거린다.

나는 정확하게 어디에 폭약이 있는지는 모른다. 며칠 전에 진홍의 군대가 그것들을 묻었다는 사실만 알 뿐이다. 진홍의 군대는 도로, 활주로, 관리 시설 아래에 폭약을 심었다. 가장 큰 피해를 줄 수 있는 곳이다. 병사들이 아니라 기지 그 자체에 말이다. 특정한 주파수가 도화선이 되어 터지도록 준비되어 있다. 완벽하고 치명적인 선견지명이었다.

"네게 달렸어, 메이븐. 포로들 말이야."

내가 대꾸하자 이바렘이 메이븐의 소리 없는 웃음을 흉내 낸다.

"그리고 당연히 이 신혈도 그렇지. 그래도 이 친구는 내가 꼭 곁에 두고 싶어. 그대가 상관하지 않는다면 말이야. 편지를 보내는 것보다 이쪽이 훨씬 쉽잖아."

"그는 거래의 대상이 아냐."

이바렘이 부루퉁하게 씩씩거린다.

"그대는 때때로 일을 정말 어렵게 만든다니까."

"그게 내 특기이긴 하지."

옆에서 티베리아스가 조용히 피식댄다. 동의한다는 뜻이라는 건 분명하다.

우리는 지독한 침묵 속에서 이바렘이 내뿜는 숨에 집중한다. 이바렘은 의자에서 몸을 돌려 앞뒤를 바라본다. 메이븐이 서성이는 모습을 보여 주는 것이다.

팔리가 먹구름처럼 내 위에 어슴푸레 모습을 비춘다.

"그들을 어디다 풀어 줄까?"

마침내 메이븐이 말한다.

팔리가 조용히 승리를 만끽하며 허공에 대고 주먹을 쥔다. 다시금 팔리가 어리다는 걸 상기하게 된다. 고작 22살이다. 나보다 몇 살 많을 뿐이다.

"동쪽 문. 늪지대. 황혼녘."

팔리가 대꾸한다. 나는 승리감을 누르려고 애를 쓴다.

메이븐이 혼란스러워한다.

"그게 다야?"

티베리아스도 똑같이 당황한 모습이다. 그는 곁눈질로 팔리를 바라보며 말한다.

"그러면 구출 작전이 아니잖아."

말을 전달하지 말라는 몸짓을 해 보이면서 티베리아스가 중얼거린다.

"장군, 드랍젯을 배치해야만 해. 확실한 길로. 포로들과 탈출한 이들을 대피시키는 동안 휴전을 해야 하고."

팔리는 한 손으로 공기를 획 가른다.

"필요 없어, 캘로어. 진홍의 군대가 네가 익숙한 종류의 군대가 아니라는 사실을 자꾸 잊는 모양이야."

자부심에 찬 얼굴로 팔리는 양손을 허리춤에 얹는다.

"이미 시설들이 가동 중이야. 늪지대에도 벌써 군대가 준비되어 있어. 적지를 건너 적혈들을 이동시키는 것은 우리가 가장 잘하는 분야 중 하나지."

티베리아스는 이를 갈면서 대꾸한다.

"그렇다니 다행이군. 하지만 소외당하는 기분이라 별로인데. 서로 대등한 입장일 때 우리는 더 잘 해낼 수 있어."

"너는 이걸 대등한 입장이라고 부르는 건가?"

팔리가 그와 우리 사이를 손짓해 보이면서 말한다. 그의 피, 우리의 피. 그의 계급, 우리의 계급. 왕이 되기 위해서 태어난 은혈과 아무것도 아닌 존재로 태어난 적혈 사이에 놓인 깊은 골.

티베리아스가 눈을 깜빡이며 나에게로 시선을 빠르게 돌린다. 앉아서 보니 그는 우뚝 솟아 있는 것 같다. 거리 탓에 그의 키가 더 크게 느껴진다. 우리 사이에는 제법 공간이 있지만 전혀 없는 것과 마찬가지다. 아플 텐데도 티베리아스는 혀를 깨물며 내게서 억지로 시선을 떼어 낸다. 그의 뺨이 파르르 경련한다. 그의 마음속에서 벌어지는 갈등이 보인다. 계속 고민했으면 좋겠다. 놀랍게도, 티베리아스는 몸을 뒤로 기대며 우리에게 진행하라는 몸짓을 해 보인다.

이바렘이 숨을 들썩인다. 그는 구불구불한 검은 턱수염 사이로 보이는, 갈색 피부 위에 하얗게 마디진 턱의 흉터를 어루만진다. 다음 순간 그가 눈 아래를 쓸어내린다. 형제들의 흉터가 있는 자리다.

"왕이 생각에 잠겨 있습니다. 배로우 양, 그에게 우리를 다시는 이런 식으로 쓸 수 없을 거라고 말하십시오. 아니면 이 끔찍한 젊은이는 내 형제를 포로로 계속 잡아 둘 겁니다. 당신과 전하와 소통할 창구로 쓰기 위해서 말입니다."

그가 간청하는 투로 말한다.

"물론이죠."

나는 고개를 끄덕인다. 래시가 신혈 애완동물 신세가 되는 것을 막아야 한다.

"네가 지금 이야기하는 신혈을 붙들어 둔다면 바로 알아차릴 수 있어. 그러면 거래는 깨지는 걸로 알아."

대답하는 목소리는 억울해하기는 해도 내 제안에 놀란 것 같지는 않다.

"하지만 우리 대화가 너무 그리웠단 말이야. 그대와 있을 때만 내가 제정신인 것 같단 말이지."

그가 음울한 농담을 던지지만 결과는 형편없다.

"뻔히 아는 거짓말은 하지 마. 넌 다시는 그를 통해서 나와 대화할 수 없을 거야."

그가 쏘아본다.

"그렇다면 이야기를 나눌 방법을 새로 찾아야만 하겠는데."

티베리아스가 이바렘의 주의를 끌기 위해 손가락을 들어 올린다.

"이야기를 하고 싶다면, 아무도 너를 막지 않을 거야, 메이븐. 전쟁은 무기로도 하는 거지만 외교로도 진행되지. 중립 지역에서 만나자. 직접 대면해."

이바렘이 티베리아스의 말을 전달한다. 메이븐은 제안을 거절하며 조롱을 날린다.

"그렇게까지 항복 교섭이 하고 싶은 거야, 형? 그래서 장군, 폭약은?"

팔리가 고개를 젓는다.

"우리 사람들이 늪지대에 도착해 안전한 곳까지 이동했다는 것이 확인된 후에 폭약이 설치된 장소를 알려 줄 거야."

"악어가 벌이는 일에 내가 책임을 질 수야 없지."

이 말에 팔리는 진심으로 웃음을 터뜨린다.

"네게 영혼이 없다는 게 참 유감이야, 메이븐 캘로어. 너도 구할 가치가 있는 사람이 될 수도 있었을 텐데."

티베리아스가 동요한다. *누군가가 그 애를 고칠 수 있다면, 시도해 볼 가치가 있지 않을까?* 몇 주 전, 그는 나와 피부를 맞대고 그렇게 물었다. 다른 생에서 있었던 일 같다. 그건 내가 신경 쓸 일이 아니다. 메이븐을 고칠 수 있는 건 없다. 저 소년 왕에게, 우리 두 사람이 사랑했던 거짓된 자에게 구원 같은 건 없다. 우리는 그를 그 자신으로부터 구할 수 없다.

내가 티베리아스에게 이 얘기를 할 수 있을 것 같지 않다.

메이븐이 누군가를 사랑할 수 없게 되는 만큼, 티베리아스의 사랑은 더욱 강해진다. 조금은 지나칠 정도로. 티베리아스는 더욱 그 일에 집착한다.

"처음에는 코르비움을 태우더니, 이제는 피에드몬트 기지를 태우겠다고 위협하는 건가? 진홍의 군대는 파괴에 재능이 있어. 당연하지. 이미 지어진 것을 무너뜨리는 것이 더 쉬운 법이거든."

"네가 지은 것이 뿌리부터 썩었을 때는 특히나 더 그렇지."

팔리가 메이븐의 조롱에 받아친다.

내가 반복한다.

"동쪽 문, 늪지대, 황혼녘. 아니면 기지는 네 발밑에서 불타게 될 거야."

발이 떨린다. 얼마나 많은 사람들이 지금 기지에 있을까? 메이븐 과 브라켄과 아이리스에게 충성하는 군인들. 은혈도 있겠지. 적혈도 있을 거야. 명령에 따르는 순진한 자들로 이루어진 방패의 벽.

나는 그 일에 대해 생각하지 않기 위해 애쓴다. 얼마나 많은 목숨 이 저울에 달려 있는지 가늠해 보지 않아도 전쟁은 충분히 어렵다. 하지만 눈을 감는 것 또한 해답은 아니다. 아무리 어려울지라도 직 시해야만 한다. 힘든 결정을 내려야 한다면 반드시 눈을 크게 뜨고 그렇게 할 것이다. 고통이나 죄책감을 누르기만 할 수는 없다. 그 감 정을 극복하려면 먼저 느껴야만 한다.

"좋아."

메이븐이 으르렁거린다. 감옥 밖에 서 있는 그의 모습을 다시 그 려 본다. 어둑한 불빛 아래로 비치는 하얀 얼굴과, 갈증과 의심으로 평소처럼 그늘진 눈을.

"나는 약속을 지키는 사람이야."

그의 편지와 약속에 대한 혹독한 기억들을 끄집어내는 익숙한 문 구, 메이븐이 남긴 낙인만큼이나 쓰라리다.

나는 느릿하게 고개를 끄덕인다.

"너는 약속을 지키는 사람이지."

이바렘에게 형제가 풀려나지 않는다면 우리를 찾으라고 말한 뒤,
릿지 하우스의 복도를 헤매며 사모스의 공식 알현실을 찾는다. 티베
리아스는 생각보다 훨씬 도움이 안 된다. 마음이 다른 곳에 가 있는
것이다. 아마 피에드몬트에 있는 동생 생각을 하고 있겠지.

티베리아스와 팔리의 보폭 큰 걸음을 따라잡으려고 하다가 티베
리아스의 등을 들이받고 만다. 생각에 잠긴 그의 걸음이 점점 느려
지는 탓이다.

"우리 이미 늦었어."

나도 모르게 그의 등을 앞으로 밀며 투덜거린다.

티베리아스는 데이기라도 한 듯이 펄쩍 뛴다. 그가 정신을 차리고
자신의 큰 손으로 내 손을 덮고는 손가락을 떼어 낸다. 그러고는 나
를 향해 얼굴을 돌리며 재빨리 자신의 손을 떨어뜨린다.

팔리는 과장된 신음을 흘리며 우리를 앞질러 가며 재촉한다.

"싸우려면 시간 있을 때 싸워라."

티베리아스는 팔리를 무시하고 나를 내려다본다.

"나 없이 메이븐과 이야기하려고 했던 거지."

"메이븐이랑 말하는 데 네 허락이 필요해?"

"메이븐은 내 동생이야, 메어. 그 애가 내게 어떤 의미인지 너도
알잖아."

티베리아스는 애원하는 듯한 말투로 속삭인다. 그 고통 어린 얼굴
을 보고 녹아내리지 않기 위해서 애를 쓴다. 거의 성공한다.

"네가 메이븐이라고 생각했던 사람을 잊어야만 해."

내 말이 티베리아스의 안에 있던 더 깊은 분노에 불을 지핀다. 절망에.

"내게 이 일을 어떻게 느끼라고 말하지 마. 그 애에게 등을 돌리라고 말하지도 마."

티베리아스는 뒤로 물러선다. 나는 그와 시선을 마주하기 위해 고개를 들어 올려야 한다.

"게다가 고작 너희 둘이서 메이븐에게 맞선다고?"

그가 팔리를 바라보며 말을 잇는다.

"현명하지 못해."

팔리가 매몰차게 받아친다.

"그게 내가 널 부른 이유야. 그리고 이제 가야 해. 시간을 너무 잡아먹었어. 회의는 20분 전에 시작됐고. 난 사모스와 네 할머니가 꿍꿍이를 꾸미는 자리에 있고 싶다고."

"그리고 아이리스는 또 뭐야?"

티베리아스가 묻는다. 양손을 허리에 올린 자세 탓에 체격이 더커 보인다. 내가 옆으로 빠져 지나가는 걸 미리 차단하겠다는 듯한자세다. 그는 내 수법을 너무 잘 안다.

"개가 문다느니 어쩌느니 하는 얘기들은 대체 다 뭐였어?"

여러 선택지 사이에서 나는 망설인다. 거짓말을 할 수 있다. 거짓말을 하는 편이 나을 수도 있다.

나는 자백한다.

"전에 아이리스가 말했던 게 있어. 내가 화이트파이어에 있을 적에. 아이리스는 내가 메이븐에게 애완동물 같은 거였다는 걸 알았어. 애완견 말이야. 아이리스는 모든 개가 문다고 말했지. 할 수만 있다면 내가 메이븐에게 반항했을 거라는 사실을 알고 있다는 말을 자기 방식으로 표현한 거였어. 아이리스도 마찬가지일 거고."

나는 마음에 걸리는 말을 억지로 뱉는다. 왜, 말 못 할 건 뭐야.

고맙다고 말하는 대신 티베리아스는 더 우울해진 것 같다.

"넌 메이븐이 그 말을 알아듣지 못했을 거라고 생각해?"

그저 어깨만 으쓱한다.

"지금 당장은 별로 신경 안 쓸 것 같아. 메이븐에게는 아이리스가, 아이리스의 모국이 필요하니까. 걔 눈에는 오늘하고 내일밖에 안 보여."

"그건 이해가 가네."

티베리아스는 나만이 들을 수 있을 정도로 작게 말한다.

"확실히 그렇겠지."

내 대답에 티베리아스는 힘겹게 한숨을 쉬고 짧은 머리카락을 손으로 쓸며 헤집는다. 다시 머리를 기르면 좋을 텐데. 더 잘생겨 보이고, 덜 뻣뻣해 보일 텐데. 덜 왕처럼 보일 거고.

"방금 일어났던 일에 대해서 말할 거야?"

그가 엄지로 알현실 쪽을 가리키면서 묻는다.

나는 얼굴을 찌푸린다. 더 많은 관객 앞에서, 그것도 사모스 사람들 앞에서 우리가 했던 대화를 다시 말하고 싶지는 않다.

"말하면 래시와 이바렘을 위험에 빠뜨리게 돼. 볼로는 그러한 이득을 기꺼이 이용하려고 들 테니까."

"동의해. 하지만 이건 정말로 이점이기도 하지. 그에게 말을 하고,

지켜볼 수 있는 것은."

그가 목소리를 낮춘다. 내 반응을 재보며 내가 결정을 내리게 둔다.

"가만히 놔 둬. 현장에 있는 진홍의 군대를 통해 얼마든지 우리 뜻을 전달할 수 있어. 우리 사람들을 다시 찾아야지."

티베리아스가 따라서 고개를 끄덕인다.

"당연하지."

"카메론에 대한 이야기가 없더라고."

카메론의 이름을 말하는 순간 몸이 움찔한다. 우리가 몬트포트로 향할 때, 카메론은 동생과 같이 있기 위해서 피에드몬트로 돌아갔다. 전쟁 대신 평화를 좇아서. 그런데 전쟁이 그녀를 찾아왔다.

티베리아스의 태도가 사려 깊게 변한다. 동정심마저 품은 것 같다. 남에게 보이기 위한 것이 아니다. 진심이다. 나는 위로 드리워지는 그의 잘생긴 얼굴을 보지 않으려고 애를 쓴다.

"카메론은 괜찮을 거야. 누가 그녀를 때려눕히는 건 상상이 안 가는걸."

나를 위해서 티베리아스는 그렇게 말한다.

이바렘은 포로 중에서 카메론을 보았다고 말하지 않았지만 마찬가지로 카메론이 죽었다고도 하지 않았다. 카메론이 도망치는 데 성공해 늪지대에 숨어 천천히 우리에게 돌아올 길을 찾는 중이기만을 바랄 뿐이다. 카메론은 나만큼이나 쉽게 사람을 죽일 수 있다. 어쩌면 더 쉬울지도 모른다. 가장 강력한 능력들조차 억제해 버리는 카메론의 능력이라면 말이다. 어떤 은혈도 카메론이 매우 위험한 사냥감이라는 것을 깨닫게 될 터이다. 카메론은 틀림없이 달아났을 것이다. 나로서는 다른 어떤 가능성도 생각할 수가 없다. 그럴 수가 없다.

내 계획에 카메론이 반드시 필요하기 때문에라도 그렇다.

"더 기다리게 했다가는 팔리가 뒷목 잡고 쓰러질지도 몰라."

"그건 제발 안 보고 싶다."

티베리아스가 뒤에서 툴툴거린다.

제15장

에반젤린

시간 약속을 지키는 데 고질적인 문제가 있는 게 분명한 그녀의 손자를 기다리는 동안, *아나벨은 노련하게 시간을 끈다.* 가르침을 청해야 할지, 의자의 강철로 꼬챙이를 만들어 아나벨을 벽에 꽂아 버려야 할지 갈피를 못 잡겠다.

지금 알현실에는 한 무리는 되는 사람들이 있다. 군사 회의에 필수불가결한 이들이다. 적혈과 은혈, 진홍의 군대와 몬트포트의 장교들이 리프트 왕국의 귀족 가문과 노르타의 반란군과 어깨를 나란히 한다. 그간 저러한 모습을 많이 보아 왔음에도 도무지 익숙해질 수가 없다.

그 부분에 대해서라면 부모님도 마찬가지다. 어머니께서는 에메랄드로 된 왕좌에 꼭 당신이 부리시는 뱀처럼 앉아 검은색 비단과 원석들 사이에 몸을 깊게 묻고 계신다. 무릎 위에 위험한 포식 동물

366

을 앉히지는 않으신 터라 어쩐지 불완전해 보인다. 오늘은 흑표범의 기분이 영 좋지 않은 모양이다. 아나벨이 시간을 허비하는 동안 어머니께서는 경멸을 표하신다.

반면에 아버지께서는 무서울 정도의 집중력을 보이며 앉아 계신다. 아나벨이 뒤로 물러서는 순간에도 그 예민한 집중력은 온전히 그녀에게 쏠려 있다. 아나벨에게 면박을 주려고 하시는 중이다. 하지만 르롤란 가문의 수장은 당황하지 않는다. 대단하다. 나는 마그네트론이다. 나는 금속을 인지한다. 그리고 그녀는 그야말로 뼛속까지 강철인 듯하다.

"티베리아스 7세에게는 수도가 있어야 하오. 그의 깃발을 꽂을 곳이."

그녀는 알현실을 살피며 극적인 효과를 위해 잠깐 말을 멈춘다. *빨리 해, 이 늙은 여자야!* 소리를 지르고 싶다.

아나벨이 지금 해야 할 일이 있다면, 칼이 있는 곳이 어디든 당장 칼을 찾은 다음 그의 귀를 붙들어서 여기로 끌고 오는 일이다. 피에드몬트 기지를 잃었다. 이곳은 내 아버지의 궁이며, 이것은 그 자신의 전쟁을 위한 군사 회의다. 우리를 기다리게 만드는 것은 무례할 뿐만 아니라 정치적으로 어리석은 짓이다. 그리고 내 귀중한 시간 역시 낭비하는 일이기도 하다.

아마도 메어와 다시 논쟁 중인 모양이다. 그러면서 내내 메어의 입술을 보지 않는 척하고 있을 것이다. 왕자는 끔찍할 정도로 예측하기 쉽다. 그 둘이 그다지 별로 비밀은 아닌 비밀 연애를 열렬히 즐기기를 바란다. *내가 문을 지켜 주길 기대하는 거 아냐?* 나는 스스로에게 조롱을 던진다.

칼이 원하는 인생을 상상해 본다. 우리 모두가 살게 될 그 삶. 내 머리 위에는 왕관이 없고, 칼의 심장은 메어의 손에 있는. 메어가 낳을지도 모르는 아이가 매 순간 내 아이들을 위협할 것이다. 칼은 신사적이긴 하겠지만, 그럼에도 내가 그의 의지에 굽히는 나날이 지속될 것이다. 일레인과 얼마나 많은 시간을 보내도록 칼이 허락해 줄지는 모르겠으나, 그만큼 자신도 메어와 함께할 것이다.

칼이 메어를 조금 더 원했더라면. 칼이 메어를 더 바라도록 만들 수만 있다면. 하지만 코르비움에서 내가 메어에게 말했던 것처럼 칼 은 책무를 거부하는 사람이 아니다. *너도 아니잖아. 다른 삶을 맛보 기 전까지는 그랬지.*

그 생각에 속이 요동친다. 흥분과 희망, 그리고 갈증. 지금 이상으 로 칼과 메어와 내 삶이 뒤섞일 수 있다는 가능성에 짜증이 치민다. 그게 내 행복을 위한 것이라고 해도 말이다.

불평 그만해, 사모스.

팔리 장군과 메어를 따라 칼이 방으로 들어서자, 속으로 한숨이 나온다. 메어 배로우는 못생기지는 않았지만 전혀 숙녀 같지도 않 다. 칼은 저런 여자를 좋아하는 게 틀림없다. 거친 외형. 따뜻하고 손 톱이 더럽고 성질이 고약한 타입. 나는 메어에게서 매력을 찾을 수 가 없다. 칼은 다르겠지.

"아, 전하."

아나벨이 우아하게 돌아서며 몸을 숙인다. 사모스의 왕좌 앞에 자 신과 함께 서도록 칼을 이끄는 아나벨의 얼굴이 안도감에 풀어진다. 나머지 사람들이 그 모습을 지켜본다.

"우리와 함께해 주다니 영광이오, 티베리아스 왕. 티베리아스 왕께서도 우리가 당면한 상황의 심각성에 대해서 충분히 인지하고 계실 거라고 확신하오만."

아버지께서는 그렇게 말씀하시며 한 손으로 은색 수염을 쓸어 한 가닥으로 꼬아 당기신다.

칼은 부드럽지만 깍듯한 절을 해, 모두를 놀라게 한다. 왕족은, 왕과 왕비는 절을 하지 않는다. 서로를 향해서도 말이다. 그럼에도 불구하고 그는 그렇게 한다.

"죄송합니다. 지체했습니다."

칼은 바로 팔리를 향해 손짓을 해서 다른 누군가에게 왜 늦었는지를 캐물을 기회를 주지 않는다.

"팔리 장군이 좋은 소식을 좀 갖고 왔을 듯하군요."

아버지는 냉소를 표하신다.

"피에드몬트에서의 우리 기반과 브라켄 왕자에게 가졌던 영향력을 잃은 일에 비견할 만한 것입니까? 아주 좋은 소식이어야만 할 겁니다."

"피에드몬트에서 100명이 넘는 우리 사람들을 구할 수 있었다면 좋은 소식으로 봐야 할 것 같은데."

팔리가 그렇게 말한 다음, 몸을 구부정하게 숙이며 빠르지만 한심하기 짝이 없는 절을 해 보인다.

"진홍의 군대와 몬트포트 동맹은 피에드몬트에 최소한의 수비군만 남겼거든. 브라켄이 공격했을 당시 기지에는 고작 군인 수백 명만이 있었을 뿐이지. 첩보에 따르면, 적어도 3분의 1 정도가 늪지대로 도망친 모양이더군. 진홍의 군대는 전 세계에 파견대를 보냈지. 탈출한 자들을 수습해 충분히 안전하게 수송해 올 수 있어."

"얼마나 많은 이들이 죽었다고 추정하나?"

아나벨이 옆구리에 손을 얹은 채 서서 묻는다.

"100명 정도로 추정 중이다."

그녀는 그 생각으로부터 빠르게 달아날 수 있는 것처럼 불쑥 답을 털어놓는다. 하지만 이윽고 그 말을 좀 더 느릿하게 반복한다. 되레 그 생각이 그녀를 따라붙은 것처럼 보인다.

"100명 정도가."

"코르비움에서는 그 이상을 잃었지요."

나는 적절한 때에 손가락을 두드리며 끼어든다.

"틀림없이 어려운 거래입니다만."

나는 동정하는 척하면서 그렇게 덧붙이며 팔리 장군을 분노의 소용돌이로 밀어 넣어 버린다.

"기지 없이 전진하는 것은 어려울 겁니다."

프톨레무스 오빠가 극도로 당연한 사항을 짚으며 나선다. 때때로 오빠는 그저 자기가 말하는 소리를 듣고 싶은 것뿐이지 않을까 싶다. 이런 상황에서도 말이다.

칼이 대꾸한다.

"그건 사실입니다. 그래도 리프트 왕국이 남아 있습니다. 그에 수반하는 다른 곳들도 확보했죠. 몇 주 동안 점령지 중 두 곳을 잃기는 했습니다. 처음은 코르비움이었……."

"우리는 코르비움을 없애기로 선택했습니다. 잃은 게 아니죠."

메어가 독기 품은 시선으로 티베리아스를 노려보며 끼어든다. 그 도시를 없애 버려서 그녀가 신났을 거라는 데 내기라도 걸 수 있다.

못마땅한 듯 동의하며 칼이 고개를 끄덕이고는 말을 잇는다.

"피에드몬트 문제로 넘어갑시다. 그곳은 어떤 힘을 상징하지는 않습니다. 메이븐에게 휘둘리는 그의 동맹 가문들에게는 특히 말입니다."

어머니께서 왕좌에서 몸을 숙이시고는 한쪽 눈썹을 추켜올리시며 방 안을 둘러보신다. 어머니의 손에서 녹색 보석들이 몸값을 다 하듯 번뜩인다.

"몬트포트는 어찌 되었습니까? 전하께서 군대를 얻으셨다고 들었습니다만?"

칼이 필요 이상으로 날카롭게 받아친다.

"나는 내 앞에 사열하기 전까지는 군인을 세지 않습니다. 프리미어 데이비슨과 그의 정부가 약속을 지키리라고는 믿습니다만, 우리가 아직 볼 수 없는 자원을 기반으로 결정을 내릴 수는 없습니다."

"전하께 필요한 것은 수도입니다."

아나벨이 대화 주제를 아까까지 자신이 길게 늘어놓던 이야기로 돌리며 말한다. 아나벨의 움직임에, 그녀의 옷에 달린 주황색과 빨간색의 휘장들이 일몰을 향해 흔들리며 바깥의 빛과 어우러진다.

"델피가 괜찮을 것 같구려. 르롤란 가문이 적법한 왕을 지지할 테니."

칼이 아나벨의 시선을 피한다.

"맞는 말씀입니다. 하지만……."

"하지만?"

아나벨이 움직임을 멈추고 그의 말을 자른다.

칼이 자신감 넘치는 태도로 어깨를 넓게 편다.

"그건 너무 쉽습니다."

아나벨은 아기에게 감상적인 삶의 조언을 주는 할머니 같은 태도로 칼의 팔을 다독인다.

"삶의 어떤 것도 쉽지는 않습니다만, 전하께서는 가까스로 찾은 안식을 누려야 합니다."

칼은 아나벨의 팔에서 몸을 빼내면서 대꾸한다.

"제 말은 그것이 어떤 *이야기*도 줄 수 없다는 겁니다. 노르타의 국민들이나 우리의 동맹들에게, 그리고 적들에게도요. 공허한 움직임입니다. 예측할 수 있는 일이지요. 델피는 이미 실질적으로는 제 것입니다. 아닙니까? 저는 원한다면 델피에 제 깃발을 올릴 수 있습니다."

아나벨이 눈을 깜빡이면서 입을 연다.

"그렇습니다. 그런 선물을 어째서 마다하려 합니까?"

어쩔 수 없는 분노를 약간 드러내며 칼이 한숨을 쉰다. 나는 그에 공감한다.

"그게 아닙니다. 선물은 이미 받았습니다. 할머님 말씀이 옳아요. 우리에게는 또 다른 근거지가 필요하지요. 가급적이면 노르타 안에요. 우리의 힘을 증명할 다른 승리를 거두어야 합니다. 메이븐에게 공포를 불어넣은 것처럼, 레이크랜즈와 피에드몬트에도 공포심을 불어넣어야 합니다."

"전하께서는 어디를 생각하고 계십니까?"

나는 몸을 앞으로 숙이며 묻는다. 그의 제안을 따라야만 이 끔찍한 쇼를 끝낼 수만 있다면야.

그가 내게 고개를 끄덕인다.

"하버베이입니다."

"그곳에는 전하의 어머니가 가장 좋아하던 궁전이 있죠."

아나벨이 순간 무아지경에 빠진 듯 옆에서 웅얼거린다. 칼은 아나벨의 말을 듣지 못한 것처럼 아무 반응도 하지 않는다.

"그리고 메이븐에게 충성하는 가문들이 통치하고 있고."

"전략적 요충지이기도 합니다."

칼의 주장에 팔리 장군이 눈을 가느다랗게 좁힌다.

"또 다른 포위 작전과 전투라니. 우리 사람들 수백 명을 죽음에 몰아넣는 일이 될 수도 있어요."

"그곳에는 패트리어트 요새가 있습니다. 요새에는 육해공 부대가 모두 있지요."

그는 하나하나 손가락으로 꼽으며 받아친다. 열정이 또렷한 나머지 전염될 지경이다. 어떻게 티베리아스가 그토록 어린 나이에 장군이 되었는지 이해할 수 있다. 내가 단순한 군인이었다면, 이 일이 어떻게 돌아가는지 알지 못했다면, 저 남자를 따라 기꺼이 죽음의 아가리 속으로 들어갔을 것이다.

"메이븐의 전력 상당수를 묶어 둘 수 있을 뿐더러 일부를 흡수할 수도 있을 겁니다. 최소한 피에드몬트에서 잃은 것을 벌충할 수 있을 겁니다. 무기, 차, 비행기. 모든 게 다 있습니다. 그리고 그곳에서 진홍의 군대가 활발히 활동 중이기도 하지요."

아버지께서 날카로운 한쪽 눈썹을 구부리신다. 이를 드러내고 웃는 얼굴이 흉포하게 보인다.

"현명한 결정입니다."

칼은 볼로 왕의 동의가 놀라운 모양이다. 하지만 전혀 그럴 일이 아니다. 나는 아버지를 잘 안다. 아버지는 허기를 느끼고 계신다. 항상 놓지 못하시던 권력을 향한 욕망. 아버지께서 지금 하버베이를 발가벗기고 정복한 도시에 사모스 깃발을 꽂는 꿈을 꾸고 계실 거라는 건 분명하다.

"메이븐은 우리에게서 요새를 빼앗았습니다. 그러니 우리는 그에게서 도시를 빼앗도록 하지요."

아버지의 말씀에 칼이 고개를 숙인다.

"네, 바로 그렇습니다."

"만약 할 수 있다면."

메어가 그를 올려다보며 말한다. 그 움직임에 그녀의 갈색과 회색이 뒤섞인 머리카락이 흔들리며 석양 속에서 발그레하게 빛난다.

칼이 머리를 기울이며 눈을 가느다랗게 뜬다.

"무슨 말을 하려는 겁니까?"

"하버베이를 공격해요. 도시를 날려 버리자고요. 위험하겠지만 시도해 볼 만은 하겠죠. 우리가 실패한대도, 메이븐의 군대에 제대로 된 타격을 줄 수는 있어요."

이 말에 강한 흥미가 든다. 작은 은 조각과 하얀 비단으로 만든 치마의 주름을 펴면서 그녀를 향해 몸을 기울인다.

"어떻게 말이죠, 배로우?"

메어는 고마워하는 것처럼 나를 향해서 이를 드러내며 마지못해 미소인 듯한 뭔가를 지어 보인다.

"하버베이 바깥쪽에 있는 테키의 빈민가인 뉴 타운을 분열시켜요. 적혈을 풀어 줘요. 그곳은 공업 중심지예요. 은혈 요새 못지않게 노르타에 중요하죠. 뉴 타운, 그레이 타운, 메리 타운을 친다면……."

"그대는 기술 센터를 없애 버리고 싶다는 건가?"

아버지께서는 방심하시고 만다. 다소 화를 내며 메어를 향해 눈을 깜빡이신다. 마치 메어가 심장을 잘라 내라고 말하기라도 한 듯하다.

메어 배로우는 어리둥절한 아버지의 시선 아래에서도 굳건하다.

"그래요."

아나벨이 믿을 수 없다는 눈으로 웃음 비슷한 것을 터뜨린다.

"그래서 전쟁이 끝난 후에는 어쩌려는 건가, 배로우 양? 그대가 거기를 다시 지을 비용을 내기라도 할 텐가?"

메어는 자기 내키는 대로 대꾸하지 않기 위해서 혀를 깨물다시피 한다. 그녀는 숨을 한 번 들이쉬며 평온을 되찾기 위해 노력한다.

메어는 아나벨의 질문을 무시한 채 느릿하게 말한다.

"그곳을 파괴해야 승리할 수 있다면요? 그게 이기는 방법이라면?"

칼은 눈을 움직이며 착실하게 고개를 끄덕인다. 메어가 옳기 때문에 동의하는 것이다. 아니라면 그저 칼이 상사병에 걸린 꼬맹이이기 때문일 수도 있다.

"기술 센터 하나를 부수기만 해도 메이븐의 전력을 크게 줄일 수 있을 겁니다. 그의 지지자들 사이에 불안을 퍼뜨릴 수도 있겠겠죠. 적혈이 우리를 해방자로 여긴다면, 그 역시 도움이 될 겁니다. 패트리어트 요새를 탈취하는 것에 더불어 그런 일을 성공시킨다면 하버베이 북쪽에서의 메이븐의 지배력을 약화시킬 수도 있습니다. 레이크랜즈 국경까지 가는 모든 길을 포함한 지역에서 말이죠."

칼은 자신의 할머니를 신중한 얼굴로 바라보며 입장을 밝힌다.

"나라 전역을 나누어 우리에게 충성을 바치고 있는 델피, 리프트, 그리고 새 점령지 사이에 메이븐을 고립시키는 거죠."

노르타를, 아니, 1년 전에 노르타였던 곳을 떠올려 본다. 요리사가 파이를 써는 것처럼 그 땅을 가로지르는 선들이 그려진다. 우리에게 한 덩어리, 칼에게 두 덩어리. *그럼 나머지는?* 내 눈이 팔리 장군과 메어 배로우에게로 향한다. 1000킬로미터 떨어진 곳에 있을 밉살스러운 프리미어가 떠오른다. *몬트포트는 몇 조각이나 차지하게 될까?*

적어도, 그들이 뭘 원하는지는 안다.

망할 파이 모두겠지.

* * *

프톨레무스 오빠는 내 제의에 대해 곰곰이 생각 중이라는 걸 아주 대놓고 드러낸다. 오빠는 유리잔의 둘레를 따라서 손가락을 문지르며 크리스털이 울리는 소리를 낸다. 그 소리는 저녁 식사 내내 떠돌면서 천상의 메아리처럼 남는다. 오빠 뒤로 보이는 하늘은 피처럼 붉다. 오빠는 턱선이 뚜렷하며 어깨가 넓고, 아버지의 길쭉한 코와 어머니의 작고 장미꽃 봉우리 같은 입술을 물려받았다. 이런 빛 아래에서 볼과 목의 우묵한 부분에 그림자가 드리우자 오빠는 어머니를 닮은 인상으로 보인다. 오빠는 산뜻한 평상복을 입고 있다. 깨끗하고 하얀 리넨으로 만든, 이 여름에 적절한 가벼운 옷이다.

일레인은 불쾌한 시선으로 오빠가 유리잔에 장난을 치는 모습을 지켜본다. 일레인의 한쪽 입꼬리가 경멸로 구부러진다. 저무는 빛이 일레인의 머리에 어떤 왕관보다도 멋진 붉은색 후광을 드리운다. 그녀는 자기 몫의 와인을 비운다. 일레인의 입술은 산딸기, 포도 그리고 자두의 색으로 물든다.

나는 내 와인 잔에 손을 대지 않는다. 부모님과 궁중 인사들이 서로를 염탐하는 눈길에서 벗어난 조용한 식사 자리니 원하는 만큼 술을 마셔도 되겠지만, 우리에게는 공적인 업무가 있다.

"어리석은 계획이야, 에반젤린. 오작교 놀이를 할 시간이 없어. 하버베이에서 우리 모두 끝날 수도 있어."

오빠는 투덜거리며 손가락을 잔의 가장자리에서 멈춘다.

나는 혀를 찬다.

"겁쟁이처럼 굴지 마. 아버지께서는 오빠나 나를 결과가 뻔한 작전에 보내시진 않을 거야, 알잖아."

우리는 잘 관리해야 할 투자 상품이니까. 아버지의 유산이 우리의 생존에 달려 있으니 말이야.

"칼이 하버베이에서 승리를 거두든 말든 아무 관심도 없어."

"적어도 시간이 있긴 하잖아. 우린 몬트포트 군대 없인 움직일 수 없어. 우리도 포위 작전을 위해 군대를 제대로 정비해야 하고."

일레인이 주장한다. 그녀는 수레국화 같은 색의 하늘을 가르며 떨어지는 별처럼 빛나는 눈으로 나를 바라본다.

테이블 아래로 손을 뻗자, 그녀의 무릎 위로 매끄럽고 부드러운 비단의 감촉이 느껴진다.

"맞아. 그리고 난 전쟁을 무시하자는 말을 하려는 게 아니야, 오빠. 그저 우리 관심을 좀 나누고 그럴 수 있을 때 다른 곳을 보자는 거야. 체스판의 말들을 좀 건드려 보자고."

"침대 속으로 뭘 좀 살살 밀자는 거지, 네 말은."

오빠가 건조한 미소를 보이며, 물 잔에서 손을 떼서 흑맥주 잔을 들어 얼음과 술을 마신다.

"목이 날아가는 일 없이 메어 배로우한테 내가 뭘 시킬 수 있다고 생각하냐?"

고개를 들고 맹렬하게 술을 들이켜고는 오빠가 묻는다. 그러더니 얼굴을 찡그리며 거친 숨을 뱉는다.

"난 걔 옆에서 떨어지는 게 최선이야."

"나도 그 말엔 동의해."

배로우는 내게 오빠를 살려 주겠다고 약속했다. 매일 조금씩 믿음이 줄어들기는 하지만.

"하지만 오빠는 칼을 지켜볼 수 있잖아. 예전에는 그가 노르타를 얻는 데에만 몰두할 거라고 생각했는데…… 그걸 끊을 기회가 있을지도 몰라."

오빠는 또 한 번 술을 들이켠다.

"그렇다고 우리가 친구는 아니지."

나는 어깨를 으쓱한다.

"하지만 친구 비슷한 건 돼. 적어도 1년 전에는 그랬잖아."

"그리고 그 1년이 대체 어땠냐."

오빠가 저녁 식사용 나이프의 날에 비치는 자기 모습을 살피며 웅얼거린다. 오빠의 얼굴은 변하지 않았다. 전쟁도 오빠의 얼굴을 상하게 하지는 못했다. 그래도 이제는 많은 것들이 달라졌다. 새로운 왕, 새로운 나라, 우리 모두에게 주어진 새로운 왕관. 그리고 해결해야 할 산더미 같은 문제들.

적어도 내게는 그럴 가치가 있는 격동의 해였다. 1년 전, 나는 그때까지 했던 것보다 더 힘든 훈련을 하며 퀸스트라이얼을 준비했다. 승리가 거의 보장되어 있던 때조차, 질 수 있다는 두려움에 제대로 잠을 잘 수 없었다. 그때 내 삶은 결정되어 있었다. 나는 다가올 일을 알고 있다는 사실을 한껏 즐겼다. 뒤늦게 내가 인형에 불과했다는 사실을 직시하자 나는 내가 어리석으며, 조종당하는 것 같다고 생각했다. 결코 사랑할 수 없는 소년에게로 들이밀어졌다고. 나는 다시 여기, 똑같은 장소에 갇혀 있다. 하지만 이제는 좀 더 잘 알고 있다. 나는 싸울 수 있다. *그리고 어쩌면 나처럼 칼에게도 이유를 찾아 줄 수 있을지도 몰라. 우리의 세계가 어떻게 생겼는지 보라고 해. 우리가 줄곧 줄에 매달린 채 춤춰야 했던 세계를.*

프톨레무스 오빠는 거의 간을 하지 않은, 지방이 없는 닭고기와 살짝 익힌 야채, 그리고 흰살생선으로 이루어진 자신의 식사를 뒤적인다. 거의 손대지 않은 상태다. 대개 오빠는, 자기만을 위한 그 맛도 없는 건강식을 걸신들린 것처럼 해치우는 편이다. 빠르게 먹어 치우면 거기 아무 맛도 없다는 사실을 속일 수 있기라도 한 모양이다.

일레인은 완전히 반대다. 그녀의 접시는 깨끗하다. 와인에 잰 양고기는 흔적조차 없다.

"정말 그래."

일레인의 목소리는 조용하고 신중하다. 생각에 빠진 일레인의 얼굴 위로 조심스럽고 지쳐 보이는 표정이 떠오른다. 나는 그녀의 머릿속을 읽어 보려고 애를 쓴다. 1년 전 우리의 삶을 반추하는 중일까? 노르타의 왕좌 아래에 나란히, 우리의 비밀 위에 세워진 삶을 살아가면서도 행복할 수 있을 거라고 생각했던 때를? *다른 사람에게 우리 사이가 비밀이라도 되는 것처럼.*

"나는? 이 일에서 내 역할은 뭐야?"

일레인이 말한다. 내 손 위에 얹힌 그녀의 온기가 완벽한 균형을 이룬다.

"넌 많은 일을 할 필요가 없어."

나는 지나치게 빠르게 대꾸한다.

"어리석게 굴지 마, 이브."

나는 이를 간다.

"좋아. 전에 했던 걸 하면 되겠네, 그럼."

섀도우들은 궁중에서 음모를 꾸미는 데 능숙한, 완벽한 스파이들이다. 보이지 않으니 안전하게 조용히 듣고 지켜본다. 위험할 수 있는 일에 그녀를 이용해야 한다는 면은 마음에 안 들지만, 일레인의 말처럼 우리에게는 시간이 있다. 우리는 릿지 하우스에 있다. 내가 일레인을 방에 가두어 둔다면 그 이상으로 안전할 수가 없을 것이다.

그렇게 나쁜 생각도 아닌 것 같은데……

일레인이 씩 웃더니, 장난을 치듯 자기 접시를 멀리 치우고는 코를 찡그린다.

"지금 가야 되나?"

나도 마찬가지로 웃으며 일레인의 손을 꽉 잡는다.

"적어도 와인은 다 마셔야지. 내가 그렇게 냉혈한은 아니거든."

내 숨을 멎게 하고 맥박을 내달리게 하는 미소를 지으며, 일레인은 내게 몸을 기울이고 눈길을 느릿하게 내 입술로 떨어뜨린다.

"네가 얼마나 따뜻한 가슴의 소유자인지는 내가 잘 알지."

테이블 건너편에서 오빠가 자기 잔을 비우고 얼음을 흔든다.

"나 여기 있다."

눈길을 피하며 오빠가 투덜거린다.

* * *

데이비슨과 그의 군대가 오기 전까지 1주에서 2주 정도의 시간이 있다. 내 땅에 있다는 이점도 있고, 하고 싶은 것을 준비할 시간도 충분하다. 칼과 메어는 서로를 원한다, 그 길 위에 많은 장해물이 서 있다고 할지라도 말이다. 칼에게는 아주 조금의 독려가 필요할 뿐이다. 메어로부터 한마디 말만 있으면 칼은 그녀의 침실로 달려갈 것이다. 반면 메어는 한없이 어려운 편이다. 그녀는 자신의 자부심과, 대의, 그리고 가슴속에서 활활 타오르고 있는, 저 멈출 줄도 모르고 지치지도 않는 분노와 하나가 된 것이나 다름없다. 당연하지만 그 두 사람을 서로에게 떠미는 것은 고작 전반전에 불과하다. 칼에게 심장의 무게를 깨닫게 해 주어야 한다. 그것이 왕관보다 얼마나 더 무거운지를.

불가능한 일은 아닐까 하는 마음이 조금은 든다. 칼은 어쩌면 내 방식으로는 결코 그 점을 깨닫지 못할 수도 있다. 그의 선택은 돌처럼 단단하게 정해져 있을 수도 있다. 아니다, 그럴 리가 없다. 그가 메어를 어떻게 보는지 아는데. 그렇게 쉽게 포기할 수야 없다. 그저 이 일을 나 자신의 두 손과 칼 한 자루로 해결할 수 있기만을 바란다. 그쪽이 훨씬 더 즐거울 것이다.

솔직히 말하자면, 내가 지금 하는 일보다 더 지루한 일도 없을 것 같기는 하다. 황혼에 잠긴 릿지 하우스를 서성거리면서 메어 배로우를 찾는 것 말이다. 정말 따분한 잡일이다.

일레인은 반대편으로 사라져 팔리 장군을 감시하고 있다. 그동안 프톨레무스 오빠는 훈련장에서 평소대로 저녁을 보내기로 했다. 칼의 개인 스케줄과 멋지게 들어맞는다. 미래의 왕 지망자는 운동과 결혼한 상태다. 지금처럼 자기 에너지를 어떤 번개 소녀에게 불태울 수 없을 땐 더욱 그렇다.

나는 복도를 지나며, 빛을 반사하는 철과 섬세한 크롬으로 만들어진 동상들을 문질러 본다. 그것들 각각은 고요한 호수를 건드렸을 때 물에 이는 파문처럼 내 손길에 반응한다. 하늘은 보라색으로 바뀌고, 별은 서쪽 지평선 너머에서 점점이 생명을 얻는다. 피타러스 (Pitarus) 시가 몇 킬로미터 떨어진 거리에서 반짝인다. 세계가 계속 나아가고 있다는 것을 상기시켜 준다. 점점 커지고 있는 전쟁의 그늘 아래에서 여전히 살아가고 있는 적혈들과 평범한 은혈들이 있다. 전투에 대한 내용을 듣고, 도시들이 허물어진다는 소식을 듣지만 그 싸움에서 아무 역할이 없는 삶은 도대체 어떨지 궁금하다. 세상에 아무런 영향도 미치지 못할 삶. 전쟁이 현관문을 두드릴 수도 있는,

권력이 없는 삶.

그리고 전쟁은 분명히 찾아올 것이다.

이 전쟁에는 여러 가지 측면이 있다. 이미 시작된 것을 멈출 방법은 없다. 노르타는 언젠가는 썩어 가는 시체가 될 것이고, 리프트든, 레이크랜즈든, 몬트포트든, 피에드몬트든, 누군가는 그 시신 곁에서 울부짖고 있을 것이다.

배로우를 발견했지만 분하게도 그녀는 혼자가 아니다. 메어가 별을 바라보는 동안, 적혈 남자애 하나가 그녀의 옆에 아무렇게나 몸을 뻗고는 자기가 어떻게 보이는지에 대해서는 생각도 없이 길쭉한 팔다리를 벌리고 있다. 그는 헝클어진 금발 머리에 햇볕에 상한 구릿빛 피부를 가지고 있다.

킬런이 먼저 나를 보고, 둥근 턱으로 내 쪽을 가리킨다.

"우리에게 관객이 생겼네."

"안녕, 에반젤린."

메어는 무릎을 가슴으로 끌어당긴 자세다. 얼굴을 하늘과 점점 밝아지는 별빛으로 향한 채 움직이지 않는다. 그녀가 느릿느릿 말한다.

"어떤 영광을 주시려고 오셨습니까, 공주님?"

나는 키득거리며 테라스 끝의 난간에 몸을 기댄다. 끝까지 물고 늘어지라지.

"기분 전환을 할 필요가 느껴져서 말이지."

메어가 재미있어하며 머리를 흔든다.

"난 그래서 일레인이 있는 줄 알았는데."

나는 억지로 어깨를 으쓱거리며 대수롭지 않다는 듯 중얼거린다.

"일레인에게도 자기 삶이 있어. 내가 부르면 아무 때나 달려오기를 바랄 수야 없지."

"걔를 애타게 그리워하지 않는 척하면서 시간을 보내더니만. 이제 일레인과 같은 곳에 있잖아. 그런데 일레인을 찾는 대신에 나를 귀찮게 하다니."

메어는 아주 잠깐 나에게 시선을 보낸다. 점점 짙어지는 밤하늘에 반사되어 그녀의 갈색 눈이 검게 보인다. 다음 순간 메어가 다시 별들을 바라본다.

"뭘 알고 싶은 거야?"

"그런 거 아니야. 너랑 칼이 오늘 어디에 있었던 것인지, 왜 둘 다 너희 사람들의 생존에 관련된 회의에 그렇게나 늦었던 것인지는 전혀 신경 안 써."

적혈 남자애가 몸을 굳히며 갈색 눈썹을 찌푸린다.

메어는 내가 던진 미끼에 달려들 기색이 없다. 그녀는 무시하듯 한 손을 흔들어 보인다.

"중요하지도 않잖아."

"뭐, 그 중요하지 않은 일에 도움이 필요하다면, 너한테 길을 몇 개 알려 주려고. 눈에 띄지 않고 릿지 하우스를 돌아다닐 수 있는 길들이지."

머리를 기울이며 내 말을 듣지 않는 척하는 메어를 관찰한다.

"칼은 동쪽 건물, 내 방 근처에서 자. 네가 관심 있다면 말이야."

그녀가 머리를 치켜든다.

"관심 없어."

"물론 그렇겠지."

적혈 남자애가 나를 노려본다. 그의 눈은 어머니의 가장 짙은 에메랄드처럼 어두운 녹색이다.

"이게 기분 전환이야? 메어를 유혹하는 것?"

"전혀 아니지. 메어가 스파링을 할 기분일지 궁금했을 뿐이야."

메어가 멈칫한다.

"다시 말해 줄래?"

"옛날처럼 말이야."

메어가 짜증스럽다는 듯 숨을 몰아쉰다. 하지만 메어의 안에서 익숙한 경련이 이는 것이 보인다. 욕구가, 그녀의 명치에 감긴 고리가 풀어 달라고 애원하는 것이. 그녀는 느릿하게 눈을 깜빡이면서 발을 바라본다. 손바닥을 다른 손의 손가락으로 문지른다. 번개를 그려 보는 중이라는 건 의심의 여지가 없다.

살아남기 위해서가 아니라 스포츠를 목적으로 능력을 사용하는 것에는 나름의 즐거움이 있다.

"내가 널 두 번이나 쓰러뜨렸지, 에반젤린."

나는 미소를 짓는다.

"세 번은 해 봐야지."

그녀는 자기 안의 굶주림을 어쩔 수 없는 듯이 나를 노려본다. 메어가 이를 갈면서 억지로 뱉는다.

"좋아. 한 번 떠."

메어나 킬런이 알지는 못하지만, 칼도 훈련장에 있다. 그 적혈 남자애는 아무 말도 없이 씩씩대면서 우리 뒤를 따르지만 내가 배로우를 안내하는 동안 그녀를 멈추려고도 하지 않는다.

벽은 릿지 하우스의 다른 곳들과 마찬가지로 유리로 되어 있다. 아침이면 태양이 떠오르는 전경을 감상할 수 있다. 이른 시간이면 완벽하다. 지금은 어두운 하늘에 푸른색이 검게 짙어지며 희미하게 번지는 모습이 보인다. 프톨레무스 오빠와 칼은 각자 훈련장의 양 끝을 차지하고는, 남자들이라면 늘 그렇듯 서로를 무시하고 있다. 팔 굽혀 펴기를 꾸준하게 하는 오빠의 등은 쭉 뻗었고 군살이 없다. 렌은 근처의 관람석 쪽에 걸터앉아 있다. 아마도 오늘 근무로, 훈련장에 있는 사람에게 치료를 해 주러 왔을 것이다. 하지만 렌의 관심은 프톨레무스 오빠와 오빠의 유연한 근육에 쏠려 있다. 내가 칼의 몸을 꿰뚫어 버린다고 한들, 렌은 눈도 하나 깜짝하지 않을 것이다.

미래의 왕께서는 얼굴을 돌린 채, 땀에 젖은 머리카락과 달아오른 얼굴을 수건으로 닦고 있다. 옆에서 메어가 얼어붙기라도 한 것처럼 꼼짝 않는다. 그녀는 눈을 크게 뜨고 칼의 모습을 훑는다. 나는 칼의 어깨와 등에 달라붙은 축축한 천을 보며 그저 얼굴만 찡그린다. 내가 그에게 어떤 매력을 느낀다면(문제가 있다면, 뭐 어떤 남자에게라도) 왜 메어가 기절이라도 할 것처럼 보이는지 이해할 수도 있을 것이다.

적어도 여기까지는 계획이 잘 먹히고 있다. 배로우는 칼의 몸에 대해서라면 어떤 반감도 없는 게 분명하다.

"이쪽이야."

나는 메어의 팔을 잡아끈다.

손에 수건을 든 칼이 내 목소리에 몸을 돌린다. 그는 우리를 보고 깜짝 놀란다. 뭐, *그녀의* 모습에 말이다.

"우린 거의 끝났어."

칼이 더듬거리며 말한다.

"천천히 해. 나는 아무 상관 없으니까."

메어의 표정과 목소리에서는 감정이 드러나지 않는다. 메어는 아무 항의 없이 내가 자기를 이끌게 놔 두지만, 메어의 손과 팔은 빠르게 움직인다. 메어의 손톱이 경고하듯 내 살을 파고든다.

"킬런."

칼이 뒤에서 적혈 남자애한테 인사를 건네며 악수 비슷한 것을 하는 소리가 들린다.

프톨레무스 오빠가 계속 일정한 속도로 운동하며 우리를 올려다 본다. 우리의 계획이 만족스럽다. 나는 오빠에게 아주 살짝 고개를 끄덕여 보인다. 그럼에도 불구하고 오빠의 눈이 나를 스치고 지나가 메어에게로 내려앉는다.

메어가 오빠를 죽일 듯이 돌아본다. 그 태도에 피가 차게 식는다.

나는 떨지 않으려고 애를 쓴다. 오빠가 메어의 오빠처럼 피를 흘리는 모습을, 쓰러지며 죽어 가는 모습을, 아무것도 아닌 것을 위해서 죽어 가는 모습을 생각하지 않으려고 애를 쓴다.

침착하자, 사모스.

제16장

메어

"난 바보가 아니야, 에반젤린."

탈의실 문이 닫히자마자 나는 으르렁거린다.

에반젤린은 대답 대신 한숨을 쉬며 훈련복을 가슴팍에 떠민다. 숙련된 움직임으로, 에반젤린은 간단한 드레스를 벗더니 옆으로 던진다. 뭉쳐진 비단옷이 무슨 쓰레기 더미처럼 버려진다. 그러더니 에반젤린은 속옷만 입은 몸을 훈련복에 밀어 넣는다. 은색과 검은색의 비늘 무늬 옷은 분명히 에반젤린을 위해 맞춤 제작된 옷일 것이다.

내 것은 덜 화려하다. 단순한 남청색이다. 에반젤린이 꾸민 일에 분노하면서 나는 옷을 벗는다.

"차라리 우리 둘을 옷장에다 밀어 넣고 문을 잠가 버리지 그랬어."

에반젤린이 자신의 은발을 땋는 모습을 보며 나는 으르렁댄다. 그녀는 고민조차 않고 머리카락을 왕관 형태로 빠르게 정리한다.

에반젤린은 입술만 비틀 뿐이다.

"그렇게 하는 게 너한테 먹힐 거라고 생각했다면 하고도 남았을 거야. 옷장 하나면 충분하지. 하지만 *너한테*?"

그녀는 어깨를 으쓱이며 양손을 넓게 벌린다.

"넌 결코 일을 쉽게 만들어 주는 법이 없거든."

"그래서, 뭐, 네가 나를 흠씬 팬 다음에 티베리아스가 동정심이라도 좀 심하게 느꼈으면 싶기라도 하는 거야? 어쩌면 나를 간호해 주기라도 할까 싶어서?"

나는 혐오감에 머리를 흔든다.

"몬트포트에서는 일이 그렇게 돌아가는 것 같던데. 저 사일런스들이 정말 널 제대로 망가뜨렸구나."

에반젤린의 눈동자가 나를 긁는다.

"뭐, 나한테도 나름 이유가 있어."

나는 눈을 가늘게 뜨고는 방어적으로 받아친다. 속이 한 번 크게 뒤틀린다. 기억이 뺨을 후려치는 것처럼 따라온다. 질식하는 듯한 감각에 다시 빠지지 않기 위해 애를 쓰며 손톱이 손바닥을 파고들 정도로 힘을 준다. 산과 언덕에서, 궁전의 침실에서, 은혈의 능력에서, 그 족쇄에서. 모르는 사이 나는 손목을 꼭 쥐고 있다. 윤이 나는 타일 바닥에 토해 버릴 것 같다.

"알아."

그녀가 부드럽게 대꾸한다. 다른 사람이었다면 나를 염려해서 목소리가 흐려진 거라고 생각했을지도 모르겠다. 하지만 에반젤린 사모스가 그럴 리가 없다. 그녀에게는 적혈을 향해서 동정심을 느끼는 능력 자체가 없으니까.

나는 기침을 하며 평정심을 조금이나마 되찾는다.

"설사 어떻게든 우리 두 사람이 재결합한다고 해도 네가 얻을 수 있는 게 없을 텐데. 네가 직접 말한 바가 있잖아, 티베리아스는 의무를 다하려고 드는 성격이지. 이건 어리석은 계획이야, 에반젤린."

에반젤린은 곁눈질로 나를 바라보더니, 단검 한 쌍을 허벅지에 찬다. 그녀의 입 한쪽이 움직인다. 경멸인지 미소인지 판단이 안 된다.

"두고 보자고."

민첩하고 우아한 태도로, 그녀는 왁스를 칠한 나무문까지 가로질러 가더니 자신을 따라 나오라는 듯 몸짓해 보인다.

나는 머리를 깔끔하게 하나로 묶으며 마지못해 그 뒤를 따른다. 반쯤은 티베리아스가 먼저 가 버렸으면 좋겠다고 바라고 있다. 에반젤린의 날개뼈 사이에 시선을 집중한다.

"멍청한 계획이야. 티베리아스가 이미 결정을 내렸기 때문만은 아니야."

그녀의 옆으로 미끄러지듯 움직이며 말한다. 본능적으로 무게 중심을 발꿈치로 옮기며, 나는 걸어가는 동안 깡충깡충 뛰다시피 한다. 나는 에반젤린에게 미소를 보낸다.

"넌 절대 내 몸에 손가락 하나 댈 수 없을 거거든."

에반젤린이 아픈 척을 하면서 가슴에 한 손을 올린다. 탈의실의 문이 뒤로 무겁게 닫힌다.

"좀 자만하는 건 원래 *내* 쪽 아니던가."

나는 계속 미소 지으며 에반젤린에게 시선을 둔 채 뒤로 걷는다.

누구든 공정하게 싸워 줄 거라고 믿지 않지만, 에반젤린이 상대라면 특히 더 그렇다.

"어쩌면 일레인이 네 상처를 핥아 줄지도 모르지?"

에반젤린은 그저 턱을 들어 올려서 날 깔볼 뿐이다.

"핥아 주지, 그것도 자주. 부럽니?"

얼굴이 온통 붉게 달아오른다. 열기가 목까지 번지는 것이 느껴진다.

"아니."

이제 미소를 짓는 건 그녀다. 에반젤린이 어깨로 나를 툭 밀고 지나간다. 그녀의 팔이 세게 내 팔을 때린다. 발이 꼬이지만, 에반젤린은 나와 평행을 유지하며 결코 내가 자기 시야 밖으로 지나가지 못하게 한다. 우리는 무도회장에서 빙글빙글 도는 댄스 파트너 같다. 아니면 어둠 속에서 원을 그리며 도는 늑대들이든가. 서로를 재어 보는 포식자들 말이다. 시작할 순간을 기다리며 약점을 찾는 것이다. 기회를 엿보면서.

열기를 좀 날려 보내며 몇 판 싸우자는 이야기가 나를 흥분시킨다는 점은 인정할 수밖에 없다. 기대감에 아드레날린이 혈관 속으로 밀려들고 있다. 결과나 진정한 위험에 대한 걱정이 없는 싸움이라니, 맛있게 들린다. 설사 에반젤린이 스파링에 대해서 한 말들이 옳았다는 걸 인정하는 셈이라고 해도 좋긴 하다.

훈련장 저편에서 킬런이 지켜보고 있다. 그리고 티베리아스가 그 옆에 서 있다. 에반젤린이 원하는 바라고 해도, 그쪽에 주의를 흐트러뜨리는 낭비를 할 수야 없다. 방어를 소홀히 하는 바로 그 순간, 에반젤린이 얼굴을 썰어 버릴 테니까 말이다.

"넌 훈련을 좀 더 해야겠네. 다른 방식으로 스트레스를 풀어야지. 아니면 다른 사람들과 어울리든지."

약간 큰 에반젤린의 목소리가 뻥 뚫린 공간에 메아리친다. 에반젤린은 부끄러움을 모르게 태어난 건가?

정말로 놀라 빠르게 눈을 깜빡인다. 온몸에 열기가 차오른다. 이번만큼은 칼의 잘못이 아니다. 에반젤린은 불편해하는 내 모습에 크게 미소를 짓더니 몇 미터 떨어진 곳에 있는 칼과 킬런을 향해서 머리를 기울이기까지 한다. 그 두 사람은 안 그런 척하고는 있지만 우리 대화를 분명히 귀 기울여 듣고 있다. 에반젤린은 한쪽 눈썹을 킬런을 향해 치켜올리더니, 날카롭게 그를 관찰한다.

무엇을 암시하는 것인지 매우 분명하다.

"아, 잰 그런 게 아니……."

"헛소리 그만해."

에반젤린이 한 발을 뒤로 물리며 코웃음을 친다.

"신혈 이야기였는데. 몬트포트 사람 말이야. 하얀색 머리에, 목소리가 굵은. 마르고 키 큰 사람."

내 몸을 따라 휘돌던 열이 얼음으로 변하고, 목에 난 솜털이 일어난다. 칼이 저쪽 벽에서 몸을 뗀다. 그가 몸을 돌리자 칼의 눈이 나를 지나쳐 미끄러진다. 그는 마지막 운동을 한다. 엎드려 팔 굽혀 펴기. 꾸준하지만 빠른 속도로 그의 몸이 오르내린다. 침묵 속에서 당황해서 뛰는 내 심장 소리 너머로 그의 규칙적인 숨소리만이 들린다.

왜 이렇게 손바닥이 축축한 거야?

에반젤린이 만족스럽다기보다는 음흉한 시선으로 본다. 그녀는 턱을 조금 기울이고 고개를 끄덕인다. 나를 자극하는 것이다. 어서.
그녀가 입만 달싹거린다.

"그 사람 이름은 타이톤이야, 그리고 지금 여기 없어."

으르렁대며 그렇게 뱉자마자 바로 나 자신이 싫어진다. 훈련실 맞
은편에서 칼이 속도를 올린다.

"이건 아까보다 더 멍청한 짓이야."

나는 최대한 조용히 속삭인다.

에반젤린이 머리를 젖힌다.

"그래?"

대답할 틈도 주지 않고 그녀가 머리로 내 코를 박는다.

시야가 얼룩진다. 옆으로 쓰러지며 무릎을 꿇는다. 검은색, 붉은
색, 모든 색이 빙글빙글 돈다. 선홍색 피가 솟구치며 입안에 넘쳐흐
른다. 익숙한 고통이 무언가를 깨운다. 완전히 고꾸라지는 대신 다
리에 힘을 주고 벌떡 일어난다.

에반젤린의 가슴을 머리로 들이받는다. 그녀의 폐에서 공기가 빠
지는 소리가 난다. 에반젤린은 발을 헛디디고는 팔을 풍차처럼 돌리
며 등부터 바닥에 쓰러진다. 나는 한 손으로 얼굴을 닦는다. 손바닥
은 곧 피로 끈적해진다. 나는 고통 속에서도 생각해 보려 애쓰며 얼
굴을 찡그린다.

훈련실 너머에서 눈을 크게 뜨고 턱을 악문 칼이 무릎을 꿇은 자
세에서 막 일어나려고 한다. 그에게 고개를 젓고 바닥에 피를 뱉는
다. *지금 자리에 그대로 있어, 캘로어.*

그는 그렇게 한다.

393

첫 번째 단검이 귓가를 스치며 우는 듯한 소리를 낸다. 경고다. 나는 재차 아래로 쓰러지며 매끄럽다 못해 미끄럽기까지 한 나무 바닥에 몸을 구른다. 에반젤린의 웃음소리가 귓가에 울린다. 내가 앞으로 돌진하자 그 웃음소리는 재빨리 사그라진다. 내가 목을 움켜쥐고 감전시켜 그녀를 굴복시키기 전 에반젤린은 몸을 비튼다. 에반젤린이 바닥을 미끄러지듯 빠져나가는 사이 고작 스파크 몇 줄만이 에반젤린에게 닿을 뿐이다. 그럼에도 내 번개는 결코 가볍지 않다. 그녀는 집요한 벌레들을 털어 내려고 애쓰는 것처럼 움직이며 몸을 비튼다.

"내 기억보다 좀 더 나은걸."

조금 떨어진 곳에 멈춰 선 에반젤린이 헐떡이며 말한다.

나는 한 주먹을 움켜쥐고, 다른 손으로는 흐르는 피를 막아 보기 위해 코를 누른다. 어떤 기준으로 본다고 한들 예쁜 그림은 아닐 것이다. 붉은 피가 바닥에 후두둑 떨어져 있다.

"마음만 먹으면 네가 서 있는 자리에 널 쓰러트릴 수도 있어."

일렉트리콘들과 훈련했던 것들을 떠올리면서 그녀에게 말한다. 번개 거미줄. 번개 폭풍. 하지만 타이톤의 브레인 라이트닝만큼은 아니다. 그건 내가 전혀 제어할 수 없는 기술이다.

에반젤린은 미소를 지으며 머리를 젓는다. 그녀도 이 상황을 즐기고 있다.

"시도해 봐. 환영이야."

나도 그녀에게 마주 미소를 짓는다. 좋지.

내 번개가 폭발한다. 축축한 공기를 타고 자백색의 빛이 눈이 멀듯 불타오르며 위협한다. 에반젤린은 인간 같지 않은 속도로 반응한다. 에반젤린의 칼들이 철로 된 길쭉한 끈 같은 형태로 하나가 된다. 번개가 때리는 순간 그녀가 그걸 바닥에 꽂자, 번개가 금속을 타고 흐른다. 목표를 놓친 번개가 번쩍 빛나는 찰나 시야가 먼다.

다음 순간 에반젤린이 팔꿈치로 내 턱을 쳐 올린다. 나는 뒤쪽으로 날아간다. 다시 별들이 보인다.

"괜찮은 수인걸."

나는 입 주변의 피를 문지르며 웅얼거린다. 피를 뱉으면 이가 떨어질 것 같다는 생각이 든다. 혀를 움직이자 아랫니에 익숙하지 않은 틈이 생긴 게 느껴진다. 내 의심은 확신이 된다.

에반젤린이 고르지 않게 숨을 쉬며 어깨를 돌린다.

"경기장이란 어쨌든 공평해야 하는 법이니까."

작게 기합을 준 그녀가 바닥에 꽂힌 창을 잡아당기더니 허리 주변에서 휙휙 돌린다.

"몸은 다 풀었어?"

나는 천천히 웃음을 터뜨린다.

"아, 물론."

＊ ＊ ＊

렌이 에반젤린의 얼굴을 고치는 걸 지켜보며 내 차례를 기다린다. 에반젤린의 한쪽 눈은 부어올라서 몇 분만 지나면 더 진해질 우중충한 보라색과 검은색으로 물들어 있다. 다른 쪽 눈꺼풀은 몇 초마다 경련 중이다. 신경이 약간 손상된 것 같다. 어깨를 오르락내리락하며 그녀가 나를 향해 씩씩대더니, 곧 피가 흐르는 한 손으로 옆구리를 누르며 얼굴을 찡그린다.

"가만히 계세요. 갈비뼈가 부러졌어요."

렌이 세 번째로 투덜거린다. 에반젤린의 옆얼굴을 어루만지는 렌의 손길을 따라 부기가 가라앉는다.

거의 제대로 보이지도 않을 한쪽 눈으로 에반젤린이 최선을 다해 날 쏘아본다.

"좋은 싸움이었어, 배로우."

"좋은 싸움이었어, 사모스."

나도 어렵사리 대꾸한다. 찢어진 입술과 코, 멍이 든 턱으로는 말하는 것조차 고통스럽다. 왼쪽 발목에 체중을 싣지 않으려다 보니 몸을 기울일 수밖에 없다. 복사뼈에 난 깔끔한 자상에서 피가 흐르고 있다.

남자 셋은 뒤에 모여 있다.

킬런은 에반젤린과 나를 번갈아 보며 경악으로 입을 벌리고 있다. 그가 중얼거린다.

"여자애들은 이해할 수가 없어."

티베리아스와 프톨레무스가 동의한다는 뜻으로 머리를 끄덕인다.

순간 에반젤린이 윙크를 하려고 한 게 아닐까 싶다. 내 생각보다 경련이 심했든지. 싸우는 일에 지쳤기 때문일지도 모르겠지만 나는 웃음을 터뜨릴 뻔한다. 에반젤린을 향해 비웃음을 날리는 게 아니라, 그녀와 함께 말이다. 그것을 자각한 순간 정신이 번쩍 든다. 아드레날린과 함께 맥동하던 전기가 사그라들기 시작한다. 에반젤린이 누구인지를, 그녀의 가족이 내 가족에게 무슨 일을 했는지를 잊을 수는 없다. 에반젤린의 오빠, 고작 몇 걸음 떨어진 곳에 앉아 있는 저자가 쉐이드 오빠를 죽였다. 클라라에게서 아버지를, 팔리에게서 동반자를 훔쳐 갔다. 어머니와 아버지에게서 아들을 데려갔다. 내게 서 오빠를 강탈했다.

그리고 나도 똑같은 일을 하려고 했다.

에반젤린이 내 변화를 감지한다. 그녀는 시선을 떨어뜨린다. 에반 젤린의 얼굴이 세심하게 조각된 돌처럼 바뀐다.

렌 스코노스는 숙련된 힐러다. 그녀는 에반젤린을 몇 분 만에 아 주 건강한 상태로 회복시킨다. 그 두 사람은 대조적이다. 에반젤린 은 많은 은색 머리카락에 창백한 피부이고, 렌은 새까맣게 빛나는 머리카락을 하나로 길게 땋아 내려 짙은 남빛으로 보이는 맨 어깨 위로 드리우고 있다. 나는 렌이 에반젤린의 치료를 마무리하는 동안 프톨레무스가 그녀를 어떻게 바라보는지 알아차린다. 프톨레무스의 눈은 렌의 목에, 얼굴에, 쇄골에 고정되어 있다. 렌의 손가락이나 솜 씨가 아니라. 그가 일레인이랑 결혼했다는 사실을 쉽게 잊어버리게 된다. 명색만은 결혼인 그것. 프톨레무스가 렌이랑 시간을 보내는 사이, 그의 여동생이 그의 신부와 더 많은 시간을 보내는 것 같기는 해도 말이다. *참 복잡한 집안이야.*

"이제 당신."

렌이 에반젤린과 자리를 바꾸라고 몸짓해 보이며 말한다. 사모스 공주는 일어나더니 고양이 같은 우아함으로 치료된 복부를 쭉 편다.

나는 찡그리며 조심스럽게 앉는다.

"다 큰 아기네."

킬런이 키득거린다.

나는 공격적으로 커다란 미소를 지어 피로 얼룩진 이 사이로 새로 생긴 구멍을 보인다. 킬런이 덜덜 떠는 척한다.

프톨레무스가 그 연극에 소리 내어 웃는 바람에 우리 두 사람 모두 그를 쏘아본다.

"웃긴 일이라도 있나 보네?"

킬런이 프톨레무스에게로 다가서며 비꼰다. 그가 자기를 둘로 쪼개 버릴 수도 있는 마그네트론 왕자라는 사실은 고려도 않는다. 자기 좋을 대로 너무 용감하다.

"킬런, 나 금방 갈게."

싸움이 일어나지 않기를 빌며 큰 소리로 끼어든다. 훈련실 바닥에서 킬런의 피를 닦아 내는 일은 결코 하고 싶지 않다. 보모 같이 구는 게 짜증이 난 킬런이 나를 힐긋 보지만, 나는 단호하다.

"괜찮아, 계속해."

"알았어."

킬런이 이를 갈며 다시 프톨레무스를 노려본다. 프톨레무스는 걸어서 가 버린다.

프톨레무스가 사라지자, 에반젤린이 매끄럽게 일어난다. 그 의도는 분명하다. 자기 오빠에 뒤이어 우리 곁을 떠나면서 에반젤린은 희미하게 비웃음을 남긴다. 둘은 서로 다른 방향으로 향한다. 에반젤린이 어깨 너머를 힐긋 돌아본다. 그녀의 시선이 티베리아스와 나 사이를 재빨리 오간다. 희망이 그녀의 눈에서 타오른다. 하지만 내 심장은 더 가라앉을 뿐이다.

어리석은 계획이야. 다시 말해 주고 싶다.

렌의 손가락이 근육의 통증과 피어난 멍들을 가라앉힐 때마다 안도가 솟는다. 나는 눈을 감고, 그녀가 나를 멋대로 움직이도록 내버려 둔다. 렌은 사라 스코노스의 사촌이며, 두 캘로어 왕의 사이에서 찢어진 귀족 가문의 딸이다. 그녀는 메이븐 캘로어의 밑에 있으며 아케온에서 나를 치료하고 지켜보았다. 침묵하는 돌로부터 나를 살렸다. 내 얼굴과 몸을 메이븐의 방송에 내보일 만하게 만들었다. 우리 중 누구도 우리가 오늘 어디에 있을지 예견하지 못했으리라.

갑자기 고통이 사라지지 않았으면 싶다. 고통 덕에 심장의 욕망에서 눈을 돌릴 수 있다. 렌의 손가락이 턱을 따라서 움직이며 사라진 이를 대신할 뼈를 자라나게 하는 동안 티베리아스의 모습을 떠올리지 않으려고 애를 쓴다. 불가능하다. 변함없이 익숙한 온기를 느낄 수 있을 만큼 가까운 곳에 그가 있는데.

에반젤린은 내가 다루기 어렵다고 했다. 그녀가 잘못 생각했다. 그녀가 티베리아스와 나를 덫에 몰아서 한 방에 넣는다면, 나는 무너지고 말 것이다.

그게 그렇게까지 끔찍한 일일까?

"얼굴이 너무 붉은데요."

내 앞에 있는 렌을 보기 위해 눈을 확 뜬다. 렌이 입술을 오므리고 눈은 나를 향해 깜빡인다. 그녀의 눈은 사라처럼 폭풍 같은 회색이다.

"여기 너무 덥네요."

내가 대꾸한다.

티베리아스도 얼굴을 붉힌다.

＊ ＊ ＊

우리는 조용히 걷는다. 릿지 하우스의 유리 벽 밖은 오로지 어둠 뿐이다. 유리에 길고 깨끗한 복도의 불빛이 반사된다. 계속 보조를 맞추어서 나란히 걷는 우리의 모습도 비춰진다. 그가 얼마나 큰지를 잊은 건 아니지만, 지금 이 순간, 우리가 얼마나 어울리지 않는지 확고히 알게 된다. 훈련을 한 후라 여전히 땀이 송글송글 맺혀 있지만, 티베리아스는 왕자로 태어났다. 300년이 넘는 왕가의 후손이다. 그는 다른 사람들보다 더 뛰어나도록 키워졌다. 그 점이 드러난다.

티베리아스의 옆에 있으니 평소보다 작아진 기분이다. 흉터와 고통으로 이루어진 더럽고 작은 오점이 된 것 같다.

내 시선을 느낀 티베리아스가 아래를 흘깃 쳐다본다.

"뉴 타운이라고."

한숨을 내쉬고 나는 토론에 참여할 준비를 한다.

"필요한 일이야. 전쟁에서 이기기 위해서만이 아니라, 우리에게 필요해. 적혈들 말이야. 기술자 마을들은 노예 그 자체야."

안에 들어간 적은 없지만, 오염된 강둑 위로 재와 연기가 가득하던 그레이 타운을 보았다. 카메론과 그녀의 남동생의 목에서 그들이 할당된 자리를 새겨 놓은 문신을 보았다. 그들의 '직업'. 그들의 감옥.

나는 뉴 타운과 다른 빈민가들을 시체처럼 만들 작정이다. 텅 빈 채 죽은 도시로. 썩어서 사라지고 잊히도록.

"나도 알아."

부드럽게 대꾸하는 티베리아스의 목소리는 우울한 후회로 물들어 있다. 내가 바라보자 그의 눈빛이 어두워진다. 내가 정말로 뭘 말하고 싶은지 아는 것이다. 우리 두 사람 사이에 왕관이 없었더라면 나는 티베리아스의 손을 붙들고 어깨에 입을 맞췄을 것이다. 그렇게나 작은 지지에도 감사해했을 것이다.

나는 입술을 깨물어 그를 어루만지고 싶은 욕구를 쫓아 버리며 재빨리 눈을 깜빡인다.

"카메론이 필요해."

그 이름에 티베리아스도 정신을 차린다.

"카메론이……."

"살아 있냐고?"

복도에 놓인 돌덩이 위로 그 말이 메아리친다. 희망이기도, 질문이기도 하다.

"걘 살아 있어야만 해."

티베리아스가 걷는 속도를 조금 줄인다.

"팔리는 여전히 아무 소식도 못 들었대?"

"곧 듣게 될 거야."

피에드몬트에 있던 진홍의 군대 중 기지를 탈출한 사람은 로우컨트리로 모여들고 있다. 수 시간 안으로 보고가 도착할 것이다. 래시가 다른 생존자들과 연락이 닿으면, 이바렘이 더 많은 정보를 전해 줄 것이다. 카메론이 생존자 목록에 없을 거라는 가능성은 생각하지 않는다. 그녀는 강하고 영리하다. 자기가 죽는 꼴을 그냥 놔두기에는 빌어먹을 정도로 고집불통이다.

그런 생각을 해도 즐겁지 않다.

그녀의 비참한 고향인 뉴 타운을 파괴하기 위해서 카메론의 도움이 필요하기 때문만이 아니다. 카메론도 내 마음에 걸리는 사람이기 때문이다. 그녀는 내가 죽음으로 밀어 넣은 또 다른 친구다.

눈을 꽉 감고 브라켄이 기지를 차지했을 때에 피에드몬트에 남아 있었을 사람들을 생각하지 않으려고 애를 쓴다. 카메론의 남동생, 모레이. 단검 부대에 있었던 십 대들, 구출되었지만 또다시 잡히고만 아이들을.

어떤 것도 쉐이드 오빠를 잃는 고통과는 비교할 수 없겠지만, 그래도 누군가를 잃는 일은 나를 쉽게 무너뜨릴 수 있을 것이다. 이 일이 언제까지 계속될까? 우리는 얼마나 많은 사람들을 잃을 위험을 감수해야 할까?

이건 전쟁이야, 메어 배로우. 너는 매일매일 누군가를 잃을 위험을 져야 해.

특히나 내 옆의 이 사람을.

나는 티베리아스, 칼이 죽어서 내 곁을 떠날 수도 있다는 생각에서 빠져나오기 위해서 피가 날 정도로 입술을 깨문다.

"쉽지가 않지."

흔들리는 목소리로 티베리아스가 말한다.

눈을 뜨자, 전장이나 전투 회의에서 보일 법한 집요한 시선으로 앞쪽을 응시하는 그의 모습이 보인다.

"뭐?"

"사람들을 잃는 일 말이야. 아무리 그런 일을 많이 겪는다고 해도, 괜찮아지는 때 같은 건 절대 없어. 절대로 익숙해지지가 않아."

아주 오래전, 내가 메리어나 타이타노스이던 시절, 왕자의 침실에 간 적이 있었다. 모든 곳에 책이 있었다. 설명서, 전술, 이론과 외교술. 거대한 군대와 군인들 개개를 대하는 전략과 술책. 위험과 대가를 저울질하는 계산법. 얼마나 많은 목숨을 죽음에 몰아넣고서야 승리를 주장할 수 있었을까. 그 당시에는 바로 그런 점들이 그가 누구이며, 누구의 편인지에 대한 엄연한 증거가 되어 주었다.

티베리아스가 목숨을 그토록 부주의하게 거래할 수 있는 사람이라고 생각하자 그가 혐오스러웠다. 고작 몇 센티를 나아가기 위해서 피를 흘리는 사람. 지금은 내가 그와 똑같은 짓을 하고 있다. 팔리도 마찬가지다. 데이비슨도 그렇다. 우리 중 누구도 무결하지 않다.

누구도 결코 우리가 지금 무엇을 하고 있는지 잊을 수 없을 것이다.

"괜찮아지지 않는다면 결국에는 감당할 수 없게 될 텐데."

물에 빠지는 것 같다고 생각하며 웅얼거린다.

"그래."

티베리아스가 쉰 목소리로 대꾸한다.

그가 얼마나 자신의 선에 바싹 다가선 것인지, 또한 나 역시 내 선에 얼마나 가깝게 다가선 것인지 궁금하다. 우리는 그 선을 같은 날에 넘게 될까? 그것이 유일한 해답일까?

우리는 부서지고 고칠 수도 없는 지경이 되어서, 함께 떠나게 될까? 아니면 각자?

티베리아스의 눈이 이글거린다. 그도 지금 자신에게 같은 질문을

403

던지는 중일 것 같다.

몸을 떨며 나는 발걸음을 빠르게 옮긴다. 우리 두 사람 모두에게 확실한 신호다.

"하버베이에 대한 계획은 뭐야?"

나는 긴 복도를 내려다보며 묻는다. 이곳은 릿지 하우스의 양측 건물을 이어 주며 어둠 속으로 희미하게 보이는 나무와 분수가 얽힌 정원 위로 호를 그리고 있다.

티베리아스는 나와 속도를 맞춘다.

"데이비슨이 돌아오기 전까지는 어떤 것도 확정할 수는 없어. 하지만 팔리가 생각하고 있는 게 있어. 그녀가 아는 도시의 연락책들이 분명 도움이 되겠지."

동의의 뜻으로 고개를 끄덕인다. 하버베이는 노르타에서 가장 오래된 도시로, 적혈 범죄자 무리들의 토끼 굴이다. 몇 달 전에, 그 범죄 조직 중 하나인 '뱃사람들'은 신혈을 찾고 있던 우리를 메이븐에게 팔려고 했다. 하지만 흐름이 바뀌고 있다. 진홍의 군대는 힘과 명성을 얻고 있고 노르타의 적혈들은 그에 동조하는 중이다. 우리가 거둔 승리들은 조금씩 영향을 미치고 있다.

"민간인 사상자가 나올 거야. 그곳은 코르비움이나 피에드몬트와는 달리 요새가 아니라 도시니까. 죄가 없는 은혈과 적혈이 이 일에 휘말리겠지."

그는 길쭉하고 예리한 손가락들을 쭉 펴더니 하나하나 말아 주먹을 쥔다.

"패트리어트 요새부터 시작할 거야. 우리가 그곳을 확보할 수 있다면, 나머지는 자연스레 우리 손아귀로 굴러 들어오겠지."

멀리서 보았을 뿐인 패트리어트 요새에 관해서는 기억이 희미하다. 피에드몬트 기지보다는 작지만, 장비는 더 좋다. 메이븐의 군대에 훨씬 더 중요한 곳이다.

"램보스 장관과 그의 가문은 메이븐에게 충성하고 있어. 그들의 동맹은 굳건해."

거기에 내 몫이 전혀 없지만은 않다. 실패한 처형식 당시 경기장에서 내가 램보스 장관의 아들을 죽였기 때문이다. 물론 그 역시 나를 죽이려고 했었다.

"쉽게 항복하지는 않을걸."

티베리아스는 코웃음을 친다.

"누구도 그러지야 않겠지."

"그래서 네가 그 도시에서 승리하면?"

나는 재촉한다. 만약 네가 살아남으면?

"그렇게 되면 메이븐과 마주할 수 있을지도 몰라."

그 이름에 정신이 번쩍 든다. 쇄골에 새겨진 메이븐의 낙인이 욱신거리며 열기를 얻더니 내게 신호를 주듯 근질거린다.

"메이븐은 협상하지 않을 거야. 절대 항복하지 않을걸."

메이븐의 텅 빈 눈동자, 그의 비틀린 미소를 떠올리니 토할 것 같은 기분이 든다. 우리 모두를 괴롭히는, 역겹고 멈출 줄 모르는 집착.

"의심의 여지가 없어, 티베리아스."

내가 그런 식으로 그를 부르는 것에 티베리아스는 잠시 눈을 감으며 찡그린다.

"내가 메이븐을 보고 싶은 이유는 그게 아니야."

그 말에 함축된 의미는 분명하다.

"오."

그가 이를 갈며 뱉는다.

"확실히 할 필요가 있어. 프리미어에게 위스퍼들에 대해서 물어봤어. 엘라라 같은 능력을 지닌 신혈들이 있는지. 메이븐을 도울 수 있는 사람이 있는지."

"그래서?"

코르비움에서 내가 티베리아스로부터 멀어졌을 때, 그는 무너지고 고통받는 얼굴이었다. 이번도 다르지 않다. 다른 무엇도 아닌, 사랑이 우리를 갈라놓고 있다.

티베리아스가 조용하게 인정한다.

"프리미어도 없다고 했어. 하지만 계속 찾아보겠다고 했어."

나는 땀으로 축축한 티베리아스의 팔에 한 손을 올린다. 내 손가락은 이미 내 자신의 피부만큼이나 그의 피부를 안다. 티베리아스는 젖은 모래 같다. 너무 오래 매달려 있다가는 달아날 수가 없을 것이다.

최대한 부드럽게 말하려고 노력한다.

"지금으로서는 엘라라 자신조차 메이븐을 고칠 수 있을지 모르겠어. 엘라라가 손대는 걸 메이븐이 허락한다면 말이지만."

티베리아스의 피부가 너무 뜨겁게 달아올라 나는 손을 뗀다. 티베리아스로서는 할 수 있는 말도, 해야 할 말도 없을 것이다. 메이븐 캘로어를 놓는 것이 어떻게 보이는지 안다.

복도가 왼쪽과 오른쪽으로 갈라진다. 그의 방이 한쪽 편에, 내 방이 다른 편에 있다. 우리는 침묵 속에서 벽만 바라보며 아무도 감히 움직이지 않는다.

티베리아스에게 말을 거는 것이 고통스러운 꿈처럼 느껴진다. 그렇다 할지라도 그 꿈에서 깨고 싶지 않다.

"얼마나 걸려?"

내가 속삭인다.

티베리아스는 나를 보지 않는다.

"데이비슨이 일주일 안으로 이곳에 올 거야. 그다음 주는 계획을 세워야겠지. 그렇게 길진 않을 거야."

그의 목울대가 움직인다.

마지막으로 하버베이에 발을 디뎠을 때, 우리는 도망자 신세였다. 하지만 오빠가 살아 있었다. 힘들었다 할지라도 그때로 돌아갈 수 있다면 좋겠다.

"에반젤린이 뭘 하려고 했던 건지 알아."

티베리아스가 갑자기 말한다. 너무 많은 감정에 그의 목소리가 잠긴다.

나는 티베리아스를 곁눈질로 바라본다.

"걔가 그렇게까지 교묘하진 못했던 것 같아."

티베리아스는 어떤 반응을 보이지도 않은 채, 그저 앞에 놓인 벽만 계속 바라본다. 결코 이쪽으로도 저쪽으로도 기울어지지 않은 채.

"무슨 절충안이 있었으면 좋겠다."

우리의 이름과 우리의 피 색과 우리의 과거가 아무 문제도 되지 않는 곳. 아무 부담도 없는 곳. 지금까지 없었고 앞으로도 없을 그런 곳.

"잘 자, 티베리아스."

날카롭게 숨을 쉬며 그가 주먹을 꼭 쥔다.

"네가 나를 그렇게 부르지 않으면 좋겠다."

그리고 난 네가 내 옆에 있으면 좋겠다.

나는 몸을 돌리고 내 방을 향해 걷는다. 발소리가 외롭게 울린다.

제17장

아이리스

아케온은 결코 내 집이 될 수 없으리라.

그것의 위치나 크기 때문이 아니다. 사당과 사원이 없어서도 아니다. 심지어 내 뼛속 깊이 새겨진 노르타에 대한 거부감 때문도 아니다. 그 무엇도 내 옆에 가족이 없다는 이유로 느껴지는 이 공허함만큼 중요하지는 없다.

나는 그 구멍을 훈련, 기도 그리고 왕비로서의 여러 의무로 메워보려고 애를 쓰지만 지루할 따름이다. 하지만 모든 것이 필수적이다. 가장 중요한 것은 전투 태세를 유지하는 것이다. 내가 원하는 것이라면 무엇이든 대령하며 종종걸음으로 다니는 적혈 하인들이 대기하고 있는, 비단과 벨벳으로 된 내 방에서는 유해지기 쉽다. 레이크랜즈에서도 내 신세는 크게 다르지 않았지만, 나는 결코 지금 여기서 그러듯 음식이나 술에서 위안을 찾고자 했던 적이 없다. 내 훈련은 훌륭한 균형을 이루도록 짜여 있기에, 나는 다른 왕족과 귀족들이 쉬이 빠지는 덫에 걸린 적이 없다. 메이븐이 미끼를 놓은 바로 그 덫. 그의 치세를 지지하는 귀족들은 자기들 문 앞에 와 있는 늑대들보다는 그가 베푸는 파티나 연회에 신경 쓰는 듯하다. 멍청이들.

신이 없는 이 나라에서 기도를 올리는 일은 어렵다. 내가 아는 한 아케온에는 사원이 없다. 내가 지어 달라고 요구했던 사당은 작다. 방 사이에 끼어 있는 좀 꾸민 옷장에 불과하다. 이름 없는 신들과 교감하기 위해서 그렇게 넓은 장소가 필요한 것은 아니지만 한여름의 열기 속에서, 닮은 얼굴들이 잔뜩 채워진 작은 방을 편하게 여기기란 쉽지 않다. 능력으로 공기 중에 있는 수분을 시원하게 순환시켜 봐도 그렇다. 다른 곳에서 기도를 해 보거나, 과거처럼 나의 신들을 느껴 보려고 애를 쓰지만, 집에서 떠난 시간이 길어질 수록 그 일은 점점 어려워진다. 내가 신들의 목소리를 들을 수 없다면, 신들께서는 내 소리를 들을 수 있을까?

나는 한없이 홀로인 것인가?

그편이 더 낫겠다. 나는 노르타에 연결 고리가 생기는 걸 원하지 않는다. 메이븐의 형이 어머니보다 먼저 메이븐을 몰아낸다면, 이곳의 어떤 것도 나를 묶어 두지 않았으면 한다.

왕비로서의 의무들은 이러한 고독에서 눈을 돌릴 수 있는 유일한 것이다. 오늘 내 일정은 캐피탈 리버 강에 걸쳐 도시의 반대편으로 이어지는 거대한 다리를 건너는 것이다. 메이븐에게서 멀리 떨어지려고 해 봤자 아케온을 감싸고 있는 다이아몬드유리를 벗어날 수는 없다. 그는 왕궁 밖으로 모습을 드러내는 빈도를 줄이며 끝도 없는 대책 회의에 몰두한다. 아니면 오랜 시간을 홀로 보낸다.

하인들끼리 속닥거리는 소리를 듣는다. 메이븐의 옷들은 대부분 불에 타 손도 쓸 수 없을 정도로 숯이 되어 버린다고 한다. 그가 자제력을 잃었다는 뜻이거나, 그가 스스로를 통제하는 걸 신경 쓰지 않는다는 뜻일 것이다. 양쪽 다일 수도 있다.

아케온 동쪽은 서쪽과 거울처럼 똑같다. 강 경계에서부터 절벽 같은 제방까지 부드러운 경사면으로 이어져 있다. 이즈음에는 모든 것이 녹색이다. 고향이 떠오르긴 하지만 그 외에는 같은 부분이 전혀 없다. 물조차 다르다. 소금기가 있고, 신선하지도 않으며, 상류에 있는 기술자들의 빈민가에서 흘러나온 오염으로 얼룩져 있다. 저들은 나무로 된 막이 오염을 걸러 준다고 믿는 모양이다. 님프라면 냄새를 맡기만 해도 진실을 알 수 있을 것이다.

이곳의 건물들은 키가 크고 숨이 막힐 듯하다. 화강암과 대리석으로 만들어진 기둥에 날개를 펼치고 구부러진 목을 가진 새 조각상으로 지붕을 덮었다. 백조, 매, 독수리. 깃털은 구리와 강철로, 눈이 멀 정도로 윤기가 난다.

전쟁이 한창이지만 수도는 아무것도 모른 채 행복을 누린다. 선홍색 팔찌를 차거나 자신들이 고용된 가문의 색상을 두른 적혈들이 거리를 거닌다. 차량에 탑승한 은혈들은 목적지 사이를 누빈다. 박물관, 화랑, 극장은 변함없이 일정을 미루지 않고 잘 돌아가고 있다.

이들 역시 레이크랜즈만큼이나 전쟁에 익숙하기 때문은 아닌가 생각한다. 전쟁이 그들의 국경 안쪽에서 벌어지는 중인데도 말이다.

오늘 나는 메이븐의 형과 그를 따르는 반역도들이 코르비움을 차

411

지할 때 희생된 병사들을 기리기 위한 추모 오찬에 참석한다. 늘 그렇듯 감시병들은 요란한 붉은색 망토를 입고 내 뒤를 따른다. 나는 내 고향을 드러내기 위해 일반적으로 입는 푸른색 블라우스에 재킷을 걸친다. 그 옷들은 메이븐의 검은색과 붉은색이 테두리에 장식되어 있다. 이런 식으로 나를 물들이는 것이 잘못되었다고 생각하지만, 아무도 그 생각을 알아차릴 수는 없다.

나는 최선을 다해 미소를 짓고 고개를 끄덕이며, 새 왕비에게 호의를 보이고 싶어 하는 수많은 귀족들과 하릴없는 수다를 나눈다. 어떤 사람도 쓸모가 있는 말은 한마디도 하지 않는다. 모든 것이 보여 주기에 불과하다. 심지어 죽은 가족이 있는 사람들도 마찬가지이다. 분명 이곳에 있기보다는 홀로 슬픔에 맞서고 싶겠지만, 대신 그들은 공연에 임하는 배우들처럼 자신들을 전시한다. 차례대로 죽은 사람들이 어떻게 적혈 테러리스트나 몬트포트 괴물들에게 살해당했는지에 대해 말한다. 몇몇은 말을 끝내지도 못한다.

영리한 전략이다. 분명히 내 남편이 뒤에 있을 것이다. 이 전쟁에 반대하거나, 그보다 더해 메이븐의 형제가 왕좌에 오르는 걸 원하는 사람이 있다고 해도, 이런 쇼 후에는 신념을 고수하는 것이 쉽지 않다. 나도 내 몫을 해낸다.

"우리는 오늘 이곳에 애도하기 위해 모였지만, 동시에 메시지를 전하고자 합니다. 우리는 공포에 지배당하지 않을 것입니다."

나는 날카로운 눈빛의 귀족들로 붐비는 공간을 똑바로 바라보며 최대한 단호하게 목소리를 낸다. 그들은 완전히 몰입한 얼굴이다. 예의를 갖추기 위함이거나 틈을 찾기 위해서다. 약점을 사냥하려고.

가문들에게 이롭다고 판단이 서면 이들 중 많은 수가 메이븐의 노르타를 버리고 떠날 것이다.

그들을 설득시키는 것이 내 일이다. 머물러라. 싸워라. 죽어라.

"반역도와 테러리스트의 소망과는 달리, 우리는 포기하지 않을 겁니다. 그들은 거짓된 약속 뒤에 권력을 향한 탐욕을 숨기고 있는 범죄자들입니다. 우리는 우리의 국가를, 이상을 버리지 않을 것입니다. 노르타가, 우리의 삶이 세워진 곳을 버리지 않을 것입니다."

웅변 수업이 떠오른다. 나는 티오라 언니처럼 연설에 재능이 있지는 않지만 최선을 다한다. 한 번에 여러 명과 시선을 맞추고, 몸을 달싹거리거나 말을 더듬거리지 않는다. 주먹을 쥔 손을 치맛자락에 감춘다.

"노르타는 은혈의 나라입니다. 우리의 강인함, 우리의 힘, 우리의 성취, 그리고 *우리의* 희생으로 태어났습니다. 어떤 적혈도 우리가 가진 것을 차지하거나 우리가 어떤 존재인지를 바꿀 수는 없습니다. 그들은 아무것도 아닙니다. 그들의 동맹도 아무 문제가 안 됩니다. 메이븐 캘로어는 승리할 것입니다. 진정한 노르타는 승리할 것입니다. 힘과 권력을."

나는 사전에 승인된 연설문 속으로 익숙한 단어를 밀어 넣으며 미소를 삼킨다.

"그들은 홍수를 맞이할 것입니다"

참으려고 했지만 나도 모르게 미소가 나온다. 군중이 레이크랜즈의 말에 환호하고 박수를 친다, 어머니의 말씀에. *익숙해지도록 해라, 노르타 국민들이여. 머지않아 나의 색에 절을 하게 될 테니.*

＊ ＊ ＊

열기가 한풀 꺾인 덕에 호송대 차량으로 돌아가는 길이 쾌적하다. 신선한 공기와 부드러운 햇살을 좀 더 즐기고 싶은 마음에 가능한 천천히 걷는다. 장갑을 끼고 가면을 쓴 감시병들이 훈련받은 대형으로 뒤를 따라온다. 예정보다 조금 일찍 끝났다. 이제 왕궁으로 돌아가서 오늘 밤 있을 저녁 식사를 준비하기만 하면 된다.

그럼에도 너무 빠르게 도착한 것 같다. 나는 불편한 심기를 감추지 않고 차에 올라탄다. 문이 닫힐 때 눈을 내리깐다.

"안녕하십니까, 왕비 전하."

맞은편 좌석에서 두 사람이 나를 마주보고 있다. 그중 한 사람은 익숙하지만, 다른 하나는 추측만 할 수 있을 뿐이다. 둘 다 적이다.

나는 소리를 지르며 가죽 좌석 밑으로 미끄러진다. 본능적으로 늘 가지고 다니는 물통으로 손을 뻗고 다른 손으로는 뒷좌석 밑에 있는 권총을 움켜쥔다.

손가락이 내 턱을 움켜쥐고 억지로 올린다. 머릿속에 생각을 흘려보낼 수 있는 싱어 삼촌 쪽일 테다. 내 마음을 다 뒤집어 놓을 수 있는.

그러나 올려다보니 할머니 쪽이 나를 붙들고 있는 것이 보인다. 그녀의 황동색 눈동자는 밝고 단호하다. 아나벨 르롤란의 손길이 무엇을 할 수 있는지 정확히 알기에 나는 얼어붙는다. 그녀의 손에 두개골이 폭발하며 뇌와 뼈가 차 안에 범벅이 되는 모습을 그려 본다.

"왕비로서의 충고를 좀 해 주마, 아가. 어리석은 짓 하지 마라."

아나벨이 여전히 내 턱을 쥔 채 말한다.

414

"알겠어요."

나는 빈손을 보이며 속삭인다. 총도, 물통도 없다. 차 내부의 공기를 제외하면 어떤 무기도 없다. 나는 그녀의 어깨 너머 운전기사와 감시병들 쪽으로 시선을 흘긋 준다. 양쪽 다 유리 반대편에 있다.

줄리언 제이코스가 내 시선을 따라 눈을 돌리더니 한숨을 쉰다. 그는 손가락으로 칸막이를 두드린다. 호위 중 누구도 움직이지 않는다.

"죄송하지만 저들은 한동안 왕비님 목소리를 듣지 못할 겁니다. 그리고 왕궁까지 경치가 좋은 길을 골라서 들어가라는 지시도 받았지요. 우리는 당신을 해치러 온 게 아니에요, 아이리스."

공허한 미소를 지은 채, 줄리언은 우리가 낯선 길을 누비며 가는 동안 창문 밖을 쳐다본다.

"다행이네요. 당신들이 그런 시도를 할 정도로 어리석을 거라고는 생각 안 했지만요."

아나벨의 위험한 손길에 조금은 억눌린 채로 내가 받아친다.

"괜찮을까요?"

나는 아나벨에게 조롱하듯 말한다.

깔보듯이 머리를 끄덕이며 아나벨이 나를 놓아준다. 하지만 물러나지는 않는다. 쉽게 내게 닿을 수 있는 거리를 유지한다. 나는 공기 중에서 최대한 옷과 피부 사이에 수분을 모은다. 식은땀이 차갑게 흐르고 있다. 아나벨이 내 손가락을 터뜨리려고 들면 방패 정도는 준비할 수도 있을 것이다.

"메이븐에게 메시지를 보내고 싶다면, 올바른 창구를 이용하세요."

나는 뻔뻔스러운 태도로 벽을 세운다.

아나벨은 혐오를 내비치며 비웃는다.

"이건 저 끔찍한 쥐새끼한테 보내는 메시지가 아닐세."

"당신 손자죠."

내가 그 점을 상기시키자 아나벨은 얼굴을 찌푸리지만 계속 말한다.

"나는 그대 어머님께 말을 전하고 싶네. 그대가 보통 하는 방식으로."

나는 콧방귀를 뀌며 팔짱을 낀다.

"무슨 말인지 모르겠네요."

아나벨은 줄리언과 시선을 교환한다. 줄리언은 아나벨보다 읽기가 어렵다. 차분하고 학구적인 표정으로 그가 평이하게 말한다.

"제가 전하에게서 자백을 받기 위해 노래할 필요는 없겠지만, 제게 그럴 능력이 있다는 것은 아시죠."

나는 아무 말도 하지 않는다. 아무것도 하지 않는다. 내 얼굴은 누구의 손도 닿지 않은 연못의 수면처럼 고요하다. 어떤 확인도 없다.

아나벨 르롤란은 나를 내려다보면서 계속할 따름이다.

"레이크랜즈의 여왕께 노르타의 적법한 왕은 그녀와 어떤 분쟁도 일으키지 않을 것이라 전하시게. 찬탈자가 협상했던 평화를 유지하는 데에도 동의한다고. 당연히 서로를 믿을 수 있을 때의 일이지만."

"지금 우리가 물러나길 바라는 건가요? 불가능한 일입니다."

나는 아나벨을 비웃지만, 아나벨은 똑같이 무시를 되돌려 준다.

"아니, 물러나라는 게 아닐세. 겉으로는 당연히 지금 상태가 유지되어야겠지."

아나벨이 구부러진 손가락들을 펼쳐 보이며 말한다. 그녀는 박자에 맞춰 손가락으로 다리를 두드린다.

"하지만 나는 두 군주 사이에 전쟁보다는 더 나은 절충안을 찾을 수 있을 거라고 생각하네."

넋이 나가서는 우리를 무시하고 있는 유리 뒤의 호위들에게 잠시 시선을 준다. 창문을 통해 보이는 길이 낯설다. 적어도 내게는 그렇다. 나는 이를 간다.

"그는 군주가 아닙니다. 우리는 티베리아스 캘로어, 왕국과 자기 동족을 배반한 이와 동맹을 맺은 게 아니에요."

줄리언이 머리를 기울이고는 나를 그림 보듯 살핀다. 그가 느릿하게 눈을 깜빡인다.

"당신 남편이 당신보다 그 거짓말을 잘하겠는걸요."

남편. 이곳에서의 내 자리. 메이븐의 옆. 내 지위를 상기시키는 그 말은 정말 간단한 공격이지만, 그럼에도 불구하고 아프다.

나는 그에게 화를 내며 받아친다.

"거짓말이든 아니든 사람들은 그걸 믿어요. 적혈이든 은혈이든 이 나라의 모든 사람이 자기들이 들은 말을 믿는다고요. 그리고 자기들이 메이븐이라고 생각하는 사람을 위해서 싸우겠지요."

놀랍게도 아나벨이 고개를 끄덕이더니 염려하는 듯 얼굴을 떨어뜨린다.

"그것이 우리가 두려워하는 것일세. 그래서 이곳에 온 게지. 최대한 유혈 사태를 막기 위해서."

"배우가 되시지 그러셨나요."

나는 어둡게 키득거린다.

아나벨은 그저 한 손을 흔들며 창문 너머를 바라본다. 그녀의 입술이 유령처럼 미소 짓는다.

"아주 오래전에, 나는 예술 후원에 관심이 많았다네."

어떤 이유에선지 아나벨을 바라보는 줄리언의 눈이 부드러워진다. 아나벨도 이상할 정도로 속내를 숨긴 채로 시선을 보낸다. 두 사람 사이에 무언가가 오고 간다. 밖으로 나오지 않은 말, 두 사람이 공유하는 기억일 것이다.

아나벨이 먼저 그 기억을 떨쳐 내고는 나를 바라본다. 목소리가 엄격해서 어떤 질책을 하는 게 아닌데도 혼이 나는 기분이다.

"티베리아스가 왕좌를 차지하면, 그는 레이크랜즈의 협조에 대한 대가로 땅과 돈을 제공할 걸세."

나는 한쪽 눈썹을 치켜뜬다. 흥미가 있다는 점을 드러내는 유일한 단서다. 이 일이 결국 어디로 흘러갈지는 아무도 모를 것이다. 가능성을 열어 두는 것이 영리하다.

아나벨은 내가 무엇을 생각하는지 알아차리고 계속 말한다.

"초크 전체를 양도하겠소."

나는 웃음을 터뜨리며 머리를 뒤로 젖힌다. 피부 위로 수분이 모여들며 방패를 형성한다. 머리털이 곤두서는 듯하다. 나는 조롱을 뱉는다.

"쓸모도 없는 땅, 지뢰밭이잖아요. 우리에게 허드렛일을 주려는 거군요."

늙은 왕비는 내 말을 듣지 못한 척한다.

"티베리아스 후계자와의 약혼도 제공하지. 캘로어와 사모스 사이에서 낳은 아이 말일세. 둘 모두 왕족이지. 왕국 두 개의 후계자이고."

체면상 나는 계속 웃음을 짓는다. 하지만 실제로는 섬뜩해 속이 울렁거릴 지경이다. 아나벨은 태어나지도 않은 아이를 교환하려고 하는 것이다. 내 아이, 혹은 티오라 언니의 아이와. 우리의 자손을. 합의 따위는 신경 쓰지도 않는다. 적어도 나는 나 자신의 약혼에 동의는 했다. 하지만 똑같은 일을 아기에게까지? *끔찍하다.*

"그럼 당신네 적혈 개들은 어쩌고요?"

나는 그녀의 영역 안으로 몸을 숙이며 묻는다. 이제 내가 밀어붙일 차례다.

"진홍의 군대는? 몬트포트의 신혈 괴물들은? 메어 배로우와 그녀 같은 부류들은?"

아나벨이 입을 열기도 전에 줄리언이 대답한다. 아나벨은 줄리언의 태도나 의도가 달가운 것 같지는 않는다.

"우리 진화의 다음 단계를 말씀하시는 건가요? 미래를 두려워하는 것은 현명하지 못한 일입니다, 전하. 끝이 좋을 수가 없어요."

"미래는 막을 수 있어요, 제이코스 경."

나는 메이븐이 잃어버린 또 다른 신혈 애완동물, 미래를 볼 수 있었던 이에 대해서 생각한다. 소문만 들었을 뿐이지만, 그것만으로도 충분했다. 그는 변화하는 길들을 모두 볼 수 있었다. 결코 이뤄지지 못한 운명까지도.

"이건 아닙니다."

줄리언은 고개를 젓는다. 행복해하는 건지 후회하는 건지는 모르겠다. 이 남자는 특이하고 슬픈 영혼을 지니고 있다. 사랑하는 여인 때문에 괴로워했을 것임이 틀림없다, 이런 남자라면 누구나 그렇듯이.

"지금은 아닙니다."

두 사람을 번갈아 본다. 내가 보고 있는 광경이 썩 맘에 들진 않는다. 둘 중 누구든 원하면 나를 죽일 수 있다. 나는 훈련을 받았지만, 그럼에도 쉽게 쓰러질 것이다. 하지만 저들이 여기에 나를 살해하러 온 것이라면 진작 저지르고도 남았을 것이다.

"당신들은 피에드몬트를 잃었으니, 레이크랜즈를 원하는 거죠. 우리 중 하나가 당신들의 더러운 일을 맡지 않으면 이길 수 없다는 걸 아닐까요."

"우리는 우리 손으로 더러운 일들을 충분히 하고 있네, 공주."

아나벨이 낮고 짜증스러운 목소리로 대꾸한다. 그녀는 내가 갖고 태어난 직위를 강조해 말한다. 아나벨은 메이븐을 왕이라고 여기지도 않기에 나를 왕비로도 보지 않는 것이다.

나는 그 둘 모두를 향해 말한다.

"당신들은 몬트포트를 너무 많이 믿고 있어요. 그 신혈들이 정말로 우리 세 나라들의 힘을 능가할까요?"

줄리언이 양손을 무릎 위에 포개고는 생각에 잠긴다. 그를 불안에 빠뜨리는 일은 더 어렵다.

"우리 모두 레이크랜즈가 전력으로 메이븐 캘로어를 돕지는 않을 거라는 사실을 알지 않나요."

그 말은 좀 영리하다. 나는 어리석게도 전에 피에드몬트 감옥에 있던 신혈을 통해 메어에게 신호를 보냈다. 내가 할 수 있다는 사실을 증명하기 위해서였다. 그 이상의 이유는 없었다. 분명히 메어는 메시지를 받았다. 아니 어쩌면, 우리의 속이 그저 뻔히 보였는지도 모르겠다. 나는 발끈하여 거세게 받아친다.

"우리 모두가 아는 건 당신네 적혈 동맹이 영원하지 않을 거라는 사실뿐입니다. 그들은 곧 불이 붙을 화약 가루에 불과해요."

이 말에 줄리언이 불편해하며 몸을 움직인다. 그의 뺨에 희미한 회색 물이 든다. 아나벨은 그렇지 않다. 그녀는 내가 아주 맛있는 식사를 차려 주기라도 한 것처럼 즐거운 태도로 커다랗게 미소를 짓는다. 어째서인지는 몰라도 내가 뭔가를 실수한 것만 같다.

아나벨이 손을 들자 나는 뒤로 물러나 그녀로부터 벗어난다. 아나벨은 내 공포를 즐기는 듯하다.

"우리가 제시할 수 있는 것들이 좀 더 있지."

줄리언의 뺨에 머무른 회색빛이 깊어진다. 그가 얼굴을 찌푸린 채 시선을 떨어뜨린다. 나와 시선을 맞추는 일조차 포기한 것이다. 자신의 유일한 무기를 내린 셈이다. 지금 당장 줄리언을 제압할 수도 있다. 하지만 아나벨이 너무 가까이 있다. 너무 치명적이다.

그리고 아나벨이 제시할 마지막 카드가 궁금하다는 사실도 인정할 수밖에 없다.

"계속하세요."

나는 들릴락 말락한 소리로 속삭인다.

아나벨의 미소는 커다랗고 뾰족하다. 메이븐은 엘라라의 아들이기는 하지만, 할머니에게서도 메이븐의 모습이 일부 보인다. 날카로운 미소, 책략을 꾸미는 마음.

"살린 아이럴이 그대 아버지의 등에 칼을 꽂았네."

나는 그 기억에 움찔한다.

"자네가 그와 대화를 하고 싶을 거라고 생각하네만?"

나는 즉각적으로 반응한다. 실수다.

"말하고 싶은 것들이 몇 가지 있긴 하네요. 그래요."

나는 빠르게 웅얼거린다. 입안에서 피 맛이 나는 듯하다.

"왜 그런 일이 벌어졌는지는 알 거라고 확신하네만."

고통이 나를 파고든다. 아버지의 죽음은 아물지 않은, 여전히 피가 줄줄 흐르는 상처다.

"이게 전쟁이기 때문이지요. 사람들은 죽어요."

녹아내린 황동 같은 그녀의 어두운 눈동자가 커다래진다.

"왜냐하면 살린 아이럴이 명령을 받았기 때문일세."

슬픔이 서서히 분노로 바뀐다. 그것이 내 척추를 타고 혀를 날름대면서 뜨겁게 애걸한다.

"볼로."

나는 뱀 같은 소리를 내고야 만다. 사모스 왕의 이름이 입안에서 시큼하게 느껴진다.

아나벨은 나를 어떻게 몰아붙여야 하는지 안다.

"그와도 얘기하고 싶은가?"

그녀는 그 제안을 유혹적으로 속삭인다. 아나벨의 옆에서, 줄리언이 입술을 굳게 다문 채로 시선을 내게로 돌린다. 줄리언의 주름이 깊어진다.

나는 길게 숨을 뱉는다.

"그래요. 정말 그러고 싶어요."

그러고는 속삭인다.

"그래서 대가가 뭐죠?"

커다랗게 미소를 지으며, 아나벨이 말한다.

✳ ✳ ✳

그들은 도시 속에 유령처럼 녹아든다. 붐비는 모퉁이를 돌 때 차에서 내려서 적혈 하인들과 평범한 은혈들 틈으로 사라진다. 내 호위들은 그들을 신경 쓰는 것 같지 않다. 알아차리지도 못한 듯하다. 호위들은 기존에 계획된 길로 돌아간다. 줄리언 제이코스는 자기 일을 잘 해냈다. 궁으로 돌아왔을 때는 어떤 일도 잘못된 것 같지 않다. 호위 중 누구도 자기들이 싱어의 매혹이라는 심연 속에서 20분이나 길을 잃었다는 것을 깨닫지 못한 듯 보인다.

나는 빠르게 그곳을 벗어나 내 방 사이에 마련된 사당으로 향한다. 생각을 정리하기 위해서 친숙하고, 아무도 없는 공간이 필요하다.

방금 일어난 일에 대해서 어머니께 보고를 드려야만 한다. 가능한 빨리. 하지만 가장 은밀한 방법을 사용한다 할지라도 내 메시지가 중간에 가로채일 가능성이 있다. 아나벨의 제안을 받아들이면 나는 참수형에 처해질 수도, 불에 타 죽거나 불구가 되거나 아니면 살해당할 수 있다. 이 메시지는 얼굴을 직접 보고 전해야만 한다.

나는 내 방까지 안전하게 도착한다. 늘 그렇듯 손짓 한 번으로 감시병들을 문밖으로 물린다. 혼자가 되어야만 내가 무슨 일을 한 것인지, 방금 무슨 일이 일어난 것인지 깨달을 수 있을 것이다.

접견실로 들어서는데 손부터 온몸이 떨리기 시작한다. 맥박이 요동친다. 내 손 아래에 살린 아이럴과 볼로가 물에 잠긴 채 죽어 가는 모습을 생각해 본다. 그들이 아버지께 저지른 일에 대한 대가를 치르면서.

"다리에서 길이 막혔나 보죠?"

나는 눈을 크게 뜬 채 얼어붙는다. 메이븐의 목소리는 항상 공포를 불러온다. 특히나 그 소리가 내 침실에서 들려온다면.

본능이 달아나라고 속삭인다. 망할. 어떻게든 도시에서 도망쳐서 집으로 가는 길을 찾아. 불가능한 생각이다. 나는 억지로 앞을 보면서 침실로 향한다. 내 관이 될 수도 있을 곳으로.

메이븐은 아무렇게나 펼쳐진 비단 이불 위에 느긋하게 누워 있다. 한 손은 머리 뒤에 괴고 다른 손은 가슴에 올린 채다. 박자에 맞춰 가슴팍을 톡톡 두드리고 있는 손가락이 수천 벌은 될 그의 검은 셔츠 중 하나와 대조되어 뼈처럼 하얗게 보인다. 메이븐은 지루하고 화난 듯 싶다. 상황이 나쁘다.

"안녕, 부인."

나는 방 곳곳의 분수들을 본다. 분수들은 장식일 뿐만 아니라 나 자신을 보호하기 위한 것이기도 하다. 각각의 물결이 흔들리며 흐르는 것을 느낀다. 일이 좋지 않게 흘러간다면 이것들을 사용할 수도 있을 것이다. 메이븐이 내가 저지른 일을 알아차린다면. 내가 어떤 감정을 품었는지를, 내가 어떤 일에 동의했는지를.

"여기서 뭐 하시는 거죠?"

사랑에 흠뻑 빠진 아내를 연기하는 것은 쓸모 없다. 우리 둘만 있을 때는 그렇다. 메이븐은 뭔가 잘못되었다는 것을 알게 될 것이다.

이미 알고 있는 게 아니라면 말이다.

메이븐이 어쩌면 그저 우리의 결혼이 성사된 이래 도외시되고 있던 의무를 다하기 위해 여기 왔을 가능성도 있다는 것을 나는 오한과 함께 깨닫는다. 어느 쪽이 더 공포스러운지 모르겠다. 내가 동의했다고 해도 말이다. 이 일이 협상의 일부임을 알고 있었음에도. 그가 우리 동맹의 일부임을 알고 있었음에도. 어쩌면 내가 메어에 대한 메이븐의 집착을 과대평가했을 수도 있다. 그 감정은 이미 닳아서 사라졌을 수도 있다.

한쪽 뺨이 이불에 눌린 메이븐이 고개를 돌려 나를 바라본다. 제 멋대로 내려온 검은 머리카락이 이마에 드리워져 있다. 오늘은 더 어리게 보인다. 그리고 더 미쳐 있는 것 같다. 검은색 동공이 커다래져, 눈도 푸른색으로 보이지 않는다.

"레이크랜즈로 보내고 싶은 말이 있어서 찾아왔습니다. 그대의 어머님께요."

침착해. 움직이지 마. 안도한 걸 들켜서는 안 돼. 다리에 힘이 빠지려고 한다. 하지만 속으로 나를 다독이며 무관심한 척 말한다.

"무슨 말씀이시죠?"

메이븐이 우아하고 부드럽게 일어선다. 티베리아스가 더 전사 쪽에 가까웠지만, 메이븐이라고 해서 자신의 몸을 어떻게 써야 할지 모르는 것은 아니다.

"함께 걸어요, 아이리스."

메이븐이 날카롭게 미소 짓는다.

따를 수밖에 없다. 나는 메이븐이 내민 팔을 무시하고 안전을 위한 간격을 유지한다.

메이븐은 아무 말도 하지 않는다. 우리는 함께 방을 나서서 침묵 속에서 억지로 걷는다. 목에 줄을 감고 구덩이 위에 걸려 있는 기분이다. 심장이 망치처럼 가슴을 두드려 댄다. 긴 산책을 하는 동안 가면을 유지하기 위해서 할 수 있는 건 뭐든지 한다. 이 시간 즈음에는 대개 비어 있는 알현실에 다다르고 나서야 메이븐은 몸을 돌려서 나를 본다.

나는 공격을 받아칠 준비를 한다.

"어머니께 해군과 육군을 준비하라고 말씀드려요."

드레스에 대한 의견을 말하는 것과 다름없는 태도다.

뜻밖의 놀라움이 공포를 대체한다.

메이븐은 왕좌 뒤에 있는 계단을 오른다. 나는 침묵하는 돌의 영향력을 피해 주변으로 돌아간다. 스치는 것만으로도 토할 것 같다.

"뭐…… 지금요?"

나는 목을 더듬는다. 거짓말을 하고 있는지 알아보기 위해 메이븐을 관찰하는 동시에 머릿속이 바쁘게 돌아간다. 브라켄이 피에드몬트를 되찾은 지 고작 일주일이 지났다. 분명 적들의 연합 정부는 아직 재편성 중일 것이다.

"혹시 공격이라도 받았나요?"

"지금 당장은 아닙니다. 하지만 곧 받게 되겠지요."

메이븐은 무표정하게 어깨를 으쓱이며 계속 움직인다. 여전히 나더러 쫓아오라고 하면서.

마음속 깊은 곳이 불편하다. 나는 눈을 가늘게 뜬다.

메이븐은 왕좌의 뒤쪽에 있는 여러 문 중 하나로 다가간다. 그 문들은 왕비가 공식적으로 사용하는 방들로 연결된다. 도서관, 서재, 응접실. 나는 그 방들을 사용하지 않는다. 대신 사당을 찾는다.

문을 지나치는 메이븐을 따라갈 수밖에 없다.

"어떻게 아시는데요?"

공포가 나를 채운다.

그는 재차 어깨를 으쓱한다. 방은 어둡고, 창문에는 무거운 커튼이 달려 있다. 이 공간을 이용했던 마지막 왕비의 색인 하얀색과 군청색 줄무늬를 간신히 알아볼 수 있다. 먼지가 공기 중을 떠다닌다. 버려진 것이다.

"나는 형을 잘 알아요. 그가 뭘 원하는지, 이 나라가 그에게서 뭘 원하는지 알지요."

"그래서 그게 뭔데요?"

그는 응접실을 가로질러 또 다른 방의 문을 열면서 나를 향해 비웃음을 보인다. 어둠 속에서 메이븐의 이가 하얗게 번뜩인다. 메이븐은 포식자처럼 보이기 위해서 할 수 있는 모든 것을 다 한다.

나는 다음 방의 무언가 때문에 문득 멈춘다. 그것은 골수 깊은 곳에서부터 나를 아프게 한다.

영향을 받지 않은 것처럼 차분한 태도를 유지하지만 심장이 뛴다.

"메이븐?"

"형에게는 동맹이 있지만 충분하지는 않지요. 노르타 안에서는요."

젊은 왕은 자기 손가락을 서로 부딪친다. 생각을 입 밖으로 내는 동안 그의 눈이 게슴츠레해진다. 그는 문간에, 경계에 서 있다. 결코 넘어가지는 않고.

"형은 내 신하들을 자극해 자기편으로 끌어들이길 원하지만, 그는 외교관이 아닙니다. 형은 전사죠. 그러니 하이 하우스들의 호감을 얻기 위해서 싸우려고 할 거예요. 자신이 왕관을 차지할 *가치가 있다*고 보이기 위해서. 형은 저울을 기울여야 해요. 자신에게 희망이 없지 않다는 걸 귀족들이 믿게 만들어야겠죠."

메이븐은 어리석지 않다. 적들의 움직임을 예측하는 것은 그의 주특기다. 메이븐이 이렇게 오래 살아남고, 그리고 승리하는 유일한 이유이다.

나는 문간에서 눈을 떼지 못한 채로 안에 무엇이 있는지 보기 위해 안간힘을 쓴다. 방은 칠흑처럼 어둡다.

"그렇다면 다른 도시를 공격하겠군요. 수도를 공격할지도 모르죠."

내가 어리석은 학생이라도 되는 것처럼 메이븐이 혀를 찬다. 그의 머리통을 가장 가까운 분수에 박아 넣고 싶은 욕구를 애써 누른다.

"내 형제가 이끄는 연정은 하버베이를 노릴 겁니다."

"어떻게 확신하세요?"

왕은 입술을 깨문다.

"그게 그로서는 최고의 선택지거든요. 요새, 항구의 배들. 감정적인 가치는 언급할 필요도 없죠. 형의 어머니가 그 도시를 좋아했거든요."

그의 말에는 혐오감이 실려 있다.

메이븐은 손가락으로 열린 문의 걸쇠를 가지고 논다. 아주 단단해 보이는 자물쇠이다. 필요 이상으로 복잡해 보인다.

나는 힘겹게 침을 삼킨다. 메이븐이 칼이 하버베이로 갈 거라고 생각한다면, 나는 그의 판단을 믿는다. 또 어머니와 우리의 군대가 전장 근처에 있는 것도 원치 않는다. 변명이 머릿속에서 튀어 오른다.

"우리의 공군은 아직 레이크랜즈에 있어요. 시간이 걸릴 거예요."

이 주장이 사죄처럼 들리기를 바란다.

메이븐은 내 말에 놀란 것 같지 않다. 걱정하는 것 같지도 않다. 메이븐은 내게로 가까이 다가온다. 그는 자기 손을 내 손에서 조금 떨어진 곳에 둔다. 메이븐의 피부에서 퍼지는 열기에 토할 것 같다.

"나도 그러리라고 예상했어요. 그래서 그대의 어머님이신 여왕님께 자극제를 좀 드릴까 합니다."

속이 울렁거린다.

"아?"

메이븐의 미소가 번뜩인다. 너무 싫다.

"하버베이에 가 본 적 있어요, 아이리스?"

"없어요, 메이븐."

내가 훈련을 덜 받았더라면 목소리가 떨렸을 것이다. 메이븐이 원하는 것처럼 공포 때문은 아니다. 분노 때문이다. 폭풍처럼 맹렬한 분노가 내 몸을 흔든다.

메이븐이 그 점을 알아차린 것 같지는 않다. 신경 쓰지 않는 것이거나.

"즐거운 방문이 되면 좋겠네요."

메이븐이 여전히 환하게 미소를 지으며 말한다.

"그럼 나는 미끼인 거군요."

내가 쉭쉭댄다.

"결코 그대를 미끼라고 부를 수야 없지요. 하지만 *자극제*는 될 거예요. 그래요, 내가 그대를 그렇게 부른 것 같네요."

"어떻게 감히……."

메이븐이 내 말을 자르고 말한다. 목소리가 이전보다 더 크다.

"그대가 도시의 방어 작전을 이끈다면, 확실히 그대의 어머니께서는 우리 동맹의 목적을 이루기 위해서 무엇이든 다 하실 거예요. 동의하지 않나요?"

메이븐은 내 대답을 기다리지도 않는다. 목소리가 거칠어지더니, 그가 주먹을 쥔다.

"약속받았던 군대가 필요합니다. 병력이 더 필요해요. 저 도시와 그 안의 모두를 익사시킬 수 있도록 항구에 님프들이 필요합니다."

나는 재빠르게 고개를 끄덕인다. 그를 달랠 목적이다.

"어머니께 말씀드릴게요. 꼭 보증할 수는……."

메이븐이 가까이 다가오는 바람에 나는 몸을 굳힌다. 그가 내 허리를 쥐고는, 나를 앞으로 당긴다. 나는 맞서 싸우고 싶은 마음을 억누른다. 그랬다간 고통으로 끝이 날 뿐이다.

"나는 하버베이에서 그대의 안전을 보장할 수 없습니다. 그리고……."

메이븐이 어두운 출입구에 멈춰 선다. 그의 입술이 기쁨으로 비틀린다.

"이곳에서도 마찬가지랍니다."

어떤 숨겨진 신호를 받았는지 감시병 한 부대가 우리 뒤의 공간에 들이찬다. 모두 우람한 체격에, 검은 보석과 불타는 듯한 비단으로 만들어진 가면과 망토를 둘렀다. 내 경비원들이자 ……내 간수들.

이것의 정체를 깨닫는다. 저 문 건너에 있는 방이 무엇인지, 메이븐이 그토록 쉽게 서 있는 장소가 어떤 것인지.

침묵하는 돌로 만든 것은 그의 왕좌뿐만이 아니다.

목에 면도칼을 드리운 것처럼 위협이 언뜻 모습을 드러낸다. 그의 손길은 단호하다. 내 피부를 어루만지는 손가락은 차갑다. 메이븐의 명령에서부터 달아날 길은 없다.

"그럼 용감하고 정의로운 전하께서는요?"

나는 검은 방 안을 응시하면서 으르렁거린다. 침묵하는 돌의 경계를 느낄 수 있다. 그 부근에서 감각이 무뎌진다.

메이븐은 내가 주는 모욕에도 반응하지 않는다. 그러기에는 너무 영리하다.

"갑옷을 입어요, 아이리스. 폭풍을 기다려요. 그리고 그대의 어머님께서 내 형만큼이나 빠르게 움직이시길 기대해 봅시다."

제18장

메어

이토록 뉴 타운과 가까운 곳에서는 별이 전혀 보이지 않는다. 빈민가 주변의 하늘은 오염된 연무로 가려져 있다. 연무가 옅은 변두리에서조차 악취가 나고 공기는 유독성이다. 나는 얼굴 주변에 스카프를 두르고 천을 통해서 숨을 쉰다.

다른 군인들도 똑같이 하며 얼굴을 찌푸린다. 하지만 카메론은 아니다. 그녀는 이 공기에 익숙하다.

카메론의 길쭉하고 어두운 그림자가 칠흑같이 어두운 숲에서 민첩하게 움직이는 모습을 볼 때마다 안도가 내 몸을 타고 흐른다. 그녀는 키가 크다. 함께 움직이는 수십여 명 사이에서도 눈에 띈다. 카메론의 옆에 바짝 붙어 있는 킬런의 윤곽 역시 익숙하다. 그들 한 쌍을 바라보자 안도감은 빠르게 부끄러움으로 바뀐다.

카메론은 피에드몬트 기지에서 탈출해 동생을 비롯한 다른 생존자 수십 명과 늪지로 달아났다. 그녀는 죽지 않았지만 많은 이들이 죽었다. 단검 부대의 적혈 군인들. 우리가 안전하게 지켜 주겠노라 맹세했던 아이들. 몬트포트의 신혈들. 노치의 신혈들. 은혈들. 적혈들. 그토록 많은 죽음에 머리가 빙글빙글 돈다.

그리고 나는 카메론을 다시 위험으로 몰아넣는 중이다.

"이 일을 맡아 줘서 고마워, 캠."

웅얼거리는 내 목소리는 거의 들리지도 않을 수준이다. 이 간단한 감사에 어떠한 뜻도 없는 것처럼.

크게 미소를 지으며 그녀가 나를 돌아본다. 손전등의 약한 불빛 아래에서 카메론의 이가 빛난다. 심각한 상황이지만 오늘 밤처럼 카메론이 미소를 짓는 모습은 한 번도 본 적이 없다.

"나 없이도 이 일을 할 수 있었던 것처럼 말하네."

그녀는 놀리는 듯한 어조로 마주 속삭인다.

"하지만 고맙다고 하지 마, 배로우. 나는 어린 시절부터 이런 날을 꿈꿔 왔으니까. 뉴 타운은 뭐가 거길 공격하는지도 알지 못할걸."

"그래, 모르겠지."

다가올 아침을 생각하면서 나는 혼잣말을 한다.

리프트에서 오는 비행기에서 이미 겪었던 공포와 불안이 몸을 파고든다. 우리는 벽, 경비, 그리고 수십 년간의 억압 속에 둘러싸여 있던 장소인, 카메론이 태어난 기술자 빈민가를 휩쓸어 버리려고 한다.

우리가 유일한 공격대는 아니다. 몇 킬로미터 떨어진 동쪽에서 연합 정부의 나머지가 하버베이로 향하고 있다.

리프트 군인들은 라리스 함대와 함께 바다를 통해 공격할 것이다. 티베리아스와 팔리는 지금쯤 터널에 있을 테다. 그들은 육군의 주 부대를 끌고 도시로 진입하려고 대기 중이다. 세 갈래의 공격을 마음속으로 그려 본다. 내가 지금껏 살아남아야 했던 전투들과는 전혀 다르다. 이번처럼 불의 왕자나 팔리와 떨어진 적이 없다. 내게 소중한 수많은 이들에게서 떨어진 적이 없다. 적어도 충직한 킬런만큼은 아직 내 곁에 있긴 하다. 어떤 균형 같은 게 존재하는 게 아닌가 싶다. 우리는 전에 자신이었던 존재로 돌아간다. 더러운 옷을 차려입고 골목길을 살금살금 다니던. 우리의 얼굴들은 모호하고 낯설다. 그림자들. 쥐들.

날카로워진 이, 길어진 발톱을 가진 쥐들.

"이 나무들은 썩어 가고 있어."

카메론이 나무의 검은 껍질을 매만지며 큰 소리로 말한다. 이 저주받은 숲을 이루는 수천 그루 중 하나다. 빈민가에서 나온 오염 물질들을 정화하려는 목적으로 그린워든이 이 나무들을 심었다. 나무들은 벽들과 함께 기술자 마을 주변을 둘러싸고 있다.

"이 나무들을 심은 게 누구든 간에 유지하는 건 신경도 안 쓰나 봐. 원래는 해야 할 일인데도 안 하는 거야. 그저 우리, 적혈들만 중독되고 있다고 생각하겠지. 사실 자기들도 중독되고 있는데."

카메론의 속에서 무언가가 끓고 있는 듯하다.

우리는 헤이븐 섀도우들의 보호막과 노치에서부터 함께 온 신혈 동료인 파라의 소리를 죽이는 능력 아래에서 움직인다. 그들은 우리들에게 따로따로 능력을 쓰는 대신 한 무리로 엮어 자기들 능력을 담요처럼 덮는다. 우리는 능력의 범위 밖에 있는 사람에게 보이거나 들리지 않는다. 또 우리끼리는 서로를 잘 보고 잘 들을 수 있지만, 몇 미터만 떨어지면 아무도 우리를 보거나 들을 수 없다.

프리미어 데이비슨은 경호대와 함께 부드럽게 내 뒤에서 따라온다. 몬트포트 군대 대부분은 하버베이를 직접 공격할 예정이지만, 중요한 신혈들 몇몇은 그와 함께한다. 그들은 군복을 입고 있지 않다. 엘라, 타이톤, 레이프조차 머리카락을 스카프로 감싸거나 모자를 써서 가리고 있다. 모두 우리와 뒤섞인 채 쓰레기 같은 옷을 입고 있다. 넝마, 조각조각 기운 상의와 올이 다 드러난 바지 같은 것들 말이다. 기술자들에게 지급되는 옷이다. 하버베이의 '휘슬'이라는 밀수범 조직망의 서비스다. 도둑이 훔쳐 온 옷일까, 물건을 훔치는 것 외에는 살아남을 방법이 없었던 어떤 소녀가.

도시에 가까이 갈수록 공기가 짙어진다. 상당수가 기침을 하며 입을 막는다. 발아래의 흙들이 기름에 뒤덮인 양, 토할 것 같이 달콤한 가솔린 냄새가 떠돈다. 나무 장막의 기름진 붉은 잎들이 미풍에 흔들린다. 어둠 속에서 그것들은 피처럼 보인다.

"메어, 벽이 가까워졌어."

킬런이 내 팔을 찌르며 경고한다.

나는 감사의 뜻으로 고개만 끄덕이고는, 눈을 가늘게 떠 나무들 사이를 바라본다. 땅딸막하고 두꺼운 뉴 타운의 벽들이 어렴풋하게 나타난다. 왕궁의 다이아몬드유리만큼 감동적이지도, 은혈 도시의 높은 돌벽처럼 위협적이지도 않다. 그럼에도 불구하고 극복해야 하는 장해물이다.

카메론은 인정하지 않겠지만, 그녀에게는 통솔력이 있다. 우리가 다가가자 카메론은 어깨를 펴고 결연히 선다. 아직 16살도 안 됐을 텐데. 그녀처럼 차분하고 침착하고 용맹한 십 대는 없을 것이다.

"발 조심해."

카메론이 낮은 소리로 속삭인다. 그 말은 우리 사이로 퍼진다. 그녀는 어둑한 붉은 손전등을 켠다. 헤이븐 섀도우들을 제외한 나머지는 그 행동을 따라한다. 헤이븐 섀도우들은 지독히 기분 나쁜 불빛으로 우리를 보호하기 위해 집중을 기울일 따름이다.

"터널이 나타날 거야. 발을 끌면서 걸어. 두꺼운 덤불을 찾아야 해."

우리는 그녀의 말에 따른다. 킬런이 나보다 넓은 땅을 수색한다. 그는 썩어 가는 잎들을 긴 다리로 걷어차면서 단단한 문을 찾는다.

"문이 어디 있는지 기억 못 하는 거 같은데?"

킬런이 투덜거린다.

카메론이 양손을 잎에 묻고 바닥에서 쭈그려 앉은 자세로 올려다본다. 그녀가 씩씩거린다.

"터널에 가 본 적은 한 번도 없단 말이야. 몰래 밖을 드나들 정도로 다 자란 나이도 아니었고. 게다가 그런 건 우리 집안 방식이 아냐."

그녀가 눈을 가늘게 뜬 채로 덧붙인다.

"머리 숙이고 찾기나 해. 그러려고 여기 온 거 아냐? 그리고 이게 어디로 우릴 데려갈지나 생각해."

"구멍 찾으려고 흙을 파는 거지 뭐."

킬런이 능글맞게 웃는 소리를 낸다.

내가 대신 대꾸한다.

"군대를 이끄는 일이지. 그게 지금 네가 너 *자신을* 데려온 곳이야.

카메론."

카메론의 표정이 엄격해진다. 하지만 입술은 미소에 가까운 모양이 된다. 슬픈 미소다. 카메론은 코르비움에서 누군가를 죽이는 일은 그만두겠다고 했다. 침묵시키고 질식시키는 그녀의 능력이 수반하는 치명적인 짐을 내려 두고 싶다고. 카메론의 목표는 이제 보호하는 것이다. 방어하는 것이다. 분노하고 복수할 이유가 다른 누구보다도 많음에도, 그녀는 그러지 않을 수 있는 무한한 힘을 가지고 있다.

나는 아니다.

＊ ＊ ＊

붉은 손전등이 터널을 밝히자 우리는 온통 선홍색에 잠긴다. 심지어 칼이나 리프트에 충성하는 은혈들조차 그런다. 헤이븐 섀도우들이나 아이럴 실크들도. 우리 사이에 드문드문 섞여 있는 한 무리의 은혈들. 그들 모두가 잠깐은 새벽만큼이나 붉다.

뉴 타운의 벽 아래를 통과해서 걸어가는 동안 나는 그들을 계속 지켜본다. 은혈들은 자기들 군주나 왕의 명령을 받는다. 나는 저들을 믿지는 않지만, 저들의 충성심은 믿는다. 은혈들은 피에 충성을 다한다. 그들은 혈통을 따른다.

그리고 우리 쪽도 무력하진 않다.

엘라와 레이프가 뒤를 맡고 있다. 두 사람 다 피에드몬트에서의 패배 후, 싸우고 싶어 안달이 났다. 작전에 열정이 가득해 보인다. 타이톤은 내게 리더 자리를 넘긴 채 가운데에서 걷고 있다. 이로써 일렉트리콘들은 고르게 분산된 셈이다. 타이톤의 눈은 어두운 불빛에서도 빛나는 것처럼 보인다.

카메론이 엉덩이를 손으로 두드린다. 발걸음 수를 세는 것이다. 그녀는 집중해서 예리하게 벽들을 살핀다. 켜켜이 쌓인 먼지가 콘크리트로 서서히 바뀌는 부근에서 그녀는 손가락을 미끄러뜨린다. 무엇인가 떠오른 듯하다.

"무슨 기분인지 알아. 완전히 다른 사람이 되어서 돌아오는 일."

카메론이 한쪽 눈썹을 치켜뜬 채, 내게로 시선을 휙 돌린다.

"그게 무슨 말이야?"

"내가 어떤 존재인지를 알게 된 후에 딱 한 번 고향에 갔었어."

나는 설명한다. 고작 몇 시간이었지만 내 삶을 바꿀 만큼은 됐어. 옛 고향을 방문한 일을 떠올리는 것은 어려운 일이다. 심지어 고통스럽기까지 하다. 당시에는 쉐이드 오빠가 살아 있었지만, 나는 그가 죽었다고 생각했다. 오빠의 복수를 위해서 진홍의 군대에 합류했다. 그동안 티베리아스는 직접 개조한 오토바이에 기댄 채 밖에서 기다렸다. 왕자였을 때다. *항상 왕자였어.* 나는 나쁜 꿈 같은 기억을 털어 버리려고 애를 쓴다.

"쉽지가 않아, 익숙한 것들에서 그동안 인지하지 못했던 무언가를 깨닫는 건."

카메론은 턱에 힘을 줄 뿐이다.

"여긴 내 고향이 아니야, 배로우. 감옥일 뿐이야. 이 빈민가는 고작 그 정도라고."

"그럼 떠나지 그랬어?"

무례한 질문이다. 예의를 말아먹은 킬런의 태도에 한 방 먹이고 싶다. 내 시선을 알아챈 킬런이 말을 더듬으며 덧붙인다.

"내 말은, 여기 이렇게 터널도 있겠다……."

카메론이 미소를 지어서 깜짝 놀란다. 그녀는 눈을 치켜뜨며 머리를 젓는다.

"이해를 못 하는구나, 킬런. 뭐, 넌 네가 힘들게 자랐다고 생각하겠지만, 여긴 그보다 더 힘들어. 넌 강 옆에 있는 마을에 묶여 지냈다고 생각하겠지. 그런데 뭐에 붙들려 있었는데? 돈이 없어서? 직업? 옆에서 너를 보고 있는 경비 몇 명?"

킬런의 얼굴이 점점 빨개진다.

"뭐, 우리에겐 이게 있었지."

카메론이 목의 문신이 보이도록 목깃을 옆으로 젖힌다. 그녀의 직업, 그녀의 자리, 그녀의 감옥이 도장 찍혀 있다. *NT-ARSM-188907.*

카메론은 손가락으로 천장을 가리켜 보인다.

"우리는 그저 숫자야. 네가 사라지면 줄에 있는 다음 숫자도 사라지지. 좋지 않은 일이야. 가족 전체가 달아나야 해. 그래서 어디로 가는데? 어디로 갈 수 있는데?"

카메론의 목소리가 사그러지며, 붉은색 그림자들 사이로 메아리가 가라앉는다.

"이제는 그게 과거의 일이라면 좋겠다."

그녀가 자기에게만 들릴 정도로 웅얼거린다.

"그렇게 될 거라 약속하지요."

데이비슨이 예의 바르게 거리를 둔 채 대답한다. 씁쓸한 미소를 지어 보이는 데이비슨의 기울어진 눈에 주름이 진다. 프리미어는 어떤 일이 가능한지에 대한 상징과 같다. 우리 같은 사람이 얼마나 높이 올라갈 수 있을지에 대한.

카메론과 나는 시선을 주고받는다. 우리는 그를 믿고 싶다.

우리는 그를 믿어야만 한다.

* * *

스카프를 더 단단히 묶는데, 빌어먹게도 눈물이 떨어진다. 공기 자체가 불타는 것만 같고 피부가 욱신거린다. 공기는 건조한 동시에 습하기도 해 부자연스럽게 느껴진다. 말 그대로 *잘못됐다.*

아직 동이 트지는 않았지만 하늘은 훨씬 밝아진 상태다. 아주 높은 호각 소리가 골목길 끝에서 들리더니, 공장으로 이어지며 빈민가 전체에 메아리친다. 작업 교대를 알리는 것이다.

"새벽 교대야."

카메론이 중얼거린다.

그 광경에 나는 숨을 멈춘다. 수백 명은 되는 적혈 노동자들이 거리로 쏟아져 나온다. 어두운 피부에 창백한 얼굴을 한 남자들과 여자들과 아이들이, 남녀노소 모두 오염된 공기 사이로 터벅터벅 걸어간다. 암울한 퍼레이드 같다. 이곳이 그들을 쇠약하게 만든다. 대부분은 일에 지쳐서는 발치만 쳐다보며 걷는다.

그 모습이 내 마음속에서 항상 불타고 있던 분노에 기름을 끼얹는다.

카메론은 그들 가운데로 미끄러져 들어간다. 킬런과 나는 카메론의 뒤에 바싹 붙는다. 나머지도 셀 수 없이 더러운 얼굴들 사이로 손쉽게 녹아들며 뒤섞인다. 뒤를 돌아보자, 안전거리를 유지하며 따라오는 데이비슨이 보인다. 점점 밝아지는 빛 속에서 데이비슨의 얼굴에 있던 주름과 근심으로 상한 흔적들이 희미해진다. 그는 한 손을 재킷 속, 가슴 가까운 곳으로 쑤셔 넣은 채, 내게 고개를 한 번 퉁명스럽게 끄덕여 보인다.

이 긴 노동자들의 행렬은 넓은 거리로 흘러든다. 금욕적인 아파트 건물들이 대오를 잘 맞춘 군인들처럼 줄지어 있는 곳이다. 다른 근무자들이 우리와 교대하기 위해 맞은편에서 서둘러 다가온다.

카메론이 나를 부드럽게 옆으로 밀어서 나머지 적혈 노동자들과 함께 줄을 서도록 한다. 다들 제때에 움직여 교대 팀이 지나갈 수 있도록 자리를 만든다. 그러는 사이 카메론이 데이비슨처럼 주먹을 재킷 속으로 쑤셔 넣는다.

나도 그렇게 한다.

우리들의 표식이다.

호위대들은 진홍의 군대가 아니다. 이 모든 일이 시작되기 전까지는 아니었다고 할 수 있겠다. 그들의 충심은 다른 곳에 있다. 빈민가의 반군들. 이곳에서 유일하게 만들 수 있었던 작은 조직이다.

우리를 맞으러 온 사람은 키가 크고 피부가 검은 남자다. 카메론처럼 호리호리한 체구다. 회색으로 물들어 가는 머리카락은 땋아서 뒤로 단단히 당겨 묶은 뒤 깔끔하게 동그랗게 말아 올렸다. 카메론이 발을 톡톡 두드린다. 그녀의 몸에서 힘이 뿜어져 나오는 듯하다. 그가 카메론의 팔을 움켜잡고는 끌어당기는 순간 카메론이 속삭인다.

"아빠, 엄마는요?"

그는 카메론의 손을 자신의 손으로 덮는다.

"교대 근무를 마치면 올 거야. 엄마더러 머리는 숙이고 눈은 크게 뜨고 있으라고 했지. 첫 번째 번개가 치면 달아날 거란다."

카메론이 느릿하게 숨을 뱉는다. 그녀는 고개를 숙이고 끄떡인다. 주변의 어둠이 점차 사라지고 새벽이 다가오며, 주변이 옅은 푸른색으로 물든다.

"좋아요."

"모레이를 여기 데려오진 않았다면 좋겠구나."

카메론의 아버지가 가볍지만 꾸짖는 듯한 어조로 덧붙인다. 너무 익숙하다. 내가 접시를 깼을 때 책망하시던 부모님이 떠오른다.

카메론이 고개를 쳐들고는 자기 아버지가 어둡고 깊은 눈으로 그녀를 응시하는 모습을 마주 본다.

"당연히 아니죠."

그들의 재회를 방해하고 싶지는 않지만 어쩔 수 없다.

"발전소는요?"

나는 콜 씨를 재촉한다.

그는 나를 흘긋 내려다본다. 콜 씨의 친절한 얼굴은 이런 곳에는 별로 어울리지 않는다.

"발전소는 뉴 타운의 구역마다 하나씩, 총 여섯 곳이 있어요. 그래도 중앙 발전소를 차단하면 효과가 있을 겁니다."

계획을 언급하자 카메론은 정신을 차리고는 집중한다.

"이쪽이야."

그녀는 날카롭게 말하며 손짓을 한다.

교대 근무 과정은 스틸츠의 가장 붐비는 장날보다도 복잡하다. 은혈 보안 요원들이 검은 제복을 입고 계속 지켜본다. 더러운 길거리나 땅이 아니라 아치형의 통로와 감시 초소의 창문을 통해서다. 보안 요원과 초소라면 나도 제법 잘 알고 있다. 지나가며 보기로는 보안 요원들은 무관심한 것 같다. 궁정에서 은혈들이 우리에게 보이는 것 같은 무관심, 우리가 우리 스스로를 낮잡아 보게 만드는 무관심하고는 좀 다르다. 지루함이다. 이곳의 은혈들은 중요한 혈통을 타고난 전사라서 빈민가에 배정되는 게 아니다. 이곳은 모두가 부러워할 초소가 아니다.

뉴 타운의 보안 요원들은 내가 맞닥뜨린 어떤 적보다도 약하다. 이들은 우리가 여기에 와 있다는 것도 전혀 모른다.

이동하는 내내 카메론의 아버지는 생각에 깊이 잠긴 얼굴로 카메론을 훑어본다. 그의 눈길이 나에게로 왔다가 다시 자신의 딸에게로 돌아간다. 나는 몸을 떤다.

"그러니까 사실이었구나. 넌 뭔가…… 다른 존재구나."

도대체 무슨 이야기를 들었을지 궁금하다. 진홍의 군대가 뉴 타운의 연락책들에게 뭐라고 말한 것인지. 메이븐은 방송과 선전을 통해 신혈의 존재를 명확히 밝혔다. 자신의 딸이 무엇을 할 수 있는지 그가 알고 있을까?

카메론은 아버지를 마주 보고 떨지 않고 말한다.

"맞아요."

"너는 번개 소녀와 함께하고."

"그래요."

"그럼 이쪽은……?"

그가 킬런을 바라보면서 덧붙인다.

삐딱한 미소를 지으며 킬런이 눈썹을 만지더니 몸을 숙여서 가벼운 인사를 한다.

"저는 근육 담당입니다."

콜 씨는 키가 크지만 호리호리한 킬런의 몸을 살펴보더니 웃음을 터뜨릴 뻔한다.

"당연히 그렇겠죠, 젊은이."

주변의 건물들은 위태롭게 쌓이며 점점 더 높아진다. 벽과 창에는 금이 가 있다. 이곳의 건물들은 페인트를 새로 칠하거나, 폭풍우로 한바탕 씻어 내든가 해야 될 것 같다. 주변의 노동자들이 서로 인사를 나누며 아파트 속으로 하나둘씩 떨어져 나간다. 어떤 것도 잘못되어 보이지 않는다.

"도움에 감사드립니다, 콜 씨."

계속 앞쪽을 바라보면서 나는 조용하게 말한다. 몇몇 은혈들이 조금 떨어진 아치 위에 서 있다. 그곳을 지나는 동안 고개를 숙인다.

"감사는 내가 아니라 어르신들에게 해야죠. 아주 오랫동안 이 일을 준비해 오셨어요."

콜 씨가 대꾸한다. 그는 경비들은 신경도 쓰지 않는다. 경비들에게는 그가 아무것도 아니기 때문이다.

부끄러움에 목이 조인다.

"누군가가 아주 오래전부터 무언가를 했어야 하기 때문이지요."

너 같은 누군가가, 티베리아스. 너는 이런 곳들이 존재한다는 걸 알았잖아. 그리고 누구를 위한 것인지도. 무엇을 위한 것인지도.

카메론이 이를 간다.

"적어도 지금 우리가 뭔가를 하는 중이거든."

그녀는 주먹을 쥔다. 능력을 쓴다면, 원하기만 한다면 카메론은 저 위의 보안 요원 2명을 죽일 수 있다. 저들을 떨어뜨릴 수 있다.

하지만 우리는 아무 사고도 없이 그 길을 지나, 거주 지역 끝에 위치한 구부정한 회색 아파트의 그림자 속으로 발을 디딘다. 아파트는 거인 아이가 흐릿한 푸른색을 향해서 높게만 쌓아 올린 블록 장난감처럼 보인다. 한 구역이 나머지보다 높다. 군데군데 때가 낀 어둑한 창문들이 보인다.

우리가 가야 하는 곳이다.

콜 씨가 나를 흘깃 본 다음 건물로 시선을 돌린다. 그가 부드러운 목소리로 말한다.

"위로 가요, 번개 소녀. 높이, 시끄럽게. 그게 계획이지요, 그렇죠?"

"네, 맞습니다."

나는 번개를 부르며 웅얼거린다. 번개가 뼛속 깊은 곳에서 응답하는 것이 느껴진다.

건물의 아래쪽에 도착하자 교대에 늦은 사람들과 우리만 거리에 남는다. 카메론이 자기 아버지에게 몸을 돌리고 눈을 크게 뜬다.

"시간이 얼마나 있죠?"

콜 씨는 손목을 돌려 시계를 흘긋 바라본다. 그가 얼굴을 찌푸리자 주름이 깊어진다.

"별로 없어. 넌 가야 해."

카메론이 턱을 움직이면서 빠르게 눈을 깜빡인다.

"알겠어요."

"선생님, 이거 선생님 물건 같은데요."

킬런이 재킷 안으로 손을 넣어 작은 권총과 상자에 담긴 여분의 탄약을 꺼낸다.

콜 씨는 사람을 물려고 드는 뱀을 보는 눈길로 권총을 본다. 카메론이 권총을 가슴으로 떠밀 때까지 그는 망설인다. 카메론은 눈을 크게 뜨고는 간청한다.

"겨누고 누르기만 해요, 아빠. 망설이지 말고요. 은혈들은 안 망설여요."

느릿하고 조심스럽게 콜 씨는 총을 옆구리의 가방에 쑤셔 넣는다. 몸을 돌리는 콜 씨의 목에서 문신이 보인다.

"알았다."

콜 씨가 멍하게 속삭인다. 이제야 이 모든 것이 현실로 와닿기 시작한 것 같다. 그가 목청을 다듬는다.

"중앙 발전소의 새 기술자 교대 팀도 알고 있어요. 첫 번째 번개가 도시를 가로지르면 그들이 전력을 끊을 겁니다. 폭풍에 맞춰서 차단하는 거죠. 은혈들은 우리가 했다는 것도 모를 거예요. 시간을 좀 버는 거죠."

이 부분의 계획은 진홍의 군대와 빈민가의 연락책들의 열렬한 상의 끝에 정해진 것이다.

"이 공격에 대해서 모두 아나요?"

확실히 하고 싶은 마음에 묻는다. 우리와 함께 숨어들어 온 진홍의 군대는 도시 주변에 흩어져서 폭탄을 설치하고 있다. 올가미를 치는 것이다.

콜 씨의 표정이 어두워진다. 그가 얼굴을 찌푸린다.

"믿을 수 있는 사람이라면 모두 알고 있어요. 반대하는 사람도 있을 수 있겠지만, 도처에 우리 정보원들이 있어요."

나는 힘들게 침을 삼키며, 만약 잘못된 사람이 앞으로의 일을 알게 될 경우 무슨 일이 벌어질지 상상하지 않으려고 애를 쓴다. 메이븐 자신이 친히 뉴 타운으로 내려와서 반란을 뭉개 버릴 수도 있다. 이 유독하고 오염된 땅을 다 때려 부술 수도 있다. 우리가 여기서 실패한다면, 다른 빈민가 도시들은 어떻게 될 것인가? 그건 무엇을 증명하게 될 것인가?

아무것도 할 수 없다는 것. 이 사람들을 구할 수 없다는 것.

내 불편함을 알아차린 킬런이 얼른 극복하란 뜻으로 내 어깨를 툭 민다. 카메론은 당연하게도 자기 아버지를 걱정한다.

"알겠어요, 발밑 좀 잘 보고 다녀요."

콜 씨가 혀를 깨문다.

"저주하지 마, 캠."

어떠한 신호도 없이 카메론이 미소를 짓더니 긴 팔을 아버지의 목에 둘러 그를 세게 끌어안고는 중얼거린다.

"나 대신 엄마에게 키스 전해 줘요."

"곧 네가 엄마에게 직접 키스해 줄 수 있을 거야."

그가 카메론을 가볍게 들어 올리며 마주 속삭인다. 서로를 꼭 붙든 채로 두 사람은 동시에 눈을 감는다. 이 연약하고 덧없는 순간.

나는 내 가족을, 너무나 멀리 떨어져 있는 그들을 생각하지 않을 수가 없다. 수천 킬로미터 떨어진 산에 둘러싸인 곳에서, 우리와 함께 싸우겠다고 맹세한 국가에 보호받으며. 그 오랜 세월 동안 처음으로 희망을 지니고 살아간다. 공평하지가 않다. 특히나 카메론에게는, 나보다 더 힘든 환경에서 살아남은 그녀에게는 그렇다. 하지만 내 어깨에 가족의 안전이라는 짐을 지지 않아도 된다는 사실은 기쁘다. 나와 함께 싸우는, 내가 사랑하는 이들에게 닥치는 위험도 간신히 처리하는 판국이다.

카메론이 아버지를 밀어낸다. 말로 다 할 수 없을 정도로 힘든 행동이다. 그녀를 보내는 것도 마찬가지다. 콜 씨는 뒤로 물러나 코를 훌쩍이며 발치만 본다. 귓가가 달아오르는 것을 숨기면서 말이다. 눈물이 카메론의 눈도 찌른다. 카메론은 부츠를 더러운 거리에 대고 질질 끌다가 주의를 돌리려는 듯 먼지를 걷어찬다.

"갈까?"

그녀가 내게로 몸을 돌리며 말한다. 눈이 젖어 있다.

"가자."

✳ ✳ ✳

우리는 창문에 1명씩 서서 다른 방향을 내다보면서, 매와 같은 집중력으로 도시를 관찰한다. 나는 소매로 유리를 닦는다. 때가 조금 주변으로 밀리며 갈색 흔적을 남긴다. 우리가 움직일 때마다 다락의 먼지가 일어나며 구름을 뿜어낸다. 킬런은 쉰 소리를 내면서 손으로 입을 막고 기침을 한다.

"연기가 보여, 저 공장들 사이로."

칼의 말에 자기 창을 보고 있던 카메론이 어깨를 으쓱하더니 몸도 돌리지 않고 대꾸한다.

"자동화 구역이야. 조립 라인들은 30분 전부터 꼼짝도 못 하고 있어. 교대 팀들이 일당에 대해 물어보면서 문 근처에서 서성거릴걸. 감독관들은 거절하겠지. 보안 요원들이 질서를 유지하려고 할 거야. 혼란의 도가니겠는걸."

그녀가 혼자 미소를 짓는다.

"연기 색이 뭐야, 킬런?"

나는 내 구역을 살피며 묻는다. 이 높이에서 뉴 타운은 작아 보인다. 하지만 그만큼이나 우울해 보인다. 온통 회색에 스모그가 껴 있고, 치명적인 연무가 낮게 걸려 있다. 압도적으로 느껴지는 전기가 느릿느릿 맥동한다.

"아, 보통 연기 색? 회색인데."

킬런이 더듬는다.

나는 낮게 씩씩댄다. 어서 이 일을 진행하고 싶다.

"여기도 그대로야. 공장 굴뚝만 보여. 신호는 아니야."

카메론이 느릿느릿 말한다.

킬런이 기침을 몇 번 더 하면서 몸을 움직인다. 나는 그 마른기침에 얼굴을 찡그린다.

"우리가 뭘 찾아야 되는 건지 다시 말해 줄래?"

"뭐든 정상적이지 않은 것."

나는 이를 악물고 대답한다.

"그렇지, 참."

킬런이 툴툴댄다.

천정이 낮은 방의 반대편에서, 카메론이 기름 낀 유리창에 주먹을 대고 두드린다.

"저기, 사람들이 십 대들, 특히 글도 못 읽는 애들에게 기대지 않았다면, 이 계획에 좀 더 진척이 있었을지도 몰라."

카메론이 킬런에게 비웃음을 날린다.

킬런이 웃음을 터뜨리더니 미끼를 덥썩 문다.

"나 *읽을 수 있거든.*"

"하지만 색깔 구별은 네 망할 능력 밖의 일이고?"

카메론이 엄청나게 재빨리 받아친다.

킬런은 어깨를 으쓱하더니 양손을 들어 올린다.

"난 그저 대화나 좀 하려던 거라고."

카메론이 눈알을 굴리며 놀린다.

"지금 당장 신경을 딴 데 팔 필요가 있기 때문이겠지, 킬런."

나는 킥킥대지 않으려고 애를 쓰며 입술을 다물고는, 한쪽 눈썹을 치켜뜨며 묻는다.

"티베리아스랑 내가 싸울 때도 이래? 그렇다면 진심으로 사과할게."

킬런의 얼굴이 벌겋게 달아오르고, 카메론도 재빨리 자기 창문으로 몸을 돌리더니 얼굴을 유리에 누르다시피 한다.

쉐이드 오빠랑 팔리 사이에 뭔가 벌어졌을 때도 눈치를 못 챘었는데. 내가 혹시 여기서도 뭔가 놓친 건가?

"너희 둘은 10배는 더 별로거든."

킬런이 낮고, 무겁게 앓는 듯한 목소리로 마침내 대꾸한다.

반대편 창문에서 카메론이 콧방귀를 뀐다.

"100배라고 해야지."

미소를 지으며 나는 두 사람을 번갈아 바라본다. 상황은 이렇지만 두 사람 모두 안절부절못한다. 힘이 들어간 킬런의 어깨에서 진실이 엿보인다. 그의 뺨을 물들이고 있는 홍조가 좀 더 확실한 증거가 된다.

"내 덫에 내가 걸렸네, 그렇지?"

나는 내 창문 쪽으로 몸을 돌리며 중얼거린다.

킬런이 소리 내어 웃음을 터뜨린다.

"완전 그렇지."

그때 카메론이 한 손을 유리창에 내려치면서 쉿 소리를 낸다.

"녹색 연기. 무기 구역이야. 젠장."

킬런이 총을 꺼내 들며 그녀의 옆으로 달려든다. 킬런은 걱정 어린 눈으로 카메론을 바라본다.

"왜 '젠장'이야?"

"무기 구역은 가장 보안이 철저해. 이유는 명백하지."

카메론이 재빨리 대답한다. 그녀가 침착하게 재킷을 벗자 쓸 일이 없었으면 하는 위험한 칼과 총이 드러난다.

나는 느릿하게 숨을 뱉는다. 번개가 몸을 쳐들고 탁탁 소리를 낸다.

"좀 더 심하게 폭발할 가능성도 있겠네."

어깨를 돌리면서 킬런이 얼굴을 찌푸린다. 그는 카메론의 팔을 가볍게 건드리더니 그녀를 창문에서 물러세운다.

"그런 일이 일어나지 않게 하자."

그렇게 중얼거리고는 킬런이 유리창을 찬다.

산산이 부서진 유리 조각이 사방으로 튄다. 여전히 얼굴을 찡그린 채 킬런은 재킷 소매 한쪽을 창틀에 문질러서 덜렁대며 남아 있는 뾰죽뾰죽한 끝부분을 정리한다. 킬런은 내가 그 사이에 몸을 밀어넣고 창틀을 단단히 붙들 수 있도록 물러난다. 연기가 가득한 바람이 얼굴을 때린다. 유독 가스와 먼 곳에서 일어난 화재의 냄새가 실려 온다. 망설이지 않고 나는 창문으로 다리를 빼낸다. 킬런이 내 셔츠의 뒤쪽을 단단하게 붙들어 준다.

하늘을 올려다보니, 분홍색으로 변해 가고 있는 푸른 새벽이 보인다. 오염된 구름이 가득 끼었지만 하늘은 저토록 예쁜 색을 만들어 낸다. 심장이 일정한 박자로 뛴다. 내 안의 번개가 심장에 맞춰 맥동하며, 아래의 전기를 먹고 자란다. 나는 주먹을 쥐고 엘라가 가르친 것을 기억해 보려고 노력한다.

폭풍우에 따라오는 번개야말로 우리가 만들 수 있는 가장 강력하고 파괴적인 것이다. 모으고, 키워서, 내리친다. 머리 위에서 강렬한 색상의 구름들이 어두워지고 휘돌기 시작하며, 내 힘과 함께 응축된다. 똑같은 그림자가 도시의 다른 구역 위로 피어오른다. 엘라와 레이프다. 우리 셋은 전력 허브를 중심으로 삼각형을 이룬다. 도시가 전장처럼 펼쳐진다. 우리 중 누구보다도 더 위험한 존재인 타이톤이 저 아래 어딘가에서 그의 번개를 너무 가까이 다가오는 이에게 쏠 준비를 하고 있다.

푸른 번개가 먼저 번쩍이자 내 왼쪽에서 점점 커지는 적란운이 환하게 빛난다. 가까운 곳에서 천둥의 비명이 울리자 킬런이 움찔하는 것이 느껴진다. 나는 창틀을 꼭 붙든 채 흔들리지 않는다.

우리의 폭풍이 서로 충돌하면서 보라색과 녹색이 그 난장에 참여하고 번개가 목표에 내리꽂힌다. 전력 허브는 도시의 중앙 부근에 위치한 돔 형태의 건물이다. 온갖 방향으로 매달려 있는, 엉망으로 엉킨 전선들 덕분에 알아보기 쉽다. 도시 전체의 전력소들을 연결하고 공장으로 전력을 공급하는 곳이다. 빈민가 마을들의 생명선이다. 이 거리에서도 낮게 우는 전력 허브를 느낄 수 있다.

"비를 내려."

킬런이 으르렁거린다.

나는 한숨을 참는다.

"그런 식으로 돌아가는 게 아니거든."

하늘 저편으로 번개를 쏘면서 받아친다. 다른 일렉트리콘들도 똑같이 한다. 그들의 푸른색과 녹색이 내 보라색을 향해서 내달린다.

우리의 공격이 허브에 직격하자 눈이 멀 것처럼 번쩍인다. 안쪽의 동지들이 딱 맞춰서 허브의 시스템을 끄자 웅웅대는 소리가 사라진다. 그들은 우리보다 빨리 전력을 차단한다. 훨씬 적은 사상자를 내면서 말이다.

높은 굴뚝들에서 펑펑 뿜어져 나오던 유독 물질이 잦아든다. 조립 라인들이 서서히 멈춘다. 갑작스럽게 모든 게 멈추자 거리의 차량들조차 놀랐는지 옆길로 빠지거나 속도를 늦춘다. 폭풍이 계속되면서 머리 셋 달린 괴물처럼 모든 방향으로 하늘을 가로지르며 번개를 때린다. 나는 번개를 땅에서 먼 곳으로 보낸다. 이런 거리에서는 조준을 잘 할 수 없다. 죄 없는 목숨을 위험하게 하고 싶지는 않다. 도시 전역에 심어져 있을 진홍의 군대의 폭발물들은 말할 것도 없다. 번개 한 줄기만 잘못 빠져나가도 치명적인 폭발이 연쇄적으로 일어날 수도 있다.

카메론이 내 옆에서 고향 도시를 경이로운 눈으로 바라보면서 중얼거린다.

"모두 멈췄어. 전력이 없다는 건 작업도 없다는 뜻이지. 교대 팀들이 끝나 버렸잖아. 노동자들은 임금을 달라고 울부짖고. 보안 요원들은 정신이 하나도 없고 감독관들은 초과 근무를 하겠는걸."

그들 가운데에 숨어 있는 살인자들, 범죄자들, 그리고 군인들을 보지 못하고. 발아래의 폭탄을 보지 못하고.

"얼마나 시간이……."

첫 번째 폭발이 불편할 정도로 가까운 곳에서 울리는 바람에 킬런이 말을 멈춘다. 왼쪽에서 두 블록 떨어진 곳이다. 도시의 출입구 중 한 곳이다. 돌 조각들과 연기가 먼지를 피워 낸다. 다음 폭탄이 또 다른 출입구에서 폭발하고, 다른 두 개가 뒤따른다. 안쪽의 화약도 이어서 폭발한다. 보안 초소, 감시 탑, 은혈 병영, 관리 감독 구역들 아래에서. 모든 은혈 목표물에서. 나는 얼굴을 찡그리며 얼마나 많은 피가 오늘 흐르게 될지 생각하지 않으려고 애를 쓴다. 양쪽 모두에서 말이다. *누가 이 포화에 휩쓸리게 될 것인가?*

우리는 그 장면에 기가 질려 침묵하며 지켜본다. 더 많은 연기, 더 많은 먼지, 그리고 이제는 재까지. 카메론의 가슴이 헐떡거리며 오르락내리락한다. 그녀의 커다랗고 어두운 눈동자가 흔들리다가 무기 구역으로 되돌아간다. 거기에서만은 아무 폭발도 없다.

"진홍의 군대가 군수 창고 밑에 폭탄을 심을 정도로 멍청하진 않을 거야."

그녀가 조금이라도 안심했으면 하는 마음으로 그렇게 말한다.

다음 순간 그곳이 폭발한다.

그 파급에 우리 모두가 뒤로 넘어가며 깨진 유리와 먼지가 가득한 다락에 쓰러진다. 이마의 베인 상처에서 피를 흘리면서 카메론이 바닥을 짚어 일어난다.

"그렇다면 저건 진홍의 군대가 아닌 거잖아."

나를 잡아당기면서 그녀가 고함을 지른다.

모든 소리가 둔하게 들리고 귀가 울린다. 머리를 흔들면서 방향 감각을 되찾으려고 노력한다. 카메론이 내 손목을 잡는 바람에 본능적으로 펄쩍 뛰어 손아귀에서 빠져나온다.

"그래."

나는 그 느낌을 참을 수가 없어서 으르렁거린다.

그녀는 내게 반응하지 않고 킬런을 일으켜 세우는 일에 집중한다. 카메론은 킬런의 팔 하나를 자기 어깨 위에 걸치며 그를 들어 올린다. 입술이 찢어지고 유리에 깊게 베여 한쪽 손에 상처가 났지만, 그래도 나머지 부분은 멀쩡해 보인다.

"우리 다들 땅에 발을 딛고 싶을 거 같은데."

금이 간 천장을 바라보며 킬런이 말한다.

"찬성."

급히 문으로 다가가며 그렇게 대답하는 내 목소리가 목 졸린 사람처럼 들린다.

계단은 빽빽한 나선형으로 끝도 없이 아래로, 아래로, 아래로 이어진다. 계단을 오르는 것은 힘든 일이지만 내려가는 건 더 어렵다. 한 걸음 한 걸음 내디딜 때마다 무릎에 충격이 온다. 나는 손가락 끝에 번개를 모으고 보라색 스파크가 파지직 타도록 둔 채, 누구든 우리 앞에 나타나는 사람에게 쏘아 보낼 준비를 한다.

킬런은 한 번에 두 계단씩을 내려가며 나를 쉽게 앞지른다. 저럴 때마다 킬런이 정말 너무 싫다. 킬런도 그 사실을 안다. 그는 나를 돌아보며 히죽대면서 윙크를 날릴 정도로 뻔뻔하기까지 하다.

우리보다 먼저 은혈 경비를 발견한 카메론이 비명을 지른다.

그는 한 팔을 흔들어 염동력으로 킬런을 난간 너머로 던져 버린다. 킬런이 넘어지고, 그의 팔다리가 허공에서 너부러지는 동안 눈앞에 보이는 것이 느려지고 누군가 칼로 속을 파헤치는 기분이 든다. 귓가에서 울리는 종소리가 머리를 쪼갤 듯이 위협하며 날카로운 비명이 되어 치솟는다. 내가 느끼는 공포에 계단 전체를 따라서 전구가 팍 터지면서 쉿쉿 소리를 내고, 어둠이 퍼진다.

그 경비는 자신의 분노를 우리에게 돌리기도 전에 쓰러진다. 그는 목을 움켜잡고 힘겹게 무릎을 꿇으면서 눈을 치켜뜬다. 카메론이 손가락을 갈고리처럼 구부리며 자신의 능력으로 그를 질식시킨다. 그의 심장이 느리게 만들고 그의 시야가 어둡게 흐린다. 그가 죽는다.

아래쪽 난간에 킬런이 부딪히면서 쿵 소리가 난다. 토할 것 같다. 할 수 있는 한 빠르게 달려, 우리에게로 달려오던 다른 2명의 경비 사이로 뛰어든다. 쉬버가 계단을 얼리자 부츠가 미끄러져 넘어질 뻔한다. 나는 번개를 쏜살같이 쏘아서 그를 쪼개 버린다. 그사이 그의 파트너인 스톤스킨은 카메론의 손길 아래에서 쓰러진다. 우리는 칼로 종이를 베듯 그들을 썰어 낸다.

내가 먼저 도착한다. 2층 아래에서 멈춘 킬런은 몇 개의 계단에 걸쳐 쓰러져 있다. 나는 제일 먼저 그의 가슴이 오르내리는지 확인한다. 얕지만 분명 움직인다. 숨을 쉬고 있다. 킬런은 자기 피에 숨이 막히는 듯 캑캑댄다. 붉은색, 선홍색, 진홍색, 다홍색. 그 색이 너무 선명해서 눈을 감고 싶다. 그가 거세게 기침을 하는 바람에, 카메론과 나는 얼룩덜룩해진다. 뜨거운 방울들이 얼굴에 뿌려진다.

"킬런을 일으켜…… 얘를 일으켜야 해."

나는 허우적대면서 중얼거린다. 카메론이 죽은 사람처럼 조용히 내 말에 따른다. 비명을 지르고 싶다.

킬런은 말도 못 하면서 직접 서려고 한다. 나는 그를 때릴 뻔한다.

"우리가 하게 둬."

나는 그의 팔을 두르면서 야단친다.

"캠, 반대쪽."

그녀는 이미 그를 들어 올리고 있다. 킬런은 자리에 닻이라도 내린 듯 지나치게 무겁다.

킬런이 갑자기 움직이더니 마구 기침을 하며 계단에 피를 칠한다. 그가 얼마나 다쳤을지 생각하고 싶지가 않다. 그저 그를 이곳에서 내보내고, 아래로 움직여 도시에 있을 힐러에게 데려가야 한다는 것만 알겠다. *데이비슨이 필요해. 누구라도 필요해.* 가슴이 조여들지만, 킬런의 부담이나 고통에 대해 생각하지 말아야 한다. 걸을 때마다 다리가 불타는 것 같다. 아래로, 아래로, 아래로, 아래로.

"메어……."

카메론이 흐느껴 운다.

"하지 마."

킬런은 여전히 따뜻하고, 여전히 숨을 쉬고 있으며, 여전히 피를 자기 몸에 대고 울컥대며 토하는 중이다. 그거면 충분하다. 아마도 갈비뼈가 부러졌을 테다. 금이 간 뼈가 날카롭게 장기를 찌르고 있을 것이다. 내장, 폐, 간. *심장만 피해라.* 나는 애걸한다. 심장이 꿰뚫리면 그를 살려 낼 시간이 없다.

짠맛이 난다. 내가 울고 있다는 사실을 깨닫는다. 내 얼굴에 묻은 킬런의 피가 눈물에 씻긴다.

흐릿한 가운데 몇 개의 층들을 스쳐 지나간다. 킬런은 거칠게 젖은 숨을 들이켠다. 그의 얼굴과 양손이 매 순간 창백해진다. 우리가 할 수 있는 일은 오직 뛰는 것뿐이다.

더 많은 경비들이 계단을 메우며 냄새를 맡은 사냥개들처럼 으르렁거린다. 나는 그들을 보지도, 느끼지도 못한 채로 번개로 그들을 채 썬다. 카메론이 자신의 능력으로 그들을 때리자 몇몇이 눈과 입과 귀에서 피를 흘리며 빠르게 쓰러진다. 하지만 너무 많은, 정말 너무 많은 수가 밀려든다.

"이쪽이야!"

다음 층계참의 문에 몸을 부딪히면서 카메론이 외친다. 목소리에서 눈물이 묻어난다.

나는 즉시 그 뒤를 따라 좁고 변변찮은 아파트를 통과한다. 카메론이 우리를 어디로 데려가는지 모르겠다. 할 수 있는 일은 킬런과 번개를 단단히 붙드는 것이 전부이다. 지금 이 순간 내 세계에 존재하는 단 두 가지다.

"조금만 참아."

킬런에게 그렇게 속삭이는 내 목소리는 너무 낮아서 누구도 듣지 못할 것 같다.

카메론이 우리를 제일 가까운 곳의 먼지 끼고 네모난 유리창으로 이끈다. 이번 것은 옆집 지붕을 향해 있다. 그녀는 길쭉한 다리로 유리를 깬다. 나는 추격해 오는 은혈들을 향해서 번개를 쏘며 창을 기어올라서 지붕으로 넘어갈 시간을 번다.

보안 요원들이 뒤를 따른다. 부서진 창으로 크고 육중한 자기들 몸을 끼워 넣더니 재가 앉은 지붕에 내려선다. 일그러진, 뇌성이 울리는 하늘 아래로.

우리와 보안 요원들 사이에 충분한 거리가 확보되자마자 나는 킬런을 부드럽게 내려서 콘크리트 위에 그를 눕힌다. 킬런의 속눈썹이 파닥거리고, 눈은 멍하다. 카메론이 그 앞에서 방어 자세를 취한다.

나는 그녀와 등을 대고 쏟아져 나오는 은혈들을 마주한다. 벌써 6명이 내려섰고 더 많은 이들이 오는 중이다. 저들의 가문을 내가 구분할 수 있을까. 능력이 무엇일지도 모르겠다. 사실 신경도 안 쓴다.

마지막 은혈의 발이 콘크리트에 닿자마자 내 안의 힘을 푼다.

폭풍이 위에서 입을 벌린다. 내 분노와 함께 폭력적인 보라색 빛이 번지며 시야를 가린다. 나는 고함을 지르지만, 그 힘이 모든 소리, 모든 생각을 흡수한다. 번개가 몸들을 삼켜 버리고 내가 인지하기도 전에 그들을 죽인다. 그들의 신경도, 뼈도 느끼지 못한다. 아무것도 느끼지 못한다.

번개가 걷히자 냄새에 정신을 차린다. 킬런의 피, 재, 머리카락이 타고 살이 구워진 냄새. 뒤에서 카메론이 토하지 않으려 애를 쓰면서 무언가를 삼키는 소리가 들린다. 나는 숯이 된 잔해에서 시선을 돌려야 한다. 단추와 총만이 연기를 내뿜으며 온전히 남아 있다.

내가 숨도 쉬지 못하고 있는데 귀가 멀 것 같은 날카로운 소리가 그을린 공기를 찢더니 지붕이 발밑에서 크게 흔들린다. 건물 전체가 휘청이자 카메론이 자신의 몸으로 킬런을 감싸며 쓰러진다. 건물이 기울어진다. 처음에는 천천히, 다음에는 더 빨리, 더 빨리.

건물이 휘어지자 나는 무릎을 꿇으며 카메론과 킬런에게 손을 내민다. 내 폭풍은 너무나 강력하고, 아파트 건물은 너무 엉망으로 지어졌다. 벽들이 한쪽으로 부스러지며 우리는 기울어진다. 지붕이 으스러지면서 떨어지고 꾸준히 미끄러지는 사이 내가 할 수 있는 거라고는 매달리는 것뿐이다. 나는 무엇이든 붙들 수 있는 것을 찾아 움켜쥐면서 허우적거린다. 내 주먹이 뜨겁고 축축한 피로 끈적한 킬런의 재킷 칼라에 닿는다. 그의 호흡은 거칠고, 내가 본 중에 가장 약하다. 우리는 지붕과 함께 추락한다.

콘크리트로 된 주먹처럼 땅이 우리에게로 불쑥 다가온다. 은혈 보안 요원들이 우리를 죽일 준비를 한 채 아래에서 기다리고 있다. 우리가 떨어져 죽지 않는다면 말이다. 나는 이를 악물고 충돌에 대비한다. 이토록 무기력하고 두려운 기분을 느껴 본 적이 없다.

내 앞에 갑작스럽게 나타난 반투명한 푸른색 빛에 처음엔 그저 눈만 깜빡인다. 허공에 떠오른 방어막에 기울어진 지붕의 끝부분이 막히고 떨어지던 판들도 멈춘다. 하지만 우리는 아니다. 우리는 그 각도 그대로 미끄러져서, 방어막에 부딪힐 때까지 재 속으로 끌려간다. 총소리가 방어막 너머에서 들린다. 나는 본능적으로 눈을 꼭 감고 몸을 웅크린다.

총알들은 힘의 파동만을 남긴 채 아무 해도 끼치지 못하고 방어막에 가로막힌다.

데이비슨.

우리 아래로 펼쳐지는 대학살을 보기 위해 한쪽 눈을 뜬다. 푸른색과 녹색과 하얀색의 번개가 연기를 가득 남기며 은혈들 사이에 가지처럼 뻗어 나간다. 타이톤의 하얀색 번개가 동시에 4명에게 꽂힌다. 동시에 엘라와 레이프는 번개 채찍으로 나머지 사람들을 때린다. 그들이 싸우는 동안 방어막이 움직이며 지붕을 부드럽게 떨어뜨린다. 낮은 소리와 함께 우리가 땅에 부딪히자 자욱한 회색 먼지가 커튼처럼 일어난다.

킬런은 키가 크고, 호리호리하지만 무겁다. 아드레날린 덕분에 킬런의 한쪽 팔을 어깨에 걸쳐서 그를 다시 들어 올리는데도 무게를 거의 느끼지 못한다. 카메론이 반대편을 붙든다. 우리는 번개나 여전히 싸우고 있는 은혈들에 대해 생각하지 않고 급히 이동한다.

"힐러! 여기 힐러가 필요해요!"

나는 소음 너머로 들릴 수 있도록 최대한 크게 고함을 친다.

내 울부짖음을 따라 하는 카메론의 목소리는 매우 잘 들린다. 그녀는 나보다 힘도 더 세고, 키도 더 크고, 킬런의 체중 대부분을 감당하고 있다. 킬런은 그녀를 늦추지 못한다.

프리미어가 우리에게 똑바로 달려온다. 그의 개인 경호원들이 주변에 퍼진다. 그의 뺨에 피가 묻은 흔적이 있다. 붉은 피다. 그것이 누구의 것일지 궁금해할 시간조차 없다.

"여기 힐러가……."

내가 헐떡이며 말한다. 킬런이 떨더니 몸을 반으로 굽힌다. 그가 손아귀에서 굴러떨어지다시피 하는 바람에 우리는 강제로 멈춘다. 또 한 번 핏덩이가 땅에 흩뿌려지며 내 부츠에 묻는다.

힐러가 데이비슨의 군인들 사이에서 앞으로 달려 나온다. 안도감에 실신할 것만 같다. 그 붉은 머리 신혈은 익숙한 얼굴이지만, 지금 내겐 그의 이름을 기억할 만한 기력이 없다.

"그를 눕히세요."

그 남자가 고함을 친다. 우리는 감사한 마음으로 복종한다.

내가 할 수 있는 유일한 일은 킬런의 손을 붙드는 것뿐이다. 내 손에 비하면 그의 피부가 너무 차갑다. 그는 여전히 살아 있다. 우리가 제시간에 해냈다. 충분했다.

카메론은 손을 깍지 긴 채 무릎을 꿇고 킬런에게 조용히 몸을 숙인다. 그를 만지는 것조차 두려운 사람 같다.

"내출혈입니다."

힐러가 중얼거리며 킬런의 셔츠를 찢어서 연다. 그의 복부는 멍이

들어 거의 검은색이다. 힐러가 손가락을 춤추듯 놀리며 누르고 찌르자 피부가 회복된다. 킬런은 그 낯선 감각에 이를 악문 채 인상을 쓴다.

"누가 망치로 갈비뼈를 두드리는 것 같을 거예요."

"딱 그렇네요."

킬런이 이를 악물고 뱉는다.

그의 목소리는 긴장한 것 같지만 생기가 있다. 나는 눈을 꽉 감고 킬런이 살아 있음에 감사할 수 있도록 신이 있었다면 좋겠다고 생각한다. 내 손을 맞잡은 그의 손에 힘이 들어가더니, 내 손가락을 꼭 쥔다. 자기를 보라는 뜻이다.

진녹색 눈동자와 시선이 마주친다. 내 생애 내내 나를 따라온 눈. 저 눈이 영원히 닫힐 뻔했다.

"괜찮아, 메어. 나 괜찮아. 어디도 가지 않을 거야."

킬런이 속삭인다.

힐러가 일하는 동안, 우리는 침묵하는 보호자처럼 킬런의 옆에 머무른다. 먼 거리에서 폭발과 대포가 우르릉 하는 소리를 내자 움찔한다. 일부는 먼 곳, 그러니까 뉴 타운 너머 몇 킬로미터는 떨어진 곳에서 들리는 것처럼 약하다. 하버베이를 공략하기 위한 세 갈래 공격이 시작되었다. *그들이 승리할까? 우리는?*

일렉트리콘들이 도로에 널려 있는 은혈들 시체를 뚫고 길을 만들면서 다가온다. 타이톤은 한가롭게 발로 시체 몇 구를 뒤집는 반면, 레이프는 바라만 본다.

엘라가 다가오면서 아주 작게 손짓을 한다. 그녀의 스카프가 사라져 있다. 재가 그녀의 파란색 머리카락을 회색으로 부분부분 물들여서 나이 들어 보인다. 그녀가 한쪽 손을 옆구리에서 돌리자, 지금은 잠잠한 적란운이 그 동작에 따라 빙글빙글 돈다. 그녀는 용감한 표정을 지으려고 하며 내게 윙크를 보낸다.

레이프와 타이톤은 더 험악하다. 두 사람 다 양손을 자유롭게 풀어 둔 채 어떤 공격이라도 퍼부을 태세다.

하지만 누구도 다가올 것 같진 않다. 다른 곳에서 싸움이 벌어지는 중이거나 아니면 이미 끝난 것이다.

"고마워요."

나는 갈라지는 목소리로 중얼거린다.

타이톤의 대답은 신속하다.

"우리는 우리를 보호해야죠."

"좀 더 치료는 해야겠지만, 위기는 벗어났어요."

몸을 돌리자 힐러가 킬런을 천천히 앉혀 주는 것이 보인다.

카메론이 맨살이 드러난 킬런의 등에 한 손을 대고 조심조심 돕는다. 갑자기 불청객이 된 듯한 기분이 든다. 손등으로 재빨리 얼굴을 더럽히고 있는 피, 땀, 그리고 눈물을 닦아 낸다.

"무슨 일인지 알아봐야겠어."

누가 뭐라고 하기도 전에 일어나면서 그렇게 웅얼댄다.

일렉트리콘들을 향해서 일직선으로 다가가는 동안 파편들이 밟힌다. 레이프가 희미한 미소를 보인다. 그는 머리를 감싸고 있던 천을 찢더니, 바싹 자른 녹색 머리카락을 한 손으로 쓸어내린다.

"킬런은 괜찮을 것 같아요?"

그가 턱을 킬런 쪽으로 내밀며 말한다.

나는 느릿하게 숨을 내쉰다.

"그래 보여요. 여러분 모두는 어때요?"

한 팔을 내게 걸치는 엘라는 고양이처럼 나긋나긋하다.

"당신보다는 덜 힘들었죠. 그건 확실해요. 저쪽에서 예비했던 것보다 센 화력을 퍼부은 거 같아요."

"노르타 사람들은 수적으로는 우세했지만 준비가 안 되어 있었어요. 은혈 왕들은 적혈들 빈민가를 위해서 싸우는 사람은커녕, 여길 신경 쓰는 사람이 있을 거라고도 생각 못 하나 봐요."

타이톤이 침을 뱉는다.

나는 그 말이 함축하고 있는 바에 놀라서 눈을 깜빡인다.

"그럼 우리가 이겼어요?"

"저들은 우리가 했던 것처럼 하고 있어요."

타이톤이 대꾸하며 거리를 누비는 몬트포트와 진홍의 군대의 군인들을 한 손으로 가리켜 보인다. 현재 들고 있는 기관총만 아니라면, 저들은 아마도 적혈 기술자들로 보였을 테다. 몇몇은 그들 사이를 누비는 프리미어와 함께 기쁨을 나누며 웃음을 터뜨리는 듯하다.

"하버베이는 어떻게 되어 가는지 궁금하네."

엘라가 먼지를 차올리며 말한다.

나는 시선을 깐다. 혈관을 타고 여전히 아드레날린이 뿜어져 나오고, 심장이 쿵쿵 뛴다. 저 너머의 일들을 생각하기가 어렵다. 내가 사랑하는 사람들은 물론이다. 수 킬로미터 밖에서 싸우다가 죽어 가고 있을지도 모르는 사람들을. 잠시 동안이라도 잊으려고 노력한다. 정신을 가다듬자. 깊고 편안한 숨을 쉬고. 잘 되지 않는다.

"프리미어."

나는 길을 가로지르며 그를 향해 외친다.

데이비슨이 미소를 지은 채 돌아보며 나에게 넘어오라는 듯 손짓까지 해 보인다. 마치 내게 초대장이 필요하다는 것처럼.

"배로우, 일을 성공적으로 마친 것을 축하합니다."

킬런이 고작 몇 발짝 떨어진 곳에 누워 있고, 심지어 힐러가 그를 치료하는 중인데 축하하는 기분을 느끼는 건 어렵다. 정말 너무 가까웠다.

"도시 쪽은 어떻죠? 팔리로부터 전언이 있어요?"

그의 미소가 그대로 얼어붙는다.

"어느 정도는요."

뭔가가 가슴속에서 단단해진다.

"그게 무슨 뜻이죠? 팔리는 살아 있나요?"

내가 따져 묻자 데이비슨은 자신을 따르는 군인 중 하나가 매고 있는 전선과 라디오 장비가 가득한 가방을 가리켜 보인다.

"바로 몇 분 전에요, 그래요. 장군과 내가 직접 이야기했습니다."

그럼 티베리아스는요? 나는 그에 관해서, 최소한 그의 이름을 대고 묻고 싶은 욕구를 억지로 씹어 삼킨다.

"모든 게 계획대로 됐나요?"

하버베이 공격을 반추해 보며 나는 묻는다.

프리미어의 얼굴이 경직된다. 그가 웅얼거린다.

"그럴 거라고 예상했나요?"

나는 좌절감에 거의 앓는 소리를 낸다. 또 한 번 대포 소리가 몇 킬로미터 떨어진 곳에서 들린다.

내 안의 아드레날린이 서서히 가라앉으면서 추위가 찾아온다. 몸의 감각이 멍해진다. 나는 잠시 뒤를 돌아보고, 킬런과 무릎을 꿇고 있는 카메론을 바라본다. 두 사람은 아무 이야기도 나누고 있지 않다. 두 사람 모두 눈을 크게 뜬 채, 체력 고갈과 공포로 꼼짝도 못 하고 있다. 다음 순간 나는 일렉트리콘들에게 흘긋 시선을 준다. 그들 세 사람 모두가 마주 나를 바라본다, 단호하게.

따라올 준비가 된 채. 서로를 보호할 준비가 된 채로.

그 결정까지는 몇 초도 걸리지 않았다.

"제가 타고 갈 차를 준비해 주세요."

〈2권에서 계속〉

옮긴이 | 김은숙

번역하다가 자기도 모르게 작품에 빠져 작업을 잊고 다음 페이지를 읽다가 정신 차리기를 몇 번씩 반복한다. 소설 취향은 잡식성. 번역한 책으로『미술관을 터는 단 한 가지 방법』(공역),「웨이크 시리즈」(전3권),『레드 퀸: 적혈의 여왕』(전2권),『레드 퀸: 유리의 검』(전2권),『레드 퀸: 왕의 감옥』(전2권), 등이 있다.

레드 퀸 : 전쟁 폭풍 I

1판 1쇄 찍음 2022년 6월 7일
1판 1쇄 펴냄 2022년 6월 14일

지은이 | 빅토리아 애비야드
옮긴이 | 김은숙
발행인 | 박근섭
편집인 | 김준혁
책임편집 | 정미리
펴낸곳 | 황금가지

출판등록 | 2009. 10. 8 (제2009-000273호)
주소 | 06027 서울 강남구 도산대로 1길 62 강남출판문화센터 5층
전화 | 영업부 515-2000 편집부 3446-8774 팩시밀리 515-2007
홈페이지 | www.goldenbough.co.kr

도서 파본 등의 이유로 반송이 필요할 경우에는 구매처에서 교환하시고
출판사 교환이 필요할 경우에는 아래 주소로 반송 사유를 적어 도서와 함께 보내주세요.
06027 서울 강남구 도산대로 1길 62 강남출판문화센터 6층 민음인 마케팅부

한국어판 © ㈜민음인, 2022. Printed in Seoul, Korea

ISBN 979-11-7052-141-9 04840(1권)
     979-11-7052-143-3 04840(세트)

㈜민음인은 민음사 출판 그룹의 자회사입니다.
황금가지는 ㈜민음인의 픽션 전문 출간 브랜드입니다.

Black
Romance
Club

블랙 로맨스 클럽을 열며

로맨스 소설에도 흐름이 있다. 한참 인기를 지속하던 칙릿 이후 10대에서 출발해서 무서운 속도로 영역을 넓혔던 인터넷 소설 시장에 이어, 과히 광풍이라고 부를 수 있을 정도로 전 세계를 평정한 뱀파이어 소설이 최근의 주류를 이루고 있다. 하지만 한 작품이 인기를 끌고 나면 그 뒤로는 아류작이 쏟아져 나오는 시장의 특성상, 너무나 천편일률적인 작품들이 유행에 따라서 서점을 채우고 있다.

블랙 로맨스 클럽은 바로 이 획일화 되어 있는 로맨스 소설 시장에 대한 고민에서 출발했다. 사실 로맨스 소설은 다 비슷한 게 당연한 것 아니냐고? 천만의 말씀. 그냥저냥 잘생긴 남자랑 예쁜 여자가 만나서 악역 조연들에게 시달리며 오해를 겹겹이 쌓아가다가 어느 순간 너를 너무 사랑하니까 하고는 결혼에 골인하면 되는 거 아니냐고? 부디 블랙 로맨스 클럽을 통해 그 편견을 버려 주시길 바란다.

블랙 로맨스 클럽 편집부는 로맨스라면 흔히 떠올리는 소재나 플롯 등에서 벗어나 다양한 소재를 다룬 신선한 소설, 탄탄한 이야기 구조를 기반으로 재미와 감동을 전해 주는 소설만을 엄선하고자 한다. 시리즈의 작품들은 하나 같이 기존의 로맨스 소설의 공식을 깨는 개성 넘치는 작품들로, 시대를 초월한 재미를 추구하는 작품만을 선정했다. 추리, 호러, 스릴러, SF, 판타지, 역사, 좀비 등 소설에서 기대할 수 있는 모든 이야기에 로맨스라는 양념이 덧붙여진 종합 선물 세트와 같은 다양한 소설들로 독자들에게 색다른 재미를 드리고자 한다. 블랙 로맨스 클럽의 '블랙'은 하얀색, 분홍색, 빨강색 등의 색조로 흔히 표현되는 로맨스 소설을 뒤집어 개성 넘치는 로맨스 소설을 담고자 하는 출판사의 마음을 담고 있다.